HEYNE BÜCHER

Fantasy

Herausgegeben von Wolfgang Jeschke

Von Terry Pratchett erschienen in der Reihe
HEYNE SCIENCE FICTION & FANTASY:

Das Licht der Phantasie · 06/4583
Das Erbe des Zauberers · 06/4584
Die dunkle Seite der Sonne · 06/4639
Gevatter Tod · 06/4706
Der Zauberhut · 06/4715
Pyramiden · 06/4764

TERRY PRATCHETT

GEVATTER TOD

Roman

Deutsche Erstausgabe

Fantasy

WILHELM HEYNE VERLAG
MÜNCHEN

HEYNE SCIENCE FICTION & FANTASY
Band 06/4706

Titel der englischen Originalausgabe
MORT
Deutsche Übersetzung von Andreas Brandhorst
Das Umschlagbild schuf Josh Kirby

11. Auflage

Redaktion: Friedel Wahren

Printed in Germany 1995
Umschlaggestaltung: Atelier Ingrid Schütz, München
Satz: Schaber, Wels
Druck und Bindung: Elsnerdruck, Berlin

ISBN 3-453-04290-5

Für Rhianna

Dies ist das von flackerndem Kerzenschein erhellte Zimmer mit den Lebensuhren — zahllose Regale, gefüllt mit kleinen Sanduhren, eine für jeden Lebenden. Der Sand darin rinnt von der Zukunft in die Vergangenheit, und das leise Zischen der einzelnen Körner vereint sich zu lautem Tosen.

Dort ist der Herr des Zimmers; er wandert durch die Kammer und wirkt recht nachdenklich. Sein Name lautet Tod.

Natürlich handelt es sich nicht um irgendeinen Tod, sondern einen ganz besonderen Tod. Sein spezieller Wirkungskreis ist — nun, kein Kreis, sondern die flache runde Scheibenwelt. Sie ruht auf den Rücken von vier riesigen Elefanten, die wiederum auf der gewaltigen Sternenschildkröte Groß-A'Tuin stehen, und von ihrem Rand ergießt sich ein ewiger Wasserfall in die Unendlichkeit des Alls.

Wissenschaftler haben errechnet, daß die tatsächliche Existenzchance für etwas derart Absurdes ungefähr eins zu einer Million beträgt.

Magier hingegen wissen aus Erfahrung, wie oft Unmögliches und Verrücktes zur täglichen Norm werden können.

Tod klickt auf knöchernen Zehen über die schwarzweißen Fliesen und murmelt unter seiner Kapuze, während Skelettfinger über die Regale mit den Lebensuhren tasten.

Schließlich nickt er zufrieden, greift vorsichtig nach einem der gläsernen Behälter und trägt ihn zur nächsten Kerze. Er hält ihn ins Licht, beobachtet aufmerksam das winzige Objekt im kristallenen Gefäß.

Der Blick leerer glühender Augenhöhlen gilt der Weltschildkröte, die durch die Tiefen des Alls wandert, ihr Panzer von Kometen und Meteoriten zerkratzt. Tod weiß: Eines Tages wird selbst Groß-A'Tuin sterben. Welche Herausforderung!

Schließlich richtet er seine Aufmerksamkeit auf das

blaugrüne Schimmern der Scheibenwelt, die sich langsam unter ihrer winzigen Satellitensonne dreht.

Das Licht des Tages gleitet zu der langen Gebirgskette, die man Spitzhornberge nennt. In jenem Massiv gibt es viele tiefe Täler, steile Grate und — allgemein gesprochen — weitaus mehr Geographie, als ihm selbst lieb ist. Es hat sein eigenes, ganz spezielles Wetter, das zum größten Teil aus Schrapnellregen, Peitschenwind und einer gehörigen Portion Blitz und Donner besteht. Manche Leute behaupten, es liege daran, daß die Spitzhornberge Heimat alter, ungebändigter Magie sind. Nun, die Leute reden eben viel ...

Tod zwinkert, hält nach Einzelheiten Ausschau und sieht ein weites Grasland an den drehwärtigen Hängen der Berge.

Jetzt sieht er einen besonderen Hügel.

Jetzt sieht er ein Feld.

Jetzt sieht er einen laufenden Jungen.

Jetzt beobachtet er.

Seine Stimme klingt wie bleierne Tafeln, die auf rauhen Granit herabfallen, als er sagt: JA.

Zweifellos verbarg sich irgend etwas Magisches in dem unebenen hügeligen Gelände. Aufgrund der seltsamen Färbung, die jener ungreifbarer Zauber der örtlichen Flora verlieh, bezeichnete man die Region als oktarines Grasland. Es war einer der wenigen Orte auf der ganzen Scheibenwelt, die das Wachstum reannueller Pflanzen ermöglichten.

Solche Pflanzen wachsen rückwärts in der Zeit. Man bringt die Saat in diesem Jahr aus und erntet in der Vergangenheit.

Morts Familie war darauf spezialisiert, Wein aus reannuellen Trauben herzustellen. Die erlesenen Produkte ihrer Arbeit genossen gerade bei Wahrsagern einen ausgezeichneten Ruf, denn sie versetzten Hellseher und ähnliche Zeitgenossen in die Lage, einen Blick in die Zukunft zu werfen. In diesem Zusammenhang gab es nur ein Problem: Man bekam *zuerst* den Katzenjammer und mußte anschließend eine Menge trinken, um ihn loszuwerden.

Die meisten reannuellen Bauern waren groß und kräftig gebaut, und außerdem neigten sie dazu, sich selbst aufmerksam zu beobachten und ständig den Kalender im Auge zu behalten. Wer vergißt, gewöhnliche Saat auszubringen, verliert nur die Ernte. Doch wer es versäumt, Getreide zu säen, das bereits vor zwölf Monaten geerntet wurde, bringt das ganze Gefüge der Kausalität durcheinander und muß damit rechnen, in die eine oder andere peinliche Situation zu geraten.

Nun, die Peinlichkeiten beschränkten sich nicht nur darauf: Mort, jüngster Sohn der Familie, besaß die erstaunliche Gabe, immer wieder für Verlegenheit zu sorgen. Er begegnete den Erfordernissen des Gartenbaus nicht annähernd mit dem nötigen Ernst, offenbarte in diesem Zusammenhang ein Geschick, das sich kaum von dem eines toten Seesterns unterschied. Oh, er ging seinen Verwandten durchaus zur Hand, aber er zeigte dabei jene Art von vager, fröhlicher Hilfsbereitschaft, die ernsthafte Männer schon sehr bald fürchteten — weil sie etwas Ansteckendes und Fatales darin sahen. Mort war groß, hatte rotes Haar und Sommersprossen. Sein Körper schien nur teilweise der Kontrolle des Gehirns zu unterliegen und erweckte den Eindruck, einzig und allein aus Knien zu bestehen.

An diesem besonderen Tag stürmte Mort über die oberen Bereiche des Hanges, winkte und rief unaufhörlich.

Sein Vater und Onkel standen an der Mauer und beobachteten den Jungen verzagt.

»Es ist mir ein Rätsel, daß die Vögel nicht einmal

fortfliegen«, sagte Vater Lezek. »Ich würde mich aus dem Staub machen, wenn eine solche Gestalt auf mich zuliefe.«

»Oh, ein wahres Wunder. Der menschliche Körper, meine ich. Sieh dir nur seine Beine ein. Man erwartet ständig, daß sie einknicken; statt dessen ist er ziemlich flink damit.«

Mort erreichte das Ende der Ackerfurche. Eine recht dicke Ringeltaube watschelte gleichgültig beiseite.

»Nun, wenigstens hat er das Herz am richtigen Platz«, sagte Lezek vorsichtig.

»Oh, was man vom Rest allerdings nicht behaupten kann.«

»Er hält das Haus sauber«, fügte Lezek hinzu. »Und er ißt nicht viel.«

»O ja, das sehe ich.«

Lezek musterte seinen Bruder, der zum Himmel emporstarrte.

»Wie ich hörte, ist auf deiner Farm eine Stelle frei, Hamesh«, stellte er fest.

»Oh. Ich habe inzwischen einen Lehrling eingestellt. Glaube ich.«

»Oh«, machte Lezek düster. »Wann denn?«

»Gestern«, log sein Bruder sofort und errötete nicht einmal. »Ein Vertrag mit Unterschrift und Siegel. Tja, tut mir leid. Weißt du, ich habe nichts gegen deinen Sohn. Ein netter Junge — wenn man ihn besser kennenlernt. Es ist nur ...«

»Ich weiß, ich weiß«, brummte Lezek. »Er hat zwei linke Hände.«

»Zwei linke *Knie*«, sagte Hamesh.

Sie beobachteten die Gestalt in der Ferne. Mort war gerade gefallen, und einige Tauben wankten neugierig näher.

»Er ist keineswegs dumm, nein, das bestimmt nicht«, fuhr Hamesh fort. »Ich meine, wirkliche Dummheit sieht anders aus. Glaube ich.«

»Er hat ein Gehirn im Schädel«, gestand Lezek ein. »Manchmal denkt er so angestrengt nach, daß man ihm eine Ohrfeige geben muß, um seine Aufmerksamkeit zu erregen. Nun, Oma hat ihm das Lesen beigebracht. Ich fürchte, die Belastung war zu groß für ihn.«

Mort stand auf, stolperte über den Saum seines Umhangs und fiel erneut.

»Du solltest ihn ein Gewerbe erlernen lassen«, schlug Hamesh vor. »Das Priestertum. Oder vielleicht die Zauberei. Zauberer lesen viel.«

Die beiden Brüder wechselten einen besorgten Blick und stellten sich vor, was Mort anrichten mochte, wenn er magische Bücher in die ungeschickten Hände bekam.

»Es gibt noch andere Berufe«, fügte Hamesh hastig hinzu. »Bestimmt kann sich Mort irgendwo und irgendwie nützlich machen. Glaube ich.«

»Sein Problem besteht darin, daß er zuviel denkt«, sagte Lezek. »Sieh ihn dir nur an. Normale Jungen überlegen nicht, wie man Vögel erschreckt. Man verscheucht sie einfach, und damit hat es sich. Aber Mort braucht für alles Erklärungen. Das bringt ihn in Schwierigkeiten. Ihn und seine Umwelt.«

Hamesh rieb sich das Kinn und überlegte.

»Vielleicht kann sich jemand anders um dieses Problem kümmern«, sagte er.

Lezeks Gesichtsausdruck veränderte sich nicht, aber in seinen Augen blitzte es kurz.

»Worauf willst du hinaus?« fragte er.

»Nächste Woche findet in Schafrücken der Gewerbemarkt statt. Schick ihn als Lehrling dorthin. Sein neuer Herr nimmt ihn unter die Fittiche und sorgt dafür, daß er pariert, daß er sich anständig benimmt.«

Lezek starrte über den Acker. Mort betrachtete gerade einen Stein.

»Oh, ich möchte nicht, daß ihm irgend etwas zustößt«, erwiderte er skeptisch. »Seine Mutter und ich …

Wir mögen ihn recht gern. Ich meine, man gewöhnt sich an ihn.«

»Es wäre nur zu seinem eigenen Besten. Jemand soll einen Mann aus ihm machen.«

»O ja«, sagte Lezek und seufzte. »Nun, Rohmaterial gibt's sicher genug.«

Mort fand Interesse an dem Stein. Er enthielt kleine, verschnörkelte Schalen, die aus den Anfangstagen der Welt stammten. Niemand wußte, warum der Schöpfer damals solchen Wert darauf gelegt hatte, steinerne Wesen entstehen zu lassen.

Mort interessierte sich für viele Dinge, zum Beispiel dafür, weshalb die menschlichen Zähne so gut zusammenpaßten. Er hatte lange über diese Frage nachgedacht. Auch darüber, aus welchen unerfindlichen Gründen die Sonne ausgerechnet am Tag über den Himmel kroch, obgleich ihr Licht während der Nacht weitaus nützlicher gewesen wäre. Er kannte die üblichen Erklärungen, aber sie befriedigten seine Neugier nicht ganz.

Mit anderen Worten: Mort gehörte zu jenen Leuten, die gefährlicher sind als ein Sack voller Klapperschlangen. Er war entschlossen, über die elementare Logik des Universums Aufschluß zu gewinnen.

Was enorm schwierig sein mußte, weil es überhaupt keine gab. Der Schöpfer hatte einige bemerkenswert gute Ideen, als er die Scheibenwelt formte, doch Verständlichkeit stand nicht auf der Liste seiner Optionen.

Tragische Helden stöhnen immer, wenn die Götter ihre Aufmerksamkeit auf sie richten. Doch wirklich arm dran sind diejenigen, die von den Göttern nicht beachtet werden.

Mort hörte die wie üblich verärgert klingende Stimme seines Vaters. Er warf den Stein nach einer Taube, die ihm träge auswich, seufzte und kehrte über den Acker zurück.

Einige Tage später machten sich Vater und Sohn auf den Weg: Am Silvesterabend verließen sie die Berge und reisten nach Schafrücken. Ein verdrießlich und mürrisch wirkender Esel trug den Sack, der Morts geringe Habe enthielt. Das Dorf bestand eigentlich nur aus einem kopfsteingepflasterten Platz, auf vier Seiten von Läden und Geschäften gesäumt, die alle notwendigen Dienstleistungen einer landwirtschaftlichen Gemeinschaft anboten.

Nach fünf Minuten kam Mort aus der Stube des Schneiders und trug ein weites, braunes und undefinierbares Kleidungsstück, von dem sich der frühere Besitzer aus gutem Grund getrennt hatte. Es schien für einen neunzehnbeinigen Elefanten bestimmt zu sein und bot daher genug Platz, um hineinzuwachsen.

Lezek musterte seinen Sohn kritisch.

»Sehr hübsch, wenn man den Preis bedenkt«, behauptete er kühn.

»Es kratzt«, sagte Mort. »Und ich glaube, ich bin hier drin nicht allein.«

»Tausende von Jungen im ganzen Land wären überglücklich, ein so herrlich warmes«, — Lezek suchte nach den richtigen Worten —, »Gewand ihr eigen nennen zu können.«

»Kann ich es einem von ihnen überlassen?« fragte Mort hoffnungsvoll.

»Du mußt würdevoll aussehen«, sagte Lezek streng. »Du mußt einen guten Eindruck machen, aus der Menge ragen.«

Letzteres fiel ihm bestimmt nicht sehr schwer. Vater und Sohn bahnten sich einen Weg durch das Gedränge auf dem Platz, und jeder von ihnen lauschte seinen eigenen Gedanken. Für gewöhnlich fand Mort großen Gefallen daran, den Ort zu besuchen. Er mochte die kosmopolitische, internationale Atmosphäre in Schafrücken und hörte gern die fremdartigen Dialekte von Leuten, die aus fünf oder sogar zehn Meilen entfernten Dörfern stammten. Diesmal aber entstand Unbehagen in ihm, und er hatte das ebenso seltsame wie unangenehme Gefühl, sich an etwas zu erinnern, das erst noch geschehen mußte.

Der Gewerbemarkt schien auf folgende Weise zu funktionieren: Die nach Arbeit suchenden Männer warteten auf der Mitte des Platzes und bildeten eine lange Reihe. Die meisten von ihnen hatten Zeichen an den Hüten befestigt, um dem Rest der Welt ihren Beruf mitzuteilen: Schäfer trugen Wollstreifen, Fuhrleute ein Büschel aus Pferdehaar, Innenausstatter kleine Fetzen überaus interessanter Sackleinentapeten. Und so weiter und so fort.

Wer sich einen Ausbildungsvertrag erhoffte, stand auf der mittwärtigen Seite des Platzes.

»Gesell dich einfach zu den anderen!« schlug Lezek vor und fügte unsicher hinzu: »Dann kommt irgend jemand und bietet dir eine Lehrlingsstelle an. Wenn du einen guten Eindruck machst. Wenn du den Leuten gefällst. Wenn ...« Er war plötzlich ziemlich sicher, daß er mit seinem Sohn nach Hause zurückkehren mußte.

»Und *wenn* jemand an mich herantritt?« fragte Mort. »Was passiert dann?«

»Nun ...«, begann Lezek und brach ab. Über diesen Punkt hatte Hamesh geschwiegen. Er besann sich auf sein beschränktes Wissen über Märkte, das vor allen Dingen den Verkauf von Vieh betraf. »Ich nehme an, man zählt deine Zähne und so. Wahrscheinlich wollen sich die Interessenten vergewissern, daß du nicht niest und deine Füße in Ordnung sind. An deiner Stelle würde ich nicht darauf hinweisen, daß du lesen kannst. Damit könntest du eventuelle Lehrmeister beunruhigen.«

»Und dann?«

»Dann begleitest du deinen neuen Herrn und lernst ein Gewerbe«, sagte Lezek.

»Was für eins?«

»Nun ... Das Zimmerhandwerk ist nicht übel«, erwiderte Lezek vorsichtig. »Oder die Diebeskunst. Sie gilt durchaus als ehrenhaft. Glaube ich jedenfalls. Ich meine, es muß Leute geben, die stehlen. Sonst wäre das Leben viel zu langweilig.«

Mort starrte zu Boden. Er war ein pflichtbewußter Sohn — wenn er sich an die Tugend des Gehorsams erinnerte, was nicht allzu häufig geschah. Wenn Vater und Schicksal von ihm erwarteten, eine Ausbildung zu beginnen, so wollte er wenigstens ein guter Lehrling sein. Das Zimmerhandwerk erschien ihm allerdings wenig geeignet — Holz zeichnete sich durch eine gewisse Sturheit aus und neigte dazu, ein beharrliches Eigenleben zu entwickeln. Außerdem splitterte es leicht. Und was die Kunst des Klauens, Stehlens und Entwendens betraf: Die meisten Bewohner der Spitzhornberge waren viel zu arm, um sich einen offiziellen Dieb zu leisten.

»Na schön«, sagte Mort schließlich. »Ich versuch's. Aber was sollen wir tun, wenn mich niemand will?«

Lezek kratzte sich am Kopf.

»Keine Ahnung«, entgegnete er. »Ich schlage vor, wir warten bis zum Ende des Marktes. Bis heute abend. Besser noch: bis um Mitternacht.«

Und Mitternacht rückte rasch näher.

Rauhreif bildete eine dünne glitzernde Schicht auf dem Kopfsteinpflaster. Oben im dekorativen Uhrturm öffneten sich kleine Klappen, und winzige Gestalten aus verwittertem Holz und rostigem Eisen krochen hervor, als Ketten rasselten, Zahnräder knirschten und der Gong ertönte.

Noch fünfzehn Minuten. Mort fröstelte, und tief in ihm brannte ein Feuer aus Scham und verzweifelter Hartnäckigkeit, heißer als die Flammen der Hölle. Er blies in die hohlen Hände, um sich irgendwie zu beschäftigen, blickte zum kalten Himmel hinauf und versuchte die Blicke der wenigen Nachzügler zu übersehen.

Die meisten Budenbesitzer hatten bereits ihre Sachen gepackt und den Platz verlassen. Selbst der dicke Mann mit den warmen Pasteten pries seine Waren nicht mehr an und biß herzhaft in einen mit Hackfleisch gefüllten Teig — ungeachtet der Gefahren, die er damit für seine Gesundheit heraufbeschwor.

Die letzten jungen Männer waren schon vor Stunden mit den erhofften Lehrverträgen in der Tasche gegangen. Zurück blieb Mort, ein glubschäugiger Bursche mit krummem Rücken und laufender Nase. Der einzige konzessionierte Bettler in Schafrücken glaubte; eine gewisse natürliche Begabung in ihm zu erkennen. Dem Jungen, der links von Mort gewartet hatte, stand eine Ausbildung zum Spielzeugmacher bevor, und die anderen wurden bald zu Steinmetzen, Hufschmieden, Meuchelmördern, Krämern, Böttchern, Betrügern und Pflügern. In einigen Minuten begann das neue Jahr, und hundert Lehrlinge freuten sich auf ihren neuen Beruf, konnten zufrieden in die Zukunft sehen.

Mort fragte sich niedergeschlagen, warum ihm niemand ein Angebot unterbreitete. Den ganzen Abend über hatte er versucht, möglichst würdevoll zu wirken. Er sah interessierten Ausbildungsherrn fest in die Augen, um sie mit seinem exzellenten Wesen zu beeindrucken und auf außerordentlich positive Charaktereigenschaften hinzuweisen. Doch aus irgendeinem Grund erzielte er damit nicht die angestrebte Wirkung.

»Möchtest du eine warme Fleischpastete?« fragte sein Vater.

»Nein.«

»Der Mann verkauft sie recht billig.«

»Nein, danke.«

»Oh.«

Lezek zögerte.

»Ich könnte ihn fragen, ob er einen Lehrling braucht«, schlug er vor. »Ein seriöses Gewerbe, die Gastronomie.«

»Ich glaube, er benötigt keine Hilfe«, sagte Mort.

»Ja, wahrscheinlich hast du recht«, antwortete Lezek. »Eine Art Ein-Mann-Betrieb, nehme ich an. Außerdem geht er gerade heim. Was hältst du davon, wenn wir uns meine Pastete teilen?«

»Ich habe überhaupt keinen Hunger, Paps.«

»Das Fleisch enthält nur wenige Knorpel. Fast gar keine.«

»Nein. Trotzdem vielen Dank.«

»Oh.« Lezek seufzte, stampfte mit den Füßen, um die Kälte zu vertreiben, und pfiff leise vor sich hin. Er wollte irgend etwas sagen, seinem Sohn Mut zusprechen, ihm einen Rat geben, darauf hinweisen, das Leben sei ein dauerndes Auf und Ab. Er wollte den Arm um Morts Schultern legen, ihm die Probleme des Erwachsenwerdens erläutern, ihm mit einigen knappen Worten erklären, in der Welt gehe es meistens recht komisch zu, und man dürfe — bildlich gesprochen — nie zu stolz sein, eine wenigstens einigermaßen genießbare Fleischpastete abzulehnen.

Statt dessen schwieg er und dachte voller Grauen daran, was aus seinem Bauernhof werden sollte, wenn Mort den Anbau reannueller Pflanzen lernen mußte.

Inzwischen waren sie allein. Auf den Kopfsteinen wuchs der Rauhreif, der letzte dieses Jahres.

Hoch oben im Turm machte ein Zahnrad laut und deutlich *Knirsch* und löste einen Hebel aus, der wiederum einen Sperrbolzen beiseite schob und ein Bleigewicht herabfallen ließ. Ein geradezu beängstigend klingendes Rasseln erklang, gefolgt von einem metallenen Schnaufen und Keuchen. Die kleinen Klappen öffneten sich, und erneut krochen die Uhr-Zwerge unter dem großen Zifferblatt hervor. Mit steifer mechanischer Fröhlichkeit, so als litten sie an robotischer Arthritis, schwangen sie ihre Hämmer, und das laute Hallen des Gongs kündigte ein neues Jahr an.

»Tja, das wär's«, sagte Lezek hoffnungsvoll. Sie mußten nun eine Unterkunft finden: Niemand, der noch alle seine Sinne beisammen hatte, kraxelte während der Neujahrsnacht in den Spitzhornbergen herum. Irgendein warmer Stall ...

»Erst beim letzten Schlag ist es Mitternacht«, stellte Mort sachlich fest.

Lezek hob die Schultern und beugte sich dem Starrsinn seines Sohnes.

»Meinetwegen«, brummte er. »Warten wir noch einige Sekunden lang.«

Unmittelbar im Anschluß an diese Worte hörte er das *Klippklapp* von Hufen, und es hallte weitaus lauter über den Platz, als eine normale Akustik gestatten sollte. Eigentlich wurde der Ausdruck *Klippklapp* dem unheilvollen Pochen überhaupt nicht gerecht. Gewöhnliches *Klippklapp* deutete auf ein lebhaftes kleines Pony hin, das vielleicht einen Strohhut trug — mit zwei Löchern für die Ohren. *Dieses Klippklapp* hingegen ließ keinen Zweifel daran, daß niemand mit irgendwelchen Strohhüten rechnen durfte.

Das Pferd erreichte den Platz von der mittwärtigen Straße her. Dampf wallte von den schweißfeuchten weißen Flanken, und Funken stoben vom Kopfsteinpflaster unter den Hufen. Es bewegte sich mit der anmutigen stolzen Eleganz eines edlen Rosses, und es trug *keinen* Strohhut.

Die hochgewachsene Gestalt auf seinem Rücken war in einen dunklen Umhang gehüllt. Als das Pferd die Mitte des Platzes erreicht hatte, stieg der Reiter langsam ab und tastete nach einem Gegenstand hinter dem Sattel. Schließlich fand er — oder sie — einen Futtersack, streifte den Riemen über die Ohren des Rosses und klopfte ihm freundlich auf den Hals.

Die Luft gewann plötzlich eine schmierige, ölige Qualität, und die Schatten vor Mort wurden dichter, verwandelten sich in Regenbogen, deren Farben auf Dunkelblau und Purpur beschränkt blieben. Der Reiter schritt mit wehendem Mantel auf ihn zu, und seine — ihre? — Füße klickten und klackten leise auf dem Pflaster. Abgesehen davon ertönte nicht das geringste Geräusch. Eine sonderbare gespenstische Stille glitt heran, als die Akustik floh und sich irgendwo verbarg.

Dünnes glattes Eis ruinierte den höchst dramatischen Effekt.

VERDAMMTER MIST!

Es schien keine Stimme im eigentlichen Sinn zu sein. Mit den Worten war soweit alles in Ordnung — aber sie erklangen in Morts Kopf, ohne sich mit einem Umweg durch die Ohren aufzuhalten.

Er lief los, um der ausgerutschten Gestalt auf die Beine zu helfen, ergriff eine Hand, die nur aus blanken Knochen bestand, so glatt und vergilbt wie eine alte Billardkugel. Die Kapuze fiel zurück, und darunter kam ein nackter Schädel zum Vorschein. Der Blick leerer Augenhöhlen richtete sich auf den Jungen.

Nun, sie waren nicht völlig leer. Sie ähnelten Fenstern, die einen Ausblick in die Weiten des Alls gestatteten, und tief in ihnen glühten zwei kleine blaue Sterne.

Mort dachte daran, daß er entsetzt sein sollte, und deshalb überraschte ihn die unerklärliche Ruhe in seinem Innern. Vor ihm saß ein Skelett, rieb sich die Knie und brummte leise — aber es handelte sich um ein *lebendes* Skelett, das zwar beeindruckend wirkte, ihm jedoch (so seltsam das auch sein mochte) keine Angst einjagte.

DANKE, JUNGE, sagte der Totenkopf. WIE HEISST DU?

»Äh«, erwiderte Mort, »Mortimer — Herr. Man nennt mich Mort.«

WELCH INTERESSANTER ZUFALL! sprach der Knochenmann. MORT. DER NAME HAT EINEN ANGEMESSENEN GRABESKLANG. BITTE HILF MIR AUF!

Die Gestalt stemmte sich in die Höhe und strich mit einer fahrigen Geste den Umhang glatt. Mort sah einen breiten Gürtel an der Taille des Skeletts, und daran hing ein Schwert mit weißem Heft.

»Ich hoffe, du bist nicht verletzt, Herr«, sagte er höflich.

Der Totenschädel grinste — in dieser Hinsicht blieb ihm kaum eine Wahl.

MACH DIR KEINE SORGEN UM MICH. Erst jetzt schien der Knochenmann Lezek zu bemerken, der wie erstarrt stand. Der Blick — fast — leerer Augenhöhlen richtete sich auf ihn, und Mort hielt eine Erklärung für angebracht.

»Mein Vater«, sagte er und versuchte, möglichst unauffällig vor den Reglosen zu treten. »Entschuldige bitte, Herr ... Bist du der Tod?«

IN DER TAT. DU HAST EINE AUSGEZEICHNETE BEOBACHTUNGSGABE, JUNGE.

Mort schluckte.

»Mein Vater ist ein gutherziger Mann«, sagte er, dachte einige Sekunden lang nach und fügte hinzu: »Meistens jedenfalls. Wenn's dir nichts ausmacht ... Ich wäre dir sehr dankbar, wenn du ihn verschonen könntest. Nun, äh, ich weiß nicht, was du mit ihm angestellt hast, aber vielleicht bist du so nett, damit aufzuhören. Womit ich dir keineswegs zu nahe treten möchte, Herr.«

Tod wich einen Schritt zurück und neigte den Kopf zur Seite.

ICH HABE FÜR UNS BEIDE NUR DIE ZEIT ANGEHAL-

TEN, sagte er. DEIN VATER WIRD NICHTS SEHEN ODER HÖREN, DAS IHN VERWIRRT. NEIN, JUNGE, ICH BIN DEINETWEGEN GEKOMMEN.

»Meinetwegen?«

DU MÖCHTEST DOCH EINE ANSTELLUNG, ODER?

Allmählich ging Mort ein Licht auf. »Du suchst einen *Lehrling?*« fragte er.

Die Augenhöhlen wandten sich ihm zu, und die aktinischen Punkte darin funkelten.

SELBSTVERSTÄNDLICH.

Tod winkte mit einer knöchernen Hand. Purpurnes Licht glühte, gefolgt von einer Art sichtbarem *plopp,* und Lezek zuckte zusammen. Die Zeit erwachte aus ihrem anästhetischen Schlaf, woraufhin die Uhr-Zwerge unter dem Zifferblatt erneut ihre Hämmer schwangen. Sie hatten sich nicht verzählt: Nach dem zwölften Gong kehrten sie gehorsam zurück, und hinter ihnen schlossen sich die kleinen Klappen.

Lezek blinzelte.

»Seltsam«, sagte er. »Eben habe ich dich gar nicht gesehen. Muß mit meinen Gedanken ganz woanders gewesen sein.«

ICH HABE DEINEM SOHN ANGEBOTEN, IN MEINE DIENSTE ZU TRETEN, verkündete Tod. ICH NEHME AN, DU BIST DAMIT EINVERSTANDEN, ODER?

»Äh, worin besteht deine Tätigkeit?« fragte Lezek. Er wirkte überhaupt nicht überrascht, sprach so mit dem Skelett, als sei das die normalste Sache der Welt.

ICH GELEITE SEELEN INS JENSEITS, erwiderte Tod.

»Oh«, machte Lezek. »Natürlich. Entschuldige! Eine dumme Frage. Dein Aussehen — ich meine, deine Kleidung ist ein deutlicher Hinweis. Nun, eine notwendige Arbeit, da bin ich ganz sicher. Wahrscheinlich mangelt es dir nicht an Aufträgen. Schon lange im Geschäft?«

SEIT EINER GANZEN WEILE, JA, bestätigte Tod.

»Gut. Ausgezeichnet. Tja, bisher habe ich nicht daran gedacht, daß ein solcher Job für Mort in Frage kommen könnte, aber es ist zweifellos ein sehr ehrenvoller Beruf, der Zuverlässigkeit und Ernst erfordert. Genau richtig für meinen Sohn. Äh, wie lautet dein Name?«

TOD.

»Paps ...«, begann Mort.

»Klingt nicht vertraut für meine Ohren«, sagte Lezek. »Kommst du weit herum?«

MEIN TÄTIGKEITSBEREICH ERSTRECKT SICH VON DEN DUNKELSTEN TIEFEN DES MEERES BIS ZU JENEN HÖHEN, DIE NICHT EINMAL EIN ADLER ERREICHEN KANN, erwiderte Tod.

»Ich schätze, das ist weit genug.« Lezek nickte. »Nun, ich ...«

»Paps ...«, drängte Mort und zupfte am Ärmel seines Vaters.

Tod legte dem Jungen die Hand auf die Schulter.

WAS ER HÖRT UND SIEHT, UNTERSCHEIDET SICH VON DEINEN WAHRNEHMUNGEN, erklärte er. SEI UNBESORGT; IHM WIRD NICHTS GESCHEHEN. ICH MÖCHTE IHM NUR MEINEN ANBLICK ERSPAREN. ODER GLAUBST DU, ER SÄHE MICH GERN SO, WIE ICH WIRKLICH BIN — IN FLEISCH UND BLUT, SOZUSAGEN?

»Aber du bist der Tod«, platzte es aus Mort heraus. »Du streifst umher und *tötest!*«

ICH TÖTE? fragte Tod beleidigt. DA IRRST DU DICH. DIE LEUTE KOMMEN VON GANZ ALLEIN UMS LEBEN. ICH KÜMMERE MICH NUR UM IHRE SEELEN, DAS IST ALLES. ES WÄRE SCHLIESSLICH EINE ZIEMLICH VERRÜCKTE WELT, WENN MENSCHEN DAS ZEITLICHE SEGNEN, OHNE ZU STERBEN, MEINST DU NICHT AUCH?

»Nun ...«, sagte Mort skeptisch.

Er hatte noch nie das Wort ›fasziniert‹ gehört — es gehörte nicht zum üblichen Vokabular der Familie.

Dennoch beschrieb es seine Reaktion ziemlich genau: Irgendein Teil seines bisher verkannten Ichs wurde neugierig und entwickelt ein Interesse, das mit unwillkürlichem Zögern rang und schon nach wenigen Sekunden triumphierte. Wenn er diese einmalige Chance verstreichen ließ, so glaubte er, würde er das für den Rest seines Lebens bedauern. Er dachte an die Demütigungen des vergangenen Abends, an den langen Weg nach Hause ...

»Äh, ich muß doch nicht etwa sterben, um den Job zu bekommen, oder?« fragte er.

DEIN TOD IST KEINESWEGS OBLIGATORISCH, sagte Tod.

»Und — die Knochen ...«

DU KANNST HAUT UND HAAR BEHALTEN, WENN DU UNBEDINGT WILLST.

Verständliche Erleichterung durchströmte Mort, und er ließ den angehaltenen Atem entweichen.

»Wenn mein Vater nichts dagegen hat ...«, sagte er.

Sie sahen Lezek an, der sich nachdenklich das Kinn rieb.

»Was hältst du davon, Mort?« fragte er mit der Nervosität eines Fieberopfers. »Vermutlich würden sich viele Leute einen anderen Beruf wünschen. Ich muß zugeben, daß ich mir nicht unbedingt so etwas vorgestellt habe. Aber es heißt, das Bestattungsgewerbe habe durchaus seine Vorzüge. Die Wahl liegt bei dir, Sohn.«

»Bestattungsgewerbe?« wiederholte Mort. Tod nickte und hob in einer verschwörerischen Geste den Zeigefinger zum Mund.

»Es ist — interessant«, sagte Mort langsam. »Ich glaube, ich sollte es versuchen.«

»Äh, wo gehst du deinen Geschäften nach?« fragte Lezek und erinnerte sich vage daran, schon eine ähnliche Frage gestellt zu haben. »Ist jener Ort weit entfernt?«

NUR EINE SCHATTENBREITE, antwortete Tod. ICH

WAR ZUR STELLE, ALS DIE ERSTE PRIMITIVE ZELLE ENTSTAND. ICH BIN DORT, WO MENSCHEN WEILEN. UND ICH WERDE AUCH ZUGEGEN SEIN, WENN DAS LETZTE LEBEN DEN VERBLASSENDEN GLANZ GEFRIERENDER STERNE BEKLAGT.

»Oh«, brummte Lezek, »offenbar bist du ziemlich beschäftigt.« Er runzelte verwirrt die Stirn, wie jemand, der angestrengt versucht, sich etwas Wichtiges ins Gedächtnis zurückzurufen. Schließlich gab er es auf.

Tod klopfte ihm kameradschaftlich auf die Schulter und sah dann Mort an.

HAST DU IRGENDWELCHE SACHEN DABEI?

»Ja«, sagte Mort sofort. Dann fiel ihm etwas ein. »Oh, ich glaube, sie sind noch im Laden. Paps, wir haben meinen Sack beim Schneider vergessen!«

»Bestimmt hat er sein Geschäft längst geschlossen«, erwiderte Lezek. »In der Neujahrsnacht wird gefeiert und nicht verkauft. Dir bleibt wohl nichts anderes übrig, als bis übermorgen zu warten. Äh, bis morgen. Heute ist schon ja morgen. Ich meine ...«

ES SPIELT KEINE ROLLE, JUNGE, behauptete Tod. WIR BRECHEN SOFORT AUF. BESTIMMT HABE ICH HIER BALD ZU TUN, UND DANN KÖNNEN WIR DEINE HABSELIGKEITEN ABHOLEN.

»Besuch uns, sobald du Gelegenheit dazu findest«, sagte Lezek. Es schien ihm eine gewisse Mühe zu bereiten, seine Gedanken zu ordnen.

»Ich bin mir nicht sicher, ob das ein gute Idee ist«, entgegnete Mort.

»Tja, nun, äh, auf Wiedersehen, Junge«, stammelte Lezek. »Sei fügsam und fleißig, klar? Und ... Entschuldige bitte, Herr, hast du einen Sohn?«

Tod musterte ihn verwundert.

NEIN, sagte er. NEIN, ICH HABE KEINE SÖHNE.

»Nun, ich würde gern noch einige letzte Worte an Mort richten, wenn es dir recht ist.«

ICH KÜMMERE MICH INZWISCHEN UMS PFERD, verkündete Tod und zeigte damit weitaus mehr Taktgefühl als sonst.

Lezek legte Mort den Arm um die Schultern — was angesichts des Größenunterschieds nicht unbeträchtliche Akrobatik erforderte — und führte ihn fort.

»Weißt du, was mir dein Onkel Hamesh über das Lehrgewerbe verriet?« flüsterte er.

»Nein.«

»Nun, er gab mir einen wichtigen Hinweis«, vertraute der alte Mann seinem Sohn an. »Er meinte, der Lehrling trete häufig die Nachfolge seines Ausbilders an. Wie gefällt dir diese Aussicht?«

Mort dachte an Knochen, an leere Augenhöhlen, in denen kleine blaue Sterne leuchteten. »Äh, ich weiß nicht so recht ...«

»Du solltest gründlich darüber nachdenken«, riet Lezek.

»Ich *denke* darüber nach, Vater.«

»Viele junge Burschen haben auf diese Weise angefangen, meint Hamesh. Sie machen sich nützlich, gewinnen das Vertrauen ihres Herrn und ... Nun, wenn Töchter im Haus sind ... Hat — äh — hat *er* irgendwelche Töchter erwähnt?«

»Er — wer?« fragte Mort.

»Du weißt schon. Der Mann, in dessen Dienste du trittst.«

»Ach, *er*. Nein. Nein, ich glaube nicht«, sagte Mort langsam. »Vermutlich gehört er nicht zu den Leuten, die Wert auf Ehe und Familie legen.«

»Viele junge Männer verdanken ihren beruflichen Aufstieg gut überlegten Trauungsscheremonien«, sagte Lezek.

»Tatsächlich?«

»Hörst du mir überhaupt zu, Mort?«

»Was?«

Lezek blieb auf dem vereisten Pflaster stehen, griff

nach den Schultern des Jungen und drehte ihn zu sich herum.

»So geht das nicht weiter, Sohn«, sagte er. »Reiß dich endlich zusammen! Wenn du es in dieser Welt zu etwas bringen willst, mußt du zunächst einmal lernen, richtig *zuzuhören.* Verstehst du? Hör wenigstens auf mich, deinen Vater.«

Mort sah in das Gesicht seines Vaters. Er wollte ihm viele Dinge sagen: wie sehr er an ihm hing, welche Sorgen er sich machte. Er wollte ihn fragen, was er eben gesehen und gehört zu haben glaubte. Er wollte ihm sagen, daß er das Gefühl hatte, auf einen Maulwurfshügel getreten zu sein — um unmittelbar darauf festzustellen, daß es sich in Wirklichkeit um einen kleinen Vulkan handelte. Er wollte ihn fragen, was er sich unter Trauungsscheremonien vorstellen sollte.

Statt dessen seufzte er. »Ja. Danke für deinen Rat. Äh, ich muß jetzt los. Wenn ich Zeit finde, schreibe ich dir einen Brief.«

»Irgendwann kommt bestimmt jemand vorbei, der ihn uns vorlesen kann«, erwiderte Lezek. »Auf Wiedersehen, Mort.« Er schniefte leise.

»Auf Wiedersehen, Paps«, sagte der Junge. »Ich besuche euch mal.«

Tod hüstelte diskret — es klang, als breche ein von Termiten zerfressener Balken.

WIR MÜSSEN UNS BEEILEN, sagte er. STEIG AUF!

Mort nahm hinter dem reich verzierten, mit silbernen Beschlägen geschmückten Sattel Platz, und Tod beugte sich herab, um Lezek die Hand zu schütteln.

DANKE, sagte er.

»Im Grunde seines Wesens ist er ein guter Junge«, behauptete Lezek. »Obgleich er manchmal mit offenen Augen träumt. Nun, ich schätze, wir alle waren einmal jung.«

Tod dachte darüber nach.

NEIN, sagte er schließlich. DAS GLAUBE ICH NICHT.

Er nahm die Zügel, und das Pferd tänzelte herum, wandte sich der randwärtigen Straße zu. Mort drehte den Kopf und winkte verzweifelt.

Lezek erwiderte den Abschiedsgruß. Als das Pferd und die beiden Reiter nicht mehr zu sehen waren, ließ er die Hand sinken und starrte verwirrt darauf herab. Die Finger des fremden Mannes ... Sie hatten sich irgendwie seltsam angefühlt. Aber er konnte sich beim besten Willen nicht daran erinnern, warum er einen solchen Eindruck gewonnen hatte.

Mort hörte, wie die Hufe des prächtiges Rosses über des Kopfsteine klapperten. Es folgte ein dumpferes Pochen, als feste Erde auf das Pflaster folgte — und dann herrschte plötzlich Stille.

Er senkte den Kopf und beobachtete die Landschaft, die sich im perlmuttenen Mondschein unter ihm ausbreitete. Wenn er jetzt fiele, würde er nur auf leere Luft prallen.

Die Hände schlossen sich fester um den Sattel.

HAST DU HUNGER, JUNGE? fragte Tod nach einer Weile.

»Ja, Herr.« Die Worte stammten direkt aus dem Magen, bemühten gar nicht erst das Gehirn.

Tod nickte und zügelte das Pferd. Es verharrte mitten in der Leere, und tief unten glitzerte das runde Panorama der Scheibenwelt. Hier und dort verriet sich eine Stadt durch orangefarbenes Glühen, und vom warmen Meer in der Nähe des Rands ging ein vages phosphoreszierendes Schimmern aus. In einigen tiefen Tälern verdunstete langsames gefangenes Licht zu silbrigem Dampf.*

* Das Licht der Scheibenwelt ist ausgesprochen träge und zahm, und es gibt nur wenige Dinge, die noch langsamer sind. Ganz an-

Doch ein anderes Gleißen überstrahlte alles: Es stieg vom Rand auf, wuchs erhaben den Sternen entgegen. Goldene Mauern umgaben die Welt.

»Wunderschön«, murmelte Mort ergriffen. »Was ist das?«

DIE SONNE BEFINDET SICH DERZEIT UNTER DER SCHEIBENWELT, erklärte Tod.

»Wiederholt sich das in jeder Nacht?«

JA, bestätigte Tod. SO IST DIE NATUR EBEN.

»Wieso erfahre ich erst *jetzt* davon?«

WEIL SONST NIEMAND ETWAS AHNT. NUR WIR BEIDE WISSEN BESCHEID. UND DIE GÖTTER. SIEHT NETT AUS, NICHT WAHR?

»Ich bin platt!«

Tod beugte sich vor und sah in die Tiefe, beobachtete die Welt der Sterblichen.

ICH WEISS NICHT, WIE'S MIT DIR STEHT, sagte er, ABER ICH KÖNNTE JETZT EIN ORDENTLICHES CURRYGERICHT VERTRAGEN.

---

ders sieht die Sache mit normalem Licht aus. Der bekannte Philosoph Ly Schwatzmaul, den man auch Lügegut nennt, vertritt den Standpunkt, nur die Monarchie sei schneller. Er ging von folgenden Überlegungen aus: Es kann nicht mehr als einen König geben, und die Tradition verlangt, daß es zu keinen Lücken zwischen Königen kommen darf: Wenn einer stirbt, muß *sofort* ein Nachfolger da sein. Er meinte, wahrscheinlich existierten einige Elementarpartikel — Königonen, oder vielleicht Königinonen —, die ein solches Phänomen bewirkten. Natürlich bleibt der Thron manchmal leer, und Ly Schwatzmaul folgerte daraus, daß die entsprechenden Partikel in einem solchen Fall mitten im Flug auf ein Antiteilchen treffen, möglicherweise ein Republikon. Er entwickelte ambitionierte Pläne und wollte diese Entdeckung nutzen, um Nachrichtcn über große Entfernungen zu schicken, machte sich in diesem Zusammenhang sogar die Mühe, einen unwichtigen König zu foltern, um das Signal zu modulieren. Leider bekam er keine Gelegenheit, sein ganzes wissenschaftliches Genie unter Beweis zu stellen, denn im entscheidenden Augenblick schloß die Kneipe.

Es war bereits eine ganze Weile nach Mitternacht, doch in der Zwillingsstadt Ankh-Morpork herrschte noch immer rege Betriebsamkeit. Mort hatte Schafrükken für eine hektische Metropole gehalten, aber im Vergleich zu dem Durcheinander um ihn herum ging es in dem Dorf so geruhsam zu wie auf einem Friedhof.

Immer wieder haben Dichter versucht, Ankh-Morpork zu beschreiben. Nicht einem einzigen von ihnen ist es gelungen. Vielleicht liegt es an der mitreißenden Vitalität jenes Ortes — oder daran, daß eine Stadt mit einer Million Einwohnern und ohne einen einzigen Abwasserkanal das eher sensible Gemüt der Poesie zu sehr belastet. Nun, der Autor beschränkt sich an dieser Stelle auf folgende Vergleiche: Ankh-Morpork ist so voller Leben wie ein alter Käse an einem heißen Sommertag, so laut wie Flüche in einer Kirche, so sauber wie ein Schornstein, der seit mindestens einem Jahrhundert nicht mehr gereinigt wurde, so kunterbunt wie ein dicker Bluterguß, und so voller quirliger, geschäftiger und nervöser Aktivität wie ein Hundekadaver auf einem Haufen fleischfressender Ameisen.

Überall gab es Tempel, deren Tore weit offen standen. Aus dem halbdunklen Innern der Gebäude drangen Gongschläge, das Rasseln von Becken und — im Falle besonders konservativer fundamentalistischer Religionen — die kurzen Schreie von Opfern. Hier und dort sah Mort Läden, deren sonderbare Waren bis auf die Straße reichten. Er bemerkte viele lächelnde junge Damen, die sich nur wenig Kleidung leisten konnten. Er bewunderte Jongleure, Feuerspeier und andere Leute, die sofortige Transzendenz versprachen.

Tod wanderte ungerührt durch das Chaos. Mort hatte irgendwie damit gerechnet, daß der Knochenmann die Menge wie ungreifbarer Rauch durchdränge, aber in dieser Hinsicht wurde er enttäuscht. Die schlichte Wahrheit lautete: Wo auch immer sich Tod befand — die Leute wichen ihm aus.

Auf Mort traf das nicht zu. In dem allgemeinen Gedränge bildete sich eine Gasse für seinen Lehrmeister, aber hinter dem Skelett schloß sie sich rechtzeitig genug, um ihn in Schwierigkeiten zu bringen. Anders ausgedrückt: Man trat ihm auf die Füße; man stieß ihm Ellenbogen in die Rippen; man versuchte, ihm seltsam riechende Gewürze und sonderbar geformtes Gemüse zu verkaufen; und eine bereits recht betagte Dame behauptete mit kühner Verwegenheit, er sähe wie ein gut situierter junger Mann aus, der bestimmt nichts dagegen hätte, sich ein wenig zu vergnügen.

Mort dankte ihr freundlich und meinte ungeachtet aller Zweifel, er amüsiere sich bereits prächtig.

Tod erreichte die Straßenecke und schnupperte. In der Nähe bewiesen einige Feuerspeier ihre Künste, und der flackernde Flammenschein spiegelte sich auf dem glatten Schädel des Knochenmanns wider. Ein Betrunkener taumelte heran, wankte aus keinem unmittelbar ersichtlichen Grund beiseite, runzelte verwirrt die Stirn und setzte dann seinen komplizierten Zickzack-Kurs fort.

DIES IST EINE WAHRE STADT, JUNGE, sagte Tod. WAS HÄLTST DU DAVON?

»Sie scheint recht groß zu sein«, erwiderte Mort unsicher. »Warum gefällt den Menschen eine derartige Enge? Ich meine, hier geht's zu wie in einem Bienenstock.«

Tod hob die beinernen Schultern.

ICH FÜHLE MICH HIER WOHL, sagte er. ANKH-MORPORK IST VOLLER LEBEN.

»Herr?«

JA?

»Was ist ein Currygericht?«

Das blaue Glühen in den leeren Augenhöhlen strahlte heller.

HAST DU JEMALS IN EINEN FÜNFHUNDERT GRAD HEISSEN EISWÜRFEL GEBISSEN?

»Nein, Herr«, antwortete Mort.

CURRY SCHMECKT SO ÄHNLICH.

»Herr?«

JA?

Mort schluckte. »Entschuldige bitte, Herr, aber mein Vater sagte mir, ich solle Fragen stellen, wenn ich irgend etwas nicht verstehe.«

EIN BEGRÜSSENSWERTER RAT, stellte Tod fest. Er ging durch eine Seitengasse, und erneut teilte sich die Menge vor ihm, als bestünde sie aus entgegengesetzt geladenen Partikeln.

»Nun, Herr, mir ist da etwas aufgefallen, äh, man muß sich doch den Tatsachen stellen, nicht wahr, und die besonderen Umstände, ich meine ...«

HERAUS DAMIT, JUNGE!

»Wie bist du überhaupt in der Lage, Speisen zu dir zu nehmen?«

Tod blieb so plötzlich stehen, daß Mort gegen ihn stieß. Als der Lehrling zu sprechen begann, brachte ihn der Knochenmann mit einer brüsken Geste zum Schweigen. Er schien zu lauschen.

WEISST DU, JUNGE, MANCHMAL KANN ICH ZIEMLICH BÖSE WERDEN, sagte Tod mehr zu sich selbst.

Er wirbelte um die eigene Achse, eilte mit langen Schritten und wehendem Kapuzenmantel davon. Die Gasse wand sich an dunklen Mauern und stillen schiefen Häusern entlang, war eigentlich kein Durchgang, sondern eher eine schmale Lücke zwischen den Gebäuden.

Tod blieb an einer alten wackligen Regentonne stehen, streckte den Arm hinein und holte einen kleinen ziegelsteinbeschwerten Sack hervor. Mit der anderen Hand zog er das Schwert — im Halbdunkel tanzten blaue Funken über die Klinge — und durchtrennte den Strick.

JA, MANCHMAL GERATE ICH GERADEZU AUSSER MIR, sagte er, öffnete den Beutel und drehte ihn um.

Mort beobachtete, wie ein kleines Pelzbündel herausglitt und auf dem Boden liegen blieb. Tod berührte es wie zärtlich mit weißen Fingern.

Nach einigen Sekunden lösten sich graue Rauchfäden von den ertrunkenen Tieren und bildeten drei katzenförmige Wolken. Sie blähten sich auf und erzitterten ein wenig, als seien sie nicht ganz sicher, welche Gestalt sie annehmen sollten. Verwirrte Augen blinzelten und sahen Mort an. Als er versuchte, eins der Katzenphantome zu berühren, stieß er auf keinen Widerstand, spürte nur ein leichtes Prickeln.

IN MEINEM JOB ERLEBT MAN DIE LEUTE NICHT GERADE IN IHRER BESTFORM, erklärte Tod. Er hauchte eins der Tiere an, und die winzige Wolke wehte fort. Ein leises klagendes Miauen ertönte wie aus weiter Ferne, klang durch ein ebenso langes wie imaginäres Blechrohr.

»Es sind Seelen, nicht wahr?« fragte Mort. »Wie sehen Menschen aus?«

DAS KOMMT GANZ DARAUF AN, erwiderte Tod. ES HÄNGT VON DEN INDIVIDUELLEN MORPHOGENETISCHEN FELDERN AB.

Das Skelett seufzte — Mort verglich diesen Laut mit dem leisen Knistern eines Leichentuchs —, fing die Wolkenkätzchen behutsam ein und verstaute sie irgendwo in seiner schwarzen Robe. Dann richtete er sich auf.

UND JETZT..., sagte er. ICH GLAUBE, ICH HABE DICH SCHON AUF DIE VORZÜGE VON CURRY HINGEWIESEN.

Im *Curry-Garten* an der Ecke Gottesstraße und Blutgasse waren fast alle Tische besetzt, und die Gäste stammten ausschließlich aus der Creme der Gesellschaft. Zumindest handelte es sich um Leute, die ganz oben schwammen und daher die Bezeichnung ›Creme‹ verdienten. Überall standen Duftbüsche, deren Knospen und Blüten es fast gelang, die allgemeinen Aromen der Stadt zu überlagern — einen Geruch, der dem nasalen Äquivalent eines Nebelhorns gleichkam.

Mort aß mit heißhungrigem Appetit, bezähmte seine Neugier und beobachtete nicht, was Tod mit den Speisen anstellte. Nun, zuerst war der Teller vor dem Knochenmann gefüllt, und einige Minuten später glänzte er leer — deutlicher Hinweis darauf, daß in der Zwischenzeit irgend etwas geschehen sein mußte. Mort begann zu ahnen, daß solche Dinge nicht den üblichen Gewohnheiten Tods entsprachen. Vermutlich ging es ihm nur um das Wohlbefinden seines Lehrlings. Er verhielt sich wie ein in die Jahre gekommener Junggesellenonkel, der mit seinem Neffen Urlaub macht und ständig befürchtet, sich falsch zu verhalten und in ein erzieherisches Fettnäpfchen zu treten.

Die anderen Gäste des Lokals schenkten ihnen kaum Beachtung, übersahen Tod selbst dann, als er sich zurücklehnte und eine hübsch verzierte Pfeife anzündete. Unter gewöhnlichen Umständen fällt es niemandem besonders leicht, unbeeindruckt zu bleiben, wenn Rauch aus leeren Augenhöhlen quillt, doch in diesem Zusammenhang offenbarten die Anwesenden eine erstaunliche Standfestigkeit.

»Ist es Magie?« fragte Mort.

WAS GLAUBST DU, JUNGE? erwiderte Tod. BIN ICH WIRKLICH HIER?

»Ja«, sagte Mort langsam. »Ich — ich habe die Leute beobachtet. Sie sehen dich an, aber sie erkennen dich nicht. Glaube ich jedenfalls. Du beeinflußt sie irgendwie.«

Tod schüttelte den Kopf.

SIE BRINGEN ES VON GANZ ALLEIN FERTIG, entgegnete er. MAGIE SPIELT DABEI KEINE ROLLE. DIE LEUTE SEHEN MICH NICHT, WEIL SIE MICH NICHT SE-

HEN WOLLEN. BIS IHRE ZEIT ABGELAUFEN IST. ZAUBERER ERKENNEN MICH AUF DEN ERSTEN BLICK, EBENSO KATZEN. ABER FÜR DEN DURCHSCHNITTLICHEN MENSCHEN BLEIBE ICH UNSICHTBAR. Er blies einen Rauchring an die Decke. SELTSAM, NICHT WAHR?

Mort drehte den Kopf. Der Ring aus blauem Rauch schwebte unter dem Vordach hervor und trieb in Richtung Fluß.

»*Ich* sehe dich«, sagte er.

DAS IST ETWAS ANDERES.

Der klatschianische Kellner trat heran und legte die Rechnung vor Tod auf den Tisch. Der Mann war untersetzt und braunhaarig, und seine Frisur erinnerte an eine auseinandergeplatzte Kokosnuß. Verwirrungsfalten bildeten tiefe Täler in dem runden Gesicht, als ihm Tod freundlich zunickte. Der Kellner schüttelte den Kopf wie jemand, der sich von Seife in den Ohren zu befreien versucht, seufzte und ging fort.

Tod griff unter seinen Umhang und holte einen großen Lederbeutel mit Kupfermünzen hervor. Die meisten von ihnen trugen eine blaugrüne Patina hohen Alters. Der Knochenmann beäugte die Rechnung skeptisch und legte zehn kleine Metallscheiben auf den Tisch.

KOMM, sagte er und stand auf. WIR MÜSSEN LOS.

Mort folgte hastig, als Tod den *Curry-Garten* verließ und auf die Straße trat. Dort ging es noch immer ziemlich hektisch zu, obwohl am Horizont schon das erste Licht des neuen Tages glühte.

»Hast du ein bestimmtes Ziel?«

DU BRAUCHST NEUE SACHEN.

»Diese hier *sind* neu. Ich habe sie erst heute bekommen. Äh, gestern, meine ich.«

IM ERNST?

»Mein Vater sagt, der Schneider in Schafrücken sei für sein gutes Angebot bekannt.«

NUN, DADURCH BEKOMMT DIE ARMUT EINEN VÖLLIG NEUEN ASPEKT. Tod schauderte, und seine Knochen klapperten leise.

Kurz darauf erreichten sie eine breitere Straße, die in ein vornehmeres Stadtviertel führte — die Abstände zwischen den einzelnen Fackeln wurden geringer, während sich die zwischen den Müll- und Kehrichthaufen vergrößerten. In diesem Bereich gab es weder Ställe noch Buden am Gehsteig; statt dessen sah Mort richtige kleine Gebäude mit Werbeschildern über den Türen. Es waren keine Geschäfte oder Läden, sondern regelrechte Warenhäuser. In ihnen arbeiteten fest angestellte Verkäufer, und es gab dort bequeme Stühle und sogar Spucknäpfe. Die meisten von ihnen hatten selbst um diese Zeit geöffnet. Aus gutem Grund: Der durchschnittliche ankhianische Händler kann kaum schlafen, weil er dauernd an das Geld denken muß, das er nicht verdient.

»Gehen die Leute hier nie zu Bett?« fragte Mort.

DIES IST EINE STADT, erwiderte Tod und öffnete die Tür eines Textilgeschäfts. Als sie es zwanzig Minuten später verließen, strich Mort stolz über einen wie maßgeschneiderten schwarzen Mantel mit silbrig glänzenden Stickmustern — während der Ladeninhaber einige uralte Kupfermünzen in der Hand hielt und sich verwundert fragte, woher sie stammten.

»Woher nimmst du die ganzen Münzen?« fragte Mort.

OH, DAS IST GANZ EINFACH: ICH NEHME SIE AUS DEM BEUTEL.

Ein fleißiger Friseur, der auch des Nachts die Kasse klingeln hören wollte, bescherte Mort einen Haarschnitt, der bei den jungen Leuten in Ankh-Morpork als letzter Schrei galt (wobei an dieser Stelle nicht unerwähnt bleiben soll, daß einige Mütter tatsächlich schrien, als sie die neueste Frisur ihrer Sprößlinge sahen). Tod nahm unterdessen in einem zweiten Sessel

Platz und summte leise vor sich hin. Zu seiner eigenen Überraschung hatte er ausgesprochen gute Laune.

Nach einer Weile schlug er die Kapuze zurück und sah zum Lehrling des Barbiers auf, der ihm gerade ein Handtuch um den knöchernen Hals schlang. Mort stellte fest, daß er ebenso hypnotisiert und benommen wirkte wie die anderen — lebenden — Menschen, die Tod begegneten.

EINIGE TROPFEN DUFTWASSER UND EINE ORDENTLICHE POLITUR, GUTER MANN, sagte Tod zufrieden.

Ein älterer Zauberer, der sich in einer Ecke des Zimmers den Bart stutzen ließ, zuckte heftig zusammen, als er die düstere Grabesstimme vernahm. Tod wußte, wie man einen möglichst großen Effekt erzielte: Wie in Zeitlupe drehte er den Kopf und lächelte sein bestes Totenschädel-Lächeln. Die Reaktion des Magiers entsprach dem Drehbuch: Er erbleichte.

Mort fühlte sich recht befangen und spürte eine ungewohnte Kühle an den Ohren, als er einige Minuten später zu dem Stall zurückkehrte, in dem Tods Pferd wartete. Er trachtete danach, angemessen zu stolzieren — sein neuer Haarschnitt und der Mantel schienen eine gewisse Eleganz zu verlangen —, aber irgendwie klappte es nicht richtig.

Mort erwachte.

Eine Zeitlang blickte er an die Decke, während sein Gedächtnis auf die Rückspultaste drückte und die Ereignisse des vergangenen Tages kleinen Eiswürfeln gleich kristallisierten.

Er konnte unmöglich dem Tod begegnet sein. Er konnte unmöglich mit einem Skelett gespeist haben, in dessen fast leeren Augenhöhlen zwei winzige blaue Sterne funkelten. Ein gespenstischer Traum, weiter nichts. Es war völlig absurd, im Soziussitz auf einem großen weißen Pferd zu reiten, das zum Himmel emportrabte und dann …

… wohin galoppierte?

Die Antwort kam mit der Unausweichlichkeit eines Steuerbescheids.

Hierher.

Vorsichtig tastende Hände berührten kurzgeschnittenes Haar und, weiter unten, weichen glatten Stoff. Das Material war weitaus erlesener als die rauhe und nach Schafen riechenden Wolle, die Mort von daheim kannte. Es fühlte sich an wie warmes trockenes Eis.

Hastig schwang er die Beine über den Bettrand, stand auf und sah sich im Zimmer um.

Zuerst fiel ihm folgendes auf: Die Kammer war groß, größer als das ganze Haus seiner Eltern, und trocken, so trocken wie Gräber unter einer uralten Wüste. Die Luft schmeckte, als habe sie stundenlang gekocht und sei anschließend abgekühlt. Der dicke Teppich auf dem Boden hätte einem ganzen Stamm von Pygmäen als Versteck dienen können und knisterte elektrisch, als Mort darüber hinwegschritt. Das farbliche Spektrum umfaßte nur purpurne und schwarze Töne.

Er sah an sich herab und stellte fest, daß er ein langes, weißes Nachthemd trug. Morts Kleidung lag sorgfältig zusammengefaltet auf einem Stuhl am Bett — auf einem Stuhl, der komplizierte Knochen- und Totenschädel-Motive aufwies.

Der Junge zog sich an, und seine Gedanken rasten.

Er öffnete die Tür aus massivem Eichenholz und war ein wenig enttäuscht, als das erwartete dumpfe Knarren ausblieb.

Draußen erstreckte sich ein langer leerer Plankenflur, und an der gegenüberliegenden Wand brannten große gelbe Kerzen in verschnörkelten Haltern. Mort verließ das Zimmer und schlich durch den Korridor, bis er eine Treppe erreichte. Er stieg die Stufen hinab, ohne daß irgend etwas Schreckliches geschah, und kurz darauf stand er in einer Art Eingangshalle mit vielen Türen. Überall hingen schwarze Vorhänge, und auf der einen Seite bemerkte Mort eine große Standuhr. Ihr Ticken klang wie der Herzschlag eines Berges.

Daneben sah er einen Schirmständer.

Eine Sense ruhte darin.

Mort richtete seine Aufmerksamkeit auf die Türen. Sie wirkten bedeutungsvoll, und die geschwungenen Rahmen zeigten das bereits vertraute Knochenmotiv. Als er sich einem Zugang näherte, erklang eine Stimme hinter ihm.

»Den Raum solltest du besser nicht betreten, Junge.«

Es dauerte einige Sekunden, bis er begriff, daß die Stimme nicht etwa hinter seiner Stirn erklang. Er hörte echte menschliche Worte, die von einem Mund formuliert und den Ohren mit Hilfe eines geeigneten Luftkompressionssystems mitgeteilt wurden, so wie es die Natur beabsichtigt hatte. Nun, die Natur gab sich große Mühe für nur acht Worte, die eine gewisse Verdrießlichkeit zum Ausdruck brachten.

Mort drehte sich um, und sein Blick fiel auf ein Mädchen, das ebenso groß war wie er selbst und einige Jahre älter sein mochte. Er beobachtete silbernes Haar und Augen mit einem perlmuttartigen Glanz. Die Unbekannte trug ein langes und ebenso interessantes wie unpraktisches Kleid — genau jene Art von Gewand, in das sich tragische Heldinnen hüllen, während sie eine einzelne Rose an die Brust pressen und voller Sehnsucht zum Mond emporblicken. Mort hatte nie den Ausdruck ›präraffaelitisch‹ gehört, und daher mußten seine gedanklichen Beschreibungsversuche zwangsläufig scheitern. Wie dem auch sei: Derartige junge Frauen neigten zu ätherischer Durchsichtigkeit und zu metaphorischer Schwindsucht, während dieses besondere Mädchen eher den Eindruck erweckte, als gehöre Schokolade zu seinen Lieblingsspeisen.

Es kippte den Kopf zur Seite, starrte Mort an und

klopfte verärgert mit dem Fuß auf den Boden. Dann streckte es plötzlich die Hand aus und zwickte ihn in den Arm.

»Autsch!«

»Hm, du bist also wirklich echt«, stellte die Namenlose klug fest. »Wie heißt du, Junge?«

»Mortimer. Man nennt mich Mort.« Er rieb sich den rechten Ellbogen. »Warum hast du das getan?«

»Ich nenne dich Junge«, sagte das Mädchen. »Ich habe es nicht nötig, dir mein Verhalten zu erklären, aber wenn du's unbedingt wissen willst: Ich dachte, du seist tot. Du siehst tot aus.«

Mort gab keine Antwort.

»Hat es dir die Sprache verschlagen?«

Mort zählte stumm bis zehn.

»Ich bin nicht tot«, erwiderte er schließlich. »Glaube ich wenigstens. Manchmal fällt es mir schwer, ganz sicher zu sein. Wer bist du?«

»Für dich bin ich Fräulein Ysabell«, erklärte das Mädchen hochmütig. »Vater meint, du brauchst etwas zu essen. Komm mit!«

Ysabell stolzierte fort und wandte sich einer anderen Tür zu. Mort folgte ihr in genau der richtigen Entfernung, um mit dem linken Ellbogen an die zurückschwingende Pforte zu stoßen.

Er fand sich in einer Küche wieder, einem langen niedrigen und warmen Zimmer, von dessen Decke Kupfertöpfe herabhingen. Ein großer Herd aus schwarzem Eisen beanspruchte eine ganze Wand. Davor stand ein alter Mann und summte leise vor sich hin, während er Eier und Schinken briet.

Der Duft übermittelte Morts Geschmacksknospen eine eindeutige Botschaft: Wenn sie sich zusammenrissen und von ihrer Überraschung erholten, mochte sie vielleicht eine angenehme Überraschung erwarten. Der Junge setzte sich in Bewegung, ohne daß die Beine Befehle vom Gehirn empfingen.

»Albert«, sagte Ysabell scharf. »Noch jemand zum Frühstück.«

Der Mann drehte langsam den Kopf und nickte wortlos. Das Mädchen richtete den Blick auf Mort.

»Seltsam«, meinte es, »meinem Vater stand die Bevölkerung der ganzen Scheibenwelt zur Auswahl, und trotzdem entschied er sich ausgerechnet für dich. Nun, ich schätze, es hätte schlimmer kommen können.«

Ysabell rauschte aus dem Zimmer und warf die Tür zu.

»Schlimmer?« wiederholte Mort mehr zu sich selbst.

Es war still im Zimmer — abgesehen vom leisen Brutzeln in der Pfanne und dem Knistern der Kohlen im heißen Herzen des Herds. Mort sah, daß die Backofentür folgende Aufschrift trug: *Der Kleine Moloch (gezähmt).*

Als ihm der Koch auch weiterhin keine Beachtung schenkte, zog Mort einen Stuhl heran und nahm am weißen, abgeschrubbten Tisch Platz.

»Pilze?« fragte der alte Mann, ohne sich umzudrehen.

»Mhm? Was?«

»Möchtest du Pilze?«

»Oh«, machte Mort. »Entschuldige. Nein, vielen Dank.«

»Wie du meinst, junger Herr.«

Er wandte sich um und hielt auf den Tisch zu.

Wenn er beobachtete, wie sich Albert bewegte, hielt Mort immer den Atem an — selbst später, als er sich daran gewöhnt hatte. Tods Diener war unglaublich dürr, und seine Nase bildete einen dicken Zinken im Gesicht. Er gehörte zu jenen Leuten, die immer den Eindruck erwecken, als trügen sie Handschuhe mit abgeschnittenen Fingern (auch dann, wenn sie keine benutzten), und beim Gehen offenbarte er überaus komplizierte Bewegungsmuster. Albert beugte sich vor und holte gleichzeitig mit dem linken Arm aus. Zuerst schwang er ihn ganz langsam, doch dann folgte ein plötzlicher, die Gelenke strapazierender Ruck, der die Gefahr heraufzubeschwören schien, daß sich der Unterarm vom Ellbogen löste. Das damit einhergehende Zittern und Vibrieren erfaßte schließlich auch den Rest des Körpers und insbesondere die Beine, verlieh Albert damit das Erscheinungsbild eines Stelzenläufers, der einen Geschwindigkeitsrekord zu brechen versuchte. Die Pfanne sauste in weiten kompliziert anmutenden Bögen durch die Luft und verharrte dicht über Morts Teller.

Der alte Mann neigte den Kopf und starrte über den Rand halbmondförmiger Brillengläser.

»Ich könnte dir auch Haferbrei anbieten«, sagte er und zwinkerte bedeutungsvoll, als wolle er den Jungen an einer globalen Haferbrei-Verschwörung teilnehmen lassen.

»Entschuldige bitte«, sagte Mort. »Kannst du mir erklären, wo ich hier bin?«

»Ach, das weißt du nicht? Dies ist Tods Heim, Junge. Er brachte dich gestern nacht mit.«

»Ich glaube, äh, ich erinnere mich. Es ist nur ...«

»Ja?«

»Nun, Eier und Schinken«, fügte Mort unsicher hinzu. »Das Frühstück erscheint mir irgendwie — unangemessen.«

»Irgendwo muß noch eine Blutwurst herumliegen«, sagte Albert.

»Nein, ich meine ...« Mort zögerte. »Ich kann mir einfach nicht vorstellen, daß *er* sich hier an den Tisch setzt und Speckstreifen mit Toast ißt.«

Albert lächelte. »Meistens verzichtet er darauf. Es geschieht nur sehr selten, daß er uns beim Essen Gesellschaft leistet. Um ganz genau zu sein: Was die Versorgung mit Speis' und Trank angeht, stellt unser Herr keine großen Ansprüche. Ich koche nur für mich und natürlich die ...« Er zögerte kurz. »Die junge Dame.«

Mort nickte. »Deine Tochter«, sagte er.

»Meine? Ha! Da irrst du dich. Tod ist ihr Vater.«

Mort starrte auf die Spiegeleier hinunter. Sie schwammen in einem kleinen Teich aus Fett und erwiderten seinen Blick. Wenn Albert von den Vorzügen einer gesunden Ernährung gehört hatte, so hielt er offenbar nicht viel davon.

»Sprechen wir über die gleiche Person?« fragte er schließlich. »Groß. Bevorzugt schwarze Kleidung. Ein wenig ... dürr ...«

»Er hat Ysabell adoptiert«, erläuterte Albert freundlich. »Es ist eine ziemlich lange Geschichte ...«

Eine Glocke läutete.

»... die ich dir irgendwann später erzählen werde. Er hat dich gerade in sein Büro bestellt. An deiner Stelle würde ich mich sputen — Tod wartet nicht gern. Eigentlich durchaus verständlich. Die Treppe hoch und dann die erste Tür auf der linken Seite. Du findest sie bestimmt ...«

»Ich nehme an, die Rahmen sind mit Totenschädel- und Knochenmotiven geschmückt?« vermutete Mort und schob seinen Stuhl zurück.

»Das trifft auf alle Türen zu«, seufzte Albert. »Zumindest die meisten. Ist nur eine Laune von ihm. Er will damit niemanden erschrecken.«

Mort überließ sein Frühstück einem ganz besonderen Gerinnungsprozeß, eilte die Stufen hinauf und blieb vor der ersten Tür stehen. Langsam hob er die Hand, um anzuklopfen.

HEREIN.

Der Knauf drehte sich von allein, und die Pforte schwang nach innen.

Tod saß hinter einem Schreibtisch, den Blick auf ein dickes, in Leder gebundenes Buch gerichtet, das fast größer war als der Tisch. Er hob den Kopf, als Mort eintrat, benutzte einen beinernen Finger als Lesezeichen und grinste. Ihm blieb auch gar nichts anderes übrig.

AH, sagte er und zögerte. Er kratzte sich am Kinn,

und es klang so, als striche jemand mit dem Fingernagel über einen Kamm.

WER BIST DU, JUNGE?

»Mort, Herr«, sagte Mort. »Dein Lehrling. Erinnerst du dich?«

Tod musterte ihn eine Zeitlang, und nach einer Weile strich das blaue Leuchten in den fast leeren Augenhöhlen wieder übers Buch.

O JA, murmelte er. MORT. NUN, JUNGE, WILLST DU WIRKLICH LERNEN UND DIE TIEFSTEN GEHEIMNISSE VON RAUM UND ZEIT IN ERFAHRUNG BRINGEN?

»Ja, Herr. Ich glaube schon, Herr.«

GUT. DER STALL BEFINDET SICH HINTER DEM HAUS, UND DIE SCHAUFEL HÄNGT DIREKT NEBEN DER TÜR.

Er blickte auf eine pergamentene Seite. Er sah wieder auf. Mort hatte sich nicht von der Stelle gerührt.

IST ES VIELLEICHT MÖGLICH, DASS DU MICH NICHT VERSTANDEN HAST?

»Zumindest nicht ganz, Herr«, erwiderte Mort.

MIST, JUNGE. MIST. ALBERT HAT EINEN KOMPOSTHAUFEN IM GARTEN. ICH VERMUTE, IRGENDWO STEHT EINE SCHUBKARRE HERUM. MACH DICH AN DIE ARBEIT.

Mort nickte kummervoll. »Ja, Herr. Jetzt verstehe ich, Herr. Herr?«

JA?

»Herr, ich begreife nicht ganz, was das mit den Geheimnissen von Raum und Zeit zu tun hat.«

Tod blieb auf sein Buch konzentriert.

KEIN WUNDER, sagte er. SCHLIESSLICH BIST DU HIER, UM ZU LERNEN.

Zwar bezeichnet sich der Tod der Scheibenwelt als ANTHROPOMORPHE PERSONIFIZIERUNG, aber er gab es schon vor einer ganzen Weile auf, traditionelle skelettene Pferde zu benutzen — er wollte nicht ständig damit aufgehalten werden, abgefallene Knochenteile festzubinden. Er zog es vor, bei seiner Arbeit erstklassige Rösser aus Fleisch und Blut zu verwenden.

Mort stellte bereits nach kurzer Zeit fest, wie gut die Verdauung der Tiere funktionierte.

Wer sich darüber beklagt, in einer Parfümerie sein Brot verdienen zu müssen, hat noch nie einen Stall betreten. Nun, mit vielen erwerbsmäßigen Tätigkeiten wird die ökonomische Magie des sogenannten Mehrwerts beschworen, während Morts Aufgabe in gewisser Weise aus dem genauen Gegenteil bestand: Er sollte etwas *weg*schaffen. Der Junge gab sich damit zufrieden, daß er es wenigstens warm hatte, fand bald zu einer mehr — oder, wie in diesem Fall, weniger — angenehmen Routine. Er besann sich auf eine das Gemüt schonenden Gleichmut, und als Ablenkung begann er mit dem üblichen Mengenbewertungsspiel. Mal sehen, dachte er. Inzwischen habe ich fast ein Viertel nach draußen gebracht, ach, sagen wir ruhig ein Drittel. Wenn ich mit *dieser* Ecke der Heuraufe fertig bin, ist es mehr als die Hälfte, sagen wir fünf Achtel, und das bedeutet, es sind nur noch drei Schubkarren erforderlich ... Derartige Überlegungen verringerten die Arbeit natürlich nicht. Sie bewiesen nur eins: Man empfindet die schreckliche Größe des Universums weitaus weniger als Belastung, wenn man den Kosmos in einzelne und möglichst kleine Brocken unterteilt.

Eins der Pferde beäugte Mort aufmerksam, und ab und zu schnappte es freunschaftlich nach seinem Haar.

Nach einer Weile spürte der Junge, daß ihn jemand beobachtete. Ysabell lehnte an der niedrigen Tür und stützte das Kinn auf die Hände.

»Bist du ein Bediensteter?« fragte sie.

Mort straffte die Schultern.

»Nein. Ich bin Lehrling.«

»Das ist doch Unsinn. Albert meint, du kannst gar kein Lehrling sein.«

Mort begann damit, die Schubkarre zu füllen. Noch zwei Schaufeln, vielleicht auch drei, wenn die Mischung aus Stroh und Dung ordentlich zusammengepreßt wird. Mit anderen Worten: noch vier Schubkarren, vielleicht auch fünf, und dann habe ich die Hälfte ...

Ysabell räusperte sich vernehmlich und hob die Stimme. »Er meint, Lehrlinge werden irgendwann zu Meistern, und es könne nur einen Tod geben. Also bist du nur ein einfacher Angestellter und mußt dich an meine Anweisungen halten.«

... und dann noch einmal acht Schubkarren, bis zur Tür alles frei ist, womit zwei Drittel des ganzen Stalls ausgemistet wären ...

»Hast du mich verstanden, Junge?«

Mort nickte. Anschließend sind es noch einmal vierzehn Schubkarren, besser gesagt fünfzehn, denn die Ecke dort ist noch nicht ganz sauber ...

»Bist du plötzlich stumm geworden? Kannst du nicht mehr sprechen? »

»Mort«, sagte Mort sanft.

Ysabell musterte ihn verärgert. »Was?«

»Ich heiße Mort«, sagte Mort. »Beziehungsweise Mortimer. Aber die meisten Leute nennen mich Mort. Wolltest du über irgend etwas mit mir reden?«

Das Mädchen starrte ihn einige Sekunden lang wortlos an, und sein Blick wanderte zwischen Morts Gesicht und der Schaufel hin und her.

»Ich bin beauftragt, hier Ordnung zu schaffen, und deshalb habe ich leider keine Zeit«, fügte der Junge hinzu.

Ysabell platzte geradezu.

»Warum bist du hier? Warum hat dich Vater mitgebracht?«

»Er besuchte den Gewerbemarkt in Schafrücken und bot mir eine Ausbildungsstelle an«, sagte Mort. »Alle Jungen fanden Arbeit. Und ich auch.«

»Und du *wolltest* eingestellt werden?« entfuhr es Ysabell. »Er ist der Tod. Freund Hein. Der Schnitter. Der Sensenmann, der des Nachts auf Seelenfang geht. Er nimmt eine sehr wichtige Aufgabe wahr. Niemand kann seine *Nachfolge* antreten. Man *wird* nicht etwa zum Tod. Man *ist* es.«

Sie verstand es ausgezeichnet, in Kursiv zu sprechen.

Mort deutete mit einer fahrigen Geste auf die Schubkarre.

»Ich schätze, früher oder später wird alles gut«, sagte er. »Mein Vater meint immer, das Schicksal wolle sich Kummer ersparen, und aus diesem Grund löse sich praktisch alles in Wohlgefallen auf.«

Er griff nach der Schaufel, drehte sich zum Pferd um und grinste, als er hörte, wie Ysabell abfällig schnaubte und davonmarschierte.

Mort arbeitete sich tapfer durch die Sechzehntel, Achtel, Viertel und Drittel, schob die Karre immer wieder über den Hof und beobachtete, wie der Haufen am Apfelbaum allmählich größer wurde.

Tods Garten war groß und gut gepflegt. Natürlich herrschten schwarze Töne vor. Schwarzes Gras wuchs. Schwarze Blumen verströmten Grabesduft. Schwarze Äpfel hingen an den schwarzen Zweigen des schwarzen Apfelbaums. Selbst die Luft wirkte irgendwie tintig.

Nach einiger Zeit glaubte Mort, verschiedene Arten von Schwarz zu sehen — obwohl ihm das absurd erschien.

Er bemerkte nicht etwa besonders dunkles Rot oder Grün oder was auch immer, sondern echte Schattierungen von Schwarz. Ein völlig neues Spektrum bot sich ihm dar, mit vielen unterschiedlichen Farben, und sie alle waren ... nun, schwarz. Er erweiterte den Komposthaufen mit dem letzten Stallmist, stellte die Schubkarre beiseite und kehrte zum Haus zurück.

KOMM HEREIN.

Tod stand hinter einem Pult und betrachtete eine Karte. Nach einigen Sekunden hob er den Kopf und sah Mort geistesabwesend an.

VERMUTLICH HAST DU NIE VON DER MANTEBUCHT GEHÖRT, ODER? fragte er.

»Nein, Herr«, bestätigte Mort.

DORT LIEGT EIN BERÜHMTES WRACK.

»Ein Schiff? Wann ging es unter?«

ES MUSS ERST NOCH UNTERGEHEN, erwiderte Tod. ES GIBT NUR EIN PROBLEM: ICH KANN DEN VERDAMMTEN ORT NICHT FINDEN.

Mort trat näher und warf einen Blick auf die Karte.

»Willst du das Schiff versenken?« fragte er.

Tod wirkte entsetzt.

NATÜRLICH NICHT. ES WIRD EINER MISCHUNG AUS FEHLERHAFTER NAVIGATION, SEICHTEM WASSER UND UNGÜNSTIGEM WIND ZUM OPFER FALLEN.

»Wie schrecklich!« murmelte Mort. »Wie viele Seeleute ertrinken?«

DAS HÄNGT GANZ VOM SCHICKSAL AB, sagte Tod, wandte sich zum Bücherschrank um und holte einen dicken Band hervor, der ein alphabetisches Ortsverzeichnis enthielt. SELBST ICH MUSS MICH MIT SEINEN ENTSCHEIDUNGEN ABFINDEN. WAS IST DAS FÜR EIN GERUCH?

»Er stammt von mir«, sagte Mort schlicht.

OH. ICH VERSTEHE. DER STALL. Tod zögerte, und seine knöcherne Hand ruhte auf dem Buchrücken. WARUM, GLAUBST DU, HABE ICH DICH MIT DEM AUSMISTEN BEAUFTRAGT? DENK GRÜNDLICH NACH, BEVOR DU ANTWORTEST.

Mort überlegte. Er *hatte* gründlich nachgedacht — wenn er nicht gerade die Fuhren mit der Schubkarre zählte. Er fragte sich, ob die Arbeit dazu diente, die

Bewegungen der Hände mit der visuellen Wahrnehmung zu koordinieren, oder ob er die Tugend gewohnheitsmäßigen Gehorsams erlernen sollte. Vielleicht beabsichtigte Tod auch, ihn auf die allgemeine Bedeutung eigentlich banaler Tätigkeiten hinzuweisen und Demut in ihm zu wecken. Möglicherweise sollte ihm klarwerden, daß man ganz unten anfangen mußte, wenn man es zu etwas bringen wollte.

Keine dieser Erklärungen befriedigte ihn.

»Ich glaube ...«, begann er.

JA?

»Nun, ich glaube, ich mußte im Stall arbeiten, weil du knietief in Pferdescheiße gestanden hast.«

Tod musterte ihn eine Zeitlang, und Mort trat unruhig von einem Bein aufs andere.

ABSOLUT RICHTIG, erwiderte Tod. DU BIST NICHT NUR AUFMERKSAM, SONDERN BESITZT AUCH EINEN GUTEN SINN FÜR DIE REALITÄT. AUSGEZEICHNETE VORAUSSETZUNGEN FÜR UNSEREN JOB.

»Ja, Herr. Herr?«

HMM? Tod schlug das Buch auf und sah im Verzeichnis nach. Sein weißer Zeigefinger strich mit einem leisen Kratzen über altes Papier.

»Es sterben dauernd Menschen, nicht wahr? Millionen. Du bist sicher sehr beschäftigt. Aber ...«

Tod bedachte ihn mit einem Blick, der Mort bereits vertraut erschien. Das blaue Glühen in den Augenhöhlen brachte zunächst gelinde Überraschung zum Ausdruck, gefolgt von einem Hauch Ärger, mühsamem Wiedererkennen und schließlich vager Nachsicht.

ABER?

»Ich hätte angenommen, daß du — nun, viel mehr unterwegs bist, dauernd durch die Straßen irgendwelcher Städte wanderst. Du weißt schon. Ein Bild im Almanach meiner Oma zeigte dich mit Sense und allem Drum und Dran.«

ICH VERSTEHE, ICH FÜRCHTE, SOLCHE DINGE SIND

RECHT SCHWER ZU ERKLÄREN, SOLANGE MAN NICHT ÜBER PUNKTINKARNATION UND KNOTENFOKUSSIERUNG BESCHEID WEISS. KENNST DU DICH MIT DERARTIGEN PHÄNOMENEN AUS?

»Ich glaube nicht.«

FÜR GEWÖHNLICH IST MEINE PERSÖNLICHE ANWESENHEIT NUR IN WENIGEN FÄLLEN ERFORDERLICH.

»Wie bei einem König«, sagte Mort. »Ich meine, ein König regiert selbst dann, wenn er mit ganz anderen Angelegenheiten beschäftigt ist. Sogar im Schlaf. Ist das auch bei dir der Fall?«

EIN GEEIGNETER VERGLEICH, entgegnete Tod und rollte die Karte zusammen. UND NUN, DA DU IM STALL FERTIG BIST... FRAG ALBERT, OB ER IRGENDEINE ARBEIT FÜR DICH HAT. WENN DU MÖCHTEST, KANNST DU MICH HEUTE ABEND AUF MEINER TOUR BEGLEITEN.

Mort nickte. Tod konzentrierte sich wieder auf das große Lederbuch, nahm einen Stift, starrte darauf hinunter, hob den Kopf und neigte in ein wenig zur Seite.

HAST DU MEINE TOCHTER KENNENGELERNT? fragte er.

»Äh, ja, Herr«, sagte Mort, die Hand am Türknauf.

EIN SEHR NETTES MÄDCHEN, behauptete Tod. ABER WAHRSCHEINLICH FEHLTE YSABELL BISHER JEMAND, MIT DEM SIE SPRECHEN KANN. JEMAND, DER IN IHREM ALTER IST.

»Herr?«

UND NATÜRLICH WIRD SIE EINES TAGES ALLES ERBEN.

Für einen Sekundenbruchteil flackerten in den tiefen Augenhöhlen zwei kleine blaue Supernoven. Und Mort begriff, daß Tod auf diese Weise zu zwinkern versuchte, obwohl es ihm verständlicherweise an Erfahrung mangelte.

Mort verbrachte den Rest des Nachmittags in einer Landschaft, die sich jenseits von Raum und Zeit erstreckte, die auf keiner Karte erschien und in jenen fernen Winkeln des Multiversums existierte, die ausschließlich total ausgerasteten Astrophysikern bekannt sind, jenen Leuten, die Realität mit Wahn verwechseln und Jacken tragen, deren Verschlüsse sich auf der Rückseite befinden. Tods Lehrling und Albert pflanzten purpurn gefleckte schwarze Brokkoli.

»Weißt du, er gibt sich Mühe«, sagte Albert und winkte mit dem Setzholz. »Es ist nur so — was Farben angeht, fehlt es ihm ein wenig an Phantasie.«

»Ich bin mir nicht sicher, ob ich verstehe«, erwiderte Mort. »Hat Tod das alles hier *erschaffen?*«

Jenseits der Gartenmauer neigte sich das Gelände in ein tiefes Tal hinab, stieg dann wieder an und reichte als dunkles Moor bis zu fernen Bergen, deren Gipfel so spitz wie Katzenzähne waren.

»Ja«, sagte Albert. »Paß mit der Gießkanne auf!«

»Wie sah es hier vorher aus?«

»Keine Ahnung.« Albert begann mit einer neuen Reihe. »Vielleicht gab es hier nur Firmament — so nennt man schlichtes Nichts. Um ganz ehrlich zu sein: Dieser Ort stellt keine besonders herausragende Arbeit dar. Ich meine, mit dem Garten ist soweit alles in Ordnung, aber die Berge sind Pfusch. Sie verlieren an Substanz, wenn die Distanz zu ihnen schrumpft. Ich hab sie mir mal aus der Nähe angesehen.«

Mort beobachtete die Bäume. Sie erschienen ihm lobenswert real.

»Warum gab er sich solche Mühe?« erkundigte er sich.

Albert brummte. »Weißt du, was mit jungen Burschen passiert, die zu viele Fragen stellen?«

Mort dachte kurz nach.

»Nein«, erwiderte er schließlich. »Was?«

Stille folgte.

Nach einer Weile richtete sich Albert auf. »Ich will verdammt sein, wenn ich das wüßte. Vermutlich bekommen sie Antworten, und das geschieht ihnen ganz recht.«

»Tod bot mir an, ihn heute abend zu begleiten«, sagte Mort.

»Ein ziemliches Glück für dich, wie?« entgegnete Albert unsicher und ging in Richtung Haus.

»Hat er das alles hier *wirklich* erschaffen?« fragte Mort und folgte dem alten Mann.

»Ja.«

»Warum?«

»Damit wir uns hier heimisch fühlen; nehme ich an.«

»Bist du tot, Albert?«

»Ich? Sehe ich tot aus?« Albert schnaufte, als ihn Mort kritisch musterte. »Hör auf damit! Ich bin ebenso lebendig wie du. Vielleicht steckt sogar noch mehr Vitalität in mir.«

»Entschuldige bitte!«

»Schon gut.« Der alte Mann öffnete die Hintertür, sah Mort an und rang sich ein Lächeln ab.

»Du solltest solche Fragen für dich behalten«, riet er. »Damit bringst du die Leute nur durcheinander. Nun, wie wär's, wenn wir uns was in die Pfanne hauen, hm?«

Als sie Domino spielten, läutete die Glocke. Mort stand sofort auf.

»Bestimmt möchte er, daß sein Pferd vorbereitet wird«, sagte Albert. »Komm!«

Im dunkler werdenden Zwielicht gingen sie zum Stall, und Mort beobachtete, wie der alte Mann den Hengst sattelte.

»Er heißt Binky«, sagte Albert und zurrte den Gurt

fest. »Was Namen angeht, scheint der Einfallsreichtum unseres Herrn ebenfalls begrenzt zu sein.«

Mort erinnerte sich an das Bild im Almanach seiner Großmutter — zwischen den Pflanzzeiten-Tabellen und der Übersicht mit den Mondphasen —, las in Gedanken noch einmal die Worte unter der furchteinflößenden Darstellung: *Thod, Der Grohße Glaimacher, Kommt Zuh allen Mänschen.* Er betrachtete jenes Bild häufig, während er versuchte, das Alphabet auswendig zu lernen. Es hätte nicht annähernd so beeindrukkend gewirkt, wenn allgemein bekannt gewesen wäre, daß der Name des Feuerrosses ausgerechnet Binky lautete.

»Seelenfänger, Rachebringer oder Pechrabenschwarz klänge viel besser«, fuhr Albert fort. »Nun, unser Herr hat eben seine Launen, und damit muß man sich abfinden. Du freust dich schon auf den Ausflug, nicht wahr?«

»Ich glaube schon«, erwiderte Mort ungewiß. »Ich habe Tod noch nie bei der Arbeit zugesehen.«

»Nur wenige Leute bekommen Gelegenheit dazu«, sagte Albert. »Und die überwiegende Mehrheit von ihnen nie zweimal.«

Mort holte tief Luft.

»Was seine Tochter betrifft ...«, begann er.

AH. GUTEN ABEND, ALBERT, JUNGE.

»Mort«, sagte Mort automatisch.

Tod betrat den Stall und bückte sich ein wenig, um nicht an die Decke zu stoßen. Albert nickte — ganz und gar nicht unterwürfig, wie Mort bemerkte. Es wirkte eher so, als sei er ein wenig außer Übung. Bei den seltenen Abstechern nach Schafrücken hatte Mort den einen oder anderen Diener kennengelernt, und Alberts Gebaren entsprach nicht den üblichen Mustern. Er verhielt sich so, als gehöre das Haus ihm und als sei der Eigentümer nur ein Gast auf der Durchreise, jemand, den man dulden mußte, so wie abbrökkelnden Putz und Spinnen auf dem Klo. Tod machte sich nichts daraus. Albert und er schienen bereits über alles gesprochen zu haben, was eine Erörterung wert war; sie gaben sich einfach damit zufrieden, ihrer Arbeit mit einem Minimum an Unannehmlichkeiten nachzugehen. Mort verglich dieses Empfinden mit einem gemütlichen Spaziergang nach einem schlimmen Gewitter: Alles erweckt den Eindruck von Frische, und nichts ist besonders unangenehm; gleichzeitig spürte man, daß sich gewaltige Energien entladen haben.

Mort fügte seiner mentalen Liste von Absichten einen weiteren Punkt hinzu: Er nahm sich vor, mehr über Albert herauszufinden.

HALT DAS! verlangte Tod, drückte ihm eine Sense in die Hand und schwang sich auf Binkys Rücken. Sie wirkte ganz normal — abgesehen von der Klinge. Sie war so dünn, daß Morts Blick hindurchreichte, kaum mehr als ein blaßblaues Schimmern, das Flammen schneiden und Geräusche zerhacken konnte. Der Junge hielt das Instrument mit äußerster Vorsicht.

IN ORDNUNG, sagte Tod. STEIG AUF! ALBERT, DU BRAUCHST NICHT AUF UNS ZU WARTEN.

Das Pferd trabte über den Hof und schwebte dem — schwarzen — Himmel entgegen.

Der Leser mag mit einem grellen Blitz rechnen, damit, daß Sterne bunte Warpstreifen bilden. Vielleicht hätte die Luft Spiralen formen und sich in einen Funkenregen verwandeln sollen, wie es bei gewöhnlichen transdimensionalen Hypersprüngen geschieht. Aber der Protagonist dieser Szene ist der Tod. Er beherrscht die Kunst des nichtprotzerischen Reisens und kann ebensoleicht zwischen die Dimensionen kriechen wie durch eine geschlossene Tür gehen. Er braucht keine Spezialisten für spezielle Spezialeffekte.

In leichtem Galopp ritten Mort und sein Lehrmeister durch Wolkenschluchten und über die Hänge weit aufragender Kumulusberge, bis sich schließlich die watteartigen Schleier vor ihnen teilten. Tief unten strahlte die Scheibenwelt in hellem Sonnenschein.

ES LIEGT AN DER VARIABILITÄT DER ZEIT, erklärte Tod, als Mort eine entsprechende Frage stellte. SIE IST NICHT WEITER WICHTIG.

»Ich dachte immer, sie spiele eine große Rolle.«

MENSCHEN HALTEN DIE ZEIT FÜR BEDEUTSAM, WEIL SIE SIE SELBST ERFUNDEN HABEN, sagte Tod düster. Mort hielt diese Bemerkung für recht abgedroschen, entschied sich jedoch dagegen, seinem Herrn zu widersprechen.

»Wohin sind wir unterwegs?« erkundigte er sich.

IN KLATSCHISTAN FINDET EIN VIELVERSPRECHENDER KRIEG STATT, sagte Tod. DARÜBER HINAUS SIND GERADE EINIGE SEUCHEN AUSGEBROCHEN. WIR KÖNNTEN UNS AUCH UM EINEN WICHTIGEN MORDFALL KÜMMERN, WENN DIR DAS LIEBER IST.

»Wer ist das Opfer?«

EIN KÖNIG.

»Oh, Könige!« murmelte Mort und wußte nicht genau, ob er enttäuscht sein sollte. Er wußte über Könige Bescheid. Einmal im Jahr kam eine Theatergruppe nach Schafrücken (die Leute machten tatsächlich eine Menge Theater, vor allen Dingen dann, wenn es um Beköstigungs- und Honorarfragen ging), und bei den Schauspielen ging es immer um irgendwelche Monarchen. Könige brachten sich entweder gegenseitig um oder wurden getötet. In den meisten Fällen war die Handlung recht kompliziert: Die dramaturgische Palette umfaßte Verwechselungen, Gift, Schlachten, verschwundene Söhne, Geister und Hexen. Zum Instrumentarium gehörten Degen, Schwerter und jede Menge Dolche. Wer als König regierte, tat gut daran, möglichst rasch sein Testament aufzusetzen, und deshalb verwunderte es Mort, daß die meisten Darsteller auf der Bühne nach dem Thron gierten. Er hatte nur einige vage Vorstellungen vom Palastleben, zweifelte jedoch kaum daran, daß die meisten Angehörigen des Hofes nur selten Gelegenheit bekamen, friedlich zu schlafen.

»Ich würde gern einen richtigen König sehen«, sagte er. »Meine Oma meint, sie legten ihre Kronen nie ab, trügen sie sogar auf dem Abort.«

Tod dachte einige Sekunden lang darüber nach.

ES SPRECHEN KEINE TECHNISCHEN GRÜNDE DAGEGEN, erwiderte er schließlich. ALLERDINGS HABE ICH IN DIESER HINSICHT ANDERE ERFAHRUNGEN GEMACHT.

Das Pferd schwang herum, und unter ihnen raste die weite schachbrettartig gemusterte Landschaft der Sto-Ebene dahin — ein fruchtbares Land mit vielen Kohlfeldern und kleinen übersichtlichen Königreichen. Kurze Kriege, Ehebündnisse, komplizierte Pakt-Politik und manchmal recht unaufmerksame und nachlässige Kartenzeichner sorgten dafür, daß die Grenzen ständig in Bewegung blieben.

»Dieser König«, fragte Mort, als ein Wald unter ihnen hinwegsauste. »Ist er gut oder böse?«

DIE CHARAKTERLICHEN EIGENSCHAFTEN MEINER KUNDEN GEHEN MICH NICHTS AN, erwiderte Tod. ICH VERMUTE, ER IST NICHT BESSER ODER SCHLECHTER ALS ANDERE KÖNIGE.

»Verurteilt er Leute zum Tode?« fragte Mort und erinnerte sich plötzlich daran, wer vor ihm saß. »Womit ich dir keineswegs zu nahe treten will.«

MANCHMAL. KÖNIGE SIND ZU GEWISSEN DINGEN GEZWUNGEN, WEISST DU.

Sie näherten sich einer Stadt, die ein Schloß umschmiegte. Der Palast erhob sich auf einem Granitsokkel, der wie ein geologischer Pickel anmutete. Tod meinte, es sei ein Felsen von den Spitzhornbergen und stamme aus jener legendären Zeit, als die Eisriesen Krieg gegen die Götter führten, ihre gewaltigen Gletscher über das Land schoben und die ganze

Scheibenwelt unter ihre frostige Herrschaft zu bringen versuchten. Schließlich gaben sie auf und wichen mit ihren kalten Heeren zu den schroffen Bergen in der Mitte zurück. Die Bewohner der Ebenen wußten nicht genau, warum die Eisriesen von ihren Eroberungsplänen Abstand nahmen. Die jungen Leute in der einzigen Metropole von Sto Lat, der Schloßstadt, glaubten die Feldherrn aus Eis zu verstehen: Sie hatten sich schlicht und einfach gelangweilt.

Binky trabte durch leere Luft und landete auf dem höchsten Turm des Palastes. Tod stieg ab und wies Mort an, den Futterbeutel hervorzuholen.

»Den Leuten fällt doch bestimmt auf, daß hier oben ein Pferd steht«, gab er zu bedenken, als sie zur Treppe schritten.

Tod schüttelte den Kopf.

WÜRDEST DU MIT EINEM PFERD AUF DIESEM HOHEN TURM RECHNEN? fragte er.

»Nein«, antwortete Mort. »Das Treppenhaus ist viel zu schmal, um ein Roß hochzuführen.«

EBEN.

»Oh, ich verstehe. Die Leute übersehen etwas, das sie für unmöglich halten.«

DU HAST ES ERFASST.

Sie gingen durch einen breiten Korridor, an dessen Wänden Gobelins hingen. Tod griff in eine Tasche seines dunklen Mantel, holte eine Lebensuhr hervor und beobachtete sie aufmerksam.

Es handelte sich um ein besonders erlesenes Exemplar. Das Glas bildete winzige Facetten, und dahinter glänzte ein kunstvolles Ziergespinst aus Holz und Messing. Mort las die eingravierten Worte ›König Olerve, Der Verdammte Mistkerl‹.

Der feine Sand schimmerte seltsam. In der oberen Hälfte war nicht mehr viel übrig.

Tod summte leise vor sich hin und verstaute das Glas wieder unter seinem Umhang.

Mort und sein Lehrmeister wanderten um eine Ecke — und prallten gegen eine Wand aus purem Lärm.

In dem großen Saal vor ihnen standen Dutzende von Personen unter einen dichten Wolke aus Rauch, und die Stimmen wehten bis zur hohen Decke empor, von der farbenprächtige Banner herabhingen. Auf einem Balkon versuchten drei Bänkelsänger, sich Gehör zu verschaffen. Ihre Bemühungen erzielten keinen Erfolg.

Das Erscheinen des Knochenmannes blieb weitegehend unbeachtet. Ein Wächter an der Tür wandte sich um, öffnete den Mund, klappte ihn wieder zu und runzelte verwirrt die Stirn. Einige Höflinge sahen in Tods und Morts Richtung, aber ihre Blicke glitten sofort weiter, als der gesunde Menschenverstand die von den Augen übermittelten Signale beiseite schob.

WIR HABEN NOCH EINIGE MINUTEN ZEIT, verkündete Tod, trat an den nächsten Kellner heran und nahm ein Glas vom Tablett. ICH SCHLAGE VOR, WIR MISCHEN UNS UNTER DIE LEUTE.

»Sie können mich ebensowenig sehen wie dich!« entfuhr es Mort. »Obgleich ich *lebendig* bin!«

DIE REALITÄT IST NICHT IMMER DAS, WAS SIE ZU SEIN SCHEINT, sagte Tod. WENN DIE ANWESENDEN SOLCHEN WERT DARAUF LEGEN, MICH ZU ÜBERSEHEN — WARUM SOLLTEN SIE DANN AUF DICH ACHTEN? WIR HABEN ES MIT ARISTOKRATEN ZU TUN, JUNGE. SIE SIND DARAN *GEWÖHNT*, NICHT ALLES ZU BEMERKEN. WAS MACHT DIE AUFGESPIESSTE KIRSCHE IN DEM GLAS, JUNGE?

»Mort«, sagte Mort automatisch.

AUF DEN GESCHMACK DES GETRÄNKS HAT SIE ÜBERHAUPT KEINEN EINFLUSS. WESHALB NIMMT JEMAND EINEN PERFEKTEN, TADELLOSEN DRINK, UM DANN EINE GEPFÄHLTE KIRSCHE HINEINZULEGEN?

»Was geschieht jetzt?« fragte Mort. Ein betagter Graf stieß an seinen Ellbogen und sah sich mißtrauisch um, wobei er den Blick des Jungen mied. Nach einigen Sekunden hob er die Schultern und ging weiter.

DAS HIER ZUM BEISPIEL, sagte Tod und stahl einen Appetithappen. ICH MEINE, ICH MAG PILZE, HÜHNCHEN UND VANILLECREME. NEIN, ICH HABE ÜBERHAUPT NICHTS DAGEGEN. ABER WARUM, BEI ALLEM HEILIGEN, MUSS MAN DIESE LECKEREIEN UNBEDINGT IN EIN TEIGSTÜCK PRESSEN?

»Bitte?« Mort blinzelte.

SO IST DAS EBEN MIT STERBLICHEN, fuhr Tod fort. IHNEN BLEIBEN NUR EIN PAAR JAHRE IN DIESER WELT, UND WAS FANGEN SIE MIT IHRER ZEIT AN? SIE VERSUCHEN DAUERND, SELBST DIE EINFACHSTEN DINGE KOMPLIZIERT ZU GESTALTEN. KOMISCH, NICHT WAHR? HIER, PROBIER EINE ESSIGGURKE!

»Wo ist der König?« fragte Mort, reckte den Hals und starrte über die festlich gekleideten Männer und Frauen hinweg.

DER TYP DORT DRÜBEN, MIT DEM BLONDEN BART, sagte Tod. Er klopfte einem Lakai auf die Schulter und nahm ein zweites Glas vom Tablett, als sich der Diener verblüfft umdrehte.

Mort ließ den Blick durch den Saal schweifen, und schließlich sah er den Betreffenden. Er stand im Zentrum der Menge, beugte sich ein wenig vor und hörte einem recht kleinen Höfling zu. Der König war groß und untersetzt, hatte das phlegmatische, geduldige Gesicht eines Mannes, von dem man getrost ein Pferd kaufen würde.

»Er scheint kein *schlechter* König zu sein«, sagte Mort. »Warum sollte jemand beabsichtigen, ihn zu ermorden?«

SIEHST DU DEN BURSCHEN NEBEN IHM? DER KERL HAT EINEN SCHNURRBART UND LÄCHELT WIE EIN KROKODIL. Tod hob die Sense und zeigte damit in die entsprechende Richtung.

»Ja.«

ER IST DER VETTER DES KÖNIGS, DER HERZOG VON STO HELIT, erklärte Tod. KEIN BESONDERS FREUNDLICHER ZEITGENOSSE. TRÄGT GERN GIFT IN KLEINEN FLASCHEN MIT SICH HERUM. IM VERGANGENEN JAHR STAND ER IN DER THRONFOLGE AN FÜNFTER STELLE; INZWISCHEN NIMMT ER DEN ZWEITEN PLATZ EIN. MACHT ZIEMLICH SCHNELL KARRIERE, NICHT WAHR? Tod griff unter den Mantel und holte eine Lebensuhr hervor, in der schwarzer Sand durch ein Gitterwerk aus winzigen Eisenlanzen rann. Tod schüttelte den kleinen Behälter versuchsweise. ER KANN SEINE INTRIGEN NOCH DREISSIG ODER FÜNFUNDDREISSIG JAHRE LANG FORTSETZEN, stellte er seufzend fest.

»Und er bringt dauernd irgendwelche Leute um?« fragte Mort. Er schüttelte den Kopf. »Es gibt keine Gerechtigkeit.«

Tod seufzte erneut. NEIN, bestätigte er und reichte das leere Glas einem ziemlich verdutzten Pagen. ES GIBT NUR MICH.

Er trat vor und zog sein Schwert, dessen Klinge im gleichen blauen Ton glühte wie die der Amtssense.

»Ich dachte, du benutzt die Sense«, flüsterte Mort.

MONARCHEN VERDIENEN DAS SCHWERT, antwortete Tod. DAS IST EIN — WIE HEISST ES SO SCHÖN? — KÖNIGLICHES VORRECHT.

Mit der freien Hand tastete er in eine Manteltasche und hob König Olerves Lebensglas. In der oberen Hälfte kauerten sich die letzten Körner zusammen.

PASS JETZT GUT AUF, sagte Tod. VIELLEICHT MUSST DU SPÄTER EINIGE FRAGEN BEANTWORTEN.

»Warte«, preßte Mort hervor. »Es ist unfair. Kannst du ihn nicht verschonen?«

UNFAIR? wiederholte Tod. WER HAT BEHAUPTET, BEI MEINEM JOB SPIELE FAIRNESS EINE ROLLE?

»Nun, ich meine, wenn der andere Mann so gemein und durchtrieben ist ...«

JETZT HÖR MIR MAL GUT ZU, sagte Tod. VERGISS

FAIRNESS UND SOLCHE SACHEN. IN UNSEREM BERUF DARF MAN KEINE STELLUNG BEZIEHEN; MAN MUSS OBJEKTIV BLEIBEN. MEINE GÜTE, WENN DIE ZEIT ABGELAUFEN IST, IST SIE EBEN ABGELAUFEN. NUR DARAUF KOMMT ES AN, JUNGE.

»Mort«, sagte Mort und beobachtete die Menge.

Und dann sah er *sie*. Ein zufälliges Bewegungsmuster im allgemeinen Gedränge schuf eine Gasse zwischen Mort und einem schlanken, rothaarigen Mädchen, das hinter dem König zwischen einigen älteren Damen saß. Die junge Frau war nicht wirklich schön: In ihrem Gesicht hatten sich zu viele Sommersprossen versammelt, und hinzu kamen einige Knochen, denen nichts lieber zu sein schien, als die blasse Haut zu durchstoßen. Doch ihr Anblick bewirkte einen Schock, der hinter Morts Stirn jähe Hitze entstehen ließ und die Produktionskapazität der Drüsen voll auslastete.

ES IST SOWEIT, sagte Tod und stieß seinen Lehrling mit einem spitzen Ellbogen an. FOLGE MIR!

Tod schritt auf den König zu und schloß die rechte Knochenhand fester um das Schwertheft. Mort blinzelte und setzte sich ebenfalls in Bewegung. Für einen Sekundenbruchteil begegnete das Mädchen seinem Blick — und sah sofort wieder zur Seite. Dann drehte es erneut den Kopf, und die Lippen formten ein entsetztes O.

Morts Rückgrat schmolz. Er lief los, stürmte dem König entgegen.

»Euer Majestät!« rief er. »Gebt acht! Ihr seid in großer Gefahr!«

Die Welt verwandelte sich plötzlich in klebrigen Sirup. Wie in einem Hitzschlagwahn wallten blaue und purpurne Schatten heran, und die Geräusche verklangen allmählich, bis die Stimmen der Anwesenden nur noch leise flüsterten — es klang so, als raunten sie in einem beiseite gelegten Kopfhörer. Mort beobachtete, wie Tod gelassen neben dem König stehenblieb und ...

... den Balkon beobachtete.

Mort sah den Schützen, die Armbrust, den Bolzen, der mit der Geschwindigkeit einer altersschwachen Schnecke heranglitt. Das tödliche Geschoß näherte sich dem König ganz langsam, aber Mort wußte, daß er nicht mehr rechtzeitig eingreifen konnte. Es schien Stunden zu dauern, bis er seine bleischweren Beine wieder unter Kontrolle brachte, und eine halbe Ewigkeit später gelang es ihm, beide Füße gleichzeitig auf den Boden zu setzen. Er stieß sich ab und erfuhr dabei das Beschleunigungsmoment einer eher faulen Kontinentalverschiebung.

Während er durch die Luft schwebte, vernahm er die gleichmütige Stimme seines Lehrmeisters. MACH DIR KEINE HOFFNUNG — ES KLAPPT NICHT. ES IST NUR NATÜRLICH, DASS DU ES VERSUCHST, ABER DU WIRST KEINEN ERFOLG HABEN.

Wie im Traum glitt Mort durch eine stille Welt ...

Der Bolzen traf ins Ziel. Tod schloß beide Hände um das Heft, holte mit dem Schwert aus und trieb die Klinge durch den Hals des Königs, ohne daß irgendeine Spur zurückblieb. Mort segelte weiterhin durch einen seltsamen Zwielichtkosmos und glaubte zu erkennen, wie ein phantomhaftes Etwas davonhuschte.

Es konnte sich nicht um den König handeln, denn der stand wie festgewurzelt und starrte Tod mit wortloser Verblüffung an. Zu seinen Füßen zitterte ein schemenhaftes *Etwas,* und in weiter Ferne ertönten Schreie.

EIN GUTER SAUBERER JOB, sagte Tod. MONARCHEN SIND OFT EIN PROBLEM. SIE WOLLEN UNBEDINGT AM LEBEN FESTHALTEN. GANZ ANDERS DER DURCHSCHNITTLICHE BAUER: ER KANN ES GAR NICHT ABWARTEN, INS JENSEITS ZU WECHSELN.

»Zum Teufel auch, wer bist du?« entfuhr es dem König. »Und was tust du hier? Antworte gefälligst! Sonst rufe ich die Wäch ...«

Die Botschaft der Sehnerven erreichte schließlich die zentralen Bereiche des Gehirns. Mort war beeindruckt. König Olerve hatte viele Jahre lang auf dem Thron gesessen, und selbst als Toter wahrte er seine Würde.

»Oh«, sagte er, »ich verstehe. Ich habe nicht damit gerechnet, dir schon jetzt zu begegnen.«

EUER MAJESTÄT... Tod deutete eine Verneigung an. DIE MEISTEN LEUTE SIND ÜBERRASCHT, WENN SIE MICH SEHEN.

Der König blickte sich um. In der Schattenwelt war es still und dunkel, doch irgendwo in der Ferne herrschte ziemliche Aufregung.

»Das bin ich dort unten, nicht wahr?«

ICH FÜRCHTE JA, SIRE.

»Ein guter Schuß. Mit einer Armbrust, stimmt's?«

JA. UND NUN, SIRE, WENN IHR NICHTS DAGEGEN HABT...

»Wer hat mich umgebracht?« fragte der König. Tod zögerte.

EIN GEDUNGENER MÖRDER AUS ANKH-MORPORK, antwortete er.

»Hm. Ganz schön hinterlistig. Ich gratuliere Sto Helit. Tja, ich habe dauernd irgendwelche Gegenmittel geschluckt, um mich vor Gift zu schützen. Aber gegen kalten Stahl gibt es keine Arznei, oder? Oder?«

NEIN, SIRE.

»Der alte Trick mit der Strickleiter und dem schnellen Pferd an der Zugbrücke, nehme ich an.«

SO SCHEINT ES, SIRE, sagte Tod und griff behutsam nach dem Arm des Königs. WENN ES EUCH EIN TROST IST: DAS PFERD *MUSS* SCHNELL SEIN.

»Ach?«

Tods knöchernes Grinsen wuchs ein wenig in die Breite.

MORGEN HABE ICH IN ANKH EINEN TERMIN MIT DEM REITER, erklärte Tod. WISST IHR, ER HAT EIN LUNCHPAKET BEKOMMEN. VOM HERZOG.

Es gab mehrere Eigenschaften, die Olerve für den Thron von Sto Lat prädestinierten, und dazu gehörte, daß er nicht besonders schnell von Begriff war. Der König dachte einige Sekunden lang nach und lachte leise. Dann bemerkte er Mort.

»Wer ist das?« fragte er. »Noch ein Toter?«

MEIN LEHRLING, sagte Tod. ICH SCHÄTZE, ICH WERDE DEM SCHLINGEL BALD EINE ORDENTLICHE STANDPAUKE HALTEN MÜSSEN. JEMAND SOLLTE DIR DEN KOPF WASCHEN, JUNGE.

»Mort«, sagte Mort automatisch. Er lauschte dem Klang ihrer Stimmen, und gleichzeitig beobachtete er fasziniert, was um sie herum geschah. Er fühlte sich — nun, real. Tod schien weiterhin feste Substanz zu besitzen. Und der König wirkte überraschend gesund und munter, wenn man bedachte, daß man ihn gerade umgebracht hatte. Der Rest der Welt bestand aus lauter vagen Schemen und Schatten. Diffuse Gestalten beugten sich über einen zu Boden gesunkenen Körper und durchdrangen Mort, als sei er nur zerfasernder Nebel.

Das Mädchen kniete und schluchzte.

»Das ist meine Tochter«, sagte der König. »Eigentlich sollte ich sie bemitleiden. Warum empfinde ich überhaupt nichts?«

GEFÜHLE BLEIBEN ZURÜCK. ES HAT ETWAS MIT DEN DRÜSEN ZU TUN.

»Oh. Das leuchtet ein. Sie kann uns nicht sehen, oder?«

NEIN, bestätigte Tod.

»Vermutlich gibt es keine Möglichkeit für mich, ihr ...«

KEINE EINZIGE.

»Tja, es ist nur ... Ich meine, sie wird jetzt Königin, und wenn ich ...«

TUT MIR LEID.

Die junge Dame sah auf, und ihr Blick glitt durch

Mort. Der Herzog trat hinter sie und legte ihr eine tröstende Hand auf die Schulter. Ein dünnes Lächeln umspielte seine Lippen — Mort verglich das Lächeln mit dem Grinsen einer Sandbank, die auf unvorsichtige Schwimmer wartet.

Wenn ich mich dir nur verständlich machen könnte! sagte Mort. Du darfst ihm nicht vertrauen!

Die Prinzessin starrte Mort an und rollte mit den Augen. Er streckte den Arm aus und versuchte, die Hand des Mädchens zu berühren, doch seine Finger stießen auf keinen Widerstand.

KOMM JETZT, JUNGE! WIR DÜRFEN HIER NICHT LÄNGER HERUMTRÖDELN.

Mort spürte den nicht unfreundlichen Griff seines Lehrmeisters. Widerstrebend wandte er sich ab, folgte Tod und dem König.

Sie gingen durch die Wand. Mort befand sich mitten in festem Stein, als ihm einfiel, daß niemand einfach so durch Wände schreiten konnte.

Die fatale Logik dieser Erkenntnis traf ihn wie ein tödlicher Schock. Die Kälte des Granits tastete sich ihm in den Leib, als er eine bleierne Stimme hörte.

BETRACHTE DIE ANGELEGENHEIT AUS FOLGENDER PERSPEKTIVE. DIE WAND KANN ÜBERHAUPT NICHT EXISTIEREN, DENN SONST WÄRST DU WOHL KAUM IN DER LAGE HINDURCHZUGEHEN, JUNGE.

»Mort«, sagte Mort.

WIE?

»Ich heiße Mort beziehungsweise Mortimer«, erwiderte Mort verärgert, schob sich vor und streifte die Kühle ab.

NA ALSO. WAR DOCH GAR NICHT SO SCHWER, ODER?

Mort sah verwirrt durch den Korridor und klopfte versuchsweise an die Mauer. Er entdeckte keine verborgene Pforte, und der Stein schien durchaus massiv zu sein. Hier und dort glänzte Glimmer.

»Wie bringst du das fertig?« fragte er. »Wie habe *ich* das geschafft? Ein magisches Wunder?«

GERADE MAGIE SPIELT DABEI NICHT DIE GERINGSTE ROLLE, JUNGE. WENN DU GANZ ALLEIN ZU SO ETWAS IN DER LAGE BIST, KANN ICH DICH NICHTS MEHR LEHREN.

Die Gestalt des Königes gewann allmählich eine geisterhafte Qualität. »Höchst beeindruckend, in der Tat«, sagte er. »Übrigens: Ich löse mich auf.«

DAS LIEGT AN DEINEM SCHWÄCHER WERDENDEN MORPHOGENETISCHEN FELD, erklärte Tod.

Die Stimme des Monarchen war kaum mehr als ein Flüstern. »So etwas läßt sich wohl nicht vermeiden, oder?«

ES PASSIERT ALLEN TOTEN. VERSUCH EINFACH, ES ZU GENIESSEN.

»Wie denn?« raunte Olerve und *waberte*.

KEINE AHNUNG. ICH BIN NICHT TOT. ICH BIN DER TOD.

Der König erzitterte heftig und schrumpfte, wurde immer kleiner, bis sich die Größe seines morphogenetischen Felds auf einen winzigen, strahlenden Punkt reduzierte. Es passierte so schnell, daß Mort nur einen Teil des Veränderungsprozesses beobachten konnte. Innerhalb eines Sekundenbruchteils wurde aus dem Geist ein funkelndes Staubkorn, das leise seufzte.

Tod fing das glühende Etwas vorsichtig ein und verstaute es irgendwo unter seinem Umhang.

»Was ist mit ihm geschehen?« fragte Mort.

DAS WEISS NUR ER ALLEIN, entgegnete Tod. KOMM!

»Meine Oma sagte immer, mit dem Sterben sei es so, als schliefe man ein«, fügte Mort hoffnungsvoll hinzu.

KEINE AHNUNG. BEIDE ERFAHRUNGEN SIND MIR FREMD.

Mort warf einen letzten Blick durch den Korridor. Die große Tür schwang gerade auf, und die Leute verließen den Saal. Zwei ältere Damen bemühten sich, die Prinzessin zu trösten, aber die achtete gar nicht darauf, marschierte mit langen energischen Schritten durch den Flur. Die beiden dicken Frauen schnauften asthmatisch und trachteten vergeblich danach, mit der Thronfolgerin Schritt zu halten.

SIE IST BEREITS EINE KÖNIGIN, sagte Tod anerkennend. Er mochte Stil.

Auf dem Dach erklang erneut die Stimme des Knochenmannes.

DU HAST VERSUCHT, DEN KÖNIG ZU WARNEN, sagte er und nahm Binkys Futtersack ab.

»Ja, Herr. Tut mir leid.«

MAN MUSS SICH MIT DEM SCHICKSAL ABFINDEN UND DARF NICHT VERSUCHEN, EINFLUSS DARAUF ZU NEHMEN. WER BIST DU SCHON, DASS DU ES DIR ANMASST, ÜBER LEBEN UND TOD ZU ENTSCHEIDEN?

Er musterte seinen Lehrling aufmerksam.

SO ETWAS DÜRFEN NUR DIE GÖTTER, fuhr er fort. WER MIT DEM SCHICKSAL ODER AUCH NUR DER ZUKUNFT EINES EINZELNEN MENSCHEN HERUMPFUSCHT, BESCHWÖRT DEN UNTERGANG DER GANZEN WELT HERAUF. VERSTEHST DU?

Mort nickte zerknirscht.

»Schickst du mich jetzt nach Hause?« fragte er.

Tod beugte sich vor und zog den Jungen hoch. Mort nahm hinter dem Sattel Platz.

WEIL DU MITGEFÜHL GEZEIGT HAST? NEIN. ICH WÜRDE MICH VON DIR TRENNEN, WENN DU DICH GEFREUT HÄTTEST. ABER IN UNSEREM BERUF MUSS MAN LERNEN, DEM MITLEID DIE RICHTIGE FORM ZU GEBEN.

»Welche?«

DIE EINER *SCHARFEN* KLINGE.

Tage vergingen, und Mort verlor schon bald die kalendarische Übersicht. Die düstere Sonne von Tods Welt kroch in regelmäßigen Abständen über den Himmel, doch den Abstechern ins Universum der Sterblichen schien keine bestimmte Routine zugrunde zu liegen. Tod besuchte nicht nur Könige und wichtige Schlachten; zu seinen Kunden gehörten auch ganz gewöhnliche Leute.

Die Mahlzeiten wurden von Albert serviert, der fast ständig lächelte und nur selten sprach. Ysabell blieb die meiste Zeit über in ihrem Zimmer oder ritt auf einem kleinen Pony durchs Moor jenseits der Schlucht. Mort beobachtete sie dabei und sah, wie ihr Haar wehte. Nun, sicher hätte sie einen weitaus beeindrukkenderen Anblick geboten, wenn sie eine bessere Reiterin und das Pony ein wenig größer gewesen wäre. Was das Haar betraf ... Manche Haarsorten *wehen* auf eine natürliche Art und Weise, doch Ysabells Strähnen mangelte eine solche Eigenschaft.

Wenn Mort seinen Lehrmeister nicht bei nächtlichen Ausflügen begleitete — Tod sprach dabei immer wieder von der PFLICHT —, half er Albert oder machte sich im Garten und im Stall nützlich. Manchmal suchte er auch Tods große Bibliothek auf und las dort mit dem unersättlichen allesfressenden Appetit derjenigen, die zum erstenmal die Magie des geschriebenen Wortes entdecken.

Bei den meisten Büchern handelte es sich natürlich um Biographien. Zumindest in einer Hinsicht stellten sie etwas Besonderes dar: Sie schrieben sich selbst. Wer bereits gestorben war, füllte seine Werke von Deckel zu Deckel, wohingegen sich Ungeborene mit leeren Seiten begnügen mußten. Die übrigen Leute ... Mort machte sich Notizen, markierte einzelne Stellen, zählte später die zusätzlichen Zeilen und gelangte zu dem Schluß, daß sich manche Bücher pro Tag um vier oder fünf Absätze erweiterten.

Die Handschrift erkannte er nicht.

Schließlich nahm Mort all seinen Mut zusammen und wandte sich an Tod.

DU MÖCHTEST WAS? erwiderte der Knochenmann überrascht. Er saß hinter seinem verzierten Schreibtisch und drehte den sensenförmigen Brieföffner hin und her.

»Einen freien Nachmittag«, wiederholte Mort. Das Zimmer erschien ihm plötzlich riesig, und er konnte sich kaum des unangenehmen Eindrucks erwehren, mitten auf einem fußballfeldgroßen Teppich zu stehen.

WARUM? fragte Tod. BESTIMMT GEHT ES DIR DABEI NICHT UM DIE BEERDIGUNG DEINER GROSSMUTTER, fügte er hinzu. DARÜBER WÜSSTE ICH BESCHEID.

»Nun, Herr, ich, äh, ich möchte nur ein bißchen unter Leuten sein«, sagte Mort und versuchte, dem Blick der blauglühenden Augenhöhlen standzuhalten.

TAG FÜR TAG BEGEGNEST DU IRGENDWELCHEN MENSCHEN, wandte Tod ein.

»Ja, schon, aber eben nicht besonders lange«, erwiderte Mort. »Ich meine, ich würde gern mit jemandem reden, dessen Lebenserwartung sich nicht nur auf einige wenige Minuten beschränkt. Herr.«

Tod trommelte mit beinernen Fingern auf den Schreibtisch, und es klang, als versuche sich eine Maus im Steptanz. Einige Sekunden lang bedachte er seinen Lehrling mit durchdringendem Blick. Ihm fiel auf, daß der Junge nicht mehr so ungelenk wirkte und mehrere Knie und Ellebogen verloren zu haben schien. Er stand aufrechter und erweckte sogar den Eindruck, so schwierige Ausdrücke wie ›Expektanz‹ und ›reziproker Respekt‹ zu kennen. Was nur an der Bibliothek liegen konnte.

NA SCHÖN, sagte Tod widerstrebend. OBWOHL ICH GLAUBE, DASS DU HIER ALLES HAST, WAS DU BRAUCHST. DIE PFLICHT IST DOCH NICHT ZU BESCHWERLICH FÜR DICH, ODER?

»Nein, Herr.«

DU BEKOMMST GUT ZU ESSEN, HAST EIN WARMES BETT, GENUG FREIZEIT UND UMGANG MIT ALTERSGENOSSEN.

»Ich bitte um Verzeihung, Herr ...«

MEINE TOCHTER, erklärte Tod. ICH GLAUBE, DU BIST IHR BEREITS BEGEGNET, ODER?

»Oh. Ja, Herr.«

WENN MAN SIE BESSER KENNENLERNT... SIE HAT EIN WARMES HERZ UND EINEN GUTEN CHARAKTER.

»Daran, äh, zweifle ich nicht, Herr.«

TROTZDEM MÖCHTEST DU EINEN — FREIEN NACHMITTAG? Tod sprach die letzten Worte mit unüberhörbarem Abscheu aus.

»Ja, Herr. Wenn du nichts dagegen hast, Herr.«

NUN GUT. SO SEI ES. ICH ERWARTE DICH ZURÜCK, WENN DIE SONNE UNTERGEHT.

Der Knochenmann öffnete sein großes Hauptbuch, griff nach einem Stift und begann zu schreiben. Ab und zu streckte er die Hand aus und bewegte die kleinen Kugeln eines Abakus.

Nach einer Weile sah er auf.

DU BIST NOCH IMMER HIER, stellte er fest. OBGLEICH DEINE ARBEITSZEIT GERADE ZU ENDE GEGANGEN IST, fügte er ein wenig verdrießlich hinzu.

»Äh«, machte Mort, »können mich die Menschen in ihrer Welt sehen, Herr?«

ICH GLAUBE SCHON, sagte Tod. ICH BIN SOGAR ZIEMLICH SICHER. KANN ICH DIR SONST NOCH IRGENDWIE BEHILFLICH SEIN, BEVOR DU AUFBRICHST UND MIT DEINEN AUSSCHWEIFUNGEN BEGINNST?

»Nun, Herr, da wäre tatsächlich eine Sache«, entgegnete Mort mit wachsender Verzweiflung. »Ich weiß leider nicht, wie man von hier aus in die Welt der Sterblichen gelangt.«

Tod seufzte laut und zog eine Schublade auf.

GEH EINFACH DORTHIN.

Mort nickte kummervoll und wanderte zur Tür des Büros. Sie schien meilenweit entfernt zu sein. Als er die lange Wanderung beendete und den Knauf drehte, hüstelte Tod.

JUNGE! rief er und warf seinem Lehrling etwas zu.

Aus einem Reflex heraus fing Mort den Gegenstand auf, und gleichzeitig öffnete sich die Pforte.

Rahmen und Schwelle verflüchtigten sich einfach, und aus dem dicken Teppich wurde ein schmutziges Kopfsteinpflaster. Helles Tageslicht strömte wie Quecksilber auf ihn herab.

»Mort«, stellte sich Mort dem Kosmos vor.

»Wie bitte?« fragte ein Händler, der dicht neben ihm stand. Mort drehte den Kopf und sah einen weiten Marktplatz, auf dem ein dichtes Gedränge aus Menschen und Tieren herrschte. In dem allgemeinen Durcheinander wurde praktisch alles verkauft: von schlichten Nadeln bis hin zu erhabenen Heilsvisionen, die von einigen Wanderpredigern angeboten wurden. Es war unmöglich, ein Gespräch zu führen, das auf Schreie verzichtete.

Mort klopfte dem Händler auf den Rücken.

»Kannst du mich sehen?« fragte er.

Der Mann musterte ihn kritisch.

»Ich denke schon«, erwiderte er nach einer Weile. »Zumindest erkenne ich jemanden, der dir sehr ähnlich sieht.«

»Danke«, sagte Mort erleichtert.

»Schon gut. Ich sehe ziemlich viele Leute, tagaus, tagein — ohne dafür irgendwelche Gebühren zu berechnen. Bist du an Schnürsenkeln interessiert?«

»Eigentlich nicht«, sagte Mort. »Wie heißt dieser Ort?«

»Das weißt du nicht?«

Einige Männer und Frauen am nächsten Stand wandten sich um und beobachteten Mort nachdenklich. Sein Verstand schaltete einen Gang herunter und gab Gas.

»Mein Herr ist viel unterwegs«, fügte er wahrheitsgemäß hinzu. »Wir sind gestern abend eingetroffen, und ich schlief im Karren. Heute habe ich den Nachmittag frei.«

»Aha«, machte der Händler, beugte sich vor und zwinkerte verschwörerisch. »Du möchtest dich vergnügen, nicht wahr? Nun, ich könnte etwas für dich arrangieren.«

»Oh, ich wäre bereits damit zufrieden zu wissen, wo ich bin«, sagte Mort.

Der Mann starrte ihn groß an.

»Dies ist Ankh-Morpork. Das sieht man doch auf den ersten Blick. Und man riecht es sofort.«

Mort schnupperte. Die Luft in der Stadt hatte ein besonderes Flair — es handelte sich um jene Art von Luft, die den Eindruck vermittelte, daß sie gut um Bedeutung und Konsequenzen des Lebens Bescheid wußte. Jeder einzelne Atemzug erinnerte daran, daß Tausende von anderen Personen in der Nähe weilten. Und die meisten von ihnen besaßen Achseln.

Der Händler musterte Mort argwöhnisch, bemerkte das blasse Gesicht, die gute Kleidung — und eine seltsame Aura, eine Art Sprungfedereffekt.

»Nun, ich will ganz offen sein«, sagte er. »Ich bin bereit, dir den Weg zum nächsten Bordell zu zeigen.«

»Ich habe bereits gegessen«, erwiderte Mort und hoffte, daß er damit die richtige Antwort gab. »Ich möchte dich nur um eine Auskunft bitten: Sind wir hier in der Nähe von Sto Lat?»

»Die Entfernung beträgt rund zwanzig Meilen. In Richtung Mitte.« Der Händler befeuchtete sich die Lippen und fügte hastig hinzu: »Aber dort gibt es nichts, was einen jungen Mann von deinem Schlage interessieren könnte. Du möchtest bestimmt deine Freiheit genießen, nicht wahr? O ja, ich weiß: Dir steht der Sinn nach neuen Erfahrungen, nach Aufregung und Romantik ...«

Mort hatte unterdessen den Beutel geöffnet, der von Tod stammte. Er enthielt Goldmünzen in der Größe von Zechinen.

Vor seinem inneren Auge formte sich ein Bild. Er sah ein blasses schmales Gesicht, umrahmt von rotem Haar, ein Mädchen, das aus irgendeinem Grund seine Gegenwart gespürt hatte. Die undeutlichen Gefühle, die Morts Denken und Empfinden schon seit Tagen heimsuchten, zwangen eine plötzliche Entscheidung herbei.

»Ich brauche ein sehr schnelles Pferd«, sagte er.

Fünf Minuten später hatte sich Mort verirrt.

Er befand sich nun in einem Stadtviertel, das man ›Schatten‹ nannte, einem Bereich, der dringend Hilfe von der Regierung brauchte, zum Beispiel einen amtlichen Flammenwerfer. Man konnte ihn nicht als verwahrlost und schmutzig bezeichnen, denn solche Worte wurden den Schatten nicht annähernd gerecht. Sie stellten vielmehr einen gestaltgewordenen, greifbaren Superlativ von Erbärmlichkeit, Elend und Niedertracht dar. Offenbar wirkte sich ein sehr spezielles Einsteinsches Paradoxon aus, das in diesen Straßen und Gassen so etwas wie herrlichen Schrecken und ekstatisches Entsetzen schufen. Was das allgemeine Klima betraf: Es herrschte ein überaus stabiles Hochdruckgebiet aus Lärm, porenaktiver Schwüle und nasenfreundlichem Kuhstallduft.

In den Schatten gab es nicht das, was man Nachbarschaft nennt; statt dessen sollte man besser von einer regelrechten Ökologie sprechen. Der Vergleich mit einem riesigen, auf festem Land gewachsenen Korallenriff erscheint angemessen: Es bot Lebensraum für Hummer, Tintenfische und Garnelen.

Und auch für Haie.

Mort wanderte hilflos durch das Labyrinth aus schmalen Passagen und kurvenreichen Durchgängen. Beobachter in Dachhöhe hätten sicher ein gewisses Bewegungsmuster in der Menge hinter ihm erkannt, eine Art Kielwelle aus Männern, die sich langsam ihrem Opfer näherten. Sie wären sicher zu dem Schluß gelangt, daß Mort und sein Gold ungefähr die gleiche Lebenserwartung hatten wie ein dreibeiniger Igel mitten auf einer sechsspurigen Autobahn.

Inzwischen dürfte bereits klargeworden sein, daß es in den Schatten keine Bürger gab, sondern nur Bewohner. In unregelmäßigen Abständen wandte sich Mort an jemanden und fragte nach einem vertrauenswürdigen Pferdehändler. Für gewöhnlich brummte der betreffende Bewohner etwas Unverständliches und eilte fort. Aus gutem Grund: Wer beabsichtigte, in den Schatten länger als drei oder vier Stunden zu überleben, entwickelte zusätzliche Sinne und ging Mort mit der gleichen Aufmerksamkeit aus dem Weg, mit dem ein Bauer während eines Gewitters hohe Bäume meidet.

Schließlich erreichte Tods Lehrling den Strom Ankh, den größten und erhabensten aller Flüsse. Selbst dort, wo er in die Stadt floß, war er langsam und träge und trug den Schlick der Ebenen mit sich. Aber im Bereich der Schatten wäre selbst ein Agnostiker in der Lage gewesen, ihn zu Fuß zu überqueren. Wer im Ankh zu ertrinken versucht, erstickt vorher.

Mort betrachtete die braune Masse skeptisch. Sie schien sich zu bewegen, und hier und dort stiegen Blasen auf. Also mußte es Wasser sein.

Er seufzte und wandte sich um.

Drei Männer traten ihm entgegen, erschienen so plötzlich, als wären sie aus dem Pflaster gewachsen. Sie sahen ganz wie die zu allem entschlossenen, durchtriebenen Bösewichter aus, die irgendwann in jedem Roman auftauchen, um den Helden ein wenig in Gefahr zu bringen. Der Leser bleibt bei solchen Abschnitten natürlich zuversichtlich, denn er weiß genau, daß der Protagonist nicht vor der letzten Seite sterben kann. Er ist daher ziemlich sicher, daß den Halunken eine Überraschung bevorsteht.

Diese drei Burschen grinsten anzüglich. Sie hatten Übung darin.

Einer von ihnen zog ein Messer und schnitt damit runde Löcher in die Luft, während er sich Mort langsam näherte. Seine beiden Kumpanen blieben einige Schritte zurück und gewährten ihm unmoralische Unterstützung.

»Her mit dem Geld!« fauchte der Mann.

Mort tastete nach dem Beutel am Gürtel.

»He, einen Augenblick!« sagte er. »Was geschieht nachher? Ich meine, nachdem ich dir die Münzen gegeben habe?«

»Was? »

»Geld oder Leben«, erklärte Mort. »So heißt es doch immer, nicht wahr? Eine Tradition aller Räuber, die etwas auf sich halten. Das habe ich einmal in einem Buch gelesen.«

»Möglich, nicht unbedingt von der Hand zu weisen«, gestand der Räuber ein. Er spürte, daß er die Initiative verlor, faßte sich jedoch rasch. »Andererseits: Vielleicht verlangen wir das Geld *und* dein Leben. Alles oder nichts, sozusagen.« Er drehte den Kopf und sah seine Gefährten an, die daraufhin gehorsam kicherten.

»In dem Fall ...« Mort holte aus, um den Beutel so weit wie möglich in den Fluß zu werfen. Eine nicht geringe Wahrscheinlichkeit sprach dafür, daß er von der Oberfläche abprallen würde.

»He, was tust du da?« fragte der Räuber. Er lief los, blieb aber sofort stehen, als Mort den Beutel hin und her schwang.

»Nun«, sagte Mort, »ich sehe die Angelegenheit folgendermaßen. Wenn ihr mich *ohnehin* töten wollt, kann das Geld von mir aus ruhig im Ankh verschwinden. Es liegt ganz bei euch.« Um seinen Standpunkt zu unterstreichen, nahm er eine Münze aus dem Beutel und warf sie ins Wasser. Das braune Etwas verschlang die kleine gelbe Metallscheibe mit einem unheilvoll klingenden saugenden Geräusch. Die Diebe schauderten.

Ihr Anführer starrte auf Morts Börse. Er blickte auf sein Messer. Er beobachtete den Jungen einige Sekunden lang. Er sah seine beiden Komplizen an.

»Entschuldige mich für einen Moment«, sagte er schließlich und kehrte zu den anderen Räubern zurück, um sich mit ihnen zu beraten.

Mort schätzte die Entfernung bis zum Ende der Gasse ab. Nein, er konnte es unmöglich schaffen. Die drei Halunken erweckten den Eindruck, als seien sie ziemlich flink auf den Beinen. Nur Logik brachte sie ein wenig in Verlegenheit.

Der Anführer drehte sich wieder zu Mort um. Er warf seinen Begleitern einen letzten Blick zu, und sie nickten bestätigend.

»Ich glaube, wir töten dich und gehen ein Risiko ein, was das Geld betrifft«, sagte er. »Wir möchten vermeiden, daß sich die Sache herumspricht.«

Die beiden anderen Räuber zogen ebenfalls ihre Messer.

Mort schluckte. »Ich fürchte, ihr macht einen Fehler.«

»Wieso?«

»Nun, jemand könnte verletzt werden. *Ich* zum Beispiel. Und das würde mir ganz und gar nicht gefallen.«

»Dir soll nichts gefallen — du sollst sterben«, sagte der Anführer und kam näher.

»Ich glaube, meine Zeit ist noch nicht abgelaufen«, erwiderte Mort und wich zurück. »Man hätte mir bestimmt Bescheid gegeben.«

»Ja«, brummte der Räuber. Verwirrung stahl sich in seine grimmige Miene. »Genau das ist gerade geschehen, nicht wahr? Bei der Großen Dampfenden Elefantenkacke!«

Mort war geflohen. Direkt durch die Wand.

Der Oberdieb starrte auf die massive Mauer, die Mort verschluckt hatte. Verärgert warf er sein Messer zu Boden.

»Zum - - - - auch«, schnaufte er. »Ein - - - - Zauberer. Ich *hasse* - - - - Zauberer!«

»Du solltest sie nicht - - - -«, brummte einer der beiden anderen Schurken. Es fiel ihm überhaupt nicht schwer, vier Bindestriche zu formulieren.

Das dritte Mitglied des Trios war nicht ganz so helle wie seine Kumpanen. »He, er ist einfach durch die Wand gegangen!«

»Und wir ham ihn schon seit einer halben Ewigkeit verfolgt, jawohl«, fügte der zweite Halunke hinzu. »Wirklich 'n toller Plan, Armertropf. Ich habe doch gesacht, daß er ein Zauberer is. Nur Zauberer sin hier allein unterwechs. Habe ich nich gesacht, daß er wie ein Zauberer aussieht? Ich sachte ...«

»Du *sachst* eindeutig zuviel«, knurrte der Anführer.

»Ich hab gesehen, wie er direkt durch die Wand gegangen ist ...«

»Ach, tatsächlich?«

»Ja!«

»Direkt durch die Wand, habta das nicht gesehen?«

»Du hältst dich wohl für ziemlich klug, was? Glaubst wohl, dein Verstand sei messerscharf, wie?«

»Zumindest schärfer als deiner, ha!«

Der Anführer bückte sich und griff mit einer fließenden Bewegung nach seinem Dolch.

»Auch schärfer als diese Klinge hier?«

Der dritte Dieb schlurfte an die Wand heran und beklopfte sie, während hinter ihm so bedeutungsvolle Worte erklangen wie »Argh!« und »Grgh!«, kurz darauf gefolgt von dumpfem Stöhnen und Ächzen.

»Tja, mit der Mauer ist alles in Ordnung«, sagte der letzte Räuber. »Völlig normaler Stein, soweit sich das feststellen läßt. Was meint ihr dazu, Jungs?«

»Jungs?«

Er stolperte über zwei Leichen.

»Oh«, murmelte er. Es wurde bereits darauf hingewiesen, daß dieser Schurke bei einem Intelligenzwettbewerb nicht einmal den Trostpreis erhalten hätte, aber sein geistiges Getriebe arbeitete gut genug, um ihm eine wichtige Erkenntnis zu ermöglichen: Er befand sich in einer schmalen düsteren Gasse, die zum Stadtviertel Schatten gehörte — und er war allein.

Er stürmte davon, und er kam ziemlich weit.

Tod wanderte langsam durch das Zimmer mit den Lebensuhren, und sein starrer Blick glitt über die vielen kleinen gläsernen Behälter. Eifriger Sand rieselte in ihnen. Albert folgte ihm pflichtbewußt und trug das große Hauptbuch.

Das Tosen der Zeit umgab sie. Es bedeutete Zukunft und Vergangenheit, nur einen Hauch Gegenwart.

Das Geräusch stammte von den langen Regalen, die sich bis in weite Ferne erstreckten. Hunderte, Tausende, Millionen und Milliarden Lebensuhren ruhten darauf, enthielten den feinen Staub sterblichen Lebens. Es war ein düsteres, unheilvolles Geräusch, die akustische Entsprechung von dicker träger Vanillesoße, die auf den Pfannkuchen der Seele tröpfelte.

NUN GUT, sagte Tod. ES SIND NUR DREI. EINE RUHIGE NACHT.

»Heute sind folgende Personen dran«, verkündete Albert. »Mütterchen Kniesehne, Abt Lobgesang — schon wieder — und Prinzessin Keli.«

Tod betrachtete die drei entsprechenden Sanduhren.

ICH HABE MIR ÜBERLEGT, OB ICH DEN JUNGEN SCHICKEN SOLL, sagte er.

Albert schlug im Hauptbuch nach.

»Nun, Mütterchen Kniesehne dürfte keine Probleme bereiten, und der Abt hatte bereits Gelegenheit, einschlägige Erfahrungen zu sammeln«, erwiderte er. »Die Prinzessin hingen … Schade. Sie ist erst fünfzehn. Wir sollten mit Schwierigkeiten rechnen.«

JA, WIRKLICH BEDAUERNSWERT.

»Herr?«

Tod griff nach dem dritten Glas und beobachtete nachdenklich, wie sich der Fackelschein auf dem Glas widerspiegelte. Er seufzte.

SO JUNG …

»Stimmt was nicht, Herr?« fragte Albert besorgt.

DIE ZEIT IST WIE EIN BREITER STROM, DER AN DEN GESTADEN DES SCHICKSALS VORBEIFLIESST, SEHNSÜCHTE UND HOFFNUNGEN FORTTRÄGT …

»Herr!«

WAS? Tod erwachte aus seinen Grübeleien.

»Du hast zu lange und zu hart gearbeitet, Herr. Es ist der Streß …«

WOVON SCHWATZT DU DA, MANN?

»Deine Bemerkungen von vorhin … Sie klangen ziemlich seltsam. Vielleicht fühlst du dich nicht gut, Herr.«

UNSINN. MIR IST ES NIE BESSER GEGANGEN. NUN, WORÜBER SPRACHEN WIR GERADE?

Albert hob die Schultern und blickte wieder ins Buch.

»Mütterchen Kniesehne ist Hexe« , sagte er. »Es könnte sie verärgern, wenn du Mort schickst.«

Wer sich auf den Umgang mit Magie verstand, hatte nach seinem Ableben das Recht, von Tod höchstpersönlich und nicht etwa einem seiner Gesandten ins Jenseits geleitet zu werden.

Tod überhörte Alberts Einwand und starrte weiterhin auf Prinzessin Kelis Lebensuhr.

WIE BEZEICHNET MAN JENES GEFÜHL, DAS SICH ALS WEHMÜTIGES BEDAUERN UMSCHREIBEN LÄSST

UND GEWISSEN DINGEN GILT, DIE MAN LEIDER NICHT ÄNDERN KANN?

»Trauer, Herr. Glaube ich. Und nun ...«

ICH BIN TRAUER.

Alberts Kinnlade klappte herunter. Schließlich faßte er sich lange genug, um hervorzustoßen: »Herr, wir sprachen über Mort!«

MORT?

»Damit ist dein Lehrling gemeint, Herr«, erklärte Albert geduldig. »Ein hochgewachsener und recht schlaksiger junger Mann mit vielen Ellbogen und Knien, von denen er inzwischen ein paar verloren hat.«

OH. JA. NUN, WIR SCHICKEN IHN.

»Ist er wirklich fähig, allein die PFLICHT zu erfüllen?« fragte Albert skeptisch.

Tod dachte kurz nach. JA, ICH GLAUBE SCHON, antwortete er schließlich. ER IST SCHARFSINNIG UND LERNT SCHNELL. Nach kurzem Zögern fügte er hinzu: AUSSERDEM KÖNNEN DIE STERBLICHEN WOHL KAUM VON MIR ERWARTEN, DASS ICH MICH *DAUERND* UM SIE KÜMMERE.

Mort starrte verwirrt auf den schwarzen Samt dicht vor seinen Augen.

Ich bin durch eine Wand gegangen, dachte er. Und das ist unmöglich.

Behutsam strich er den Vorhang beiseite, um festzustellen, ob sich irgendwo eine Tür verbarg. Aber sein Blick fiel nur auf abbröckelnden Putz, der an einigen Stellen zwar feuchtes, doch nichtsdestotrotz massives Mauerwerk offenbarte.

Er betastete es versuchsweise. Und kam zu dem Schluß, daß er einen anderen Ausgang suchen mußte.

»Tja«, sagte er zur Wand. »Was jetzt?«

Hinter ihm erklang eine Stimme. »Äh«, sagte Stimme. »Entschuldige bitte ...«

Mort drehte sich langsam um.

An dem Tisch in der Mitte des Zimmers saß eine klatschianische Familie, die aus Vater, Mutter und sechs Kindern bestand, deren Köpfe auf der einen Seite wie die Stufen einer Treppe aufragten. Acht Blicke richteten sich auf Mort. Das neunte Augenpaar gehörte einem greisen Menschen von unbestimmbarem Geschlecht und schenkte dem Neuankömmling nicht die geringste Beachtung. Sein Eigentümer nutzte die Gelegenheit, um an der großen Reisschale ein wenig Ellbogenfreiheit zu gewinnen. Das uralte Neutrum vertrat die durchaus verständliche Ansicht, leckerer gekochter Fisch in der einen Hand sei gleich mehrere unerklärliche Manifestationen wert, und in der plötzlich entstandenen Stille ertönte ein genüßliches Schmatzen.

In der einen Ecke des kleinen Raums stand ein niedriger Schrein, der Offler geweiht war, dem sechsarmigen Krokodilgott von Klatsch. Der Götze grinste wie Tod. Allerdings gab es einen Unterschied: Tod hatte keinen Schwarm Heiliger Vögel, die Nachrichten von seinen Jüngern brachten und ihm außerdem die Zähne reinigten.

Klatschianer achten die Gastfreundschaft mehr als alle anderen Tugenden. Während Mort sprachlos starrte, stand die Frau auf, holte einen zusätzlichen Teller und füllte ihn aus der großen Schale. Nach einem kurzen stummen Kampf rang sie dem geschlechtslosen Greis einige Welsstücke ab und fügte sie dem Reis hinzu.

Der Blick ihrer schwarzumrandeten Augen blieb die ganze Zeit über auf den so plötzlich erschienenen Besucher gerichtet.

Mort begriff, daß die Worte, die er eben gehört hatte, vom Vater stammten. Er verbeugte sich nervös.

»Tut mir leid«, sagte er. »Äh, allem Anschein nach bin ich durch diese Wand hier gegangen.« Es klang recht seltsam, selbst in seinen eigenen Ohren.

»Bitte?« erwiderte der Mann. Die Armreifen der Frau klirrten leise, als sie einige Paprikastreifen zu einem kunstvollen Muster auf dem Teller anordnete und eine grüne Soße hinzugab, die unangenehme Erinnerungen in Mort weckte. Er hatte sie vor einigen Wochen probiert: Zwar war sie das Ergebnis eines außerordentlich komplizierten Rezepts, doch bestimmte Geschmacksaspekte deuteten viel zu deutlich darauf hin, daß die Hauptingredienzien aus Fischeingeweiden bestanden, die mehrere Jahre lang in Haigalle gärten. Tod meinte, es sei eine Delikatesse, und Mort schloß daraus, daß er sich nicht zum Gourmet eignete.

Er schob sich vorsichtig an der Wand entlang und hielt auf die Tür mit dem langen Perlenschnur-Vorhang zu. Die Köpfe der Beobachter drehten sich langsam.

Mort rang sich ein verlegenes Lächeln ab.

Die Frau fragte: »Warum zeigt der Dämon seine Zähne, Licht meines Lebens?«

Der Mann erwiderte: »Vielleicht hat er Hunger, Mond meiner Sehnsucht. Hol noch mehr Fisch für ihn!«

Und das uralte Neutrum kommentierte: »Den wollte ich essen, verflixter Bengel. Ach, wehe der Welt, wenn das Alter nicht mehr respektiert wird!«

Das Klatschianische zeichnet sich durch all die akustischen Schnörkel und zungenakrobatischen Kunststücke einer uralten und gereiften Sprache aus, in der es bereits fünfzehn verschiedene Worte für den Begriff ›Mord‹ gab, bevor die übrigen Bewohner der Welt herausfanden, was man mit einem ordentlichen Knüppel anrichten kann. Für einen Sekundenbruchteil hatte Mort nicht die geringste Ahnung, was die sonderbaren Zisch- und Brummlaute bedeuteten, aber unmittelbar darauf geschah etwas Seltsames: Das Kauderwelsch klopfte an seine Trommelfelle, fand Einlaß — und wurde in den Laboratorien des Gehirns zu einer verständlichen Botschaft.

»Ich bin kein Dämon, sondern ein Mensch«, sagte er. Und klappte verblüfft den Mund zu, als er auf perfektem klatschianisch Antwort gab.

»Bist du etwa ein Dieb?« fragte der Vater. »Oder ein Attentäter? So wie du hier hereingeschlichen bist ... Du könntest sogar ein *Steuereintreiber* sein!« Er griff unter den Tisch und holte ein Hackbeil hervor, dessen Klinge sehr scharf wirkte. Die Frau schrie, ließ den Teller fallen und preßte ihre jüngsten Kinder an eine Brust, die auch noch mehr Sprößlingen Platz geboten hätte.

Mort starrte auf den blanken bedrohlichen Stahl — und entschied, es mit Diplomatie zu versuchen.

»Ich bringe euch Grüße aus den finstersten Sphären der Hölle«, sagte er kühn.

Sofort kam es zu einer erstaunlichen Veränderung. Das Hackbeil verschwand wieder unterm Tisch, und die ganze Familie lächelte.

»Dämonenbesuche bringen eine Menge Glück«, behauptete der Vater. »Was ist dein Begehr, o stinkende Brut aus Offlers Lenden?«

»Wie?« fragte Mort verwirrt.

»Ein Dämon bringt Segen und Wohlstand dem Manne, der ihm hülfet«, intonierte der Vater. »Wie können wir dir zu Diensten sein, o fauliger Odem aus den Senkgruben der Verdammnis?«

»Nun, ich habe keinen großen Appetit«, sagte Mort. »Aber wenn du weißt, wo ich ein schnelles Pferd finden kann, das mich vor Sonnenuntergang nach Sto Lat bringt ...«

Der Mann strahlte und verneigte sich. »Ich kenne einen solchen Ort, o Ausgeburt des verderblichen Verderbens. Folge mir bitte!«

Mort schloß sich dem Vater an. Der uralte Urahn

am Tisch sah ihnen argwöhnisch nach und kaute energisch.

»So etwas bezeichnet man hier als Dämon?« fragte das greisenhafte Etwas. »Möge Offler diese feuchte Region mit Trockenheit verfluchen. Selbst die hiesigen Teufel sind drittklassig und überhaupt nicht mit denen im Alten Land zu vergleichen.«

Die Frau füllte eine kleine Reisschale, schob sie in die gefalteten Mittelhände der Statue (in der Regel waren solche Gaben am nächsten Morgen verschwunden) und trat zurück.

»Gemahl sagte mir, vor einigen Wochen habe er im *Curry-Garten* einen unsichtbaren Kunden bedient«, erwiderte sie. »Er fügte hinzu, sehr beeindruckt gewesen zu sein.«

Zehn Minuten später kehrte das Familienoberhaupt zurück und legte in feierlichem Schweigen einen kleinen Haufen Goldmünzen auf den Tisch. Sie genügten, um einen großen Teil der Stadt zu erwerben.

»Er hatte einen ganzen Beutel voll davon«, meinte er.

Eltern, Kinder und Urahn starrten eine Zeitlang auf die Münzen. Schließlich seufzte die Frau.

»Reichtum bringt Probleme mit sich«, sagte sie. »Was tun wir jetzt?«

»Wir kehren nach Klatsch zurück«, entschied Gemahl. »Unsere Kinder sollen gemäß den ruhmreichen Traditionen unseres alten Volkes aufwachsen, in der Heimat, wo ein aufrechter Mann nicht als Kellner für herrische Wirte und Restaurantbesitzer arbeiten muß, sondern stolz das Haupt heben kann. Ich schlage vor, wir machen uns unverzüglich auf den Weg, o duftende Blüte einer Dattelpalme.«

»Warum denn, o hart arbeitender Sohn der Wüste?«

»Weil ich gerade das beste Rennpferd des Patriziers verkauft habe«, antwortete der Mann.

Das Pferd war nicht so prächtig und schnell wie Binky, aber seine Hufe fraßen heißhungrig die Meilen. Innerhalb weniger Minuten wuchs die Entfernung zu einigen berittenen Wächtern, die aus irgendeinem Grund bestrebt zu sein schienen, mit Mort zu sprechen. Die eher schäbigen Viertel des Stadtrands von Ankh-Morpork blieben schon bald zurück, und der Weg führte durch die weite Ebene von Sto. Der dunkle Boden war recht fruchtbar, was an den häufigen Überflutungen durch den trägen Ankh lag, der den Bewohnern dieser Region ein regelmäßiges sicheres Einkommen gewährte. Insbesondere die Ärzte brauchten sich keine Sorgen zu machen: In ihren Wartezimmern wimmelte es von Patienten mit chronischer Arthritis.

Darüber hinaus erwies sich die Landschaft auch als extrem langweilig. Das Licht des Tages destillierte von Silber zu Gold, und Mort ritt über eine völlig flache kühle Ebene, auf der schachbrettartige Kohlfelder von Horizont zu Horizont reichten. Nun, man könnte viel über Kohl schreiben, zum Beispiel auf den hohen Vitamingehalt hinweisen, auf die vielen Spurenelemente in den Blättern, auf die für einen ordentlichen Stuhlgang bedeutsamen Ballaststoffe, auf den lobenswerten Nährwert. Dennoch fehlt solchen Früchten des Feldes und Schweißes etwas. Trotz ihrer kulinarischen und moralischen Überlegenheit im Vergleich zu Narzissen (um ein Beispiel zu nennen) haben sie nie die dichterische Kreativität stimuliert. Nur wenige Poeten ließen sich dazu herab, einige Zeilen über die Ästhetik des Kohls zu verfassen, in der Mehrzahl solche, die seit einer Woche fasteten. Die Entfernung nach Sto Lat betrug nur zwanzig Meilen, aber für die subjektive menschliche Erfahrung wuchs die Strecke auf das Hundertfache.

An den Toren von Sto Lat standen Wächter, doch im Vergleich zu denjenigen von Ankh-Morpork wirkten sie verlegen und unsicher, wie Amateure. Mort ritt an einem vorbei, und der Mann kam sich wie ein Narr vor, als er fragte: »Wer dort?«

»Ich habe leider keine Zeit, um mit dir zu reden«, erwiderte Mort.

Der Soldat war gerade erst der Stadtwache zugeteilt worden und nahm seine Aufgabe sehr ernst, obwohl — obwohl es ihm nicht sehr behagte, den ganzen Tag über ein Kettenhemd zu tragen und sich an einer Stange festzuhalten, an deren Ende der Stahl einer Axt glänzte. Als er sich freiwillig meldete, hatte er sich eine andere Art von Dienst vorgestellt: Aufregung, Herausforderung, eine Armbrust, vor allen Dingen eine Uniform, die nicht im Regen rostete.

Er trat vor, dazu entschlossen, die Stadt gegen Leute zu verteidigen, die verantwortungsbewußten und rechtmäßig autorisierten Repräsentanten der Legislative nicht mit dem gebührenden Respekt begegneten. Mort starrte auf die Lanzenspitze, die ihm nur wenige Zentimeter vor dem Gesicht schwebte. Mühsam versuchte er, seine Ungeduld zu bezähmen.

»Aber wenn ich es mir genauer überlege ...«, sagte er wie beiläufig. »Was hältst du davon, wenn ich dir dieses prächtige Roß zum Geschenk mache?«

Es fiel ihm nicht weiter schwer, den Eingang des Schlosses zu finden. Auch dort standen Wächter, führten Armbrüste bei sich und zeigten betont grimmige Mienen. Mort bedauerte es, daß ihm die Pferde ausgegangen waren. Eine Zeitlang wanderte er vor dem Tor umher, bis er schließlich die neugierigen und argwöhnischen Blicke aller Palastwachen auf sich ruhen fühlte. Enttäuscht ging er fort, schlenderte niedergeschlagen durch die Straße und verfluchte seine eigene Dummheit.

Ein zwanzig Meilen weiter Ritt, vorbei an endlosen Kohlfeldern, der verlängerte Rücken inzwischen kaum mehr als ein taubes Stück Holz ... Wozu das alles? Er wußte nicht einmal, was er sich von einem Aufenthalt in Sto Lat versprach. Die Prinzessin hatte ihn bemerkt, obgleich er sich unsichtbar wähnte? Na und? Bedeutete das irgend etwas? Nein, natürlich nicht? Trotzdem sah Mort immer wieder die hoffnungsvoll blickenden Augen der jungen Frau. Er wollte ihr sagen, es werde alles gut. Er wollte ihr von sich erzählen, von seinen Wünschen und Zukunftserwartungen. Er wollte feststellen, in welchem Zimmer des Schlosses sie wohnte. Er wollte das Fenster beobachten, bis sie das Licht löschte. Und so weiter, und so fort.

Einige Zeit später drang ein seltsam dumpfes rhythmisches Geräusch an die Ohren eines aufmerksamen Schmieds, der in einer Seitenstraße von Sto Lat arbeitete, in einer Gasse, die direkt ans Schloß grenzte. Zu seinem großen Erstaunen bemerkte er einen hochgewachsenen, schlaksigen und rotgesichtigen jungen Mann, der immer wieder versuchte, durch die Palastwand zu gehen.

Noch etwas später betrat ein junger Mann mit Kratzern und Schrammen um Gesicht eine Schenke und erkundigte sich nach dem Wohnort des nächsten Zauberers.

Noch etwas später näherte sich Mort einem kleinen schiefen Haus, über dessen Eingangstür ein dunkel angelaufenes Messingschild hing. Die Aufschrift lautete: Ignazius Eruptus Schneidgut, Doctoruß Magus (Unsichtbare Universität), Maister des Unendlichen, Ulluminahtus, Zauberer des Zweiundfünfzigsten Grades, Hüter der Sacralen Pfohrte — Wenn nicht zu Hause Poßt bitte bei Frau Thugent nebenan hinterlaßen.

Mort war angemessen beeindruckt, und das Herz klopfte ihm bis zum Hals hinauf, als er nach dem Türklopfer griff der gußeisernen Nachbildung eines unheimlichen Fabelwesens, in dessen breiter Schnauze ein dicker Ring steckte — und zweimal pochte.

Einige Sekunden lang geschah überhaupt nichts, dann hörte Mort seltsame Geräusche. Bei einem weniger ehrwürdigen Domizil hätte er angenommen, daß jemand hastig Geschirr in die Spüle schob und schmutzige Wäsche unter dem Sofa versteckte.

Schließlich öffnete sich die Tür, schwang langsam und geheimnisvoll auf.

»Du follteft beffer ftaunen«, sagte der Türklopfer im Plauderton. Der Ring behinderte ihn etwas. »Er benutzt einige Rollen und Feile. Weifft du, in Hinficht auf Öffnungfzauber ift er nicht fehr begabt.«

Mort starrte auf die grinsende Metallfratze. Ich arbeite für ein Skelett und kann durch Wände gehen, dachte er. Warum sollte mich so etwas überraschen?

»Besten Dank«, sagte er.

»Gern gefehen. Klopf die Ftiefel an den Ftufen ab. Die Fufmatte hat heute ihren freien Tag.«

Mort betrat ein großes niedriges Zimmer, eine düstere Kammer voller Schatten und Schemen. Es roch hauptsächlich nach Weihrauch und gekochtem Kohl — aber auch nach schmutziger Wäsche und jener Sorte von Person, die des Morgens ihre Socken an die Wand wirft und das Paar trägt, das nicht an der Tapete festklebt. Mort sah eine große (gesprungene) Kristallkugel, ein Astrolabium (es fehlten mehrere Teile), ein abgewetztes Oktagramm auf dem Boden und einen ausgestopften Alligator, der von der Decke herabhing. Ausgestopfte Alligatoren gehören zur Standard-Ausstattung eines jeden magischen Laboratoriums. Dieses besondere Exemplar wirkte recht verdrießlich.

Ein Perlenschnur-Vorhang an der einen Seite knisterte dramatisch beiseite und offenbarte jemanden, der eine Kapuze trug. Solche Aufmachungen waren Mort bereits vertraut.

»Günstige Sterne leuchten auf die Stunde unserer Begegnung herab!« verkündete die Gestalt wohlwollend.

»Welche Sterne?« fragte Mort.

Einige Sekunden besorgten Schweigens folgten.

»Ich bitte um Verzeihung.«

»Welche Sterne meinst du?« erkundigte sich Mort.

»Günstige«, sagte die Gestalt unsicher und holte tief Luft. »Welches Anliegen führt dich zu Ignazius Eruptus Schneidgut, Bewahrer der Acht Schlüssel, Wanderer in den Kerkerdimensionen, Oberster Magus des ...«

»Entschuldige«, warf Mort ein, »bist du das wirklich?«

»Wirklich was?«

»Meister des Übernatürlichen, Erster Lord Dingsbums der Sakralen Kerker und so weiter?«

Schneidgut schlug verärgert die Kapuze zurück. Anstelle des erwarteten graubärtigen Mystikers sah Mort ein rundliches, pummeliges Gesicht, rosafarben und weiß wie Schweinepastete — ein Vergleich, der sich nicht nur auf die farblichen Aspekte beschränkte. Zum Beispiel haben Schweinepasteten keinen Bart und erwecken meistens einen gutmütigen Eindruck.

»Im übertragenen Sinne«, antwortete Ignazius Eruptus.

»Was bedeutet das?«

»Es bedeutet, äh: nein«, sagte Schneidgut.

»Aber du hast doch gesagt ...«

»Das war nur Werbung«, behauptete der Zauberer. »Eine besondere Art von Magie, mit der ich mich seit einiger Zeit befasse. Nun, was möchtest du?« Schneidgut lächelte hintergründig. »Einen Liebestrank? Ein Mittel, um junge Damen von deinen männlichen Qualitäten zu überzeugen?«

»Ist es möglich, durch Wände zu gehen?« fragte Mort verzweifelt. Schneidguts Hand verharrte dicht vor einer großen Flasche mit öliger Flüssigkeit.

»Mit Hilfe von Magie?«

»Äh«, machte Mort, »ich glaube nicht.«

»Dann solltest du sehr dünne Wände wählen«, riet der Zauberer. »Noch besser: Benutz die Tür. Ich empfehle dir die dort drüben, falls du nur gekommen bist, um meine Zeit zu verschwenden.«

Mort zögerte und legte seinen Beutel mit dem Gold auf den Tisch. Schneidgut starrte auf die Münzen, wimmerte leise und streckte die Hand nach einer gelben Scheibe aus. Sein Besucher hielt ihn am Unterarm fest.

»Ich bin durch Wände gegangen«, sagte Mort langsam und deutlich.

»Oh, natürlich bist du das, selbstverständlich«, murmelte der Zauberer. Sein Blick klebte am Beutel fest. Er löste den Korken aus einer Flasche, in der es bläulich schimmerte, trank einen geistesabwesenden Schluck.

»Es ist nur ... Vorher wußte ich nicht, daß ich dazu in der Lage bin, und als ich durch die erste Wand ging, wußte ich nicht, was ich anstellte, und obwohl ich inzwischen auch andere Mauern durchschritten habe, weiß ich noch immer nicht, wie ich das fertigbringe. Ich möchte wissen, wie man so etwas bewerkstelligt.«

»Warum?«

»Weil ...«, begann Mort. »Nun, wenn ich ganz bewußt durch Wände gehen könnte, wäre ich praktisch zu allem fähig.«

»Ausgesprochen tiefsinnig«, erklärte Schneidgut. »Geradezu philosophisch. Wie heißt die junge Frau auf der anderen Seite der Wand?«

»Sie ...« Mort schluckte. »Ihren Namen kenne ich nicht.« Er faßte sich wieder. »Vorausgesetzt, es gibt überhaupt ein solches Mädchen. In diesem Zusammenhang bin ich mir ganz und gar nicht sicher.«

»Na schön«, sagte Schneidgut, nahm erneut einen Schluck und schauderte. »In Ordnung. Wie man durch Wände gehen kann. Ich muß einige Nachforschungen anstellen, und sie könnten ziemlich teuer werden.«

Mort griff behutsam nach dem Beutel und entnahm ihm eine kleine Goldmünze.

»Als Vorschuß«, sagte er und legte die winzige Scheibe auf den Tisch.

Schneidgut nahm sie so behutsam zur Hand, als rechne er damit, daß sie explodieren und sich ganz einfach in Luft auflösen könnte. Er betrachtete sie eingehend.

»Eine solche Münze habe ich noch nie zuvor gesehen«, sagte er nach einer Weile. »Was hat es mit den komischen Schnörkeln auf sich?«

»Sie besteht aus Gold, oder?« erwiderte Mort. »Ich meine, du brauchst sie nicht zu behalten ...«

»O ja, sicher, es ist Gold«, versicherte Schneidgut hastig. »Daran kann überhaupt kein Zweifel bestehen. Ich habe mich nur gefragt, woher es stammt.«

»Du würdest mir bestimmt nicht glauben, wenn ich dir eine entsprechende Auskunft gäbe«, entgegnete Mort. »Übrigens: Wann geht hier die Sonne unter?«

»Meistens dann, wenn's dunkel wird«, sagte Schneidgut, starrte weiterhin auf die Münze und trank. »Ungefähr jetzt.«

Mort sah aus dem Fenster. Graues Zwielicht kroch über die Straße.

»Ich komme bald wieder«, versprach er und hielt auf die Tür zu. Der Zauberer rief ihm etwas nach, aber Mort achtete gar nicht darauf und stürmte über die Straße.

Panik regte sich in ihm. Tod wartete vierzig Meilen entfernt. Bestimmt mußte er damit rechnen, gehörig ausgeschimpft zu werden. Bestimmt ....

AH, DA BIST DU JA, JUNGE.

Tod trat hinter einer kleinen Bude hervor, in der unter anderem Sülzaale angeboten wurden. In den knöchernen Händen hielt er einen Teller mit Schnecken.

DER ESSIG IST BESONDERS LECKER. MÖCHTEST DU MAL PROBIEREN, JUNGE?

Nun, der Knochenmann mochte sich an einem vierzig Meilen entfernten Ort aufhalten, aber natürlich konnte er gleichzeitig auch *hier* sein ....

Unterdessen drehte Schneidgut in seinem chaotischen Zimmer die Goldmünze hin und her, murmelte immer wieder ›durch Wände gehen‹ und trank. Unglücklicherweise warf er erst einen Blick aufs Etikett, als die Flasche nur noch Luft enthielt. Die Aufschrift lautete: ›Oma Wetterwachs' Trank Dher Laidenschaft, gebrauht nach dem berühmten Resept *Macht mühde Männer munnter.* Nur ain klainer (!) Löffel am Ahbend‹.

Ich ganz allein?« fragte Mort.

JA. ICH HABE GROSSES VERTRAUEN ZU DIR.

»Donnerwetter!«

Der Vorschlag verdrängte alles andere aus Morts Bewußtsein, und es überraschte ihn, daß er überhaupt keine Unsicherheit verspürte. Während der vergangenen Wochen hatte er recht viele Sterbende gesehen, und solche Erlebnisse verloren ihr Potential an Schrekken und Entsetzen, wenn man wußte, daß man anschließend mit den Toten sprechen konnte. Die meisten von ihnen waren erleichtert, nur einige wenige verärgert. Und alle begrüßten einige aufmunternde Worte.

WAS MEINST DU? SCHAFFST DU ES?

»Ja, Herr. Ja. Ich glaube schon.«

DAS IST DIE RICHTIGE EINSTELLUNG. ICH HABE BINKY AN DER PFERDETRÄNKE HINTER DER ECKE DORT ZURÜCKGELASSEN. REITE MIT IHM NACH HAUSE, WENN DU FERTIG BIST.

»Du bleibst hier, Herr?«

Tod sah über die Straße, und in seinen Augenhöhlen blitzte es.

ICH MÖCHTE EINEN KLEINEN SPAZIERGANG MACHEN, sagte er geheimnisvoll. ICH FÜHLE MICH IRGENDWIE SELTSAM. DIE FRISCHE LUFT TUT MIR BESTIMMT GUT. Er schien sich an etwas zu erinnern, griff unter seinen Umgang und holte drei Sanduhren hervor.

ALLES EINFACHE JOBS, brummte er. VIEL SPASS.

Er drehte sich um, summte leise vor sich hin und ging fort.

»Äh, danke!« rief ihm Mort nach. Er hob die Lebensuhren ins letzte verblassende Licht des Tages und stellte fest, daß die obere Hälfte eines gläsernen Behälters nur noch wenige Körner enthielt.

»Trage ich jetzt die Verantwortung?« fragte er, bekam jedoch keine Antwort. Tod war in einer Seitengasse verschwunden.

Binky begrüßte ihn mit einem leisen, freundlichen Wiehern. Mort stieg auf, und das Herz klopfte ihm lauter, als er an die PFLICHT dachte. Die Hände bewegten sich von ganz allein, zogen die Sense aus der Scheide und berührten (vorsichtig, ganz vorsichtig) den scharfen Stahl (?). Das hauchdünne Etwas erschimmerte in einem strahlenden Blau und zerschnitt das Sternenlicht wie weiche Butter. Mort ließ sich langsam in den Sattel sinken und verzog das Gesicht, als sein Allerwertester protestierte. Glücklicherweise genoß man bei einem Ritt mit Binky einige Vorteile — der betreffende Reiter hatte das angenehme Gefühl, auf einem weichen Kissen zu sitzen. Mort zögerte kurz, trunken mit delegierter Autorität, öffnete die Satteltasche, holte Tods Ersatzmantel hervor, streifte ihn um die Schultern und ließ die silberne Brosche am Hals zuschnappen.

Noch einmal betrachtete er die erste Lebensuhr und trieb Binky mit den Knien an. Der Hengst beschnüffelte die kühle Abendluft und setzte sich in Bewegung.

Einige Dutzend Meter entfernt rannte Ignazius Eruptus Schneidgut aus seinem Haus, beschleunigte auf dem frostigen Kopfsteinpflaster und lief mit wehendem Umhang.

Das Pferd begann mit leichtem Trab, und die Distanz zwischen den Hufen und der Straße wuchs. Der Schweif zuckte kurz, als Binky über die Dächer hinwegschwebte und gen Himmel glitt.

Schneidgut bemerkte nichts davon. Seine Gedanken galten (im wahrsten Sinne des Wortes) drängenderen Angelegenheiten. Er stieß sich ab, sprang und landete der Länge nach im langsam gefrierenden Wasser der Pferdetränke. Erleichtert blieb er liegen, seufzte und beobachtete die winzigen, schwimmenden Eisschollen. Sie lösten sich auf. Und kurz darauf begann das Wasser zu dampfen und zu brodeln.

Mort wahrte eine nur geringe Höhe und genoß den Rausch der Geschwindigkeit. Das schlafende Land raste stumm unter ihm hinweg. Binky galoppierte mühelos, und die dicken Muskelstränge bewegten sich wie Schlangen unter dem Fell des großen Hengstes. Die dichte Mähne streifte Morts Gesicht. Das blaue Glühen der Sense zerteilte die Finsternis und ließ zwei Hälften der Nacht zurück.

Stumm wie ein Schatten flogen sie durch den Mondschein, sichtbar nur für Katzen und Zauberer, die mit Dingen herumpfuschten, an denen sie sich die thaumaturgischen Finger verbrennen konnten.

Bald wich die weite Ebene ersten Hügeln, und kurz darauf marschierten ihnen die hohen Grate der Spitzhornberge entgegen, Binky senkte den Kopf, wurde etwas langsamer und näherte sich einem Paß zwischen zwei aufragenden Gipfeln, im silbrigen Licht so spitz wie Koboldzähne. Irgendwo heulte ein Wolf.

Mort warf einen neuerlichen Blick auf die Lebensuhr. Sie war mit den Nachbildungen von Eichenblättern und Alraunen verziert, und das Licht des Mondes verlieh dem Sand einen goldfarbenen Glanz. Er drehte das Glas hin und her, und schließlich las er die dünne zarte Gravur eines Namens: Ammelin Kniesehne.

Binky setzte den Flug in einem gemütlichen Handgalopp fort, und Mort beobachtete das Dach eines weiten Waldes. Schnee glitzerte auf den Wipfeln, junges — oder sehr, sehr altes — Weiß. In dieser Hinsicht konnte man nie ganz sicher sein, denn die Spitzhornberge horteten ihr Wetter und verteilten es, ohne dabei die Gebote des Kalenders zu berücksichtigen.

Unter ihnen bildete sich eine Lücke. Binky trat auf die metaphorische Bremse, schwang herum und sank einer Lichtung mit mehreren hohen Schneewehen entgegen. Genau in der Mitte des hellen Runds stand eine kleine Hütte. Wenn der Boden nicht mit kristallisiertem Wasserstoffoxid bedeckt gewesen wäre, hätte Mort sicher das Fehlen von Baumstümpfen bemerkt: Die Bäume waren nicht etwa einer Axt zum Opfer gefallen; man hatte sie schlicht und einfach entmutigt, auf der Lichtung zu wachsen.

Einige hohe Fichten gingen auf Nummer Sicher und zogen sich tiefer in den Wald zurück.

Kerzenlicht flackerte durch ein Fenster der Hütte, tastete blaß und orangefarben über den Schnee.

Binky setzte weich auf und tänzelte über die weiße Kruste, ohne darin einzusinken. Natürlich hinterließ der Hengst keine Hufspuren.

Mort stieg ab, ging zur Tür, brummte leise und holte versuchsweise mit der Sense aus.

Das Hüttendach wies mehrere, sanft nach unten geneigte Vorsprünge auf, über die schwere Schneelasten abrutschen konnten. Darüber hinaus dienten sie dazu, das Brennholz vor den Unbilden des Wetters zu schützen. Kein Bewohner der Spitzhornberge wagte es, den Winter ohne große Holzhaufen auf mindestens drei Seiten seines Heims zu erwarten. In diesem Fall aber fehlten Scheite, obgleich es noch Monate dauerte, bis der Frühling begann.

Dafür hing direkt neben der Tür ein Netz mit Heu. Ein Zettel war daran befestigt, und einige krakelige

Großbuchstaben übermittelten folgende Botschaft: FÜR DEINN FERD.

Mort kämpfte gegen das Unbehagen an, das sich wie eine Gewitterwolke in ihm verdichtete — jemand hatte mit seiner Ankunft gerechnet. Nun, er wußte aus leidlicher Erfahrung, daß man sich nicht von den Flutwellen der Unsicherheit davonspülen lassen durfte, sondern mit einem Surfbrett darauf reiten mußte, wenn man nicht riskieren wollte, in Ungewißheit zu ertrinken. Wie dem auch sei: Binky hielt sich nicht mit irgendwelchen moralischen Bedenken auf und probierte einen Bissen Stroh. Er schien ihm zu schmecken.

Tods junger Stellvertreter überlegte eine Zeitlang, ob er anklopfen sollte. Aus irgendeinem Grund erschien ihm ein solches Verhalten unangemessen. Angenommen, es antwortete niemand? Und wie sollte er reagieren, wenn man ihm mitteilte, niemand sei an Staubsaugern oder Nachschlagwerken interessiert?

Mort traf eine Entscheidung, drückte die Klinke und öffnete die Tür. Sie schwang nach innen auf und knarrte überhaupt nicht.

Er betrat eine Küche, deren niedrige Decke seinen Kopf in nicht unerhebliche Gefahr brachte. Das Licht einer einzelnen Kerze flackerte über weißes Geschirr in langen Schrankregalen, spiegelte sich auf Fliesen wider, die erst kürzlich geschrubbt zu sein schienen und vor Sauberkeit geradezu strahlten. Das Feuer im breiten Kamin trug kaum zur Beleuchtung des Zimmers bei, beschränkte sich nur auf einen Haufen grauweißer Asche unter halb verkohlten Holzresten. Mort begriff sofort, daß es sich um den letzten Scheit handelte.

Eine ältere Frau saß am Tisch und schrieb mit hingebungsvollem Eifer. Nur einige wenige Zentimeter trennten das Ende ihrer krummen Nase vom Papier. Dicht neben dem kleinen Tintenfaß hatte sich eine graue Katze zusammengerollt und musterte Mort gelassen. Die Sense stieß an einen Deckenbalken, und daraufhin nickte die Frau.

»In bin gleich soweit«, sagte sie, starrte auf das Blatt hinab und runzelte die Stirn. »Ich habe noch nicht hinzugefügt, daß ich im Vollbesitz meiner geistigen Kräfte bin. Ist ohnehin Blödsinn, nicht wahr? Ich meine, welcher Tote kann schon von sich behaupten, gesund zu sein? Möchtest du einen guten Tropfen?«

»Wie bitte?« fragte Mort. Er erinnerte sich an seine Rolle und wiederholte: »WIE BITTE?«

»Falls du überhaupt trinkst. Himbeerwein. Auf der Kommode. Nimm ruhig die ganze Flasche.«

Mort richtete einen argwöhnischen Blick auf die Kommode und hatte das Gefühl, die Initiative zu verlieren. Er holte die Lebensuhr hervor und beobachtete sie. In der oberen Hälfte befand sich nach wie vor ein wenig Sand.

»Es bleiben mir noch einige Minuten«, sagte die Hexe, ohne sich umzudrehen.

»Woher .... Ich meine, WOHER WEISST DU DAS?«

Ammelin Kniesehne achtete nicht auf ihn, trocknete die Tinte vor der Kerze, versiegelte den Brief mit Wachs und legte ihn beiseite. Dann griff sie nach der Katze.

»Oma Ichkümmermichgut kommt morgen vorbei, um hier alles in Ordnung zu bringen. Du gehst mit ihr, verstanden? Sorg dafür, daß sie Mütterchen Nußkern das Waschbecken aus rosarotem Marmor überläßt. Sie wünscht es sich schon seit Jahren.«

Die Katze miaute gehorsam.

»Ich habe nicht ...« Mort räusperte sich. »ICH HABE NICHT DIE GANZE NACHT ZEIT, WEISST DU.«

»Du schon, im Gegensatz zu mir«, widersprach die Hexe. »Außerdem ist es nicht nötig zu schreien.« Mort bemerkte ihren krummen Rücken erst, als sie vom Hocker glitt — sie wirkte wie ein lebender Bogen. Mühsam zog sie einen spitz zulaufenden großen Hut vom Haken an der Tür und setzte ihn aufs weiße Haupt, nachdem sie Dutzende von Haarnadeln zurechtgerückt hatte. Anschließend nahm sie zwei Gehstöcke zur Hand.

Die alte Frau wankte auf Mort zu und sah ihn aus Augen an, die er mit schwarzen Johannisbeeren verglich.

»Was meinst du? Brauche ich meinen Schal? Nein, vermutlich nicht. Ich schätze, mich erwartet im Jenseits ein recht warmer Ort.« Sie musterte Mort und runzelte erneut die Stirn.

»Du bist weitaus *jünger,* als ich dachte«, sagte sie. Als Mort schwieg, fügte Ammelin Kniesehne hinzu: »Um ganz ehrlich zu sein — ich habe überhaupt nicht mit jemandem wie dir gerechnet.«

Mort atmete tief durch.

»Mit wem denn?« fragte er und spürte, wie das Surfbrett unter ihm schwankte.

»Mit Tod«, erwiderte die alte Frau schlicht. »Das gehört zur Vereinbarung, wenn du verstehst, was ich meine. Hexen erfahren im voraus von ihrem Ableben und genießen das Privileg — persönlicher Aufmerksamkeit.«

»Ich bin sie«, sagte Mort.

»Sie?«

»Die persönliche Aufmerksamkeit. Tod hat mich geschickt. Ich arbeite für ihn. Kein anderer Lehrmeister wollte mich.« Mort zögerte. Alles ging schief. Er stellte sich vor, wie ihn der erboste Knochenmann aus seinen Diensten entließ. Zum erstenmal trug er Verantwortung — und wurde ihr nicht annähernd gerecht. Tod würde ihn bestimmt nach Hause schicken.

Mort glaubte bereits zu hören, wie man ihn auslachte. Seine Verlegenheit formte einen Trichter, aus dem ein nebelhornartiges Heulen ertönte. »Dies ist mein erster richtiger Auftrag, und ich ruiniere alles.«

Die Sense fiel mit einem leisen Klappern zu Boden,

hackte ein Stück vom Tischbein ab und schnitt eine Fliese fein säuberlich in zwei Teile.

Die Hexe neigte den Kopf zur Seite und beobachtete Mort eine Zeitlang. »Ich verstehe«, sagte sie schließlich. »Wie heißt du, junger Mann?«

»Mort«, schniefte Mort. »Das ist eine Abkürzung für Mortimer.«

»Nun, Mort, ich nehme an, du hast eine Lebensuhr dabei, nicht wahr? »

Der Junge nickte kummervoll, tastete nach seinem Gürtel und holte den kleinen gläsernen Behälter hervor. Ammelin Kniesehne betrachtete ihn kritisch.

»Noch eine Minute, vielleicht auch ein paar Sekunden mehr«, stellte sie fest. »Mit anderen Worten: Die Zeit drängt. Ich schließe nur rasch ab.«

»Begreifst du denn nicht?« schluchzte Mort. »Ich habe alles durcheinandergebracht. Ich bin neu in diesem Job!«

Die Hexe klopfte ihm auf die Hand. »In diesem Zusammenhang fehlt es auch mir an Erfahrung«, erwiderte sie tröstend. »Wir können gemeinsam lernen. Heb jetzt die Sense auf und benimm dich wie ein großer Junge. Ja, so ist es recht.«

Sie achtete nicht auf Morts Einwände, schob ihn nach draußen und zog die Tür zu. Energisch drehte sie einen großen eisernen Schlüssel und hängte ihn an den Haken neben der Pforte.

Der Frost hatte seine Faust um den Wald geschlossen, drückte so fest zu, daß die Wurzeln knackten. Der Mond neigte sich dem Horizont entgegen, doch der Himmel war voller Sterne, wodurch der Winter noch kälter anmutete. Ammelin Kniesehne schauderte.

»Dort drüben liegt ein alter Baumstamm«, sagte sie im Plauderton. »Von jener Stelle aus kann man das Tal sehen. Ein hübscher Anblick. Im Sommer. Ich schlage vor, wir setzen uns.«

Mort stützte die alte Frau und strich möglichst viel

Schnee von der geforenen Rinde. Sie nahmen Platz, und Tods Lehrling stellte vorsichtig die Lebensuhr ab. Er wußte nicht, welchen Ausblick dieser Ort im Sommer bot: Derzeit sah er nur dunkle Felsen vor einem Himmel, von dem es weiß herabrieselte.

»Ich bin völlig verwirrt«, gestand Mort ein. »Ich meine, du klingst so, als *möchtest* du sterben.«

»Nun, es gibt einige Dinge, die ich vermissen werde«, antwortete die Hexe. »Weißt du, irgendwann wird das Leben langweilig. Auf den eigenen Körper ist kein Verlaß mehr, und man sehnt sich nach Abwechselung. Ich schätze, es wird Zeit, daß ich einen neuen Anfang mache. In der anderen Welt.« Sie dachte kurz nach. »Hat dir Tod gesagt, daß ihn magische Leute ganz deutlich sehen können?«

»Nein«, log Mort.

»Nun, für uns ist er nicht unsichtbar.«

»Er hält nicht viel von Zauberern und Hexen«, murmelte Mort.

»Niemand mag Klugscheißer«, erwiderte Ammelin Kniesehne zufrieden. »Weißt du, manchmal bringen wir ihn in Schwierigkeiten. Priester bereiten ihm keine Probleme, und deshalb findet er sie sympathisch.«

»Davon hat er mir nie etwas gesagt.«

»Tja, Geistliche preisen dauernd das Leben nach dem Tode. Wohingegen wir Magier häufig darauf hinweisen, wie angenehm das Leben in *dieser* Welt sein könnte. Wenn man sich den Problemen stellt und sie löst, anstatt sein Heil in religiöser Erleuchtung zu suchen.«

Mort zögerte. Er wollte sagen: Du irrst dich; Tod ist ganz anders; er kümmert sich nicht darum, ob die Leute gut oder schlecht sind; er legt nur Wert auf Pünktlichkeit; und er mag Katzen.

Aber er blieb stumm und glaubte zu verstehen, daß die Menschen etwas brauchten, woran sie glauben konnten.

Erneut heulte ein Wolf, diesmal so nahe, daß sich

Mort besorgt umsah. Ein zweiter auf der anderen Seite des Tals antwortete. Einige andere im Wald stimmten mit ein. Mort hatte noch nie zuvor ein derartiges Klagen vernommen.

Er drehte den Kopf, starrte die Hexe an und blickte erschrocken auf die Lebensuhr hinab. Eine Sekunde später sprang er auf, schloß beide Hände um den Griff der Sense und schlug zu.

Ammelin Kniesehne stand auf und ließ den Körper zurück.

»Gut gemacht«, lobte sie. »Ich dachte schon, du hättest den richtigen Zeitpunkt verpaßt.«

Mort lehnte sich an einen Baum und schnappte nach Luft, während die Hexe die Reste ihrer sterblichen Existenz betrachtete.

»Hmm«, meinte sie skeptisch. »Das Leben bleibt nicht ohne gewisse Konsequenzen.« Sie hob die Hand und lachte, als das Sternenlicht hindurchfunkelte.

Dann veränderte sie sich. Mort hatte diesen Vorgang schon mehrmals beobachtet: Er begann immer dann, wenn die Seele begriff, daß sie nicht länger an das morphogenetische Feld des Körpers gebunden war. Meistens entwickelte die Metamorphose ein eigenes Bewegungsmoment, aber der Hexe gelang es auf eine bewunderswerte Weise, den Umwandlungsprozeß zu kontrollieren. Das Haar löste sich aus dem dicht zusammengesteckten Knoten, wuchs in die Länge und glänzte in allen Regenbogenfarben. Falten schrumpften zusammen und lösten sich auf. Das graue Wollgewand wogte wie die Oberfläche des Meeres und schmiegte sich an völlig neue Konturen, die eine seltsame Hitze in Mort entstehen ließen.

Ammelin Kniesehne sah an sich hinab, lachte leise und tauschte ihr Kleid gegen etwas Laubgrünes und Hautenges.

»Wie gefällt dir das?« fragte sie. Zuvor hatte ihre Stimme kratzig und fast schrill geklungen; jetzt deutete sie auf Moschus, Ahornsirup und andere Dinge hin, die Morts Adamsapfel wie die Kugel an einem Gummiband auf und ab tanzen ließen.

»...«, brachte er hervor und umfaßte den Sensengriff so fest, daß die Knöchel weiß hervortraten.

Die Hexe kam mit wiegenden Hüften näher und lächelte ein bezauberndes Sieh-mich-genau-an-Lächeln.

»Ich habe dich nicht verstanden«, gurrte sie.

»S-s-sehr hübsch«, stotterte Mort. »Hast du — früher so ausgesehen?«

»So bin ich immer gewesen. Es ist mein wahres Selbst.«

»Oh.« Mort starrte auf seine Füße. »Eigentlich muß ich dich jetzt fortbringen.«

»Ich weiß«, erwiderte die Hexe. »Mach dir keine Mühe: Ich bleibe hier.«

»Das ist unmöglich! Ich meine ...« Er suchte nach den richtigen Worten. »Weißt du, wenn du bleibst, breitest du dich, äh, aus und wirst immer dünner, bis ...

»Ich werde es genießen«, sagte Frau (beziehungsweise Fräulein) Kniesehne fest. Sie beugte sich vor und gab Mort einen Kuß, der ebenso substanzlos war wie das Seufzen einer Eintagsfliege. Gleichzeitig löste sie sich auf, bis nur der Kuß blieb, eine Erinnerung, die sich mit erotischer Glut in Morts Gedächtnis brannte.

Eine ganze Weile blieb der Junge wie angewurzelt stehen und preßte die eine Hand an die Wange. Die Bäume am Rand der Lichtung erzitterten kurz, und der kalte Wind trug ein ätherisches Lachen herbei. Dann herrschte wieder frostige Stille.

Das nervöse Winken der Pflicht durchteilte den rosaroten Dunst hinter Morts Stirn. Er griff nach der zweiten Lebensuhr, zwinkerte und stellte fest, daß die obere Hälfte nur noch wenig Sand enthielt.

Lotusblüten schmückten das Glas, und als Mort sie berührte, erklang ein leises *Ommm*.

Er wirbelte um die eigene Achse, lief über den knirschenden Schnee und schwang sich auf Binkys Rücken. Der Hengst hob den Kopf, bäumte sich auf und sprang den Sternen entgegen.

Große Zungen aus blauen und grünen Flammen leckten von der Wurzel des Kosmos herab. Gespinste aus oktarinem Glanz tanzten langsam und mit majestätischer Erhabenheit über die Scheibenwelt, während die Aurora Coriolis — das energetische Flackern des starken magischen Felds — Blitze zu den grünen Eisbergen in der Mitte hinabschickte.

Das gewaltige Massiv von Cori Celesti, Heim der Götter, war eine zehn Meilen hohe Säule aus funkelndem Feuer.

Ein solcher Anblick bot sich nur wenigen Menschen dar, und Mort gehörte nicht zu ihnen: Er klammerte sich verzweifelt an Binkys Hals fest und schloß die Augen, als sie an der Spitze eines Kometenschweifs durch die Nacht rasten.

Andere Berge umgaben Cori Celesti. Im Vergleich zum riesigen granitenen Turm wirkten sie wie Maulwurfshügel, obwohl jeder von ihnen über ein angemessenes Sortiment an Graten, Schründen, Schluchten, Geröllhängen, Pässen, Klippen und Gletschern verfügte. Jedes beliebige Gebirge wäre mit einer solchen geographischen Ausstattung zufrieden gewesen.

Auf dem höchsten von ihnen, am Ende eines trichterförmigen Tals, wohnten die Lauscher.

Es handelte sich um eine der ältesten religiösen Sekten auf der ganzen Scheibenwelt, wobei nicht unerwähnt bleiben soll, daß sich selbst die Götter darüber stritten, ob man das Lauschen als eine richtige Religion bezeichnen konnte. Nur ihre Neugier darauf, was die Lauscher hören mochten, bewahrte den Tempel davor, von gut gezielten Lawinen zermalmt zu werden. Von Göttern verlangt man verständlicherweise, daß sie alles wissen, und deshalb führen Rätsel zu einer erheblichen Störung ihres sprichwörtlichen Gleichmuts.

Es dauerte eine Weile, bis Mort sein Ziel erreichte. Die entsprechende Zeitspanne ließe sich recht einfach mit einigen Punkten überbrücken, doch vermutlich ist dem Leser bereits die seltsame Form des Tempels aufgefallen: Er ringelt sich wie ein großes weißes Ammonshorn am Ende des Tals. Wer an dieser Stelle auf eine Erklärung hofft, soll nicht enttäuscht werden.

Die Lauscher beabsichtigen folgendes: Sie möchten herausfinden, was der Schöpfer sagte, als Er das Universum schuf.

Die Theorie ist ganz einfach.

Sie geht von einer schlichten Prämisse aus: Die Werke des Schöpfers lassen sich nie zerstören, wobei sich die Bezeichnung ›Werke‹ auf das ganze Spektrum Seines Handelns bezieht. Daraus läßt sich der logische Schluß ziehen, daß Seine ersten Worte noch immer irgendwo erklingen. Vermutlich hallen sie durch die Weite des Kosmos und tanzen als Echos zwischen Myriaden von Elementarpartikeln hin und her (abgesehen von den Atheistikons). Ein wahrhaft konzentrierter und aufmerksamer Lauscher sollte also in der Lage sein, sie zu hören.

Vor Äonen fanden die Lauscher heraus, daß Eis und Zufall diesen besonderen Einschnitt im Berg zum genauen Gegenteil eines Echotals geformt hatten, und daraufhin erbauten sie ihren Tempel mit den vielen Zimmern genau dort, wo im Heim eines Hi-Fi-Fanatikers der einzige bequeme Sessel steht. Ein komplexes System aus Umlenkvorrichtungen leitete alle Geräusche, die das Trichtertal erreichten, in die zentrale Kammer, wo zu jeder Tages- oder Nachtzeit drei Mönche saßen.

Und lauschten.

Es dürfte den Leser nicht überraschen, daß sie sich

mit einigen Problemen konfrontiert sahen. Sie hörten nicht nur das leise und meistens unverständliche Flüstern der ersten Worte, sondern auch alle anderen Geräusche auf der Scheibenwelt. Um die WORTE davon zu unterscheiden, mußten sie lernen, klare akustische Trennungen vorzunehmen, was natürlich ein gewisses Talent verlangte. Novizen wurden nur dann als Lehrlinge aufgenommen, wenn sie aus einer Entfernung von mindestens tausend Metern allein infolge des speziellen Tons feststellen konnten, auf welcher Seite eine Münze liegenblieb. Die eigentliche Aufnahme in den Orden erfolgte erst, wenn der Prüfling auch noch Auskunft über die Farbe geben konnte.

Zwar wohnten die Heiligen Lauscher in einem abgelegenen und unzugänglichen Teil der Welt, doch viele Leute scheuten nicht die Mühe einer langen beschwerlichen und auch recht gefährlichen Reise, um zu ihnen zu gelangen. Die Pilger wanderten durch kalte frostige Gebiete, in denen sich Trolle herumtrieben. Sie stapften über unwirtliche Tundren. Sie wankten durch stinkende Sümpfe. Sie taumelten durch weite Wüsten. Sie kletterten mühsam die schmale Treppe hoch, die zum verborgenen Tal führte. Sie krochen zum Tempel, um dort von den Geheimnissen des Seins zu erfahren.

In den meisten Fällen lautete die Antwort auf ihre Fragen: »Stöhnt nicht so laut!«

Binky sauste einem weißen Schatten gleich über die Gipfel und ging auf der schneebedeckten Leere des Hofes nieder. Das Glühen und Schimmern der himmlischen Lichtorgel umschmiegten die Flanken des Hengstes. Mort sprang aus dem Sattel, stürmte durch stille Kreuzgänge und erreichte schließlich das Zimmer, in dem der Achtundachtzigste Abt im Sterbebett lag, umringt von seiner frommen Gemeinde.

Am Ende der Liege blieb Mort stehen, lehnte sich auf die Sense und versuchte wieder zu Atem zu kommen.

Der Abt — ein kleiner; kahlköpfiger Mann, das Gesicht so runzlig und faltig wie eine Backpflaume — schlug die Augen auf.

»Du bist spät dran«, raunte er und hauchte sein Leben aus.

Mort schluckte, keuchte und holte betont vorsichtig mit der Sense aus. Es erstaunte ihn selbst, daß er den Hals nicht verfehlte. Der Abt stemmte sich in die Höhe und ließ seine Leiche zurück.

»Nicht eine Sekunde zu früh«, sagte er mit einer Stimme, die nur Mort hören konnte. »Ich habe mir schon Sorgen gemacht.«

»Ist soweit alles in Ordnung mit dir?« stieß Mort hastig hervor. »Leider bleibt mir nicht genug Zeit, um dir alles zu erklären. Ich habe es sehr eilig ...«

Der Abt stand auf und wich den anderen Mönchen nicht aus, als er sich Mort näherte. Ungerührt ging er durch sie hindurch.

»Nicht so hastig!« bat er. »Nach dem Tod führe ich immer gern ein nettes Gespräch. Was ist mit dem anderen Burschen passiert?«

»Dem anderen Burschen?« wiederholte Mort verwirrt.

»Hochgewachsen. Schwarzer Mantel. Ziemlich mager. Um nicht zu sagen: dürr.«

»Der *andere* Bursche?« fragte Mort noch einmal. »Meinst du Tod?«

»So heißt er, ja«, erwiderte Abt Lobgesang fröhlich.

Morts Kinnlade klappte herunter. »Du stirbst wohl recht häufig, was?«

»Ja, in der Tat«, bestätigte der Abt. »Ziemlich oft. Wenn man sich daran gewöhnt hat, wird es zur Routine.«

»Tatsächlich?«

»Wir müssen jetzt los«, sagte der Abt.

Mort schloß den Mund wieder. »Darauf wollte ich gerade hinweisen.«

»Setz mich einfach unten im Tal ab«, fügte der kleine

Mönch hinzu, trat an dem Jungen vorbei und ging in Richtung Hof. Mort starrte eine Zeitlang ins Leere, drehte sich dann ruckartig um, lief dem Toten nach und wußte, daß er erneut die Würde seines Amtes aufs Spiel setzte.

»Hör mal ...«, begann er.

»Wenn ich mich recht entsinne, kam Gevatter Tod immer mit einem Pferd namens Binky«, sagte der Abt freundlich. »Bist du in seine Stiefel getreten?«

»Stiefel?« fragte Mort und blinzelte.

»Oder Fußstapfen. Besser noch: in die Abdrücke seiner Zehenknochen.« Der Abt seufzte. »Entschuldige bitte. Ich weiß nicht genau, wie solche Dinge bei euch organisiert sind, Junge.«

»Mort«, sagte Mort geistesabwesend. »Ich bin noch in der Ausbildung. Mein Lehrmeister hat mir aufgetragen, deine Seele mitzunehmen«, fügte er in einem möglichst festen und gebieterischen Tonfall hinzu. Der Mönch wandte sich zu ihm um und lächelte nachsichtig.

»Ich wünschte, ich könnte dich begleiten«, sagte er. »Nun, vielleicht bekomme ich eines Tages Gelegenheit, dir Gesellschaft zu leisten. Wenn du mich jetzt bitte ins nächste Dorf bringen könntest ... Ich glaube, ich werde gerade gezeugt.«

»Gezeugt?« Mort schüttelte verwundert den Kopf. »Du bist eben gestorben.«

»Ja, das schon«, gestand der Abt ein. »Aber, weißt du, ich habe eine Art Lebens-Abonnement.«

Mort verstand allmählich, wenn auch langsam.

»Oh«, machte er. »Manche Bücher berichten davon. So etwas nennt man Reinkarnation, nicht wahr?«

»Das ist der richtige Ausdruck. Bisher bin ich dreiundfünfzigmal wiedergeboren worden. Vielleicht auch vierundfünfzigmal. Es ist schwer, die Übersicht zu behalten.«

Binky sah auf und wieherte einen Pferdegruß, als ihm der Abt auf den Hals klopfte. Mort schwang sich in den

Sattel und half Lobgesang beim Aufsteigen. Der Hengst trabte sofort los.

»Es muß recht interessant sein«, sagte Mort. Die Meßskala der Plauderei wies dieser Bemerkung sicher einen tiefen Minuswert zu, aber ihm fiel nichts anderes ein.

»Nein, nicht unbedingt«, widersprach der Abt. »Bestimmt glaubst du, ich könne mich an alle meine vorherigen Leben erinnern, aber das ist leider nicht der Fall. Erst nach dem Tod öffnen sich die verborgenen Pforten des Gedächtnisses.«

»Wirklich bedauernswert«, sagte Mort.

»Stell dir nur einmal vor, mehr als fünfzigmal zu lernen, nicht mehr in die Hose zu machen.«

»Dürfte alles andere als angenehm sein«, kommentierte Mort voller Mitgefühl.

»Kann man wohl sagen. Wenn's nach mir ginge, würde ich nicht mehr reinkarnieren. Wo bleibt der berühmte Seelenfrieden? Kaum ist man tot, geht's schon wieder von vorn los. Tja, und wenn ich den Dreh raus habe — ich meine, wenn ich endlich die Vorzüge eines guten Klos zu schätzen weiß —, kommen die Jungs aus dem Kloster und suchen nach einem Knaben, der gezeugt wurde, als der alte Abt starb. Wie phantasielos. Könntest du mal kurz halten?«

Mort sah nach unten.

»Wir sind hoch über dem Boden«, erwiderte er skeptisch.

»Es dauert nicht lange.« Lobgesang glitt von Binkys Rücken, ging einige Schritte und schrie.

Eine Zeitlang herrschte über den Berggipfeln ein ziemlicher Radau. Schließlich kehrte der Abt zurück und stieg wieder auf.

»Du ahnst nicht, wie lange ich auf eine solche Gelegenheit gewartet habe«, sagte er.

Einige Meilen vom Tempel entfernt, in einem kleinen Tal, standen die Hütten eines Dorfes, das für die Lauscher als eine Art Dienstleistungsbetrieb fungierte. Schon aus der Ferne war zu sehen, daß die Architekten der kleinen Gebäude großen Wert auf schalldichte Isolierung gelegt hatten.

»Lande irgendwo«, sagte der Mönch. Mort setzte ihn dort ab, wo die Häuser besonders dicht beieinander standen. Der Abt schwebte einen halben Meter über dem Schnee und sah sich anerkennend um.

»Ich hoffe, dein nächstes Leben wird besser«, murmelte Mort.

Lobgesang hob die Schultern. »Nun, Hoffnung schadet nicht. Erstmal steht mir ein neunmonatiger Urlaub bevor. Die Umgebung gibt zwar nicht viel her, aber wenigstens hab ich's warm.«

»Alles Gute!« wünschte Mort. »Ich muß jetzt los.«

»Au revoir«, erwiderte der Abt traurig und wandte sich um.

Das bunte Flackern über der Scheibenweltmitte projizierte noch immer einen geisterhaften Schein auf die Landschaft. Mort seufzte und griff nach der dritten Lebensuhr.

Kleine Kronen zierten das silbrige Glas, und der Sand war recht ungleichmäßig verteilt.

Mort glaubte, daß ihm die Nacht bereits genug böse Streiche gespielt hatte und es kaum schlimmer kommen konnte. Er drehte den kleinen, kristallenen Behälter und las den Namen ...

Prinzessin Keli erwachte.

Sie hatte etwas gehört: Es klang so, als verursache jemand nicht das geringste Geräusch. Der Autor empfiehlt dem Leser, sich von Vorstellungen zu trennen, bei denen es um Erbsen und Matratzen geht. Eine natürliche Auslese führte über die Jahre hinweg zu folgenden evolutiven Ergebnissen: Wer als Mitglied einer königlichen Familie überleben wollte, mußte möglichst rasch lernen, all jene Geräusche zu hören, die kluge Attentäter vermieden. Praktisch an jedem Hof gab es jemanden, der sich die Zeit damit vertrieb, Thronfolgern die Kehle durchzuschneiden.

Keli lag im Bett und überlegte, was es nun zu tun galt. Unter ihrem Kopfkissen verbarg sich ein Dolch. Vorsichtig schob sie die Hand unter weiche Seide, und gleichzeitig hielt sie aus halbgeschlossenen Augen nach unvertrauten Schatten im Zimmer Ausschau. Mit kühler, majestätischer Logik stellte sie sich einer wichtigen Erkenntnis: Wenn sie durch irgend etwas zu erkennen gab, daß sie nicht mehr schlief, lief sie Gefahr, nie mehr zu erwachen.

Mattes Licht fiel durch das große Fenster auf der einen Seite, doch die verschiedenen Rüstungen, Wandteppiche und das übrige Brimborium hätten einer ganzen Armee als Versteck dienen können.

Keli tastete lautlos unters Kopfkissen und mußte enttäuscht feststellen, daß der Dolch fehlte. Wahrscheinlich wäre sie ohnehin nicht in der Lage gewesen, sich damit zu verteidigen.

Sie überlegte, ob sie schreien und die Wächter rufen sollte, entschied sich jedoch dagegen. Wenn jemand durchs Zimmer schlich, so waren die Soldaten im Flur sicher überwältigt, gefesselt und vielleicht sogar tot — oder mit Gold betäubt.

Auf den flachen Steinen am Kamin stand eine Wärmpfanne. Ließ sich die als Waffe verwenden?

Keli vernahm ein leises metallenes Kratzen.

Vielleicht ist es doch gar keine so schlechte Idee, aus vollem Halse zu schreien, dachte die Prinzessin.

Das Fenster implodierte. Blaue und purpurne Flammen loderten, und für einen Sekundenbruchteil sah Keli vor diesem Hintergrund eine seltsame Gestalt: Sie trug einen Kapuzenumhang und saß auf einem geradezu riesigen Pferd.

Es *stand* jemand am Bett. Jemand, der gerade ein Messer hob.

Die Zeit schien sich plötzlich zu dehnen. Keli beobachtete, wie der Arm langsam in die Höhe kam und das Roß mit der Geschwindigkeit eines vorrückenden Gletschers herangaloppierte. Die Klinge befand sich nun genau über ihr, senkte sich Zentimeter um Zentimeter. Und das Pferd ... Es stieg auf die Hinterläufe, und der Reiter beugte sich vor, holte mit einer seltsamen Waffe aus. Eine sonderbar glühende Klinge durchteilte die Luft, und es klang so, als riebe jemand mit dem Finger über einen feuchten Glasrand ...

Das Licht flackerte und wich neuerlicher Dunkelheit. Irgend etwas — irgend jemand? — fiel zu Boden. Ein leises Klappern folgte.

Keli holte tief Luft.

Eine Hand preßte sich ihr auf den Mund, und unmittelbar darauf erklang eine besorgte Stimme: »Wenn du schreist, wirst du es schon bald bereuen. Bitte? Ich habe bereits genug Schwierigkeiten.«

Wer mit einer derart authentischen Verwirrung zu flehen verstand, war entweder aufrichtig oder ein so guter Schauspieler, daß er sich seinen Lebensunterhalt auf der Bühne verdienen konnte, ohne des Nachts irgendwelche Leute umbringen zu müssen (abgesehen vielleicht vom Theaterdirektor). »Wer bist du?« fragte Keli.

»Ich weiß nicht, ob ich dir das sagen darf«, erwiderte die Stimme. »Du lebst noch, oder?«

Die Prinzessin setzte zu einer ironischen Antwort an und klappte gerade noch rechtzeitig den Mund zu. Die Frage erschien ihr eigentümlich bedeutungsvoll.

»Bist du dir nicht sicher?«

»Nicht ganz ...« Kurze Stille schloß sich an. Keli versuchte, die Dunkelheit mit ihren Blicken zu durchdringen und der Stimme ein Gesicht hinzuzufügen. »Vielleicht habe ich dir etwas Schreckliches angetan.«

»Hast du mir nicht gerade das Leben gerettet?«

»Um ehrlich zu sein: Ich weiß nicht genau, was ich gerettet habe. Gibt es hier irgendwo eine Lampe?«

»Manchmal läßt die Zofe Streichhölzer auf dem Kaminsims liegen«, sagte Keli und spürte, wie sich die fremde Gegenwart entfernte. Sie hörte einige unsichere Schritte, ein mehrmaliges Pochen, untermalt von leisem Stöhnen, und schließlich ein lautes Klappern — obgleich dieser Ausdruck nur wenig geeignet ist, um das metallene Getöse im Zimmer zu beschreiben. Keli vernahm sogar das traditionelle Klirren, das für gewöhnlich einige Sekunden später folgt, wenn man glaubt, es sei alles vorbei.

»Ich liege unter einer Rüstung«, sagte die Stimme. Sie klang nun ein wenig gedämpft. »Ist es noch weit bis zum Kamin?«

Keli stand auf und tastete sich vorsichtig zur Feuerstelle. Das matte Glühen der Asche zerrte einige widerstrebende Konturen aus der Finsternis, und nach kurzer Suche fand sie die Streichhölzer, zündete eins an, hustete im aufsteigenden Schwefeldampf und griff nach einer Kerze. Damit trat sie an den Hügel aus Rüstungsteilen heran, entdeckte eine mit Edelsteinen verzierte Scheide, zog das Schwert heraus — und verschluckte fast ihre Zunge, als ihr jemand seinen heißen und feuchten Atem ins Ohr blies.

»Das ist Binky«, ertönte es aus dem Haufen. »Er will nur nett sein. Wenn du ein wenig Heu für ihn hast ...«

»Dies ist der vierte Stock«, entgegnete Keli mit königlicher Selbstbeherrschung. »Du wärst sicher überrascht, wenn du wüßtest, wie wenige Pferde sich hierher verirren.«

»Oh. Könntest du mir bitte aufhelfen?«

Die Prinzessin ließ das Schwert sinken und zog eine Brustplatte beiseite. Darunter kam ein schmales, blasses Gesicht zum Vorschein.

»Erklär mir besser, warum ich nicht sofort die Wächter rufen soll«, sagte sie. »Allein dein Aufenthalt in meinem Schlafzimmer genügt, um dich zu Tode zu foltern.«

Keli starrte wütend auf den Unbekannten hinab.

Mort räusperte sich. »Nun, äh, würdest du bitte meine Hand freigeben? Danke. Zunächst einmal: Wahrscheinlich könnten mich die Wächter überhaupt nicht sehen. Zweitens: Du errätst nie, warum ich hier bin, und du siehst ganz so aus, als wolltest du es auch gar nicht wissen. Drittens ...«

»Drittens was?« beharrte Keli.

Mort öffnete den Mund und schloß ihn wieder. Er wollte antworten: Drittens, du bist wunderschön, oder zumindest hübsch, beziehungsweise attraktiv, wenigstens attraktiver als die meisten Mädchen, die ich bisher kennengelernt habe, obgleich ich zugegebenermaßen nicht vielen begegnet bin. Aus dieser glücklicherweise rein gedanklichen Bemerkung geht hervor, daß Mort aufgrund einer tief in ihm verwurzelten Ehrlichkeit nie Dichter werden kann. Man stelle sich jemanden vor, der junge Frauen mit Sommertagen verglich — und gleich darauf eine umfassende Erklärung hinzufügte, um genau zu erläutern, welcher Tag gemeint war und ob es zur betreffenden Zeit regnete. Unter diesen Umständen braucht man es eigentlich kaum zu bedauern, daß Tods Lehrling nicht die richtigen Worte fand.

Keli hielt die Kerze hoch und sah zum Fenster.

Es wies nicht die geringsten Beschädigungen auf. Am steinernen Rahmen zeigte sich kein einziger Kratzer, und die bunten Scheiben mit den Sto Lat-Wappen glänzten vertraut fest und stabil. Die Prinzessin richtete den Blick wieder auf Mort.

»Lassen wir den dritten Punkt«, schlug sie vor. »Kehren wir statt dessen zum Zweitens zurück.«

Eine Stunde später erreichte das Glühen der Morgendämmerung die Stadt. Das Tageslicht auf der Scheibenwelt zeichnet sich nicht durch besondere Eile aus — in dem starken magischen Feld tröpfelt es, anstatt zu fließen. Um einen anderen Vergleich zu verwenden: Es glitt wie goldener Sirup über die Landschaft, und das Schloß auf dem granitenen Sockel ragte wie eine Sandburg aus der trägen Flut. Der Tag spülte zögernd heran und kroch in aller Gemütsruhe an den Mauern hoch.

Mort und Keli saßen nebeneinander auf dem Bett, und zwischen ihnen stand die Lebensuhr. Die obere Hälfte enthielt keinen Sand mehr.

Die geschlossene Tür filterte die Geräusche des allgemeinen Erwachens.

»Ich verstehe das nicht«, sagte die Prinzessin nach einer Weile. »Bin ich nun tot oder nicht?«

»Du *solltest* tot sein«, erwiderte Mort. »Ein Gebot des Schicksals oder was weiß ich. Die Theorie kenne ich nur in groben Zügen.«

»Und du hättest mich umbringen müssen?«

»Nein!« widersprach Mort entsetzt. »Ich meine, der Mörder hätte dich töten sollen. Ich habe es dir eben zu erklären versucht.«

»Warum hast du ihn daran gehindert?«

Mort musterte Keli verwirrt.

»*Wolltest* du sterben?«

»Natürlich nicht. Aber in diesem Zusammenhang scheinen persönliche Wünsche keine große Rolle zu spielen, oder? Ich gebe mir nur Mühe, vernünftig zu sein.«

Mort starrte auf seine Knie. Schließlich stand er auf.

»Ich muß jetzt los«, sagte er kühl.

Er klappte die Sense zusammen, verstaute sie in der Scheide am Sattel und beobachtete das Fenster.

»Du hast mein Zimmer auf recht ungewöhnliche Weise betreten«, stellte Keli fest. »Hör mal, als ich eben sagte ...«

»Kann man es öffnen?«

»Nein. Für gewöhnlich benutzen Besucher die Tür. Ein Balkon säumt den Korridor ... Aber dort wird man dich sehen!«

Mort überhörte die letzten Worte, öffnete die Tür und führte Binky in den Flur. Keli folgte ihm hastig. Eine Zofe blieb jäh stehen, machte einen höflichen Knicks und runzelte andeutungsweise die Stirn, als ihr Gehirn klugerweise dem Anblick eines ziemlich großen Pferdes widerstand, das über den Teppich ging.

Vom Balkon aus konnte man einen der Innenhöfe des Schlosses beobachten. Mort spähte über die Brüstung und schwang sich in den Sattel.

»Gib auf den Herzog acht!« riet er Keli. »Er trachtet dir nach dem Leben.«

»Mein Vater hat mich immer wieder vor ihm gewarnt«, erwiderte die Prinzessin. »Ich habe einen guten Vorschmecker.«

»Du solltest dir auch einige gute Leibwächter zulegen«, schlug Mort vor. »Leider muß ich mich jetzt von dir verabschieden. Es warten noch einige wichtige Aufgaben auf mich.« Er versuchte, das richtige Maß an verletztem Stolz zum Ausdruck zu bringen, als er hinzufügte: »Leb wohl!«

»Sehen wir uns wieder?« fragte Keli. »Die ganze Sache ist mir nach wie vor ein Rätsel, und ich möchte ...«

»Ich fürchte, eine neuerliche Begegnung wäre nicht unbedingt eine gute Idee«, sagte Mort düster. »Denk nur an meinen Beruf!« Er schnalzte mit der Zunge, und daraufhin stieß sich Binky ab. Der Hengst setzte über die Brüstung hinweg und trabte in den blauen Morgenhimmel.

»Vielen Dank!« rief Keli dem Jungen nach.

Die Zofe kämpfte vergeblich gegen ihr Unbehagen an und gewann immer mehr den Eindruck, daß irgend etwas nicht stimmte. »Fühlst du dich wohl, Herrin?«

Keli musterte sie geistesabwesend.

»Was?« fragte sie.

»Nun, ich habe mich nur gefragt, ob ... ob alles in Ordnung ist.«

Keli ließ die Schultern hängen.

»Nein«, entgegnete sie nach einigen Sekunden, »alles ist völlig verkehrt. In meinem Schlafzimmer liegt ein toter Attentäter. Könntest du bitte dafür sorgen, daß die Leiche weggeschafft wird?«

Keli hob die Hand und kam einem Einwand zuvor. »Sag jetzt bitte nicht ›Tot, Herrin?‹ oder ›Attentäter, Herrin?‹ oder etwas in dieser Art. Schreie nützen ebenfalls recht wenig. Ich möchte nur, daß der Leichnam verschwindet, klar? Und zwar in aller Stille. Ich glaube, ich habe Kopfschmerzen. Ein Nicken genügt völlig.«

Die Zofe nickte, blinzelte unsicher und eilte davon.

Mort wußte nicht so recht, auf welche Weise er zurückkehrte. Das Blau des Himmels verwandelte sich in ein stumpfes Grau, als Binky durch eine Lücke zwischen den Dimensionen galoppierte. Der Hengst landete nicht etwa auf dem dunklen Boden von Tods Anwesen, nein, die schwarze Erde war einfach *da,* zeigte das Gebaren eines freundlichen Flugzeugträgers, der sich unter einen Senkrechtstarter schob, um dem Piloten Mühe zu ersparen.

Das große Roß trabte zum Stall und blieb mit zuckendem Schweif vor der Tür stehen. Mort stieg ab und lief in Richtung Haus.

Nach einigen Metern verharrte er, eilte zurück, holte Heu für Binky, lief erneut zum Haus, machte einmal mehr kehrte, rieb den Hengst ab, überprüfte den Wassereimer, stürmte zum Haus, hastete zurück, nahm die Decke vom Haken an der Wand und legte sie dem Pferd auf den Rücken. Binky schnaubte würdevoll.

Mort trat durch die Hintertür ein und lauschte besorgt. Alles blieb still; er vernahm nicht das geringste Geräusch. Auf leisen Sohlen schlich er zur Bibliothek, in der die Luft selbst des Nachts aus heißem trockenen

Staub zu bestehen schien. Es dauerte einige subjektive Jahre, bis er Prinzessin Kelis Biographie fand. Es handelte sich um ein deprimierend dünnes Buch, und das entsprechende Regal ließ sich nur mit Hilfe der Leiter erreichen, einer wackligen Vorrichtung, die frappierende Ähnlichkeit mit einem frühen Belagerungsapparat aufwies.

Mort blätterte mit zitternden Fingern, starrte auf die letzte Seite und stöhnte.

»Die Prinzessin wurde im Alter von fünfzehn Jahren ermordet«, las er. »Ihr Tod hatte die Vereinigung von Sto Lat und Sto Helit zur Folge, führte indirekt zum Ende der Stadtstaaten in den Großen Ebenen und ermöglichte die Entstehung ...«

Morts Blick huschte wie ein eigenständiges Wesen über die Zeilen, und gelegentlich entrang sich seiner Kehle ein leises Ächzen.

Nach einer Weile ließ er das Buch sinken, zögerte und schob es ins Regal zurück. Er spürte es noch immer, als er die Leiter hinunterkletterte — allein die Existenz jenes Bandes kam einer Anklage gleich.

Auf der Scheibenwelt verkehrten nur wenige Hochseeschiffe: Die meisten Kapitäne zogen es vor, die Küste im Auge zu behalten. Dafür gibt es folgende Erklärung: Wenn Schiffe in der Ferne den Eindruck erwecken, über den Rand der Welt zu rutschen, so verschwinden sie keineswegs hinter dem Horizont, sondern rutschen *wirklich* über den Rand der Welt.

In jeder Generation gab es einige tatendurstige Entdecker, die an dieser traurigen Tatsache zweifelten und aufbrachen, um das Gegenteil zu beweisen. Seltsamerweise kehrten sie nie zurück und bekamen dadurch keine Gelegenheit, die Ergebnisse ihrer Forschungen einem breiten Publikum zugänglich zu machen.

Deshalb muß diese Analogie für Mort bedeutungslos bleiben:

Er hatte das Gefühl, als sei er gerade mit der *Titanic*

untergegangen — um unmittelbar darauf von der *Lusitania* gerettet zu werden.

Er hatte das Gefühl, als habe er in einem Anflug fataler Fröhlichkeit einen Schneeball geworfen — um dann zu beobachten, wie die daraus entstehende Lawine drei Wintersportorte unter sich begrub.

Er hatte das Gefühl, daß die Geschichte aus den Fugen geriet.

Er hatte das Gefühl, dringend mit jemandem sprechen zu müssen.

Dafür kamen nur Albert oder Ysabell in Frage, denn die Vorstellung, alles zwei leeren Augenhöhlen zu erklären, in denen zwei kleine blaue Sterne leuchteten, erschien ihm gerade nach der vergangenen Nacht wenig verlockend. Was Ysabell betraf: Wenn sie sich dazu herabließ, in seine Richtung zu blicken (was selten genug geschah), gab sie deutlich zu verstehen, daß ihrer Meinung nach der einzige Unterschied zwischen Mort und einer toten Kröte in der Farbe bestand. Und Albert ...

Nun, er war zwar nicht der beste denkbare Beichtvater, aber wenn sich die Auswahl auf eine Person beschränkte, nahm er eine Vorrangstellung ein.

Mort wandte sich von der Leiter ab und wanderte müde an den endlosen Regalen entlang. Erst ein paar Stunden Schlaf, und anschließend die bittere Wirklichkeit.

Plötzlich hörte er ein gedämpftes Keuchen, gefolgt von hastigen Schritten. Irgendwo fiel eine Tür ins Schloß. Mort spähte vorsichtig um die Ecke und war fast enttäuscht, als er nur einen Stuhl sah, auf dem einige Bücher lagen. Er griff nach einem Band, las den Namen, überflog einige Zeilen und bemerkte, daß jemand ein tränenfeuchtes Spitzentaschentuch zurückgelassen hatte.

Mort stand spät auf, eilte in die Küche und rechnete damit, eine vorwurfsvolle bleierne Stimme zu hören. Seine Trommelfelle warteten umsonst.

Albert stand an der steinernen Spüle, blickte nachdenklich auf die Fritteuse und überlegte vermutlich, ob es Zeit wurde, das Öl zu wechseln. Er entschied schließlich, noch ein Jahr damit zu warten.

Der alte Mann drehte sich um, als Mort am Tisch Platz nahm.

»Eine lange Nacht, nicht wahr?« fragte er. »Wie ich hörte, hast du dich bis heute morgen in der Welt der Sterblichen herumgetrieben. Möchtest du ein Ei? Ich hab auch Haferbrei für dich.«

»Das Ei genügt«, sagte Mort hastig. Er hatte nie den Mut aufgebracht, Alberts Haferbrei zu probieren. Die graubraune Masse wirkte seltsam lebendig und verschlang Löffel.

»Nach dem Frühstück erwartet dich unser Herr«, fügte Albert hinzu. »Er meinte allerdings, du brauchtest dich nicht zu beeilen.«

»Oh.« Mort starrte auf den Tisch. »Hat er sonst noch etwas gesagt?«

»Er wies darauf hin, es sei sein erster freier Abend seit tausend Jahren gewesen«, antwortete Albert. »Er summte. Schien geradezu — fröhlich zu sein. Gefällt mir ganz und gar nicht. Ich habe ihn noch nie zuvor in dieser Weise erlebt.«

»Hm.« Mort nutzte die gute Gelegenheit. »Äh, bist du schon lange hier?«

Albert musterte ihn über den Rand seiner Brille hinweg.

»Vielleicht«, erwiderte er. »Es fällt einem schwer, nicht mit dem Kalender durcheinanderzugeraten, wenn man sich außerhalb der Zeit befindet. Ich kam kurz nach dem Tod des alten Königs hierher.«

»Welchen König meinst du, Albert?«

»Ich glaube, er hieß Artorollo. Ein kleiner dicker

Mann mit piepsiger Stimme. Ich hab ihn nur einmal gesehen.«

»Und wo?«

»In Ankh natürlich.«

»Was?« entfuhr es Mort. »In Ankh-Morpork gibt es keine Könige. Das weiß doch jeder.«

»Nun, es liegt schon ein paar Jährchen zurück«, sagte Albert. Er griff nach Tods persönlicher Teekanne, setzte sich ebenfalls und blickte verträumt in die Ferne.

Mort wartete gespannt.

»Ach, damals gab's richt'ge Könige, nich die Witzlinge von heut«, fuhr Albert fort, goß Tee auf seine Untertasse und kühlte ihn, indem er mit dem Ende seines Schals wedelte. »Es handelte sich um richtige *Monarchen.* Ich meine, sie war'n weise und gerecht — wenn sie sich daran erinnerten. Wenn sie einen guten Tag hatten. Wenn sie nicht gerade ihre Folterkammern modernisierten.« Der alte Mann dachte einige Sekunden lang nach. »Natürlich wurden sie manchmal böse. Tja, niemand is ein Heiliger. Abgesehen von den Heiligen. Wenn ihnen jemand nich in den Kram paßte ... Rübe ab, zackzack. Sie fackelten nich lange, nein, das nich. Ach, und die Königinnen ... Sie war'n alle groß und schlank und angemessen blaß, und sie trugen so komische Mützen ...«

»Schleier?« fragte Mort.

»Ja, genau. Und die Prinzessinnen war'n so schön, wie der Tag lang ist, ja, und so edel und sanft und zart, daß sie Pampelmusen durch ein Dutzend Matratzen spüren konnten.«

»Pampelmusen?«

Albert zögerte. »Irgend etwas in der Richtung«, brummte er und winkte ab. »Wie dem auch sei: Es gab Feste und Turniere und Hinrichtungen. Eine großartige Ära.« Er liebkoste seine Erinnerungen mit einem Lächeln.

»Inzwischen scheint selbst die Zeit alt geworden zu sein«, fügte er hinzu und seufzte tief.

»Hast du noch andere Namen, Albert?« erkundigte sich Mort.

Der alte Mann kehrte schlagartig ins Hier und Jetzt — besser gesagt: ins Dann und Drüben — zurück.

»Oh, ich weiß, worauf du hinauswillst«, sagte er scharf. »Du möchtest meinen wahren Namen in Erfahrung bringen und dann in der Bibliothek nachsehen, nicht wahr? Schnüffelst wohl gern herum, wie? Ja, ja, ich kann's mir denken. Dauernd hockst du dort in irgendeiner Ecke und liest die Leben junger Frauen ...«

Offenbar hoben die Herolde der Schuld in Morts Augen ihre Fanfaren und bliesen kräftig hinein, denn Albert lachte leise und deutete mit einem krummen Zeigefinger auf ihn.

»Du solltest die Bücher wenigstens ins Regal zurückstellen«, empfahl er. »Weißt du, ich habe keine Lust, jungen Spannern nachzuräumen. Außerdem: Es ist nicht richtig, in den intimsten Erlebnissen verstorbener Fräuleins herumzustöbern. Wahrscheinlich wirst du irgendwann blind davon.«

»Aber ich habe doch nur ...«, begann Mort, erinnerte sich an das feuchte Spitzentaschentuch und schwieg.

Er überließ Albert das Geschirrspülen und kehrte in die Bibliothek zurück. Matter Sonnenschein fiel durch die hohen Fenster, strich wie sanft über die zahllosen geduldigen Buchrücken und trübte allmählich ihre Farben. Ab und zu schwebte ein verirrtes Staubkorn in die dicken Lichtbalken und glühte wie eine winzige Supernova.

Mort lauschte und hörte ein leises, emsiges Kratzen: Die Bücher schrieben sich selbst.

Früher hätte er ein solches Geräusch als gespenstisch empfunden, doch nun wirkte es irgendwie — beruhigend. Es bewies ihm, daß der Kosmos noch immer funktionierte und wie geschmiert lief. Sein Gewissen hatte nur auf ein solches Stichwort gewartet und spottete mit viel zu deutlicher Ironie: Nun, du hast recht, mit der Eisenbahn des Universums ist soweit alles in Ordnung, aber die Geleise führen in die falsche Richtung.

Mort wanderte durch das Labyrinth aus Regalen, fand den Hocker und stellte fest, daß die Bücher verschwunden waren. Albert befand sich nach wie vor in der Küche, und Tod hatte die Bibliothek nicht betreten. Also kam nur Ysabell in Frage. Was las sie? Wonach hielt sie Ausschau?

Der Lehrling sah hoch und ließ den Blick über die vielen Bände schweifen. Es lief ihm kalt über den Rücken, als er daran dachte, was sich nun anbahnte ...

Es blieb ihm gar keine andere Wahl: Er mußte sich jemandem anvertrauen.

Auch für Keli war das Leben nicht gerade einfach.

Es lag daran, daß die Kausalität ein ziemlich großes Trägheitsmoment besaß. Morts Sensenhieb, der aus Zorn, Verzweiflung und aufkeimender Liebe den falschen Hals traf, hatte den Zug aus Ursache und Wirkung auf andere Schienen gelenkt (um im Bild zu bleiben), doch irgend jemand versäumte es, dem Schicksal eine entsprechende Mitteilung zu machen. Um einen anderen Vergleich zu benutzen: Tods Gehilfe hatte auf den Schwanz eines Dinosauriers getreten, aber es dauerte noch eine Weile, bis das andere Ende begriff, daß ein ›Autsch‹ angebracht war.

Das Universum wußte von Kelis Tod und nahm deshalb mit verständlicher Überraschung zur Kenntnis, daß sie noch immer herumlief und atmete.

Die kosmische Verblüffung kam auf verschiedene Weise zum Ausdruck. Einige Höflinge musterten die Prinzessin verwirrt und wußten nicht so recht, warum sie sich in ihrer Nähe unsicher fühlten. Sie übersahen Keli oder sprachen mit gedämpften Stimmen, was sie mit einer gewissen Verlegenheit erfüllte — und in des Königs Tochter nicht unerheblichen Ärger weckte.

Der Kämmerer ertappte sich bei der Anweisung, die Schloßfahne auf Halbmast zu setzen — und wußte beim besten Willen nicht, was ihn zu einer solcher Order veranlaßte. Man brachte ihn mit einem leichten Nervenzusammenbruch zu Bett, nachdem er bei den Stadtschneidern aus keinem ersichtlichen Grund tausend Ellen schwarzen Trauerstoff bestellt hatte.

Das seltsame Gefühl wachsender Irrealität breitete sich im ganzen Palast aus. Der Erste Kutscher beauftragte seine Assistenten, die Andachtskarosse auf Hochglanz zu bringen, betrachtete sie anschließend und weinte in sein Gamsleder, weil er sich nicht daran erinnern konnte, wessen Sarg zum Friedhof transportiert werden sollte. Bedienstete wandelten mit gesenkten Häuptern durch die Gänge und sahen sich immer wieder verwundert um. Der Koch widerstand nicht der Versuchung, ein schlichtes Bankett aus kaltem Fleisch vorzubereiten. Hunde bellten, wurden gleich darauf wieder still und kamen sich ziemlich dumm vor. Die beiden schwarzen Hengste, denen traditionsgemäß die Aufgabe zukam, die Bestattungskutsche zu ziehen, wurden so unruhig, daß sie fast einen Stallknecht zertrampelten.

Unterdessen wartete der Herzog von Sto Helit vergeblich auf einen von ihm ausgesandten Kurier. Der betreffende Mann ritt sofort los, doch nach wenigen hundert Metern zügelte er sein Pferd und fragte sich verwirrt, worin sein Auftrag bestand.

Keli spürte, wie die Distanz zu den Geschehnissen in ihrer unmittelbaren Umgebung wuchs. Mehrmals zwickte sie sich selbst, um ganz sicher zu sein, daß sie wirklich noch lebte. Und ihr Zorn schwoll an.

Gegen Mittag erreichten die Ereignisse einen ersten Höhepunkt. Keli betrat den großen Speisesaal und mußte feststellen, daß vor dem königlichen Stuhl ein

Teller fehlte. Mit einigen lauten und sehr deutlichen Worten an den Diener gelang es ihr, Abhilfe zu schaffen. Aber anschließend wurden die Schüsseln und Tabletts an ihr vorbeigereicht, ohne daß sie eine Möglichkeit bekam, von ihrer Gabel Gebrauch zu machen. Mit einer Mischung aus Verzweiflung und Verdruß beobachtete sie, wie der Weinkellner zuerst das Glas des würdevoll dreinblickenden Abort-Ministers füllte.

Keli ließ sich zu einer ganz und gar unmajestätischen Verhaltensweise hinreißen und streckte das Bein aus. Der Kellner stolperte, murmelte etwas Unverständliches und starrte auf die Fliesen.

Die Prinzessin beugte sich zur Seite und rief dem Staatsrat für die Speisekammer ins Ohr: »Kannst du mich sehen, Mann? Warum müssen wir uns mit kaltem Schweinefleisch und Schinken begnügen?«

Der Staatsrat unterbrach ein geflüstertes Gespräch mit der Dame Des Kleinen Achteckigen Zimmers Im Nordturm und musterte Keli einige Sekunden lang. Seine Überraschung wurde allmählich zu vager Verwirrung. »Ich, äh, nun, ich glaube, ich sehe Euch tatsächlich ...«

»Euer Königliche Hoheit«, fügte Keli drohend hinzu.

»Aber ... äh, ja ... Hoheit«, stotterte der Mann und brach ab.

Dann erinnerte er sich an seine ganz persönliche Wirklichkeit, drehte sich ruckartig um und setzte das Gespräch fort.

Eine Zeitlang blieb Keli still sitzen, von Entsetzen und Wut wie gelähmt. Schließlich schob sie den Stuhl fort, stand auf, stürmte aus dem Saal und zog sich in ihre Gemächer zurück. Zwei Bedienstete, die im Korridor standen und Schinkenrollen von einem Tablett stibitzten, wurden plötzlich beiseite gestoßen, was ihren Glauben an Schloßgespenster erhärtete.

Keli eilte in ihre Kammer und zog an der Kordel, die eine Klingel im Zimmer der Tageszofe betätigte. Normalerweise war die Dienerin innerhalb weniger Sekunden zur Stelle, aber diesmal ließ sie sich bemerkenswert viel Zeit. Nach einer Weile drehte sich der Knauf, und die Tür schwang ganz langsam auf. Ein besorgtes blasses Gesicht erschien im Spalt.

Die Verwirrung in den bleichen Zügen entging Keli nicht, und diesmal hatte sie sich innerlich darauf vorbereitet. Sie packte die Zofe an den Schultern, zerrte sie ins Zimmer und stieß die Tür zu. Als die Frau nur ins Leere starrte und sich erstaunliche Mühe gab, den Blick der Prinzessin zu meiden, holte Keli entschlossen aus und versetzte ihr eine schallende Ohrfeige.

»Hast du das gespürt?« fragte sie. »Na?«

»Ich, äh ... ja ...«, stammelte die Zofe unsicher, taumelte zurück, stieß ans Bett und ließ sich ruckartig auf die Matratze sinken.

»Sieh mich an!« entfuhr es Keli. Sie trat näher. »Sieh mich an, wenn ich mit dir spreche! Du kannst mich sehen, nicht wahr? Sag mir, daß du mich sehen kannst, wenn du nicht auf der Stelle hingerichtet werden willst!«

Die Zofe blinzelte und bemerkte zorniges Funkeln in königlichen Augen.

»Ich kann dich sehen«, bestätigte sie. »Aber ...«

»Aber was? *Aber was?*«

»Du bist doch ... Ich meine, ich habe gehört ... Ich dachte eigentlich ...«

»Was hast du gedacht?« fragte Keli scharf. Sie schrie nun nicht mehr. Statt dessen hatten ihre leisen Worte die Qualität akustischer Peitschenhiebe.

Die Zofe ließ den Kopf hängen und schluchzte. Keli klopfte eine Zeitlang mit dem Fuß auf den Boden, bevor sie die Frau wütend schüttelte.

»Gibt es einen Zauberer in der Stadt?« fragte sie. »Sieh mich an! Du sollst mich *ansehen*. Wo wohnt der nächste Zauberer? Du und die anderen Zofen ... Ihr habt doch bestimmt einen Magier besucht, um euch irgendwelche Liebestränke zu holen, stimmt's? Nenn mir seine Adresse!«

Die Frau hob den Kopf, wischte sich Tränen aus den Augen und versuchte, den Blick auf Keli zu richten — obgleich die Stimme der Vernunft nach wie vor behauptete, die Prinzessin sei tot.

»Äh, ein Zauberer — ja. Schneidgut, in der Mauergasse ...«

Ein dünnes Lächeln umspielte Kelis Lippen. Sie überlegte, wo man ihre Mäntel aufbewahrte, hielt es jedoch für besser, die Zofe nicht mit einer entsprechenden Frage zu belasten und selbst mit der Suche nach dem königlichen Kleiderschrank zu beginnen. Sie wartete und beobachtete die Frau aufmerksam. Nach einer Weile verklang ihr Schluchzen, und sie sah sich verwirrt um, bevor sie hastig den Raum verließ.

Sie hat mich bereits vergessen, dachte Keli und starrte auf ihre Hände hinab. Sie waren keineswegs transparent.

Magie. Ja, zweifellos.

Die Prinzessin betrat das Nebenzimmer und öffnete versuchsweise einige Schränke, bis sie einen schwarzen Kapuzenumhang fand. Rasch streifte sie ihn über, huschte in den Flur und schlich über die Dienstbotentreppe.

Diesen Weg hatte sie noch nie zuvor genommen. Sie durchstreifte eine Welt, die zum größten Teil aus Truhen mit schmutziger Wäsche, kahlen Wänden, Speiseaufzügen und Serviertischen bestand. Es roch nach schimmeligem Brot.

Keli durchwanderte den Kosmos des Gewöhnlichen wie ein ans Diesseits gebundener Geist. Sie wußte natürlich, daß die Schloßbediensteten irgendwo wohnten und arbeiteten — ein Gebot der Notwendigkeit, das auch für die Existenz von Abflüssen und Kanalisationssystemen galt. Darüber hinaus hielt sie es für möglich, daß die Zofen, Knechte und alle anderen von ihren Verwandten und Freunden identifiziert werden konnten, obgleich sie sich sosehr ähnelten. Doch diese Überlegungen bereiteten sie nicht auf einen ganz besonderen Anblick vor. Bisher kannte sie den Weinkellner Moghedron nur als eine erhabene Präsenz, die Würde ausstrahlte und sich wie eine Galeone bewegte, die gerade volle Segel gesetzt hatte. Und deshalb überraschte es sie, als sie ihn in der Speisekammer sah, das Hemd geöffnet, in der rechten Hand eine dampfende Pfeife, in der linken einen bis zum Rand gefüllten Krug. Er rülpste leise.

Zwei junge Frauen liefen kichernd an Keli vorbei, ohne ihr Beachtung zu schenken. Die Prinzessin ging weiter, kam sich in ihrem eigenen Schloß plötzlich wie ein Eindringling vor.

Wofür es eine einfache Erklärung gab: Das Schloß gehörte ihr gar nicht. Die lärmende Welt um sie herum, die warmen Wäschereien und kühlen Trockenzimmer... All das gehörte sich selbst. Niemand konnte darauf Anspruch erheben. *Es* regierte als absoluter Souverän.

Keli nahm eine Hähnchenkeule vom Tisch in der größten Küche, einer riesigen Kammer, in der Hunderte von Töpfen in langen Reihen von der Decke herabhingen — das Gewölbe sah aus wie ein Arsenal, in der sich Schildkröten mit neuen Panzern ausrüsten konnten. Als sie in das gebratene Fleisch biß, fühlte sie die typische Aufregung eines Diebs. Sie stahl! In ihrem eigenen Königreich!

Der Koch sah direkt durch sie hindurch, mit Augen so trüb wie fleckiges Glas.

Keli lief an den Ställen vorbei und durch das rückwärtige Tor. Zwei Wächter standen dort, und es gelang ihnen mühelos, die Prinzessin zu übersehen.

In den Straßen der Stadt legte sich Kelis Unruhe ein wenig, obgleich sie sich noch immer seltsam nackt fühlte. Sie empfand es als zermürbend, Leute zu beobachten, die sich nur um ihre eigenen Angelegenheiten kümmerten und keine Anstalten machten, der Thronfolgerin alle Wünsche von den Lippen zu lesen. Keli war im Zentrum des Universums aufgewachsen und spürte nun, wie sie allmählich zum Rand abgedrängt wurde. Fußgänger stießen gegen sie, prallten ab und fragten sich verblüfft, was für ein Hindernis ihnen den Weg versperrte. Mehrmals mußte Keli Karren ausweichen, die direkt auf sie zurumpelten.

Das Stück Hühnchen konnte nicht die Leere in ihrem Magen füllen, der mit beharrlichem Knurren auf das versäumte Mittagessen hinwies. Sie ließ zwei Äpfel unter ihrem Umhang verschwinden und nahm sich vor, später dem Kämmerer Bescheid zu geben: Wenn er herausgefunden hatte, was Äpfel kosteten, sollte er dem Obsthändler das ihm zustehende Geld schicken.

Als Keli das Haus des Zauberers erreichte, war ihr Haar zerzaust, und der Mantel wies einige sehr unangenehme Flecken auf. Außerdem roch sie ein wenig nach Pferdedung. Der Türklopfer bereitete ihr einige Probleme. Bisher hatte sie die Erfahrung gemacht, daß sich Türen von ganz allein öffneten, und bei besonders widerspenstigen Exemplaren halfen Bedienstete nach.

Aufgrund ihrer Verzweiflung bemerkte sie nicht, daß der Klopfer anzüglich zwinkerte.

Erneut pochte sie an die Tür und glaubte, ein dumpfes Klirren zu hören. Nach einer Weile schwang die Pforte einige Zentimeter weit auf, und Keli sah ein rundes Gesicht mit roten Flecken. Über der Stirn wuchs lockiges Haar.

Ihr rechter Fuß überraschte sie, indem er sich klugerweise in den Spalt schob.

»Ich verlange, den Zauberer zu sprechen«, verkündete Keli. »Und zwar sofort.«

»Er ist derzeit beschäftigt«, erwiderte das Gesicht. »Möchtest du vielleicht ein Leidenschaftselixier?«

»Ein was?«

»Ich ... Äh, wir haben heute Schneidguts IchmachdichfitSalbe im Angebot«, fügte das Gesicht hinzu und lächelte bedeutungsvoll. »Sorgt für ordentlichen Hafer und stellt die Ernte sicher, wenn du verstehst, was ich meine.«

Keli räusperte sich entrüstet. »Nein, ich verstehe dich nicht«, log sie.

»Muntermacher? Jungfrauentraum? Erfüller unerfüllter Sehnsüchte? Belladonna-Augentropfen?«

»Ich verlange ...«

»Tut mir leid, wir haben geschlossen«, sagte das Gesicht und schloß die Tür. Keli zog den Fuß gerade noch rechtzeitig zurück.

Sie murmelte einige Worte, die ihre Schloßlehrer sowohl erstaunt als auch entsetzt hätten, ballte die Faust und hämmerte ans Holz.

Der Rhythmus des zornigen Pochens verlangsamte sich allmählich, als Keli zu begreifen begann.

Er hat mich gesehen! dachte sie. Er hat mich gehört!

Sie holte mit neuer Entschlossenheit aus und schrie aus vollem Hals.

»Ef wird nicht klappen«, erklang eine Stimme dicht vor ihr. »Er ift fehr ftur.«

Keli senkte langsam den Kopf und begegnete dem frechen Blick des Türklopfers. Die monströse Fratze wackelte mit den gußeisernen Ohren und sprach durch den dicken Schnauzenring.

»Ich bin Prinzessin Keli, Thronerbin von Sto Lat«, sagte sie hochherrschaftlich und verscheuchte das Erschrecken in einen entfernten Winkel ihres Selbst. »Ich unterhalte mich nicht mit Dingen, die zu Türen gehören.«

»Nun, *ich* bin nur ein Türklopfer und kann mit allen möglichen Leuten reden«, lautete die fröhliche Antwort. »Wenn du'f genau wiffen willft: Meifter Fneidgut hat heute feinen anftrengenden Tag und möchte nicht geftört werden. Aber wenn du daf magife Wort auffprichft ...

Wenn ef von fo hübfen jungen Damen ftammt, entriegelt ef felbft die hartnäckigften Flöffer.«

»Was für ein magisches Wort? Wie lautet es?«

Der Türklopfer brummte leise. »Hat man dich denn überhaupt nichtf gelehrt, Fräulein?«

Keli richtete sich zu ihrer vollen Größe auf, was eigentlich nicht die Mühe wert war. Sie hatte selbst einen anstrengenden Tag hinter sich — zumindest einen anstrengenden Morgen —, und der ohnehin nicht sehr große Vorrat an königlicher Geduld ging allmählich zur Neige. Mein Vater hat auf dem Schlachtfeld mehr als hundert Feinde getötet, erinnerte sie sich stolz. Ich sollte zumindest in der Lage sein, mit einem Türklopfer fertig zu werden.

»Ich bin gut *erzogen* worden«, sagte sie eisig. »Von einigen der besten Gelehrten im ganzen Land.«

Der Türklopfer schien nicht beeindruckt zu sein.

»Wenn fie vergafen, dir daf magife Wort fu nennen«, erwiderte er ruhig, »kann ef mit ihnen nicht weit her fein.«

Keli streckte die Hand aus, griff nach dem Ring und schlug ihn ans Holz. Der Türklopfer grinste.

»Ja, behandle mich grob«, ächzte er. »Fo hab ich'f gern!«

»Du bist abscheulich.«

»Ja. Oh, daf war gut. Bitte noch einmal ...«

Die Tür öffnete sich einen Spaltbreit, und Kelis Blick fiel kurz auf lockiges Haar.

»Verehrtes Fräulein, ich sagte doch, daß wir heute geschlossen ...«

Keli seufzte.

»*Bitte* hilf mir!« murmelte sie. »Bitte!«

»Na, fiehft du?« triumphierte der Türklopfer. »Irgendwann erinnert fich *jeder* an daf magife Wort!«

Keli hatte ihren Vater bei offiziellen Anlässen nach Ankh-Morpork begleitet und hochrangige Zauberer von der Unsichtbaren Universität kennengelernt, dem wichtigsten magischen Lehrinstitut auf der Scheibenwelt. Einige von ihnen waren recht groß, die meisten dick. Fast alle trugen elegante Kleidung — oder glaubten es wenigstens.

Die Mode der Zauberer unterlag den üblichen Veränderungen des allgemeinen ästhetischen Empfindens. Ein Magier, der etwas auf sich hielt und heute wie ein betagter, gutmütiger Greis aussehen wollte, mußte morgen seinen Herrenausstatter aufsuchen, sich neu einkleiden lassen und es mit anderer Schminke versuchen. Frühere thaumaturgische Generationen bevorzugten interessante Blässe, mystisches Druidenflair, hier und dort etwas Staub oder eine vage Grimmigkeit, mit der sie sich in eine möglichst geheimnisvolle Aura hüllten. Nun, Keli kannte Zauberer nur als kleine, in Pelz gehüllte Berge, die recht schnaufend sprachen, und Ignazius Eruptus Schneidgut paßte ganz und gar nicht in dieses Bild.

Zunächst einmal: Er war jung. Was man ihm natürlich kaum zur Last legen konnte. Wahrscheinlich mußten selbst Zauberer jung anfangen. Ihm fehlte ein Bart, und der Saum seines recht schmutzigen Mantels, bestand einzig und allein aus abgescheuerten Fransen.

»Möchtest du etwas zu trinken oder so?« fragte er und trat unauffällig eine achtlos beiseite geworfene Weste unter den Tisch.

Keli schüttelte den Kopf und sah sich vergeblich nach einer Sitzgelegenheit um. Überall lag Wäsche oder stand benutztes Geschirr. Schneidgut bemerkte ihre Skepsis.

»Ich wollte gerade mit dem Aufräumen beginnen«, behauptete er und stieß mit dem Ellbogen die Reste einer Knoblauchwurst zu Boden. »Für gewöhnlich kommt

Frau Thugent zweimal in der Woche und nimmt mir diese Arbeit ab, aber sie muß sich derzeit um ihre Schwester kümmern, die schon wieder schwanger ist. Ihr Mann hat einen Muntermacher von mir bekommen, und offenbar wirkt das Zeug recht gut. Möchtest du wirklich nichts trinken? Sei unbesorgt, du machst mir keine Mühe. Gestern lag hier irgendwo eine saubere Tasse herum.«

»Ich habe ein Problem, Meister Schneidgut«, sagte Keli.

»Einen Augenblick, bitte!« Der Zauberer griff über den Kamin und holte einen spitz zulaufenden zerknitterten Hut hervor, der schon bessere (wenn auch nicht *viel* bessere) Tage gesehen hat. »Ich bin ganz Ohr.«

»Was hat es mit dem Hut auf sich?«

»Oh, er ist sehr wichtig. Man muß einen richtigen Hut haben, wenn man sich mit Magie beschäftigt. Wir Zauberer wissen über solche Dinge Bescheid.«

»Wie du meinst. Übrigens: Kannst du mich sehen?«

Schneidgut musterte seine Besucherin. »Ja. Ja, ich glaube, es besteht kein Zweifel daran, daß ich dich sehe.«

»Und hören? Kannst du mich auch hören?«

»Laut und deutlich. Ja. Jede einzelne Silbe ist genau am richtigen Platz. Kein Problem.«

»Würde es dich dann überraschen zu erfahren, daß ich für die anderen Leute in der Stadt überhaupt nicht existiere?«

»Du bist Luft für sie?«

»Noch weniger als das.«

»Nur ich kann dich sehen und hören?«

Keli schnaubte abfällig. »Und dein Türklopfer.«

Schneidgut zog sich einen Stuhl heran und nahm Platz. Er rutschte ein wenig hin und her. Er runzelte nachdenklich die Stirn. Er stand auf, griff unter seinen Hosenboden und holte eine zerquetschte rötliche Masse hervor, die einst eine halbe Pizza* gewesen sein mochte. Er starrte kummervoll darauf.

»Soll man's fassen?« klagte er. »Den ganzen Morgen habe ich danach gesucht. Gehört zu der Alles-drauf-Sorte, mit einer Extraportion Paprika.« Er zog einen halb zerflossenen Käsestreifen lang und erinnerte sich plötzlich an Keli.

»Oh, entschuldige bitte!« sagte. »Wo bleiben nur meine Manieren? Du mußt mich für sehr unhöflich halten. Hier. Probier eine Sardelle! Bitte.«

»Hast du mir überhaupt zugehört?«

»Fühlst du dich unsichtbar?« fragte Schneidgut und schmatzte. »Ich meine, in dir selbst?«

»Natürlich nicht. Ich bin nur ärgerlich. Und ich möchte, daß du für mich einen Blick in die Zukunft wirfst.«

»Nun, ich weiß nicht ... Was du mir eben geschildert hast, klingt irgendwie *medizinisch,* pathologisch, um ganz genau zu sein ...«

»Ich bin bereit, für deine Dienste zu bezahlen.«

»Es ist illegal«, brachte Schneidgut fast verzweifelt hervor. »Der alte König hat das Wahrsagen in Sto Lat verboten. Er konnte Zauberer nicht ausstehen.«

»Ich bezahle eine *Menge.*«

»Frau Thugent meinte, mit der Krönung des Mäd-

---

* Die erste Pizza auf der Scheibenwelt wurde von dem klatschianischen Mystiker namens Ronron ›Offenbarungs-Joe‹ Schuwadi geschaffen, der später behauptete, er habe das Rezept vom Schöpfer der Scheibenwelt höchstpersönlich erhalten — vermutlich hatte Er genau so etwas im Sinn, als Er das Universum plante. Nun, einige Wüstenreisende, die das Original gesehen haben (es ist auf wundersame Weise in der Verbotenen Stadt von Iieeh erhalten geblieben), berichteten folgendes: Der Schöpfer habe nur ein schlichtes Käse-und-Paprika-Ding mit einigen schwarzen Oliven** beabsichtigt; Berge und Seen seien erst später hinzugefügt worden, aus jäher kreativer Begeisterung.

** Nach dem Schisma der Drehwärtigen und dem darauffolgenden Krieg, der fünfundzwanzigtausend Todesopfer forderte, wurde den Gläubigen gestattet, das Rezept um ein kleines Lorbeerblatt zu erweitern.

chens zur neuen Königin würde alles noch schlimmer. Die Prinzessin soll arrogant und hochmütig sein. Vielleicht hält sie von den Praktikanten der subtilen Künste noch viel weniger als ihr Vater.«

Keli lächelte. Wer zum Hof gehörte und dieses Lächeln kannte, hätte Schneidgut vom Stuhl gezerrt und ihn irgendwo in Sicherheit gebracht, zum Beispiel auf dem nächsten Kontinent. Aber der Magier ahnte nichts, blieb still sitzen und strich sich kleine Pilze vom Mantel.

»Soweit ich weiß, ist sie in dieser Hinsicht nicht zum Scherzen aufgelegt«, entgegnete Keli. »Es würde mich nicht überraschen, wenn sie dich nach dem Wahrsagen aus der Stadt jagen ließe.«

»*Lieber* Himmel!« platzte es aus Schneidgut heraus. »Glaubst du wirklich?«

»Ich schlage vor, wir lassen die Zukunft ruhen und beschränken uns auf die Gegenwart«, sagte Keli. »Dagegen könnte nicht einmal die jetzige Prinzessin und baldige Königin etwas einwenden.« Großzügig fügte sie hinzu: »Wenn du möchtest, lege ich bei ihr ein gutes Wort für dich ein.«

Schneidguts Miene erhellte sich. »Oh, du kennst sie?«

»Ja. Manchmal allerdings nicht besonders gut.«

Der Zauberer seufzte. Er kramte im Durcheinander auf dem Tisch, rückte vorsichtig einige hohe Türme aus Tellern mit mumifizierten Nahrungsresten beiseite und entdeckte schließlich eine dicke Ledermappe, an der ein Käsestück klebte.

»Nun«, meinte er skeptisch, »das hier sind Karok-Karten. Die geballte Weisheit der Ahnen und so weiter. Oder wie wär's mit dem Ching Aling des Mittwärtigen? Bei der Schickeria ist es gerade besonders in. Teeblätter oder Kaffeesatz benutze ich nicht.«

»Nehmen wir das Ching-Ding.«

»Na schön. Wirf die gelben Stäbchen hier in die Luft!«

Keli kam der Aufforderung nach und beobachtete

zusammen mit Schneidgut, welches Muster sich ergab.

»Hmmm«, machte der Zauberer nach einer Weile. »Tja, eins im Kamin, eins im Kakaobecher, eins auf der Straße — ich hätte das Fenster schließen sollen —, eins auf dem Tisch und ein weiteres, nein, *zwei* hinter der Kommode. Ich schätze, Frau Thugent findet die übrigen.«

»Du hast mir nicht gesagt, wie hoch und weit man die Stäbchen werfen muß. Soll ich's noch mal versuchen?«

»Neiiin, lieber nicht.« Schneidgut blätterte in einem vergilbten Buch, das zuvor unter einem Tischbein gelegen hatte. »Nun, das Muster scheint einen gewissen Sinn zu ergeben. Ja, da haben wir's. Oktagramm acht Komma acht acht sieben: Illegalität, die Nicht-Büßende Gans. Ah, ja. Laß mich mal kurz im Stichwortverzeichnis nachsehen.« Er blätterte erneut. »Aha, hier steht's.«

»Nun?«

»Ohne Vertikalität geht der koschenillerote Kaiser zur Teezeit hinaus. Gegen Abend schweigt die Molluske an der Mandelblüte.«

»Ja?« fragte Keli respektvoll. »Was bedeutet das?«

»Wahrscheinlich überhaupt nichts, wenn du nicht gerade eine Molluske bist«, erwiderte Schneidgut. »Vermutlich ging bei der Übersetzung einiges verloren.«

»Kennst du dich wirklich mit solchen Dingen aus?«

»Ich schlage vor, wir wenden uns den Karten zu«, sagte der Zauberer hastig und mischte. »Zieh irgendeine!«

»Es ist der Tod«, stellte Keli fest.

»Oh. Nun.« Schneidgut suchte nach den richtigen Worten. »Die Todeskarte ist natürlich nicht immer und unbedingt mit dem Tod an sich gleichzusetzen.«

»Anders ausgedrückt: Sie bedeutet nur dann keinen Tod, wenn dein Kunde zu aufgeregt ist und du es für besser hältst, die Wahrheit zu verschweigen, hm?«

»Nimm eine andere Karte!«

Keli zog eine und betrachtete sie. »Schon wieder der Tod.«

»Hast du die andere zurückgelegt?«

»Nein. Soll ich noch eine wählen?«

»Warum nicht?«

»Welch ein Zufall!«

»Tod Nummer drei?«

»In der Tat. Ist dies ein spezielles Kartenspiel für irgendwelche Zaubertricks?« Keli gab sich alle Mühe, beherrscht zu klingen, aber sie konnte das hysterische Vibrieren nicht ganz aus der Stimme verbannen.

Schneidgut furchte die Stirn, sammelte die Karten ein, mischte sie noch einmal und legte sie dann nacheinander auf den Tisch. Es gab nur einen Tod.

»Meine Güte«, murmelte er. »Ich glaube, die Sache ist ernst. Würdest du mir bitte deine Hand zeigen?«

Er betrachtete sie eine Zeitlang. Nach einer Weile ging er zur Kommode, zog die oberste Schublade auf, holte eine Lupe hervor und befreite sie mit flüchtiger Verlegenheit von einer dicken Haferbreipatina. Mehrere Minuten lang beobachtete er alle Einzelheiten der schmalen zarten Hand, lehnte sich schließlich zurück und musterte Keli.

»Du bist tot«, sagte er.

Die Prinzessin zögerte. Ihr fiel keine passende Antwort ein. Den Worten ›Das bin ich nicht‹ mangelte es an einem gewissen Stil, wohingegen ›Im Ernst?‹ ein wenig zu banal klang.

»Habe ich schon darauf hingewiesen, daß die Sache ernst ist?« fügte der Zauberer hinzu.

»Ich glaube, ja«, sagte Keli langsam und sachlich.

»Nun, ich hatte recht.«

»Oh.«

»Es könnte sogar fatal sein.«

»Der Tod ist bereits fatal genug, oder?« erwiderte Keli.

»Ich meine, nicht unbedingt für dich.«

»Oh.«

»Weißt du, irgend etwas Fundamentales scheint aus den Fugen geraten zu sein. Du bist in jeder Hinsicht tot, und doch sitzt du putzmunter vor mir. Die Karten halten dich für tot. Die Lebenslinie beklagt dein Ableben. Selbst das Universum trauert um dich.«

»Während ich auf dem Standpunkt stehe, daß ich nach wie vor lebe«, stellte Keli fest, obgleich ein Schatten des Zweifels über ihre Züge huschte.

»Ich fürchte, deine Meinung spielt in diesem Zusammenhang keine große Rolle.«

»Aber die Leute können mich sehen und hören. Zumindest einige. Zum Beispiel du.«

»Wenn man mit dem Studium an der Unsichtbaren Universität beginnt, lernt man als erstes, daß die Leute solchen Dingen keine besondere Aufmerksamkeit schenken. Es kommt nur darauf an, was ihre Gehirne für wichtig halten.«

»Du meinst, die Leute sehen mich nicht, weil ihre Gehirne auf stur schalten?«

»So ungefähr. Man nennt das Vorherbestimmung oder so ähnlich.« Schneidgut sah Keli betroffen an. »Ich bin Zauberer. Wir Magier wissen über solche Dinge Bescheid.«

»Nun«, fügte er unmittelbar darauf hinzu, »eigentlich wird man nicht *sofort* in dieses Rätsel des menschlichen Verhaltens eingeweiht. Zunächst erfährt man, wo sich die Toiletten befinden, was sicher nicht unwichtig ist. Aber auf dem Studienplan steht diese Sache an erster Stelle.«

»*Du* kannst mich sehen.«

»Oh, sicher. Zauberer werden dazu ausgebildet, Dinge zu erkennen, die wirklich existieren. Gleichzeitig gewöhnt man es ihnen ab, Imaginäres zu beobachten. Unter gewissen Umständen ist eine solche Fähigkeit recht nützlich. Es gibt bestimmte Übungen, um ...«

Keli trommelte mit den Fingern auf den Tisch — oder

versuchte es wenigstens. Es erwies sich als überraschend schwierig. Mit vagem Entsetzen starrte sie hinab.

Schneidgut beugte sich rasch vor und wischte mit dem Ärmel über die Tischfläche.

»Tut mir leid«, brummte er. »Gestern bestand mein Abendessen aus Brötchen mit Sirup und Melasse.«

»Was soll ich jetzt tun?« fragte Keli.

»Ich schätze, es bleiben dir nicht viele Möglichkeiten.«

»Nicht viele?«

»Nur sehr wenige, um ehrlich zu sein. Nun, du könntest eine ziemlich erfolgreiche Diebin werden ... Entschuldige bitte. Das war taktlos von mir.«

»Der Meinung bin ich auch.«

Schneidgut klopfte ihr unbeholfen auf die Hand, und Keli war viel zusehr in Gedanken versunken, um die eklatante Majestätsbeleidigung zu bemerken.

»Weißt du, es steht bereits alles fest. Die Geschichte hat alle Details ausgearbeitet, vom Anfang bis zum Ende. Form und Inhalt der einzelnen Tatsachen sind völlig unbedeutend, denn die Historie rollt einfach über sie hinweg. Man kann nichts ändern, weil die Änderungen längst berücksichtigt wurden. Du bist tot. Das Schicksal hat dein Leben beendet. Versuch einfach, dich damit abzufinden.«

»Ich *will* mich nicht damit abfinden«, erwiderte Keli. »Warum sollte ich? Immerhin ist es nicht meine Schuld.«

»Du verstehst nicht. Die Geschichte hält nie an, sondern marschiert schnurstracks weiter. Du bist sozusagen am Wegesrand stehengeblieben, und von nun an beschränkt sich deine Rolle auf die einer unbeteiligten Beobachterin. Du kannst nicht mehr aktiv in das Geschehen eingreifen. Mach dir nichts draus. Es ist ohnehin besser, den Ereignissen ihren natürlichen Lauf zu lassen.« Schneidgut klopfte erneut auf die Hand seiner Besucherin. Als Keli aufsah, schluckte er und wich zurück.

»Wie soll es von jetzt an für mich weitergehen?« fragte das Mädchen. »Muß ich aufs Essen verzichten, weil die Nahrung nicht für mich bestimmt ist? Erwartet man von mir, daß ich mich in irgendeine Gruft zurückziehe und dort mein Dasein friste, bis ich zum zweitenmal sterbe?«

»Ein recht schwieriges Problem, nicht wahr?« kommentierte Schneidgut. »Tja, so ist das eben mit dem Schicksal. Wenn die Welt dich nicht wahrnehmen kann, bist du tot. Wir Zauberer wissen über solche ...«

»Sag es nicht!« Keli stand auf.

Vor fünf Generationen ritt einer ihrer Vorfahren mit seiner Gruppe berittener Halunken durch die weite Ebene. Die Halsabschneider, Diebe, Räuber und Meuchelmörder verharrten einige Meilen vor dem Hügel von Sto Lat, und ihr Anführer (Kelis Ahne) beobachtete den schlafenden Ort mit einer speziellen Entschlossenheit, die folgende stumme Botschaft übermittelte: Mir reicht's. Wenn man im Sattel geboren wird, so bedeutet das noch lange nicht, daß man auch darin sterben muß.

Eine Laune der Natur versetzte ihn in die Lage, der Ururarenkelin vieler seiner unverwechselbaren Merkmale zu vererben*, was erheblich zu Kelis eher exzentrischer Attraktivität beitrug. Diese Eigenschaften wurden nun deutlich sichtbar. Selbst Schneidgut war beeindruckt. Wenn es um Entschlossenheit ging, zersplitterte selbst Granit an Kelis vorgeschobenem Kinn.

Sie benutzte genau den gleichen Tonfall, in dem sich ihr Ahne vor dem Angriff an seine müden, verschwitzten Gefährten wandte**, als sie sagte:

---

* Abgesehen von dem dichten Schnurrbart mit den herunterhängenden Enden und der runden Pelzmütze mit der Spitze darauf.

** Sein Sohn, der nicht im Sattel geboren wurde und mit Messer und Gabel zu essen verstand, überlieferte die Rede in Form eines Heldenepos, das folgendermaßen begann:

»Nein, nein, ich finde mich nicht damit ab. Ich werde mich nicht in eine Art Geist verwandeln. Du wirst mir helfen, Zauberer.«

Schneidguts Unterbewußtsein nahm den besonderen Klang der Stimme zur Kenntnis. Das determinierte Vibrieren in ihr sorgte dafür, daß selbst die Holzwürmer in den Bodendielen ihren Festschmaus unterbrachen und Haltung annahmen. Keli brachte nicht etwa eine Meinung zum Ausdruck, sondern traf eine schlichte Feststellung.

»Ich, Fräulein?« erwiderte der Zauberer unsicher. »Ich weiß überhaupt nicht, wie ...«

Er wurde vom Stuhl gerissen und mit wehendem Mantel auf die Straße gezerrt. Keli straffte die Schultern, marschierte in Richtung Schloß und zog den widerstrebenden Schneidgut hinter sich her. Sie *schritt* wie eine Mutter, die sich auf den Weg zur Schule macht, nachdem ihr geliebter Sohn mit einem blauen Auge nach Hause zurückgekehrt ist. Sie wurde zu einer unaufhaltsamen Naturgewalt.

»Was hast du vor?« fragte Schneidgut und begriff mit wachsendem Entsetzen, daß er Keli nicht aufhalten konnte, was auch immer sie plante.

»Heute ist dein Glückstag, Zauberer.«

»Oh«, brummte er, »wie schön für mich!«

»Sehet dort drüben, in tiefem Schlummer der Feind,
Fett ist er von gestohlenem Gold, die Gedanken voller Gier.
Lasset eure Speere mit dem Zorn des Feuers sprechen, das an einem windigen Tag über die knochentrockene Steppe lodert.
Lasset eure Schwerter reiner Tugend zustoßen wie die Hörner eines fünfjährigen Stiers, der an Zahnschmerzen leidet.

Auf diese Weise ging es drei Stunden lang weiter. Nun, die Realität kann es sich nicht leisten, Dichter zu bezahlen, und sie berichtet uns, daß die Rede aus folgenden Worten bestand:

»He, Jungs, die meisten Leute liegen noch im Bett. Sie können uns sicher nicht mehr Widerstand leisten als des Großmütterchens Magen einem ordentlichen Durchfall, und was mich betrifft: Ich habe Zelte endgültig satt.«

»Du bist gerade zum Königlichen Wiedererkenner ernannt worden.«

»Aha. Und worin besteht meine Aufgabe, wenn ich fragen darf?«

»Du wirst alle Leute daran erinnern, daß ich noch lebe. Es ist ganz einfach. Du bekommst drei ordentliche Mahlzeiten am Tag, und außerdem wird deine Wäsche gewaschen. Kopf hoch, Mann!«

»Und wie verhält sich ein Königlicher Wiedererkenner?«

»Du bist Zauberer«, sagte Keli. »Du solltest über etwas Bescheid wissen.«

ACH, TATSÄCHLICH? fragte Tod.

(Es handelt sich um einen Filmtrick, der auch bei Büchern angewendet werden kann. Tod sprach natürlich nicht mit der Prinzessin. Er saß in seinem Büro und unterhielt sich mit Mort. Aber die Worte des Knochenmanns erzielen einen guten Effekt, nicht wahr? Vermutlich nennt man so etwas Schnelles Überblenden oder Plötzlicher Szenenwechsel Mit Jähem Zoom. Oder es gibt noch andere exotischere Ausdrücke dafür, Ein Industriezweig, in dem erfahrene Techniker mit ›He, Bursche!‹ angesprochen werden, prägt manchmal recht ausgefallene Begriffe.)

UND WORÜBER? fügte Tod hinzu. Er wickelte schwarze Seide um einen Widerhaken, der in einem kleinen Schraubstock am Schreibtischrand steckte.

Mort zögerte, in erster Linie aus Furcht und Verlegenheit. Hinzu kam der Anblick eines munteren Skeletts, das einen dunklen Kapuzenumhang trug und Trockenfliegen fürs Angeln herzustellen versuchte.

Außerdem saß Ysabell auf der anderen Seite des Zimmers. Sie gab vor, mit Näharbeiten beschäftigt zu sein, aber sie beobachtete ihn durch einen emotionalen

Dunst verdrießlicher Mißbilligung. Mort spürte den Blick ihrer geröteten Augen am Nacken.

Tod fügte einige Krähenfedern hinzu und pfiff fröhlich durch die Zähne — er hatte nichts anderes, wodurch er pfeifen konnte. Nach einer Weile sah er auf.

HMM?

»Äh, es klappte nicht so — reibungslos, wie ich dachte«, sagte Mort und trat nervös von einem Bein aufs andere.

DU HATTEST SCHWIERIGKEITEN? fragte Tod, rückte die Federn zurecht und zupfte an einigen Fransen.

»Nun, weißt du, die Hexe wollte mich nicht begleiten, und der Mönch ... Er begann noch einmal von vorn.«

DESHALB BRAUCHST DU DIR KEINE SORGEN ZU MACHEN, JUNGE ...

»... Mort ...«

... INZWISCHEN DÜRFTE DIR KLAR SEIN, DASS GESTORBENE MENSCHEN BEKOMMEN, WAS SIE WOLLEN. AUF DIESE WEISE ERGEBEN SICH WENIGER PROBLEME.

»Ich weiß, Herr. Aber das bedeutet auch folgendes: Wenn verdorbene Seelen davon überzeugt sind, sie verdienen das Paradies, gehen ihre Wünsche tatsächlich in Erfüllung. Und wer die Hölle fürchtet, schmort im Feuer der Verdammnis. Es erscheint mir nicht gerecht.«

ICH HABE DIR GERATEN, DICH WÄHREND DER PFLICHT AN EINE WICHTIGE REGEL ZU ERINNERN. WIE LAUTET SIE?

»Nun ...«

HMM?

Mort schwieg verlegen.

ES GIBT KEINE GERECHTIGKEIT. ES GIBT NUR DICH.

»Nun, ich ...«

DAS DARFST DU NIE VERGESSEN.

»Ja, aber ...«

ICH SCHÄTZE, LETZTENDLICH KOMMT ALLES INS LOT. ICH BIN NIE DEM **SCHÖPFER** BEGEGNET, ABER WIE ICH HÖRTE, IST ER MENSCHEN DURCHAUS FREUNDLICH GESINNT. Tod zerschnitt die letzten Fäden und öffnete den Schraubstock.

BEFREIE DICH VON SOLCHEN ÜBERLEGUNGEN, fügte er hinzu. ZUMINDEST DIE DRITTE PERSON DÜRFTE DIR KEINE SCHWIERIGKEITEN BEREITET HABEN.

Damit kam der entscheidende Augenblick. Mort hatte lange darüber nachgedacht und gelangte zu dem Schluß, daß es sinnlos war, die Sache mit der Prinzessin noch länger zu verheimlichen. Durch seine Schuld begann eine Art historisches Beben, und früher oder später mußten die ersten Gebäude der Geschichte einstürzen, was sicher nicht unbemerkt bleiben konnte. Er hielt es für besser, die schwere Bürde von seinem Gewissen abzustreifen. Sei ganz ehrlich! sagte er sich. Stell dich den Konsequenzen. Sei tapfer! Leg die Karten offen auf den Tisch. Streich nicht wie die Katze um den heißen Brei. Sprich Klartext! Gnade, hier bin ich.

Leere, blauglühende Augenhöhlen starrten durchdringend.

Mort erwiderte den Blick wie ein Hase, der des Nachts versucht, einen dreißig Tonnen schweren Lastwagen zu hypnotisieren, dessen Fahrer sich auf einem zwölf Stunden langen Koffein-Trip befindet und sich auf eine Formel-1-Piste versetzt fühlt.

Die suggestiven Fähigkeiten des Hasen versagten.

»Nein, Herr«, entgegnete er.

IN ORDNUNG. GUT GEMACHT. NUN, WAS HÄLTST DU HIERVON?

Angler vertreten den Standpunkt, eine gute Trockenfliege soll dem Original so weit wie möglich ähneln. Es gab die richtigen Trockenfliegen für den Morgen. Es gab andere Trockenfliegen für die Abenddämmerung. Und so weiter.

Das Ding zwischen Tods knöchernen Fingern stammte aus dem Anbeginn der Zeit. Es war eine Fliege, die im Schwefelnebel der Ursuppe hin und her tanzte. Es war eine Fliege, die auf Mammutdung herumspazierte. Es war *keine* Fliege, die an Fensterscheiben abprallte. Es *war* eine Fliege, die sich durch Mauern bohrte, ein Insekt, das unter einer aus Blei bestehenden Klatsche hervorkroch, Gift spuckte und Rache schwor. Seltsame Flügel und andere sonderbar Objekte ragten aus ihrem Leib, und sie besaß erstaunlich viele Zähne.

»Wie heißt sie?« fragte Mort.

ICH NENNE SIE — TODS RUHM. Tod bedachte das Objekt mit einem letzten bewundernden Blick und verstaute es in der Kapuze seines Umhangs. ICH FÜHLE MICH GENEIGT, AM HEUTIGEN ABEND EIN BISSCHEN LEBEN ZU GENIESSEN, sagte er. DU HAST JETZT DEN DREH RAUS UND KANNST DICH UM DIE PFLICHT KÜMMERN. DAS WÄR'S.

»Ja, Herr«, erwiderte Mort und stöhnte innerlich. Er nahm seine Existenz als einen scheußlich finsteren Tunnel wahr, an dessen Ende kein Licht strahlte.

Tod trommelte mit den Fingern auf den Tisch und summte leise.

OH, FAST HÄTTE ICH ES VERGESSEN, sagte er. ALBERT TEILTE MIR MIT, JEMAND MACHE SICH IN DER BIBLIOTHEK ZU SCHAFFEN.

»Ich verstehe nicht ganz, Herr.«

JEMAND NIMMT BÜCHER AUS DEN REGALEN UND LÄSST SIE HERUMLIEGEN. BÜCHER ÜBER JUNGE FRAUEN. DER BETREFFENDE SCHEINT DAS FÜR AMÜSANT ZU HALTEN.

Wie bereits erwähnt wurde, haben die Heiligen Lauscher ein so gut trainiertes Gehör, daß sie durch einen ordentlichen Sonnenuntergang taub werden können. Für einige Sekunden glaubte Mort, sein Nacken entwickle ein ähnlich geheimnisvolles Talent, denn er konnte *sehen,* wie Ysabell plötzlich erstarrte und ganz langsam die Nadel sinken ließ. Er hörte auch das leise Keuchen, das er schon einmal vernommen hatte, bei den Regalen. Und er erinnerte sich an das Spitzentaschentuch.

»Ja, Herr«, sagte er. »Es wird nicht wieder vorkommen, Herr.«

Die Haut zwischen seinen Schulterblättern begann zu jucken.

AUSGEZEICHNET. NUN, IHR BEIDE KÖNNT JETZT GEHEN. LASST EUCH VON ALBERT EIN LUNCHPAKET GEBEN. MACHT EINEN AUSFLUG. DIE FRISCHE LUFT SCHADET EUCH BESTIMMT NICHT. VERGNÜGT EUCH EIN WENIG. ZUSAMMEN. MIR IST AUFGEFALLEN, DASS DU MEINER TOCHTER AUS DEM WEG GEHST. Er stieß Mort gutmütig in die Rippen — es fühlte sich an, als ramme ihm jemand einen Stock in die Seite — und fügte hinzu: ALBERT HAT MICH DARAUF HINGEWIESEN, WAS DAS BEDEUTET.

»Tatsächlich?« fragte Mort zerknirscht. Er hatte sich geirrt: Es *schimmerte* ein Licht am Ende des Tunnels, und es stammte von einem Flammenwerfer.

Tod warf dem Jungen einen verschwörerischen Blick zu, und in seinen Augenhöhlen zwinkerten zwei Supernoven.

Mort reagierte nicht darauf. Nach einigen Sekunden der Verzweiflung wandte er sich wortlos um und hielt auf die Tür zu. Im Vergleich zu seiner Geschwindigkeit bewegte sich Groß-A'Tuin mit der fröhlichen Flinkheit eines hin und her hüpfenden Lamms.

Er war bereits auf halbem Weg durch den Korridor, als er eilige Schritte hörte und eine Hand nach seinem Arm griff.

»Mort?«

Er drehte den Kopf und sah Ysabell durch einen Nebel aus deprimierter Niedergeschlagenheit.

»Warum hast du meinen Vater im Glauben gelassen,

du seiest für die Sache mit den Büchern verantwortlich?«

»Keine Ahnung.«

»Das war — sehr nett von dir«, sagte Ysabell vorsichtig.

»Bist du sicher? Ich weiß überhaupt nicht, was über mich kam.« Er holte das Spitzentaschentuch hervor. »Ich glaube, es gehört dir.«

»Danke.« Ysabell putzte sich die Nase.

Mort ging weiter, die Schultern wie Geierschwingen geneigt. Das Mädchen lief ihm nach.

»He!«

»He?«

»Ich wollte dir danken.«

»Schon gut«, murmelte Mort. »Ich möchte dir nur raten, demnächst keine Bücher mehr herumliegen zu lassen. Es ärgert sie. Oder was weiß ich.« Er versuchte, möglichst freudlos zu lachen. »Ha!«

»Ha was?«

»Einfach nur ha!«

Er erreichte das Ende des Flurs und bemerkte die Küchentür. Sicher wartete Albert auf der anderen Seite und grinste anzüglich. Mort wußte, daß er einen solchen Anblick unter den gegenwärtigen Umständen nicht ertragen konnte. Er blieb stehen.

»Ich habe die Bücher doch nur genommen, weil ich mich nach Gesellschaft sehnte«, sagte Ysabell hinter ihm.

Mort kapitulierte.

»Wir könnten einen Spaziergang durch den Garten machen«, sagte er kummervoll, verdrängte das in ihm keimende Mitleid und fügte hinzu: »Ohne irgendwelche Verpflichtungen.«

»Soll das heißen, du willst mich nicht heiraten?« fragte Ysabell.

»Heiraten?« wiederholte Mort entsetzt.

»Aus diesem Grund hat dich mein Vater hierher gebracht, stimmt's? Immerhin *braucht* er gar keinen Lehrling.«

»Du meinst, deshalb die Rippenstöße, das Zwinkern und all die Bemerkungen wie: ›Nun, Sohn, eines Tages wird das alles dir gehören?‹ Ich gebe mir große Mühe, sie zu überhören. Ich möchte noch gar nicht heiraten«, fuhr er fort und verdrängte ein Erinnerungsbild der Prinzessin. »Und dich erst recht nicht. Womit ich dich keineswegs beleidigen will.«

»Ich würde dich nicht einmal heiraten, wenn du der einzige Mann auf der ganzen Scheibenwelt wärst«, erwiderte Ysabell zuckersüß.

Diese Worte verletzten Mort. Es war eine Sache, die feste Absicht zu verkünden, niemanden zu heiraten — und eine ganze andere, nicht *ge*heiratet werden zu wollen.

»Wenigstens sehe ich nicht so aus, als hätte ich jahrelang in einem Kleiderschrank gehockt und von morgens bis abends Pfannkuchen gegessen«, sagte er, als sie auf Tods schwarzen Rasen traten.

»Wenigstens gehe ich so, als gäbe es in meinen Beinen nur jeweils ein Knie«, erwiderte Ysabell.

»*Meine* Augen sehen nicht wie zwei krikerige Spiegeleier aus.«

Ysabell nickte. »Andererseits ... *Meine* Ohren erwekken nicht den Eindruck, als seien sie an einem abgestorbenen Baum gewachsen. Übrigens: Was bedeutet krikerig?«

»Damit meine ich Eier, wie sie Albert brät.«

»Mit öligem, gallertartigem Eiweiß, in dem klebrige Dinge stecken?«

»Ja.«

»Ein gutes Wort«, sagte Ysabell anerkennend. »Wie dem auch sei: *Mein* Haar, wenn du gestattest, sieht nicht wie etwas aus, womit man ein Klo reinigt.«

»Mag sein. Dafür weist meins kaum Ähnlichkeit mit einem regennassen Igel auf.«

»Nimm bitte zur Kenntnis, daß meine Brust nicht wie ein Toastständer wirkt, den jemand in eine feuchte Papiertüte gestopft hat.«

Mort warf einen kurzen Blick auf den oberen Abschnitt von Ysabells Kleid. Er enthielt genug Speck, um das Räucherfach in Alberts Speisekammer zu füllen. Wahrscheinlich blieb sogar noch etwas übrig. Der Junge verzichtete auf einen Kommentar.

»*Meine* Augenbrauen sehen nicht wie zwei kopulierende Seidenraupen aus«, sagte er statt dessen.

»Zugegeben. Aber ich möchte darauf hinweisen, daß meine Beine ein Schwein in einer kleinen Gassen aufhalten könnten.«

»Wie bitte?«

»Sie sind nicht krumm«, erklärte Ysabell.

»Oh.«

Sie schlenderten an den Lilienbeeten vorbei und schwiegen eine Zeitlang, auf stummer Suche nach neuen Metaphern. Schließlich wandte sich Ysabell zu Mort um und streckte die Hand aus. Er ergriff sie dankbar.

»Genug damit?« fragte das Mädchen.

»Ich denke schon.«

»Gut. Ich nehme an, wir sollten wirklich nicht heiraten. Schon aus Rücksicht auf die Kinder.«

Mort nickte.

Sie nahmen auf einer steinernen Bank Platz, die zwischen zwei sorgfältig beschnittenen Hecken stand. In diesem Teil des Gartens hatte Tod einen kleinen Teich angelegt. Gespeist wurde er von eiskaltem Wasser, das ein marmorner Löwe spuckte. Dicke weiße Karpfen lauerten in der Tiefe, tauchten manchmal zwischen den Seerosen auf und sahen sich neugierig um.

»Wir hätten Brotkrumen mitbringen sollen«, sagte Mort galant und wählte damit ein streitsicheres Thema.

»Mein Vater kommt nie hierher«, erwiderte Ysabell und beobachtete die Fische. »Er hat das alles geschaffen, damit ich mich hier zu Hause fühle.«

»Offenbar klappte es nicht ganz, oder?«

»Es ist nicht echt«, stellte das Mädchen fest. »Hier ist nichts echt. Man könnte von einer irrealen Realität sprechen, wenn du verstehst, was ich meine. Oder von einer unwirklichen Wirklichkeit. Weißt du, mein Vater verhält sich gern wie ein Mensch. Derzeit gibt er sich ziemlich große Mühe, wie dir sicher nicht entgangen ist. Ich glaube, du hast erheblichen Einfluß auf ihn. Einmal hat er sogar versucht, das Banjospielen zu erlernen.«

»Ich stelle mir ihn eher an einer Orgel vor.«

»Er kam nicht damit zurecht«, sagte Ysabell. »Er ist einfach nicht kreativ genug. Er kann nichts Neues schaffen.«

»Eben hast du erzählt, er habe den Teich angelegt. Ich vermute, vorher war er nicht da.«

»Es ist nur eine Kopie. Irgendwann hat er irgendwo einen solchen Teich gesehen, und daraufhin erweiterte er seinen Garten.«

Mort rutschte voller Unbehagen hin und her. Ein kleines Insekt kroch ihm am Bein hoch.

»Wie traurig«, sagte er und hoffte, daß sein Tonfall den Umständen einigermaßen gerecht wurde.

»Ja.«

Ysabell griff nach einigen kleinen Steinen und warf sie geistesabwesend ins Wasser.

»Sind meine Augenbrauen wirklich so schlimm?« fragte sie.

»Mhm«, machte Mort. »Ich fürchte, ja.«

»Oh.« Weitere Kiesel folgten. Die Karpfen starrten das Mädchen empört an.

»Und meine Beine?« fragte Mort.

»Ja. Tut mir leid.«

Mort suchte in seinem begrenzten Plauderei-Repertoire und fand nur Leere.

»Mach dir nichts draus«, sagte er betont höflich. »Eine ordentliche Abmagerungskur brächte alles in Ordnung. Nun, fast alles.«

»Er ist sehr freundlich«, murmelte Ysabell und überhörte die letzte Bemerkung. »In einer geistesabwesenden Art und Weise.«

»Er kann wohl kaum dein richtiger Vater sein, oder?«

»Meine Eltern kamen vor einigen Jahren ums Leben, als sie den Großen Nef überquerten. Ich glaube, damals herrschte recht stürmisches Wetter. Tod fand mich und brachte mich hierher. Ich weiß nicht, was ihn dazu bewegte.«

»Vielleicht empfand er so etwas wie Mitleid.«

»Oh, er fühlt nichts. Nie. Woraus ich ihm keineswegs einen Vorwurf mache. Niemand kann über seinen eigenen Schatten springen, und in diesem Zusammenhang sähe sich Tod mit besonderen Problemen konfrontiert: Er wirft überhaupt keinen. Es liegt schlicht und einfach daran, daß ihm die nötigen Voraussetzungen fehlen. Er hat keine — Drüsen oder wie man so etwas nennt. Wahrscheinlich nahm er mich nur deshalb mit, weil meine Lebensuhr noch Sand enthält.«

Ysabell wandte Mort ein blasses Gesicht zu.

»Ich lasse nicht zu, daß jemand schlecht über ihn spricht. Er gibt sich Mühe. Er hat nur immer — zuviel zu tun.«

»Mein Vater war so ähnlich. Ich meine, er ist es noch immer.«

»Ich nehme an, er hat Drüsen, oder?«

»Ich glaube schon«, sagte Mort unsicher. »Weißt du, über Drüsen und so habe ich noch nicht viel nachgedacht.«

Sie starrten auf eine Forelle hinab. Der Fisch starrte zurück.

»Durch meine Schuld gerät die ganze Geschichte der Zukunft in Gefahr«, sagte Mort.

»Im Ernst?«

»Ja. Als er sie zu töten versuchte, habe ich ihn getötet, aber das Schicksal verlangte, daß sie starb und der Herzog zum König gekrönt wurde, doch das Schlimmste ist, das *Schlimmste* ist, daß er trotz seiner heimtückischen Verdorbenheit die vielen Stadtstaaten vereint und ein großes Reich geschaffen hätte, und die Bücher behaupten, es folge ein Jahrhundert des Friedens und des Wohlstands. Ich meine, man sollte eigentlich eine Schreckensherrschaft oder etwas in der Richtung erwarten, aber allem Anschein nach braucht die Geschichte manchmal solche Leute, und die Prinzessin wäre nur eine bedeutungslose Monarchin. Ich meine, sie ist nicht böse, nein, ganz bestimmt nicht, sie meint es gut, aber sie nimmt einen Platz ein, den die Historie für jemand anders reserviert hat, und jetzt kann alles das, was die Bücher schildern, überhaupt nicht geschehen, und die Geschichte spielt verrückt, und es ist alles meine Schuld.«

Mort brach ab, schnappte nach Luft und wartete besorgt auf die Antwort.

»Ich glaube, du hattest recht.«

»Ach?«

»Wir hätten Brotkrumen mitbringen sollen«, murmelte Ysabell. »Ich schätze, die Fische finden in ihrem Teich irgendwelche Nahrung. Käfer und so.«

»Hörst du mir überhaupt zu?«

»Natürlich. Worüber hast du gerade gesprochen?«

Mort ließ die Schultern hängen. »Oh, es ist nicht weiter wichtig. Es spielt überhaupt keine Rolle. Nein, nicht die geringste. Zumindest nicht für uns. Nur für den Rest des Universums.«

Ysabell seufzte und stand auf.

»Ich nehme an, es wird jetzt Zeit für dich«, sagte sie. »Ich bin froh, daß wir die Sache mit dem Heiraten geklärt haben. Das Gespräch mit dir war recht nett.«

»Wir könnten eine Art Haß-Haß-Beziehung knüpfen«, schlug Mort vor.

»Normalerweise bekomme ich kaum Gelegenheit, mich mit Leuten zu unterhalten, die bei Vaters Arbeit eine Rolle spielen.« Ysabell ging einen Schritt, zögerte und schien darauf zu warten, daß Mort irgendeine Antwort gab.

»Nun, das kann ich gut verstehen«, sagte er, als ihm nichts anderes einfiel.

»Vermutlich mußt du bald los.«

»Ja. Bald.« Mort runzelte die Stirn und spürte, daß ihre Unterhaltung aus den seichten Gewässern schwamm und über einer unauslotbaren Tiefe schwebte.

Plötzlich vernahm er ein seltsames Geräusch.

Mit einem Anflug von Heimweh erinnerte er sich an den Hof zu Hause. Während der strengen Winter in den Spitzhornbergen hielt seine Familie an Kälte und Entbehrungen gewöhnte *Tharga*-Kühe vor dem Haus, und im Verlauf der Monate wurde ab und zu Stroh verteilt. Nach der Schneeschmelze hatte sich auf dem Hof eine sechzig oder siebzig Zentimeter hohe Schicht mit einigermaßen stabiler Kruste gebildet. Man konnte über sie hinweggehen, wenn man achtgab. Wenn man *nicht* aufpaßte, sank man knietief in geballten *Tharga*-Dung. Und wenn man anschließend die grünen dampfenden grünen Stiefel aus der klebrigen Masse zog, ertönte ein charakteristisches Brodeln, das ebenso deutlich den Frühling ankündigte wie Vogelgezwitscher und das Summen von Bienen.

Ein solches Geräusch ertönte nun. Mort sah aus einem Reflex heraus auf seine Schuhe.

Ysabell weinte. Es war kein damenhaftes leises Schluchzen; es klang eher so, als *ersticke jemand in kompaktem Tharga*-Kot. Sie schnappte nach Luft, keuchte krampfhaft, ruderte mit den Armen und lief rot an. Irgendwo tief in ihr blubberte es, und Mort stellte sich vor, wie dicke Blasen aus dem Kegel eines Meeresvulkans stiegen und darum wetteten, wer als erster die Wasseroberfläche erreichte. Er hörte ein gedämpftes, stoßweises Schrillen, das sich wie unter Druck aus Ysabells Kehle löste und in stumpfsinnigem Elend gereift war.

»Äh«, sagte Mort.

Das Mädchen erzitterte so heftig wie ein Wasserbett, das von den ersten Stoßwellen eines Erdbebens erfaßt wurde. Es holte ein Taschentuch hervor, das unter diesen Umständen ebensowenig nützte wie ein Papierhut während eines Orkans. Es versuchte, verständliche Worte zu formulieren, die jedoch nur aus Konsonanten bestanden. Rhythmisches Quieken ersetzte die Vokale.

»Wie bitte?« fragte Mort.

»Ich sagte: Für wie alt hältst du mich?«

»Fünfzehn?« erwiderte er vorsichtig.

»Ich bin sechzehn«, heulte Ysabell. »Und weißt du, wie lange ich schon sechzehn bin?«

»Ich fürchte, ich verstehe dich nicht ganz.«

»Das überrascht mich nicht. Niemand versteht mich.« Sie putzte sich die Nase und hielt die Hände ruhig genug, um das Taschentuch wieder im Ärmel zu verstauen. »*Du* darfst ab und zu in die Welt der Sterblichen zurückkehren«, fuhr sie fort. »*Du* bist noch nicht lange genug hier, um es bemerkt zu haben. Wenn du's genau wissen willst: An diesem Ort steht die Zeit still. Oh, *irgend etwas* verstreicht, aber es handelt sich nicht um echte Zeit. Echte Zeit kann mein Vater nicht schaffen.«

»Ach.«

Ysabell schwieg einige Sekunden lang, und als sie erneut sprach, erklang die dünne, erzwungen ruhige und *tapfere* Stimme eines Mädchens, das sich mit großer Mühe zusammengerissen hatte — und jederzeit noch einmal die Beherrschung verlieren konnte.

»Schon seit fünfunddreißig Jahren bin ich sechzehn.«

»Ach?«

»Schon im ersten Jahr war es schlimm genug.«

Mort erinnerte sich an die letzten Wochen seines Lebens und nickte voller Mitgefühl.

»Liest du deshalb die ganzen Bücher?« fragte er.

Ysabell senkte den Kopf und strich mit der einen Sandale verlegen über leise knirschenden Kies.

»Sie sind sehr romantisch«, antwortete sie. »Einige enthalten wirklich mitreißende Geschichten. Ich denke da nur an die junge Frau, die Gift trank, als ihr junger Gatte starb. An die zweite, die von einer hohen Klippe sprang, weil ihr Vater darauf bestand, sie solle einen Greis heiraten. An die dritte, die ertrank, weil ...«

Mort hörte mit wachsendem Erstaunen zu. Nach Ysabells Schilderungen zu urteilen, war es mehr als nur bemerkenswert, wenn eine Bewohnerin der Scheibenwelt ihre Pubertät lange genug überlebte, um ein Paar Strümpfe abzutragen.

»... und dann dachte sie, er sei tot, und sie beging Selbstmord, und dann wachte er auf und brachte sich *wirklich* um, und dann gab es da das Mädchen ...«

Der gesunde Menschenverstand darf vermuten, daß wenigstens einige Frauen ihr drittes Lebensjahrzehnt erreichten, ohne sich vorher aus Liebeskummer umzubringen, doch Vernunft und Realität bekamen in jenen Dramen nicht einmal eine Nebenrolle.* Mort wußte bereits, daß sich Verliebte gleichzeitig heiß und kalt fühlten, manchmal auch schwindelig und schwach, doch bisher war ihm entgangen, daß Dummheit ebenfalls zu den Begleiterscheinungen gehörte.

»... schwamm jeden Abend durch den Fluß, doch eines Nachts wütete ein Sturm, und als er nicht kam, geriet sie ganz außer sich und ...«

Mort hielt es instinktiv für möglich, daß sich manche Paare zum Beispiel beim Dorftanz kennenlernten, inein-

---

* Das berühmteste Liebespaar der Scheibenwelt bestand zweifellos aus Mellius und Gretelina. Ihre reine, leidenschaftliche und überaus tragische Affäre hätte sicher die Seiten der Geschichte versengt, wenn sie nicht durch eine ebenso seltsame wie unerklärliche Laune des Schicksals zweihundert Jahre auseinander und auf verschiedenen Kontinenten geboren wären. Die Götter waren jedoch so gnädig, ihn in ein Bügelbrett und sie in einen kleinen Messingpfahl zu verwandeln.**

** Wenn man ein Gott ist, braucht man sein Handeln nicht zu begründen.

ander verliebten, ein Jahr oder zwei zusammenlebten, sich nach einigen Streitereien langsam aneinander gewöhnten und heirateten, ohne vorher Selbstmord zu begehen.

Nach einer Weile merkte er, daß die Litanei unglücklicher Liebe endete.

»Oh«, machte er und überlegte. »Gibt es denn überhaupt keine jungen Leute, die ohne große Mühen zueinander finden und nicht sofort auf dem Friedhof enden?«

»Liebe bedeutet Leid«, behauptete Ysabell. »Sie muß voller finsterer Leidenschaft sein.«

»Tatsächlich?«

»Ja. Kummer ist unbedingt erforderlich. Ebenso eine gehörige Portion Seelenschmerz.«

Ysabell runzelte plötzlich die Stirn und glaubte, sich an etwas zu erinnern.

»Hast du eben eine Geschichte erwähnt, die angeblich verrückt spielt?« fragte sie und rechnete vielleicht damit, daß er ihr den Namens-Titel einer interessanten Biographie nannte.

Mort dachte kurz nach. »Nein«, sagte er.

»Ich fürchte, ich habe nicht richtig zugehört.«

»Tut weiter nichts zur Sache.«

Schweigend schlenderten sie zum Haus.

Als Mort das Büro betrat, stellte er fest, daß Tod vier Lebensuhren auf seinem Schreibtisch zurückgelassen hatte. Das große lederne Buch lag geschlossen und zugebunden auf einem Pult.

Ein Zettel ragte unter den gläsernen Behältern hervor.

Mort rechnete damit, daß sein Lehrmeister entweder gotische Schriftzeichen oder Grabstein-Blockbuchstaben verwendete, und aus diesem Grund war er ein wenig enttäuscht. Tod hatte ein klassisches Werk über Graphologie gelesen und einen handschriftlichen Stil gewählt, der auf eine ausgeglichene, in sich ruhende Persönlichkeit hinwies.

Die Nachricht lautete:

Ich bin Fyschen gegangen. Hoite nacht schteht folgendes auf dem Arbaitsplahn: aine Hinrichtunk in Pseudopolis, ain natührliches Ableben in Krull, ain fataler Sturz in den Ritzenbärgen uhnd jemand in Ell-Kinte, där an Fiehber stirbet. Den Räst des Tages hast du frai.

Mort stellte sich die Geschichte als eine dicke lange Stahltrosse vor, die plötzlich riß und mit zerstörerischer Wucht durch die Realität peitschte.

Die Geschichte verhält sich nicht auf eine solche Weise. Sie fasert ganz langsam aus, wie ein alter Pullover. Ein Pullover, der mehrmals geflickt und gestopft wurde, dem man Teile hinzufügte und abnahm, um ihn anderen Personen anzupassen, der in einem Kasten unter dem Spülbecken der Zensur verstaut wurde, um später zu Staublappen der Propaganda zerrissen zu werden. Irgendwann nimmt er immer wieder die alte Form an. Die Geschichte neigt dazu, alle jene Leute zu verändern, die *sie* ändern wollen. Die Geschichte hat ständig ein As im ausgefransten Ärmel. Sie ist alt genug, um alle Tricks zu kennen.

Folgendes geschah:

Morts fehlerhafter Sensenhieb hatte die Historie in zwei verschiedene Realitäten zerschnitten. In der Stadt Sto Lat herrschte nach wie vor Prinzessin Keli, wenn auch nicht ohne gewisse Probleme. Sie nahm die Hilfe des Königlichen Wiedererkenners in Anspruch, der auf die Gehaltsliste des Hofes gesetzt und beauftragt wurde, die vergeßlichen Untertanen an Kelis Existenz zu erinnern. Doch in den anderen Regionen der Scheibenwelt — jenseits der Ebene, in den Spitzhornbergen, am Runden Meer und bis hin zum Rand — blieb die traditionelle Wirklichkeit stabil. Dort war die Prinzessin eindeutig tot, und der Herzog saß auf dem Thron. Dort lief die Welt ganz nach Plan, was auch immer das bedeuten mochte.

Was alles noch weitaus interessanter machte: Beide Realitäten waren real.

Derzeit trennten den historischen Ereignishorizont noch etwa zwanzig Meilen von der Stadt, und niemand bemerkte ihn. Als Grund mag hier der geringe Unterschied zwischen dem ... Nun, vielleicht ist es angebracht, in diesem Zusammenhang von zwei verschiedenen historischen Druckpotentialen zu sprechen. Die Differenz zwischen ihnen war noch nicht sehr groß, wuchs jedoch langsam an. Draußen in der Ebene mit den weiten Kohlfeldern schimmerte es in der Luft, und aufmerksame Ohren hätten ein leises Zischen vernommen, wie von brutzelnden Heuschrecken.

Menschen verändern die Geschichte ebensowenig wie Vögel den Himmel — sie hinterlassen nur flüchtige Muster. Zentimeter um Zentimeter schob sich die wirkliche Wirklichkeit näher an Sto Lat heran, so unaufhaltsam wie ein Gletscher und weitaus kälter.

Mort wurde als erster darauf aufmerksam.

Ein langer Nachmittag lag hinter ihm. Der Bergsteiger hatte sich bis zum letzten Augenblick an einem kleinen abbröckelnden Vorsprung festgehalten, und der zum Tode Verurteilte bezeichnete Mort als Lakaien des monarchistischen Staates. Nur die alte Dame im Zimmer 103 nahm den Lohn ihres Lebens dankbar hin, verabschiedete sich mit einem letzten verschmitzten Blick von den trauernden Verwandten, sah den Jungen mit der Sense an und meinte, er sei ein wenig blaß.

Die Sonne der Scheibenwelt näherte sich dem Horizont, als Binky müde durch den Himmel von Sto Lat trabte. Mort senkte den Kopf und sah die Grenze der Realität. Sie wölbte sich direkt unter ihm, eine dünne Sichel aus matt glänzendem silbrigen Dunst. Er begriff nicht sofort, worum es sich handelte, ahnte nur, daß die seltsame Erscheinung in irgendeinem unheilvollen Zusammenhang mit ihm stand.

Er zügelte das Pferd, und der Hengst glitt dem Boden entgegen, landete in unmittelbarer Nähe des sonderbaren Funkelns. Es bewegte sich mit der Geschwindigkeit eines gemütlichen Spaziergängers und zischte, während es geisterhaft über die Eintönigkeit rauhreifbedeckter Kohlköpfe glitt und an zugefrorenen Entwässerungsgräben entlangkroch.

Es war eine kalte Nacht, jene Art von Nacht, in der Frost und Nebel um die Vorherrschaft kämpfen und alle Geräusche gedämpft sind. Binkys Atem kondensierte zu dichten weißen Wolken; er wieherte leise, fast entschuldigend, und scharrte mit den Hufen.

Mort stieg ab und näherte sich der Grenzfläche. Gespenstische Schatten huschten darüber hinweg, veränderten ihre Form, erzitterten und verschwanden.

Nach kurzer Suche fand er einen Stock und schob ihn in die substanzlose Wand hinein. Eigentümliche Wellenmuster entstanden und rollten davon.

Aus den Augenwinkeln bemerkte Mort eine Bewegung und blickte auf. Eine schwarze Eule patrouillierte über den Gräben und suchte nach kleinen fiependen Tieren.

Funken sprühten, als sie an den schimmernden Wall prallte, und es folgte ein eulenförmiges Kräuseln, das allmählich in die Breite wuchs und sich schließlich mit dem allgemeinen Wabern vereinte.

Innerhalb weniger Sekunden verblaßte das bunte Glühen. Mort spähte durch die transparente Trennschicht, doch auf der anderen Seite konnte er nirgends eine Eule sehen. Er rätselte darüber nach, als einige Meter entfernt eine Art lautloses Plätschern erklang: Der

Vogel kehrte ungerührt ins Diesseits zurück und flog wieder über die Felder.

Mort nahm seinen ganzen Mut zusammen und trat durch die Barriere, die gar keine war. Es prickelte.

Einige Sekunden später folgte ihm Binky. Der Hengst rollte verzweifelt mit den Augen, und faserige Ausläufer der Grenzfläche tasteten ihm nach den Hufen. Das Pferd bäumte sich mit wogender Mähne auf und schüttelte sich wie ein Hund, um festhaftende Dunstfetzen abzustreifen. Es bedachte den Jungen mit einem flehentlichen Blick.

Mort griff nach dem Zaumzeug, klopfte Binky beruhigend auf die Schnauze und holte ein klebriges, schmuddeliges Zuckerstück hervor. Er wußte, daß er sich in der Gegenwart eines bedeutungsvollen Etwas befand, doch er begriff noch nicht, welche Konsequenzen sich daraus ergeben mochten. Seine Erkenntnisse beschränkten sich zunächst auf dunkle Ahnungen.

Vor ihm erstreckte sich eine Straße und führte an großen taubenetzten Weiden vorbei. Mort stieg auf, ritt über das Feld und erreichte kurz darauf das tröpfelnde Zwielicht unter den Bäumen.

In der Ferne sah er die Lichter von Sto Helit — eigentlich kaum mehr als eine kleine Stadt, ein an urbanem Größenwahn leidendes Dorf —, und das schwache Glühen am Rande seines Blickfeldes mußte von Sto Lat stammen. Mort beobachtete es voller Sehnsucht.

Die Barriere bereitete ihm Unbehagen: Sie kroch über das Feld hinter den Bäumen.

Mort wollte mit Binky gen Himmel aufsteigen, als er in unmittelbarer Nähe einen hellen, warmen und verlockenden Schein bemerkte — er fiel aus den Fenstern eines großen Gebäudes, das etwas abseits der Straße stand. Vermutlich war es ohnehin ein fröhliches Licht, aber wenn man es mit der Umgebung und Morts derzeitiger Stimmung verglich, bekam es geradezu ekstatische Qualitäten.

Als er näher heranritt, sah er Schatten, die sich hinter den Fenstern bewegten, und singende Stimmen erklangen. Eine Schenke, schloß Mort, voller Leute, die sich vergnügten. Was Spaß, Freude und — allgemein gesprochen — Zeitvertreib betraf, waren jene Bauern sicher nicht sehr wählerisch. Wer sich tagaus tagein um Kohl kümmern mußte, der empfand alles andere als Erleichterung.

Menschen befanden sich in dem Gasthaus, und sie beschäftigten sich mit unkomplizierten menschlichen Dingen: Sie gossen sich einen hinter die Binde und vergaßen allmählich die Texte ihrer Lieder.

Bisher hatte Mort kein Heimweh verspürt, denn er mußte immerzu an wichtigere Dinge denken. Jetzt fühlte er es zum erstenmal: eine ganz spezielle Art von Sehnsucht, die keinem Ort galt, sondern einer Geisteshaltung, einer inneren Einstellung. Er wollte plötzlich ein völlig normaler Mensch sein, der sich nur um einfache, weltliche Dinge Sorgen zu machen brauchte, zum Beispiel um Geld, Krankheiten und andere Leute ...

»Ich genehmige mir ein Gläschen«, überlegte Mort laut. »Vielleicht fühle ich mich dann besser.«

An der einen Seite des Gebäudes fand er einen offenen Stall und führte Binky in eine warme, nach Pferden riechende Dunkelheit, die drei andere Tiere enthielt. Während er den Futtersack löste, fragte er sich stumm, ob Tods Roß in Hinsicht auf seine Artgenossen ähnlich empfand. Im Vergleich mit den anderen Pferden, die ein weitaus weniger übernatürliches Leben führten und Binky wachsam beobachteten, wirkte der Hengst ziemlich beeindruckend. Er war im wahrsten Sinne des Wortes echt — die Blasen an Morts Schaufelhand räumten alle Zweifel aus —, doch jetzt sah er echter aus als jemals zuvor. Er schien massiver zu sein. Seine Pferdeaura verdichtete sich. Binky wuchs. Wurde größer als das Leben selbst.

Mort begann damit, eine wichtige Schlußfolgerung

zu ziehen, und in diesem Zusammenhang ist es wirklich bedauerlich, daß er im entscheidenden Augenblick abgelenkt wurde. Vom Schild über der Herbergstür. Dem entsprechenden Künstler mangelte es zwar an Talent, aber trotzdem sah Mort auf den ersten Blick, wem die bunte Darstellung ähneln sollte. Er erkannte das trotzig vorgeschobene Kinn Kelis wieder, betrachtete ein schmales, von feuerrotem Haar umrahmtes Gesicht. Darunter stand in verschnörkelten Lettern: ZUM KOFF DÄR KÖHNIGIN.

Mort seufzte und öffnete die Tür.

Von einem Augenblick zum anderen wurde es still im Schankraum, und wie auf ein geheimes Zeichen hin drehten sich alle Gäste um. Sie starrten den Neuankömmling mit jener Art von bäuerlicher Ehrlichkeit an, die folgende Botschaft übermittelte: Für zwei gut gefüllte Krüge schlagen wir dir mit einem Spaten den Schädel ein und begraben dich bei Vollmond unter einem hohen Komposthaufen.

Nun, es mag durchaus die Mühe wert sein, Mort genauer anzusehen, denn im Verlauf der letzten Kapitel hat er sich ein wenig verändert. Zwar besitzt er noch immer recht viele Ellbogen und Knie, aber sie nehmen nun den ihnen gebührenden Platz ein. Außerdem bewegt er sich nicht mehr so, als wären seine Gelenke mit Gummistreifen verbunden. Früher blinzelte er häufig und erweckte den Eindruck, als falle es ihm schwer, die Umgebung zu erkennen. Jetzt läßt das Leuchten in seinen Augen vermuten, als wisse er bereits zuviel von der Welt. Und damit noch nicht genug. Das Funkeln in seinen Pupillen deutet darauf hin, daß er einen Blick auf Dinge geworfen hat, die gewöhnlichen Leuten für immer verborgen bleiben — oder die sie nur einmal sehen, ganz kurz.

Irgendein Aspekt im Erscheinungsbild des Jungen teilte den Beobachtern stumm mit: He, Leute, wer mich blöd anquatscht, kann ebensogut nach einem

Wespennest treten. Hört ihr bereits das zornige Summen?

Anders ausgedrückt: Mort wirkt nicht mehr wie etwas, das eine Katze gefressen und anschließend ausgebrochen hat.

Der Wirt zog die Hand von der Schwarzdornkeule zurück, die unter der Theke lag, und gleichzeitig versuchte er mit nur mäßigem Erfolg, sich ein fröhliches Willkommenslächeln abzuringen.

»N'Abend, Euer Lordschaft«, sagte er. »Was für ein Begehr führt Euch durch die dunkle, kalte Nacht?«

»Wie bitte?« erwiderte Mort und zwinkerte im hellen Licht.

»Er meint, was möchtest du trinken?« knurrte ein kleiner; frettchengesichtiger Mann, der am Kamin saß und Mort so beobachtete wie ein Metzger mehrere Gehege voller Lämmer.

»Hm, ich weiß nicht«, brummte Mort. »Hast du Sternentau?«

»Nie davon gehört, Euer Lordschaft.«

Mort drehte den Kopf und musterte die Anwesenden im flackernden Schein des wärmenden Feuers. Es handelte sich um Leute, die man gemeinhin als Salz der Erde bezeichnete. Mit anderen Worten: Sie waren schlecht für die Gesundheit. Mort sah untersetzte, kräftige und vierschrötige Gestalten, aber er machte sich nicht die Mühe, sie mit seinem eigenen Körperbau zu vergleichen.

»Was trinkt man hier?« fragte er verwirrt.

Der Wirt warf seinen übrigen Gästen einen kurzen Seitenblick zu. Ein interessanter Trick, wenn man berücksichtigte, daß sie direkt vor ihm saßen und standen.

»Nun, Euer Lordschaft, wir mögen zum Beispiel Knieweich.«

»Knieweich?« wiederholte Mort und überhörte ein mehrstimmiges leises Kichern.

»Ja, Euer Lordschaft. Wird aus Äpfeln hergestellt. Äh, hauptsächlich aus Äpfeln.«

Mort dachte an Vitamine und dergleichen. »Na schön«, sagte er. »Dann möchte ich einen Krug Knieweich.« Er griff in die Tasche und holte den von Tod stammenden Beutel hervor, der noch immer viele Goldmünzen enthielt. In der jähen Stille war das Klimpern der kleinen gelben Scheiben so laut wie das Dröhnen der legendären Messingglocken von Leshp — man kann sie bei stürmischen Nächten hören, wenn die Strömungen ihren Klang vom Meeresboden herauftragen.

»Alle anwesenden Herren sind herzlich eingeladen«, fügte Mort hinzu.

Der laute dankbare Jubel überwältigte ihn so sehr, daß er einen wichtigen Punkt übersah: Seine neuen Freunde bekamen ihre Getränke in fingerhutkleinen Gläsern, während der Wirt ihm einen großen hölzernen Becher reichte.

Man erzählt sich viele Geschichten über Knieweich. Angeblich destilliert man jene Spezialität in entlegenen Sümpfen, und das ebenso uralte wie geheime Rezept wird vom betrunkenen Vater an den beschwipsten Sohn weitergereicht. Nun, die Behauptungen, Ratten, Schlangenköpfe und Schrot spielten bei der Herstellung eine wichtige Rolle, sind natürlich absurd. Wer von toten Schafen berichtet, leidet entweder an einem ordentlichen Kater oder hat Entzugserscheinungen. Was die Erzählungen betrifft, bei denen es um Hosenknöpfe geht, ist ebenfalls eine gehörige Portion Skepsis angebracht. Es kann jedoch kein Zweifel daran bestehen, daß man einen Kontakt zwischen Knieweich und Metall vermeiden sollte. Als der Wirt ungeniert zu wenig Wechselgeld herausgab und einen Stapel Kupfermünzen über die Theke schob, berührten sie mehrere Tropfen von dem Zeug und begannen sofort zu dampfen.

Mort schnupperte an seinem Becher und nippte vorsichtig. Die Flüssigkeit schmeckte nicht nur nach Äpfeln, sondern auch nach herbstlicher Morgendämmerung und irgend etwas anderem, das man für gewöhnlich unter einem Brennholzstapel vermutete. Er wollte nicht respektlos erscheinen und trank einen großen Schluck.

Die Bauern beobachteten ihn aufmerksam und hielten unwillkürlich den Atem an.

Mort glaubte, daß man eine Reaktion von ihm erwartete.

»Nicht übel«, sagte er. »Recht erfrischend.« Er nahm noch einen Schluck. »An den würzigen Geschmack muß man sich erst gewöhnen, aber bestimmt ist es die Mühe wert.«

Hier und dort ließ sich ein verblüfftes Murmeln vernehmen.

»Der Kerl hat sein Knieweich mit Wasser gestreckt, jawoll.«

»Nein, nein! Du weißt doch, was passiert, wenn man einen Tropfen Wasser hineinfallen läßt.«

Der Wirt achtete nicht auf die kritischen Stimmen. »Es schmeckt Euer Lordschaft?« wandte er sich an Mort und benutzte dabei den gleichen Tonfall, in dem der heilige Georg nach seiner Rückkehr gefragt wurde: ›Du hast *was* getötet?‹

»Ist ziemlich scharf«, sagte Mort. »Und auch recht streng.«

»Entschuldigt bitte, Euer Lordschaft«, entgegnete der Wirt und nahm Mort vorsichtig den Becher aus der Hand. Er roch daran und wischte sich Tränen aus den Augen.

»Grrgh«, ächzte er. »Ich habe mich nicht geirrt. Knieweich, ganz eindeutig.«

Er musterte den Jungen, und so etwas wie zurückhaltende Anerkennung stahl sich in seine Mimik. Der Neuankömmling hatte den Becher schon fast bis zur Hälfte geleert, und erstaunlicherweise stand er noch immer aufrecht — und lebte. Der Wirt reichte das hölzerne Gefäß zurück wie eine Trophäe, die dem Sieger eines unerhört schwierigen Wettkampfs zustand. Als Mort noch einen großen Schluck trank, zuckten einige Zuschauer zusammen. Der korpulente Mann hinter dem Tresen fragte sich, woraus die Zähne seines jungen Gastes bestanden — offenbar aus dem gleichen widerstandsfähigen Material wie der Magen.

»Du bist nicht zufällig ein Zauberer?« fragte er und ließ das ›Euer Lordschaft‹ weg.

»Tut mir leid, nein. Sollte ich?«

Eigentlich nicht, dachte der Wirt. Er trägt keinen spitzen Hut mit Monden und Sternen, und an den Fingern fehlen ihm nikotingelbe Flecken. Erneut starrte er auf den Becher hinab.

Irgend etwas ging nicht mit rechten Dingen zu. Und der Junge ... Er wirkte zunehmend seltsamer. Er sah nicht so aus, wie man es erwartete. Er schien ...

... wirklicher zu sein als normale Menschen.

Lächerlich! dachte der Wirt. Die Theke ist wirklich. Der Boden ist wirklich. Meine Kunden sind so wirklich, wie man es sich nur wünschen kann. Und doch ... Während Mort vor dem Tresen stand, verlegen dreinblickte und gelegentlich an einer Flüssigkeit nippte, in der man Löffel auflösen konnte, gewann er ein zusätzliches Maß an Wirklichkeit, eine neue Dimension der Wirklichkeit. Sein Haar war haariger, seiner Kleidung kleidiger. Und die Stiefel stellten den Inbegriff stiefelicher Existenz dar. Es bereitete einem Kopfschmerzen, ihn nur anzusehen.

Kurz darauf stellte Mort seine menschliche Natur unter Beweis. Der Becher entfiel zitternden Fingern und rollte über die granitenen Fliesen — einige ölige Knieweichtropfen fraßen sich sofort heißhungrig in den Stein. Der Junge deutete an die gegenüberliegende Wand, klappte den Mund auf und gab einen lautlosen Schrei von sich.

Die Stammgäste seufzten und setzten ihre Gespräche

fort, erleichtert darüber, daß nun wieder alles seine Ordnung hatte. Ihrer Meinung nach verhielt sich Mort jetzt völlig normal. Der Wirt war dankbar für die Rehabilitierung seines Getränks, beugte sich vor und klopfte Mort kameradschaftlich auf die Schulter.

»Schon gut«, sagte er. »Manchmal haut einen das Zeug richtig um. Mach dir nichts draus! Ein mehrwöchiger Brummschädel, und dann hast du's überstanden. Ein *kleines* Gläschen Knieweich bringt dich wieder auf die Beine.«

Tatsächlich rät jeder Wirt, der etwas auf sich hält, den Kater in Alkohol zu ersäufen — wobei er in der Regel hinzufügt, der eigene Alkohol sei besonders geeignet. Doch wer versucht, eine verhaßte Miezekatze in einem Faß mit Knieweich zu ertränken, muß mit Überraschungen rechnen, zum Beispiel damit, die Haut von den Fingern zu verlieren.

Mort deutete weiterhin an die Wand und brachte mit zittriger Stimme hervor: »Kannst du es nicht sehen? Es kommt durch die Mauer! Direkt durch die Mauer!«

»Nach dem ersten Glas Knieweich kommen viele Dinge durch die Mauer. Meistens sind sie grün und glänzen feucht.«

»Der Nebel! Hörst du das Zischen?«

»Ein zischender Nebel, hm?« Der Wirt blickte an die Wand, die abgesehen von einigen Spinnweben völlig leer und überhaupt nicht geheimnisvoll war. Die Aufregung in Morts Stimme weckte Besorgnis in ihm. Er hätte normale Schuppenmonster bevorzugt — sie ließen sich mit einem zweiten Glas vertreiben.

»Das Etwas kriecht durchs Zimmer! Fühlst du überhaupt nichts?«

Die übrigen Gäste wechselten kurze Blicke — Morts Hysterie erfüllte sie mit Unbehagen. Zwei oder drei Bauern gaben später zu, daß sie tatsächlich etwas gespürt hatten, eine Art kaltes Prickeln. Vielleicht lag es an Verdauungsstörungen.

Mort taumelte, hielt sich krampfhaft an der Theke fest und schauderte.

»Nun...«, begann der Wirt. »Ein Scherz ist ein Scherz, aber...«

»Eben hattest du ein grünes Hemd an!«

Der Wirt sah an sich herab.

»Eben?« wiederholte er erschrocken. Seine rechte Hand setzte sich von ganz allein in Bewegung, aber bevor sie die heimliche Reise zum Schwarzdornknüppel beenden konnte, sprang Mort plötzlich vor und packte den dicken Mann an der Schürze.

»Du hast ein grünes Hemd, nicht wahr?« stieß er hervor. »Ich kann mich deutlich daran erinnern, auch an die kleinen gelben Knöpfe!«

»Äh, ja«, bestätigte der Wirt und versuchte, stolz die Schultern zu straffen. »Ich bin ein vermögender Mann und habe gleich zwei Hemden. Das grüne ist erst in der nächsten Woche dran.« Er wollte gar nicht erfahren, woher Mort von den gelben Knöpfen wußte.

Der Junge ließ ihn los und wirbelte herum.

»Die Leute nehmen andere Plätze ein als vorhin! Wo ist der Mann, der am Kamin saß? Es hat sich alles verändert!«

Er lief nach draußen, und kurz darauf vernahm der Wirt ein dumpfes Stöhnen. Nach einigen Sekunden kehrte Mort zurück und wandte sich an die entsetzten Gäste.

»Wer hat das Schild ausgetauscht? Jemand hat das Schild geändert!«

Der Wirt befeuchtete sich nervös die Lippen.

»Nach dem Tod des alten Königs, meinst du?« fragte er.

Als er Morts Blick bemerkte, lief es ihm kalt über den Rücken. In den dunklen Augen des Jungen flackerte Grauen.

»Den Namen! Ich meine den Namen!«

»Nun, äh, es ist immer der gleiche Name gewesen«,

erwiderte der Wirt und wandte sich fast flehentlich an die Bauern. »Das stimmt doch, oder? Meine Schenke hieß und heißt *Zum Kopf des Herzogs,* nicht wahr?«

Die Männer murmelten zustimmend.

Mort starrte sie der Reihe nach an und bebte am ganzen Leib. Schließlich drehte er sich um und stürmte nach draußen.

Die Bauern hörten Hufschläge auf dem Hof, ein Pochen, das langsam leiser wurde und plötzlich ganz verklang, als sei das Pferd vom Boden verschluckt worden — oder gen Himmel aufgestiegen.

In der Schenke herrschte völlige Stille. Die Gäste starrten betreten ins Leere. Niemand wollte zugeben, was er gerade gesehen hatte.

Schließlich setzte sich der Wirt in Bewegung, wankte durchs Zimmer, streckte die Hand aus und tastete mit den Fingerspitzen über beruhigend festes Holz. Es war vertraut massiv.

Und doch hatten alle Anwesenden beobachtet, wie Mort dreimal nach draußen gelaufen war, ohne zuvor die Tür zu öffnen.

Binky gewann an Höhe und segelte fast senkrecht empor. Die Hufe traten durch leere Luft, und der Atem des Rosses formte einen langen Kondensstreifen. Mort hielt sich mit Knien, Händen und vor allen Dingen Willenskraft fest, grub das Gesicht in die dichte Mähne des Hengstes. Er sah erst nach unten, als die Luft eiskalt wurde und so dünn war wie die Bratensoße in einem Armenhaus.

Weiter oben flackerten die Lichter der Mitte am winterlichen Firmament. Unten ...

... wölbte sich ein kuppelartiges Etwas, das viele Meilen durchmaß und im Sternenlicht silbrig glänzte. Morts Blick reichte hindurch, und hier und dort bemerkte er helles Schimmern. Wolken trieben an der Grenzfläche vorbei.

Nein, das stimmte nicht ganz. Tods Lehrling sah genauer hin. Oh, sicher, einige Wolken trieben in das seltsame Gebilde hinein, und es gab auch weitere, die sich in seinem Innern zusammenballten, aber sie wirkten irgendwie dünner und fransiger, bewegten sich darüber hinaus in eine andere Richtung und hatten kaum etwas mit den übrigen Wolken gemein. Hinzu kamen die Mittlichter. Sie verliehen der Nacht außerhalb der kuppelförmigen Erscheinung ein undeutliches Grau, während unter der Wölbung alles dunkel blieb.

Mort starrte auf das Stück einer völlig anderen Welt. Es erweckte den Eindruck, als sei es auf die Scheibe gepfropft worden, um irgend jemandem einen Streich zu spielen. Das Wetter unterhalb der Kuppel unterschied sich vom Klima der anderen Regionen, und bisher hatte noch niemand den Schalter für die Aurora Coriolis betätigt.

Die Scheibenwelt lehnte den kosmischen Eindringling ab, umzingelte ihn mit ihrem Sein, drängte ihn allmählich in die Nichtexistenz zurück. Mort beobachtete, wie das Etwas nach und nach kleiner wurde, doch gleichzeitig vernahmen seine mentalen Ohren das leise Zischen brutzelnder Heuschrecken, während die Grenzfläche übers Land kroch und die allgemeine historische Entwicklung wieder ins Lot brachte. Die Realität heilte sich selbst.

Mort begriff sofort, was sich im Zentrum der Kuppel befand: eine Stadt namens Sto Lat, mit einem granitenen Sockel, auf dem sich die Mauern eines Schlosses erhoben. Und in dem Palast ...

Gegen seinen Willen stellte er sich vor, was geschehen mochte, wenn das kuppelförmige Phänomen auf die Größe eines Zimmers schrumpfte, wenn sie so klein wurde wie ein Mensch, wie ein Ei. Er schluckte.

Die Logik hätte Mort mitteilen sollen, daß genau darin seine Rettung lag. In ein oder zwei Tagen würde sich sein Problem von ganz allein aus der Welt schaffen, im wahrsten Sinne des Wortes. Anschließend beschrieben die Bücher in Tods Bibliothek wieder eine *richtige* Geschichte. Die Logik hätte das historische Gefüge mit einem in die Länge gezogenen Gummiband verglichen, das sich nun zusammenzog, um die ursprüngliche Form anzunehmen. Die Logik hätte den Jungen darauf hingewiesen, daß er alles noch schlimmer machte, wenn er zum zweitenmal in den allgemeinen Entwicklungsprozeß eingriff. Ja, die Logik hätte ihn vermutlich beruhigt und erleichtert aufatmen lassen — wenn sie nicht einfach fortgeschlendert wäre, um sich die Nacht freizunehmen.

Aufgrund der Bremswirkung des starken magischen Feldes ist das Licht auf der Scheibenwelt ziemlich langsam, und daher befand sich der Teil des Randes, der die Insel Krull trug, noch immer unter der kleinen Orbitalsonne. Mit anderen Worten: Dort hatte gerade erst der Abend begonnen. Außerdem herrschte eine angenehm hohe Temperatur, denn jener Teil des Rands bekommt mehr Wärme und zeichnet sich durch mildes Meeresklima aus.

Krull bot einen guten Lebensraum für Menschen, die nicht an Schwindelgefühlen litten. Ein Teil der Küste (wenn man in diesem Zusammenhang überhaupt von einer ›Küste‹ sprechen kann) ragt über den Rand hinaus, aber die einzigen Krullianer, die darauf mit pathologischer Sorge reagierten, gehörten zur Kategorie Tagträumer und Schlafwandler. Der Leser ahnt bestimmt, daß solche Spezies von der natürlichen Auslese besonders hart betroffen sind und deshalb nur kleine, im Aussterben begriffene Minderheiten darstellen. In jeder menschlichen Gesellschaft gibt es Aussteiger, aber auf

Krull bekommen entsprechende Leute keine Gelegenheit, ihre Meinung zu ändern.

Terpsic Mims war kein Aussteiger, sondern Angler. Es gibt einen wichtigen Unterschied: Das Angeln nimmt weitaus mehr Zeit in Anspruch und führt nur selten zu einem fatalen Sturz ins Nichts. Man holt sich höchstens nasse Füße. Terpsic lächelte zufrieden und beobachtete den kleinen, mit einer Feder versehenen Schwimmer, der auf den Wellen des Hakrullflusses tanzte. Ein sanfter Wind wehte und seufzte im Schilf, das sich am Ufer hin und her neigte. Der Mann befreite sein Denken und Empfinden von allem Ballast, gab sich ganz dem Gefühl inneren Friedens hin. Nur die Vorstellung, es könne tatsächlich ein Fisch anbeißen, störte seine Seelenruhe. Kalte und schlüpfrige Fische gingen ihm mit ihrem Zappeln auf die Nerven. Und mit Terpsics Nerven war es nicht zum Besten bestellt.

Solange er nichts fing, gehörte Terpsic Mims zu den glücklichsten Anglern der Scheibenwelt, denn fünf lange Meilen trennten den Hakrullfluß von seinem Heim — und somit auch von Frau Gwladys Mims, mit der er die letzten sechs glücklichen Ehemonate verbracht hatte. Die zwanzig vorhergehenden Jahre vergaß er schlicht.

Terpsic hob nur kurz den Kopf, als eine zweite Gestalt einige Dutzend Meter entfernt am Ufer Aufstellung bezog. Andere Angler hätten vielleicht gegen diese Verletzung der Etikette protestiert, aber Terpsic hob nur mit die Schultern. Er war für alles dankbar, das die Wahrscheinlichkeit eines Fangs reduzierte. Aus den Augenwinkeln beobachtete er, daß der Neuankömmling eine Trockenfliege verwendete. Er fand diese Art des Angelns recht interessant, lehnte sie jedoch ab, da man zuviel Zeit damit verschwendete, den Köder zu Hause vorzubereiten.

Noch nie zuvor hatte er eine solche Trockenfliege gesehen. Die meisten gehorchten ihrem Herrn, indem sie ruhig und friedlich auf dem Wasser schwammen und darauf warteten, von einem hungrigen Fischmaul verschlungen zu werden. Doch diese besondere Fliege entwickelte ein gespenstisches Eigenleben, stürzte sich mit einem entschlossenen Knurren in die Fluten und zerrte entsetzte Fische an Land.

Vages Unbehagen regte sich in Terpsic, und er sah, wie die hochgewachsene Gestalt unter den Weiden immer wieder mit der Rute ausholte. Das Wasser brodelte und schäumte, als die schuppige Bevölkerung des Flusses in Panik geriet und vor dem summenden, brummenden Schrecken zu fliehen versuchte. Unglücklicherweise schnappte ein großer und vor Angst völlig außer sich geratener Hecht aus reiner Verzweiflung nach Terpsics Haken.

Im einen Augenblick stand er noch am Ufer, und im nächsten tauchte er durch grünes und unangenehm nasses Zwielicht. Der Atem des Mannes bildete kleine Blasen, die perlenartig fortglitten, und vor dem inneren Auge zogen Erinnerungsbilder seines Lebens vorbei. Noch während er ertrank, fürchtete er sich vor den Vorstellungen, die von der Hochzeit an bis zur Gegenwart reichten. Er dachte daran, daß Gwladys bald Witwe sein würde, und diese Vorstellung munterte ihn ein wenig auf. Terpsic neigte dazu, in erster Linie die positiven Aspekte zu sehen und alles Negative mit fatalistischem Gleichmut hinzunehmen, und als er dankbar in den Schlamm am Grund sank, kam er zu dem Schluß, daß sein Leben von jetzt an nur besser werden konnte ...

Etwas packte ihn am Schopf und zerrte ihn an eine Wasseroberfläche zurück, die plötzlich aus flüssigem Schmerz zu bestehen schien. Geisterhafte blaue und schwarze Schemen wallten dicht vor ihm. Flammen loderten in Terpsics Lungen, und in seinem Hals brannte ein heißes Feuer.

Hände — eisige kalte Hände, die sich seltsam hart anfühlten — zogen ihn durchs Wasser und an Land. Terpsic blieb mit wachsender Verzweiflung im Sand liegen, und nachdem er eine Zeitlang vergeblich versucht hatte, weiterhin zu ertrinken, fand er sich mit der bitteren Tatsache ab, ins Leben zurückzukehren.

Er wurde nicht wütend, denn Gwladys verbot Zorn und Ärger ihres Mannes. Aber er fühlte sich betrogen. Er war geboren worden, ohne daß man ihn nach seiner Meinung fragte. Er mußte heiraten, weil Gwladys Vater und sein eigener eine entsprechende Vereinbarung getroffen hatten. Und jetzt hinderte man ihn sogar daran, das Leben zu verlieren, von dem er bisher angenommen hatte, es gehöre einzig und allein ihm. Vor einigen Sekunden erschien ihm alles ganz einfach, doch nun wich die erhoffte Problemlosigkeit neuerlichen Komplikationen.

Eigentlich lag Terpsic überhaupt nichts daran, sich umzubringen — was Selbstmord anging, vertraten die Götter einen unerschütterlich festen Standpunkt. Er hatte nur nicht gerettet werden wollen.

Er rieb sich Schlick und schleimige Wasserlinse aus dem Gesicht und starrte die hochaufragende Gestalt verwirrt und enttäuscht an. »Warum mußtest du mich unbedingt retten?«

Die Antwort verwirrte ihn. Er dachte darüber nach, als er niedergeschlagen nach Hause stapfte. Die betreffenden Worte flohen in einen entfernten Winkel seines Ichs, als sich Gwladys über die durchnäßte und schmutzige Kleidung ihres Gemahls beklagte. Sie krochen in den Fokus des Bewußtseins zurück, während Terpsic vor dem Kamin saß und schuldbewußt nieste — für gewöhnlich verbot ihm Gwladys auch, krank zu sein. Als er unter der Bettdecke fröstelte, hallte der bleierne Klang zwischen seinen Ohren hin und her, ließ ihn einfach keine Ruhe finden. Mit fiebrig-schwacher Stimme murmelte er: »Was soll das heißen: ›DAMIT ICH MICH SPÄTER UM DICH KÜMMERN KANN ...‹«

Fackeln brannten in Sto Lat, und Dutzende von Soldaten waren damit beauftragt, sie in regelmäßigen Abständen zu erneuern. Helles Licht tanzte durch die Straßen, und der flackernde Schein verdrängte alle jene Schatten, die sich seit Jahrhunderten nach dem Sonnenuntergang versammelten, um zu entscheiden, was sie unternehmen sollten. Er erhellte entlegene Ecken, wo die Augen verwunderter Ratten in muffigen Schlupfwinkeln glühten. Er zwang Diebe und Einbrecher, zu Hause zu bleiben. Er schimmerte durch den nächtlichen Dunst, formte einen seltsamen Nimbus, der sogar das Funkeln der Mittlichter überstrahlte. Vor allen Dingen aber fiel er auf das Gesicht der Prinzessin Keli.

Ihre Bildnisse waren praktisch allgegenwärtig, klebten an jeder freien Fläche. Binky trabte durch die hellen Straßen, vorbei an einer Keli, die von Türen, Wänden und Giebeln herabblickte. Mort starrte auf Hunderte von Plakaten, die seine Geliebte zeigten: an Mauern und Masten, an Fenstern und gläsernen Vitrinen, an Türen und schmalen Zugängen, an Karren und hölzernen Verschlägen. Es roch nach Kleister.

Seltsamerweise schienen die Bürger der Stadt kaum etwas davon zu bemerken. Sto Lats Nachtleben war zwar nicht annähernd so bewegt und voller Zwischenfälle wie das in Ankh-Morpork — ebensowenig kann es ein gewöhnlicher Papierkorb mit der städtischen Müllabfuhr aufnehmen —, aber es herrschte trotzdem rege Betriebsamkeit. Höker priesen Gebrauchtgegenstände aus vierter Hand an. Spieler zeigten ihre Kunststücke mit Karten und Würfeln. Messer- und Scherenschärfer hantierten mit ihren Wetzsteinen. Gewisse Damen boten gewisse Dienste an und geizten nicht mit gewissen Reizen. Taschendiebe versuchten, sich ihren Lebensunterhalt zu verdienen, ohne im Kerker zu enden. Hier und dort wanderten sogar einige ehrliche Händler umher, die sich durch einen bedauerlichen Zufall nach Sto Lat verirrt hatten und ihre Waren zu Schleuderpreisen verkauften, weil sie darauf brannten, die Stadt so schnell wie möglich zu verlassen. Mort ritt durch die Straßen und hörte ein halbes Dutzend verschiedene Sprachen. Nur am Rande nahm er zur Kenntnis, daß er sie alle verstand.

Schließlich stieg er ab, führte sein Roß durch die Mauergasse und hielt nach Schneidguts Domizil Ausschau. Er fand es nur durch Zufall: Eins der Plakate fluchte leise und undeutlich.

Vorsichtig streckte er die Hand aus und zog einen Papierstreifen beiseite.

»Vielen Dank«, sagte der Türklopfer. »Ef ift doch nicht fu faffen! Im einen Augenblick ift daf Leben ganf normal, und im nächften hat man den Mund voller Kleifter.«

»Wo ist Schneidgut?«

»Im Palaft.« Der Türklopfer starrte ihn an und zwinkerte mit einem gußeisernen Auge. »Einige Männer kamen und brachten alle feine Fachen fort. Und kurf darauf begannen andere damit, überall Bilder feiner Freundin anzukleben.« Das fratzenhafte Metallgesicht schnitt eine Grimasse — es fiel ihm nicht besonders schwer. »Verdammte Miftkerle.«

Dunkle Flecken bildeten sich auf Morts Wangen.

»Bilder seiner Freundin?« wiederholte er finster.

Der Türklopfer konnte sein dämonisches Wesen nicht leugnen und kicherte spöttisch, als er den Tonfall des Jungen vernahm. Es klang so, als strichen Fingernägel über grobes Sandpapier.

»Ja«, bestätigte er. »Fie fienen ef fiemlich eilig fu haben, wenn du mich fragft.«

Mort saß bereits wieder im Sattel.

»He!« rief ihm der Türklopfer nach. »Hab Mitleid mit mir. Fei fo nett und befrei mich von dem Plakat, Junge!«

Mort zog die Zügel so hart an, daß sich das Pferd aufbäumte und laut schnaubte. Er zwang Binky herum, kehrte zum kleinen Haus zurück, beugte sich vor und schloß die Hand um den Griff des Türklopfers, der plötzlich recht verunsichert wirkte. Morts Augen glühten wie Schmelztiegel, und der Gesichtsausdruck ähnelte dem eines Schmelzofens. Seine Stimme brachte genug Hitze zum Ausdruck, um Eisen verdampfen zu lassen, Der Klopfer wußte nicht genau, was er davon halten sollte, doch der Instinkt riet ihm zur Vorsicht.

»Wie hast du mich genannt?« fragte Mort.

Der Türklopfer dachte rasch nach. »Herr?« erwiderte er.

»Und um was hast du mich gebeten?«

»Mich von dem Plakat fu befreien?«

»Wozu ich nicht die geringste Absicht habe.«

»Na fön«, sagte der Türklopfer. »Ift in Ordnung für mich. Ich behalte den Mund voller Kleifter. Fmeckt eigentlich gar nicht flecht, wenn man fich'f genau überlegt.«

Er beobachtete, wie Mort davonritt, schauderte erleichtert und klopfte in seiner Nervosität leise an die Tür. »Daaas war seeehr knapp«, sagte eine der Angeln.

»Fei ftill!«

Mort kam an Nachtwächtern vorbei, deren Aufgabe jetzt offenbar darin bestand, kleine Glocken zu läuten und — ein wenig verlegen — den Namen der Prinzessin zu rufen. Sie schienen Mühe zu haben, sich an ihn zu erinnern. Mort schenkte ihnen keine Beachtung und lauschte Stimmen, die nur in seinem Innern erklangen. Sie führten folgendes Gespräch:

Sie hat dich nur einmal gesehen, du Narr. Warum sollte sie irgendwelche Gedanken an dich verschwenden?

Ich weiß, ich weiß. Aber immerhin habe ich ihr das Leben gerettet.

Glaubst du etwa, sie sei dir deshalb zu ewiger Dankbarkeit verpflichtet? Das Leben der Prinzessin gehört nicht etwa dir, sondern einzig und allein Keli. Sie kann damit anfangen, was sie will. Und außerdem: Schneidgut ist Zauberer.

Na und? Zauberern steht es nicht zu, mit — mit Mädchen anzubändeln. Die Tradition verlangt, daß sie koisch sind ...

Koisch?

Sie dürfen nicht duweißtschon ...

Ach, überhaupt kein Duweißtschon? fragte die mentale Stimme und schien zu grinsen.

Es soll schlecht für die Magie sein, erwiderte Mort bitter.

Komischer Ort, um Magie aufzubewahren.

Mort war schockiert. Wer bist du?

Ich bin du, Mort, dein inneres Selbst.

Mir wäre lieber, du verschwändest aus meinem Kopf. Es ist schon so ziemlich eng darin.

Mag sein, entgegnete die Stimme. Nun, ich wollte dir nur helfen, Denk immer daran: Wenn du dich brauchst — du bist immer in der Nähe.

Kurz darauf herrschte wieder Stille.

Es muß wirklich die Stimme meines inneren Selbst gewesen sein, dachte Mort niedergeschlagen. Ich bin der einzige, der mich Mort nennt.

Diese überraschende Erkenntnis beanspruchte seine ganze Aufmerksamkeit, und deshalb nahm er nur geistesabwesend zur Kenntnis, daß er während seines stummen Monologs durchs Schloßtor geritten war. Natürlich reiten tagaus, tagein viele Leute durchs Tor, aber für die meisten von ihnen muß es erst geöffnet werden.

Die Wächter zu beiden Seiten rissen voller Furcht die Augen auf und glaubten, einen Geist gesehen zu haben. Wahrscheinlich hätten sie sich noch weitaus mehr gefürchtet, wenn ihnen klar gewesen wäre, daß ihre Vermutung zumindest in groben Zügen zutraf.

Der vor dem Zugang des großen Saals stehende Soldat hatte ebenfalls alles beobachtet, aber als Binky über den Hof trabte, blieb ihm noch Zeit genug, sich wieder einigermaßen zusammenzureißen.

»Halt!« krächzte er unsicher. »Halt, wer da?«

Mort bemerkte ihn erst jetzt.

»Was?« fragte er, noch immer in Gedanken versunken.

Der Wächter befeuchtete sich die trockenen Lippen und wich einen Schritt zurück. Mort stieg ab und trat näher.

Der Soldat nahm seinen ganzen Mut zusammen und besann sich auf jene Art von beharrlicher Sturheit, die eine baldige Beförderung begünstigte. »Ich wollte nur fragen ... Was, äh, wer bist du?«

Mort griff nach der Lanze, die ihm den Weg zur Tür versperrte, und schob sie gleichmütig beiseite.

»Mort«, sagte er leise.

Ein gewöhnlicher Soldat hätte sich bestimmt damit zufriedengegeben, doch dieser Mann hatte das Zeug zum Offizier.

»Ich meine, bist du Freund oder Feind?« stammelte er und versuchte, Morts Blick zu meiden.

»Was wäre dir lieber?« fragte Tods Lehrling und lächelte. Zwar konnte er sich nicht mit dem Lächeln des Knochenmanns messen, aber sein Grinsen erwies sich als recht beeindruckend, zumal es völlig humorlos blieb.

Der Wächter seufzte erleichtert und trat zur Seite.

»Du kannst passieren, Freund«, sagte er.

Mort schritt durch den Saal und näherte sich der Treppe, die zu den königlichen Gemächern führte. Der große Raum hatte sich sehr verändert, seit er ihn zum letztenmal gesehen hatte. Überall sah er Bilder von

Keli; sie ersetzten sogar die alten und verstaubten Banner an der hohen Decke. Wer durchs Schloß wanderte, konnte unmöglich mehr als nur einige wenige Meter zurücklegen, ohne daß sein Blick auf ein Porträt der Prinzessin fiel. Ein Teil von Morts Bewußtsein fragte sich nach dem Grund, während ein anderer besorgt an die gespenstische Grenzfläche dachte, die sich langsam der Stadt näherte, an eine Kuppel, die immer mehr schrumpfte und in deren Zentrum sich Sto Lat befand. Hauptsächlich aber herrschte in seinem Ich eine heiße Glut aus Zorn, Verblüffung und Eifersucht. Ysabell hat recht, fuhr es ihm durch den Sinn. Dies muß Liebe sein.

»Der Junge, der durch Wände geht!«

Mort hob ruckartig den Kopf. Schneidgut stand am oberen Ende der Treppe.

Auch der Zauberer hatte sich stark verändert, stellte Tods Lehrling verbittert fest. Aber vielleicht nicht gründlich genug. Er trug noch immer einen schwarz und weiß gemusterten, mit Pailletten besetzten Umhang, und auf seinem Kopf ruhte ein Hut, der mindestens einen Meter hoch und mit mehr mystischen Symbolen verziert war als eine Zahnkarte. Darüber hinaus steckten seine Füße in roten Samtschuhen, die vorn spitze, schlangenartige Schnörkel und an den Seiten silberne Spangen aufwiesen. Doch am Kragen zeigten sich nach wie vor einige Flecken, und außerdem kaute Schneidgut hingebungsvoll.

Er beobachtete, wie Mort die Treppe hochstieg.

»Bist du auf irgend etwas sauer?« fragte er. »Ich habe mit der Arbeit begonnen, glaub mir, doch ich mußte mich auch um einige andere Dinge kümmern. Tja, es ist gewiß nicht leicht, durch Wände ... Warum siehst du mich so an?«

»Was tust du hier?«

»Die gleiche Frage könnte ich dir stellen. Möchtest du eine Erdbeere?«

Mort starrte auf den kleinen Bastkorb des Zauberers.

»Mitten im Winter?«

»Eigentlich ist es Rosenkohl mit einer Prise Magie.«

»Und schmeckt er wie Erdbeeren?«

Schneidgut seufzte. »Nein, wie Rosenkohl. Die Zauberformel ist nicht ganz perfekt. Ich hoffte, der Prinzessin eine Freude zu bereiten, aber sie warf damit nach mir. Tja, es wäre eine Schande, sie in den Abfall zu werfen. Probier mal!«

Mort starrte Schneidgut durchdringend an.

»Keli hat damit nach dir geworfen?«

»Leider muß ich das bestätigen. Eine ziemlich eigenwillige junge Dame.«

Aber hallo! sagte eine Stimme hinter Morts Stirn. Du bist wieder im Rennen. Begreifst du denn nicht, du Dummkopf? Die Chance, daß Keli Duweißtschon mit diesem Burschen erwägt, sind geringer als null.

Laß mich endlich in Ruhe! erwiderte Mort. Sein Unterbewußtsein besorgte ihn. Offenbar hatte es einen direkten Draht zu Körperteilen, die er derzeit nicht beachten wollte.

»Warum bist du hier?« fragte er laut. »Hat deine Anwesenheit etwas mit den vielen Bildern zu tun?«

»Tolle Idee, nicht wahr?« Schneidgut strahlte. »Ich bin recht stolz darauf.«

»Entschuldige bitte!« Mort stöhnte leise. »Ich habe einen anstrengenden Tag hinter mir und würde mich gern irgendwo ausruhen.«

»Wie wär's mit dem Thronsaal?« schlug Schneidgut vor. »Um diese Zeit hält sich dort niemand auf. Alle schlafen.«

Mort nickte und musterte den jungen Zauberer mißtrauisch. »Warum bist du noch auf, hm?«

»Äh«, antwortete Schneidgut. »Äh, ich wollte nur einen ganz kurzen, äh, Blick in die Speisekammer werfen.«

Er hob die Schultern.*

An dieser Stelle soll folgendes nicht unerwähnt bleiben: Schneidgut bemerkte, daß Mort — obgleich vom Reiten müde und aufgrund des fortgesetzten Schlafmangels erschöpft — von innen heraus glüht. Auf eine seltsame Art und Weise, die nichts mit körperlichen Ausmaßen zu tun hat, wirkt er größer als das Leben. Nun, Schneidgut hat genug einschlägige Erfahrungen gesammelt, um seine Mitmenschen einzuschätzen, und er weiß auch, daß bei okkulten Angelegenheiten die offensichtliche Antwort meistens falsch ist.

Mort geht geistesabwesend durch Wände und schüttet Witwenmacher in sich hinein, ohne betrunken zu werden. Aber der Grund besteht nicht etwa in einer sonderbaren Metamorphose, die ihn langsam in einen Geist verwandelt. Ganz im Gegenteil: Er wird allmählich gefährlich wirklich.

Während er an der Balkonbrüstung entlangwandert und dabei durch eine Marmorsäule geht, ohne es zu bemerken, wird langsam klar, daß die Welt aus seiner Perspektive betrachtet eine gegenstandslose Natur gewinnt.

»Du bist gerade durch eine Marmorsäule gegangen«, sagte Schneidgut. »Wie machst du das?«

---

* In der Speisekammer fand Schneidgut einen halben Krug mit ranziger Mayonnaise, ein altes Stück Käse und eine Tomate, auf der Schimmel wuchs, obgleich die Vorratskammern des Schlosses tagsüber folgende Dinge enthielten: fünfzehn Hirsche, hundert Paar Rebhühner, fünfzig Oxhoftfässer mit Butter, zweihundert geröstete Hasen, fünfundsiebzig große Schinken, mindestens sechshundert Kilogramm Wurst, vierhundert Pfund verschiedene Geflügelsorten, achtzig Dutzend Eier, einige Störe aus dem Runden Meer, ein Faß mit Kaviar und ein mit Oliven gefülltes Elefantenbein. Der Zauberer machte einmal mehr die niederschmetternde Erfahrung, daß sich die elementare Magie im Universum auf folgende Weise manifestiert: Wer des Nachts versucht, irgendeine Speisekammer zu plündern, entdeckt dabei nur einen halben Krug mit ranziger Mayonnaise, ein altes Stück Käse und eine Tomate, auf der Schimmel wächst.

»Tatsächlich?« Mort sah sich um. Die Säule schien recht fest zu sein. Er streckte den Arm aus und holte sich einen blauen Flecken am Ellbogen.

»Ich bin ganz sicher«, bestätigte Schneidgut. »Uns Zauberern fallen solche Dinge auf, weißt du.« Er griff in eine Tasche seines Umhangs.

»Dann hast du sicher auch die graue Kuppel gesehen, die sich über dieser Region wölbt, nicht wahr?« fragte Mort.

Schneidgut quiekte leise und ließ den Korb fallen. Mort vernahm den wenig aromatischen Geruch ranziger Salatsoße.

»Schon?«

»Was das ›Schon‹ angeht, muß ich passen«, erwiderte Mort. »Nur in einem Punkt bin ich ganz sicher: Ein zischendes Etwas kriecht über die Landschaft, aber niemand scheint es zu bemerken oder sich Sorgen zu machen, obwohl es ...«

»Wie schnell bewegt es sich?«

»... Dinge verändert!«

»Du hast es gesehen? Wie weit ist es entfernt? Wie schnell kommt es heran?«

»Natürlich habe ich es gesehen. Ich bin zweimal hindurchgeritten. Es fühlte sich an, als ...«

»Aber du bist doch kein Zauberer. Wieso ...«

»Was tust du hier eigentlich?«

Schneidgut holte tief Luft und rief: »Ruhe!«

Jähe Stille folgte. Der Zauberer nickte kurz und schloß die Hand um Morts Arm. »Komm!« sagte er und zerrte den Jungen mit sich. »Ich weiß nicht genau, wer du bist, und ich hoffe, eines Tages habe ich genug Zeit, um es herauszufinden. Aber im Augenblick gibt es Wichtigeres. Etwas Schreckliches wird geschehen, und du stehst in irgendeinem Zusammenhang damit.«

»Etwas Schreckliches? Wann?«

»Das hängt davon ab, wie weit die Grenzfläche entfernt ist und wie schnell sie sich nähert«, erwiderte

Schneidgut und dirigierte Mort in einen Seitengang. Vor einer kleinen Eichentür ließ er ihn los, griff erneut in die Tasche, holte ein kleines Stück Käse und eine zerquetschte Tomate hervor.

»Würdest du das bitte halten? Danke.« Nach kurzer Suche fand er einen Schlüssel und schloß auf.

»Wird das Etwas die Prinzessin töten?« fragte Mort.

»Ja«, sagte Schneidgut. »Beziehungsweise nein.« Er zögerte, die Hand am Knauf. »Das war recht scharfsinnig von dir. Wie bist du darauf gekommen?«

»Ich ...«, begann Mort.

»Keli hat mir eine seltsame Geschichte erzählt«, sagte der Zauberer.

»Das kann ich mir denken. Falls du sie für absurd hältst — sie ist wahr.«

»Du bist er, stimmt's? Tods Lehrling?«

»Ja. Allerdings bin ich derzeit nicht im Dienst.«

»Freut mich, das zu hören.«

Schneidgut schloß die Tür hinter ihnen und tastete nach einem Kerzenhalter. Irgend etwas machte *Plopp!*, und blaues Licht blitzte, gefolgt von einem leisen Ächzen.

»Entschuldige«, sagte der Zauberer und beleckte seine Finger. »Ein Feuerzauber. Ich fürchte, ich habe den Dreh noch nicht ganz raus.«

»Du hast mit dem kuppelförmigen Phänomen gerechnet, nicht wahr?« drängte Mort. »Was passiert, wenn es sich um den Palast schließt?«

Schneidgut ließ sich seufzend auf die Reste eines Schinkenbrötchens sinken.

»Keine Ahnung«, entgegnete er. »Es dürfte sicher interessant sein, die Konsequenzen zu beobachten. Aber von *außen*, wenn's nach mir geht. Ich *glaube*, wir müssen mit folgendem rechnen: Die letzte Woche wird schlicht und einfach aus dem Kalender der Geschichte gestrichen.«

»Und das bedeutet, Keli stirbt plötzlich?«

»Verstehst du denn nicht? Sie wird schon seit einer Woche tot sein. All dies hier«, — der Magier vollführte eine vage Geste —, »ist dann nie geschehen. Der Attentäter hat seinen Auftrag durchgeführt. Und du den deinen. Die Realität heilt ihre Wunden, und anschließend ist alles in bester Ordnung. Ich meine, vom Standpunkt der Historie aus gesehen. Eigentlich gibt es gar keinen anderen.«

Mort blickte aus dem schmalen Fenster, sah über den Hof hinweg und in die nächste Straße hinab. Dort hing ein Porträt der Prinzessin und lächelte zum dunklen Himmel empor.

»Erzähl mir von den Bildern!« bat er. »Mir scheint, sie haben irgend etwas Magisches an sich.«

Ich bin mir nicht sicher, ob sie den angestrebten Erfolg erzielen. Weißt du, die Leute wurden unruhig und wußten überhaupt nicht, warum sie sich von einer solchen Nervosität heimgesucht fühlten. Das machte alles noch schlimmer. Ihre Gedanken weilten in einer Realität und die Körper in einer anderen. Ziemlich unangenehm. Sie konnten sich nicht an die Vorstellung gewöhnen, daß die Prinzessin noch lebt. Ich hielt die Bilder zunächst für eine gute Idee, aber ... Nun, Menschen übersehen Dinge, die von ihren Gehirnen abgelehnt werden.«

»Darüber bin ich mir bereits klar«, kommentierte Mort deprimiert.

»Ich habe die Ausrufer auch am Tag durch die Stadt geschickt«, fuhr Schneidgut fort. »Ich hoffte, die Leute von Kelis Existenz überzeugen zu können und dadurch diese Wirklichkeit wirklich werden zu lassen.«

»Mmpf?« fragte Mort und wandte sich vom Fenster ab. »Wie meinst du das?«

»Nun — ich dachte, wenn genug Bewohner von Sto Lat an die Prinzessin glaubten, seien sie in der Lage, dadurch die Realität zu ändern. Was Götter betrifft, funktioniert das ausgezeichnet. Wenn Menschen aufhören, an einen Gott zu glauben, stirbt er. Und je mehr sie an ihn glauben, desto stärker wird er.«

»Das wußte ich nicht. Ich bin immer davon überzeugt gewesen, Götter seien eben Götter.«

»Sie haben es nicht gern, wenn man darüber redet«, sagte Schneidgut, trat an den Tisch heran und suchte inmitten der Bücher und Pergamentrollen.

»Nun, bei Göttern mag so etwas klappen, weil sie etwas Besonderes darstellen«, murmelte Mort. »Aber Menschen sind — nun, stofflicher. Ich meine, man kann sie anfassen, mit ihnen reden. Ich bezweifle, ob in diesem Fall allein der Glaube genügt.«

»Vielleicht irrst du dich. Nehmen wir einmal an, du verläßt dieses Zimmer und durchstreifst den Palast. Irgendwann sieht dich ein Wächter und nimmt an, du seist ein Dieb. Bestimmt schießt er mit seiner Armbrust auf dich. In *seiner* Realität bist du ein Eindringling, der etwas stehlen will. Eigentlich stimmt das nicht, aber das spielt keine Rolle: Du wärst trotzdem tot. Ja, der Glaube ist sehr mächtig. Ich habe gehört, er könne sogar Berge versetzen. Vertrau mir. Wir Zauberer wissen über solche Dinge Bescheid. Ah, hier haben wir's ja.«

Schneidgut zog ein Buch aus dem allgemeinen Durcheinander und schlug es dort auf, wo ein Schinkenstreifen als Lesezeichen diente. Mort blickte ihm über die Schulter und runzelte die Stirn, als er die schnörkelige magische Schrift sah. Die einzelnen Zeichen bewegten sich dauernd, krochen zitternd über die Seiten und lehnten es ab, von einem Nichtzauberer gelesen zu werden. Das wirre Buchstabenbrodeln wirkte außerordentlich verwirrend.

»Was hat es damit auf sich?« fragte Mort nach einer Weile.

»Es ist das Buch der Magie, verfaßt von dem Magus Alberto Malich«, erwiderte Schneidgut. »Eine Art theoretisches Werk über die Zauberei. Ich rate dir übrigens nicht, die einzelnen Worte allzu lange anzustarren — so etwas mögen sie nicht. Nun, an dieser Stelle heißt es ...«

Seine Lippen vibrierten lautlos. Winzige Schweißperlen bildeten sich auf der Stirn und beschlossen, einen gemeinsamen Ausflug zu machen und die Nase zu besuchen. Die Augen tränten.

Manchen Leuten gefällt es, sich mit einem guten Buch an den Kamin zu setzen. Aber niemand, der noch alle Tassen im Schrank hat, würde es wagen, in einem Werk über Magie zu schmökern. Alle darin enthaltenen Worte führen ein ebenso gespenstisches wie rachsüchtiges Eigenleben, und wer sie zu lesen riskiert, läßt sich auf ein geistiges Freistilringen ein. So mancher junge Zauberer hat versucht, sich mit einem Band zu beschäftigen, der zu stark für ihn war. Wer in solchen Fällen die schrillen Schreie vernahm und herbeieilte, fand nur noch leere Schnabelschuhe, aus denen der für solche Szenen obligatorische Rauch quoll — und ein Buch, das vielleicht ein wenig dicker geworden war. Wer mutig genug ist, sich in magischen Bibliotheken die Zeit zu vertreiben, dem können die entsetzlichsten Dinge zustoßen; im Vergleich dazu ist es kaum mehr als eine leichte Massage, sich von einem Ungeheuer aus den Kerkerdimensionen das Gesicht abreißen zu lassen.

Glücklicherweise handelte es sich bei Schneidguts Ausgabe um ein zensiertes und exorziertes Exemplar, in dem einige der gefährlichsten Seiten mit Klemmen zusammengesteckt waren. (In besonders stillen Nächten konnte der junge Zauberer trotzdem das leise und wütende Kratzen der eingekerkerten Worte hören, wie von einer Spinne, die in einer Streichholzschachtel gefangen ist. Wer schon einmal dicht neben jemandem gesessen hat, der einen Walkman trug, weiß sicher, welche Art von Geräusch der Autor meint.)

»Das ist genau die richtige Stelle«, verkündete Schneidgut. »Hier heißt es, selbst die Götter ...«

»Ich habe ihn schon einmal gesehen!«

»Wen?«

Mort zeigte mit einem zitternden Finger auf das Buch.

»Ihn!«

Schneidgut bedachte Tods Lehrling mit einem skeptischen Blick und betrachtete dann die linke Seite. Das Bild dort zeigte einen älteren Zauberer, der ein Buch samt Kerze hielt und den Eindruck erweckte, an unheilbarer Würde zu leiden.

»Das gehört nicht zur Magie«, sagte Schneidgut. »Es ist nur der Autor.«

»Was steht unter dem Bild?«

»Äh ... ›Wänn dem Lehser dises Buhch gefallen hatt, so intreßiert er sich fiellaicht für ahndere Tittel fom glaichen ...‹«

»Nein, ich meine den Namen direkt unter der Abbildung!«

»Oh. ›Alberto Malich.‹ Jeder Zauberer kennt ihn. schließlich hat er die Unsichtbare Universität gegründet.« Schneidgut lachte leise. »Im Hauptsaal gibt es eine berühmte Statue von ihm. Während eines Fests bin ich einmal an ihr hochgeklettert und habe ...« Er brach ab und gluckste.

Mort starrte wie gebannt auf das Bild.

»Sag mir ...«, flüsterte er. »Hat die Statue einen Tropfen an der Nasenspitze?«

»Ich glaube nicht«, sagte Schneidgut. »Immerhin besteht sie aus Marmor. Ich begreife überhaupt nicht, warum du so aufgeregt bist. Viele Leute wissen, wie Alberto Malich ausgesehen hat. Er war berühmt und ist es noch heute.«

»Er lebte vor langer Zeit, nicht wahr?«

»Vor ungefähr zweitausend Jahren. Hör mal, ich weiß nicht, warum du ...«

»Aber ich wette, er starb nicht«, sagte Mort. »Bestimmt verschwand er einfach, na?«

Schneidgut überlegte einige Sekunden lang.

»Komisch, daß du das erwähnst«, erwiderte er langsam. »Ich hörte einmal eine Legende, und darin heißt es, Malich habe sich auf einige höchst eigentümliche Dinge eingelassen. *Angeblich* hat er sich selbst in die Kerkerdimensionen geschleudert, während er versuchte, den Ritus von AshkEnte rückwärts zu vollziehen. Man fand nur seinen Hut. Tragische Sache. Die ganze Stadt trauerte einen Tag lang, und viele Leute erwiesen einem Hut die letzte Ehre. Es war nicht einmal ein besonders hübscher Hut — er hatte Brandflecken.«

»Alberto Malich«, murmelte Mort mehr zu sich selbst. »Höchst interessant.«

Er trommelte mit den Fingern auf den Tisch, und das Pochen klang seltsam gedämpft.

»Tut mir leid«, sagte Schneidgut. »Den Umgang mit Sirupbrötchen muß ich erst noch lernen.«

»Soweit ich das feststellen konnte, bewegte sich die Grenzfläche mit der Geschwindigkeit eines Spaziergängers.« Mort leckte sich geistesabwesend die Finger ab. »Kannst du sie nicht mit Magie aufhalten?«

Der Zauberer schüttelte den Kopf. »Nein, ich nicht«, erwiderte er und fügte fröhlich hinzu: »Sie würde mich plattquetschen.«

»Und was passiert, wenn sie das Schloß erreicht?«

»Oh, dann wohne ich wieder in der Mauergasse. Ich meine, in dem Fall habe ich mein Haus nie verlassen. Wenn sich die Kuppel um uns schließt, ist dies alles nie geschehen. Eigentlich schade. Das Essen im Palast ist sehr gut, und außerdem wäscht man meine Sachen. Gratis. Da wir gerade dabei sind: Wie weit ist die andere Realität entfernt?«

»Etwa zwanzig Meilen, schätze ich.«

Schneidgut rollte mit den Augen, starrte kurz zur Decke hoch und bewegte lautlos die Lippen. »Das bedeutet, sie trifft morgen gegen Mitternacht hier ein. Genau rechtzeitig zur Krönung.«

»Wessen Krönung?«

»Kelis Krönung.«

»Aber sie ist doch schon Königin, oder?« fragte Mort.

»In gewisser Weise. Offiziell wird's erst, wenn man ihr die Krone aufs Haupt setzt.« Schneidgut lächelte. Im flackernden Kerzenschein bildete sein Gesicht ein diffuses Schattenmuster. »Wenn ich es dir mit einem Vergleich erläutern darf: Es ist wie der Unterschied zwischen dem Ende des Lebens und dem Beginn des Todes.«

Vor zwanzig Minuten war Mort müde genug gewesen, um einfach irgendwo Wurzeln zu schlagen, doch jetzt spürte er, wie ihm das Blut in den Adern zu kochen begann. Es handelte sich um die typische nervöse Energie, die spät in der Nacht ein Ventil sucht — und die man am nächsten Mittag bereut. Mort brauchte unbedingt Bewegung, um seine Muskeln daran zu hindern, aus schierem Übermut zu platzen.

»Ich gehe zu Keli«, sagte er. »Du kannst offenbar nichts für sie tun, aber vielleicht bin ich in der Lage, ihr zu helfen.«

»Wächter stehen vor ihrem Zimmer«, antwortete Schneidgut. »Das sei nur der Form halber erwähnt. Ich weiß natürlich, daß es für dich nicht den geringsten Unterschied macht.«

Mitternacht in Ankh-Morpork. Nun, es spielte eigentlich keine Rolle: In der großen Zwillingsstadt bestand der einzige Unterschied zwischen Tag und Nacht darin, daß es nach Sonnenuntergang dunkler war. Auf den Marktplätzen herrschte das übliche Gedränge, und in den Bordellen ging es so turbulent zu wie eh und je. Verlierer im ewigen und undurchschaubaren Bandenkrieg schwammen mit Bleigewichten an den Füßen stromabwärts, und Dealer, die illegale und auch unlogische Freuden anboten, gingen ihren heimlichen Geschäften nach. Einbrecher brachen ein. Mörder mordeten. Messer blitzten im matten Sternenlicht, das auf dunkle Gassen herabglänzte. Astrologen begannen mit ihrem Tageswerk. Ein Nachtwächter, der sich in die Schatten verirrt hatte, hob seine Glocke und rief: »Zwölf Uhr und alles ist arrgghh …«

Die Handelskammer von Ankh-Morpork wäre sicher nicht sehr erfreut gewesen, wenn jemand behauptet hätte, der wichtigste Unterschied zwischen der Stadt und einem Sumpf sei die Anzahl der Alligatorbeine. Kritiker übersehen leicht die Tatsache, daß es in Ankh einige ausgewählte Bereiche gibt (vor allen Dingen auf den Hügeln), in denen man auf Wind hoffen darf, der den allgemeinen Gestank davonweht. Wenn man Glück hat, trägt eine sanfte Brise sogar die recht angenehmen Aromen von Träumesüßblüten und Duftegut-Veilchen heran.

In dieser besonderen Nacht gesellte sich Salpeter hinzu. Der Amtsantritt des Patriziers* jährte sich zum zehntenmal; aus diesem Grund hatte er einige Freunde (insgesamt fünfhundert) auf einen Drink zu sich eingeladen und veranstaltete ein Feuerwerk. Im Palastgarten ertönten Gelächter sowie ein gelegentliches Stöhnen der Leidenschaft, und der Abend erreichte gerade sein interessantestes Stadium: Alle Anwesenden hatten mehr getrunken, als für sie gut war — aber noch nicht genug, um einfach umzufallen. In diesem Zustand ist man zu Dingen fähig, die einem für den Rest des Lebens die Schamesröte ins Gesicht treiben. Man bläst zum Beispiel ungeniert in Papiertröten und lacht so laut, daß es einem das Zwerchfell zerreißt.

Rund zweihundert Gäste des Patriziers taumelten und hüpften durch die sogenannte Schlangenreihe, ver-

* Ankh-Morpork hat viele Regierungsformen ausprobiert und sich schließlich für die Art von Demokratie entschieden, die als Ein Bürger, Eine Stimme bekannt ist. Der Patrizier war Der Bürger. Er hatte Die Stimme.

gnügten sich mit einem eher sonderbaren morporkianischen Volkstanz, der nur wenige Bedingungen stellte: Man mußte viel getrunken haben, den Vordermann — oder die Vorderfrau — an der Taille festhalten, dauernd kichern und ab und zu laut schreien. Mit ohrenbetäubendem Gebrüll zog das menschliche Krokodil durch möglichst viele Zimmer (vorzugsweise durch solche mit zerbrechlichen Gegenständen), und die einzelnen Tänzer gaben sich große Mühe, in irgendeinem meist recht individuellen Takt das Bein zu heben. Dieses bunte Treiben dauerte schon seit einer halben Stunde. Inzwischen hatten die Feiernden praktisch alle Räume durchquert, und unterwegs schlossen sich ihnen mehr oder weniger freiwillig weitere Leute an, unter ihnen zwei Trolle, der Koch, der Oberfolterer des Patriziers, drei Kellner, ein Einbrecher, der zufällig vorbeikam, und ein kleiner Sumpfdrache.

Irgendwo in der Schlangenmitte wankte der dicke Lord Rodley von Quirm, Erbe des berühmten Quirm-Anwesens. Derzeit galt seine Aufmerksamkeit in erster Linie den dünnen Fingern, die ihn an der Taille berührten. Zwar schwamm das Gehirn in einem hochprozentigen Alkoholbad, aber einige Gedanken befreiten sich lange genug aus der Anästhesie, um den Sprechorganen einen Befehl zu übermitteln.

»Na so was!« rief er über die Schulter, als sie zum elftenmal grölend durch die riesengroße Küche schwankten. »Bitte nicht so fest.«

ES TUT MIR AUSSERORDENTLICH LEID.

»Nichts für ungut, alter Knabe«, erwiderte Lord Rodley, hob das rechte Bein und verlor fast das Gleichgewicht. »Sind wir uns schon einmal begegnet?«

DAS HALTE ICH FÜR UNWAHRSCHEINLICH, WÜRDEST DU MIR BITTE DIE BEDEUTUNG DIESER SELTSAMEN AKTIVITÄT ERKLÄREN?

»Was?« rief Lord Rodley, um ein lautes Klirren zu

übertönen. Jemand hatte gerade die Tür einer gläsernen Vitrine eingetreten, und einige andere Leute bejubelten den Helden.

WAS HAT ES MIT UNSERER DERZEITIGEN VERHALTENSWEISE AUF SICH? fragte die dunkle Stimme mit gletscherner Geduld.

»Besuchst du zum erstenmal eine Party? Achte auf das Glas!«

LEIDER BEKOMME ICH NUR SELTEN GELEGENHEIT, AN FEIERN TEILZUNEHMEN. ICH WÄRE DIR SEHR DANKBAR, WENN DU MIR ÜBER DIESEN VORGANG AUFSCHLUSS GEBEN KÖNNTEST. HAT ER IRGEND ETWAS MIT SEX ZU TUN?

»Solange wir nicht plötzlich anhalten, besteht keine Gefahr, wenn du verstehst, was ich meine«, antwortete der Lord und stieß seinen Hintermann mit dem Ellbogen an.

»Autsch«, fügte er gleich darauf hinzu. Weiter vorn deutete lautes Krachen auf das Ende einer Anrichte mit Dutzenden von kostbaren Porzellantellern hin.

NEIN.

»Wie?«

ICH VERSTEHE NICHT, WAS DU MEINST.

»Gib auf die Schlagsahne acht — man kann leicht auf ihr ausrutschen. Hör mal, es ist nur ein Tanz, klar? Man vergnügt sich damit. Man hat Spaß.«

SPASS.

»Genau. Dada, dada, da — und treten!« Seine Lordschaft zögerte.

WER IST DIESER SPASS?

»Es handelt sich nicht um einen Wer, sondern um ein Was. Spaß ist ein Gefühl.«

UND WIR HABEN SPASS?

»Bis eben war ich mir da ziemlich sicher«, erwiderte Rodley von Quirm ungewiß. Die Stimme dicht hinter ihm bereitete ihm vages Unbehagen: Sie schien inmitten seiner Gedanken zu erklingen.

WAS IST SPASS?

»Dies ist Spaß!«

MAN HAT SPASS, WENN MAN MÖGLICHST KRÄFTIG TRITT?

»Nun, es gehört dazu. Und hoch das Bein!«

MAN HAT SPASS, WENN MAN LAUTE MUSIK IN VIEL ZU WARMEN ZIMMERN HÖRT?

»Durchaus möglich.«

WIE MACHT SICH SPASS BEMERKBAR?

»Nun, er... Meine Güte, entweder man hat Spaß, oder man hat keinen. Man braucht niemanden zu fragen; man weiß Bescheid, wenn man sich vergnügt, klar?« Mit einem Hauch von Argwohn fügte er hinzu. »Wie bist du überhaupt hierhergekommen? Kennst du den Patrizier?«

IN GEWISSER WEISE ERLEICHTERT ER MIR DIE ARBEIT. ICH BIN STRENGGENOMMEN NICHT EINGELADEN WORDEN UND NUR GEKOMMEN, UM ZU LERNEN — UM MEHR ÜBER MENSCHLICHE EMPFINDUNGEN HERAUSZUFINDEN.

»Klingt so, als sei das ziemlich mühsam für dich.«

MAG SEIN. BITTE ENTSCHULDIGE MEINE BEKLAGENSWERTE UNWISSENHEIT. MEIN EINZIGER WUNSCH BESTEHT DARIN, INFORMATIONEN ZU SAMMELN, DIE MIR NEUE ERKENNTNISSE ERMÖGLICHEN. ALL DIE LEUTE HIER — VERGNÜGEN SIE SICH?

»Ja!«

DANN IST DIES ALSO SPASS.

»Freut mich, daß wir diesen Punkt geklärt haben«, brummte Lord Rodley. »Achtung, ein Stuhl!« fügte er hinzu und fühlte sich plötzlich unangenehm nüchtern. Die farbigen Nebel unbekümmerter Heiterkeit wichen dem Grau verwirrten Ernstes.

Hinter ihm ertönte erneut die bleierne Stimme. DIES IST SPASS. MAN HAT SPASS, WENN MAN VIEL TRINKT. WIR HABEN SPASS. ER HAT SPASS. DIES IST IRGENDWIE SPASSIG.

WAS FÜR EIN SPASS.

Hinter Tod hielt sich der kleine Sumpfdrache des Patriziers mit grimmiger Entschlossenheit an knöchernen Hüften fest und dachte: Ob Wächter oder nicht — wenn wir das nächstemal an einem offenen Fenster vorbeikommen, mache ich mich aus dem Staub.

Keli streifte die Decke zurück, richtete sich jäh auf und saß kerzengerade.

»Bleib stehen und komm nicht näher!« sagte sie. »Wächter!«

»Wir konnten ihn nicht aufhalten«, sagte der erste Soldat und spähte verlegen am linken Türrahmen vorbei.

»Er schenkte uns einfach keine Beachtung«, ließ sich der zweite von der rechten Seite her vernehmen.

»Und der Zauberer meinte, es sei alles in Ordnung. Man teilte uns mit, alle müßten auf ihn hören, weil ...«

»Schon gut, schon gut«, sagte Keli gereizt. »Glücklicherweise hatte ich nicht sofort den Finger am Drücker — andernfalls wäre jemand gestorben.« Sie legte die Armbrust aufs Nachtschränkchen, vergaß jedoch, die Waffe zu sichern.

Es klickte leise, und eine gespannte Sehne knarrte. Metall kratzte über festes Holz, und Mort hörte ein leises Surren, gefolgt von dumpfem Stöhnen. Es stammte von Schneidgut.

Tods Lehrling drehte sich um.

»Ist alles in Ordnung mit dir?« fragte er. »Bist du verletzt?«

»Nein«, erwiderte der Zauberer und schnaufte. »Nein, der Bolzen hat mich nicht getroffen. Wie fühlst du dich?«

»Ein bißchen müde, aber sonst ganz gut. Weshalb fragst du?«

»Oh, nur so. Du spürst keinen seltsamen Luftzug? Hast du nicht den Eindruck, irgendwo undicht zu sein?«

»Nein. Warum?«

»Oh, nur so, nur so.« Schneidgut wandte sich um und beobachtete aufmerksam die Wand hinter Mort.

»Gönnt man Toten überhaupt keine Ruhe?« fragte Keli bitter. »Ich dachte immer, wenn man gestorben ist, kann man endlich mal richtig ausschlafen.« Sie schien geweint zu haben, und Mort begriff mit erstaunlicher Menschenkenntnis, daß sie ihre Tränen lieber verborgen hätte. Sie fühlte sich ertappt, was noch mehr Ärger in ihr weckte.

»Das ist nicht fair«, erwiderte er. »Ich bin nur gekommen, um zu helfen. Stimmt's, Schneidgut?«

»Hmm?« fragte der Zauberer. Mißtrauisch starrte er auf den Bolzen, der sich tief in die Wand gebohrt hatte. »O ja. Er meint es ernst. Aber er wird sich vergeblich bemühen. Äh, hat jemand eine Schnur?«

»Du willst helfen?« platzte es aus Keli heraus. »Helfen? Wenn du nicht gewesen wärst ...«

»Lägst du bereits in einem Grab«, sagte Mort. Die Prinzessin musterte ihn verblüfft.

»Aber dann hätte ich alles vergessen«, entgegnete sie nach einer Weile und schluchzte leise. »Tote haben kein besonders gutes Gedächtnis. Tote leiden nicht. Tote ...«

»... sind tot«, warf Mort bedeutungsvoll ein. »Sie zeichnen sich durch einen eklatanten Mangel an Leben aus.«

»Ich glaube, ihr könnt jetzt gehen«, sagte Schneidgut zu den beiden Wächtern, die versuchten, möglichst unauffällig zu wirken. »Aber gebt mir bitte den einen Speer. Ja, danke.«

»Mein Pferd steht draußen«, fügte Mort hinzu.

»Und du weißt sicher, daß es kein gewöhnliches Pferd ist. Ich kann dich an jeden gewünschten Ort bringen. Du brauchst nicht hierzubleiben.«

»Mit der Monarchie kennst du dich nicht besonders gut aus, oder?« fragte Keli.

»Äh, nein?«

»Sie meint folgendes: besser eine tote Königin im eigenen Schloß als eine lebendige Bürgerliche irgendwo anders.« Schneidgut rammte den Speer dicht neben dem Bolzen in die Wand und sah am Schaft entlang. »Nun, das hätte ohnehin keinen Zweck. Nicht etwa der Palast ist das Zentrum der Kuppel, sondern *sie.*«

»Wer?« fragte Keli. Ihre Stimme hätte Milch einen Monat lang frischhalten können.

»Euer Hoheit«, erwiderte Schneidgut automatisch, preßte die Wange an den Schaft und kniff das eine Auge zu.

»Vergiß das nicht!«

»Ich werde es nicht vergessen, obgleich das überhaupt keine Rolle spielt«, antwortete der Zauberer. Er zog den Bolzen aus der Wand und prüfte aufmerksam die Spitze.

»Wenn du weiterhin im Schloß bleibst, ist dein Tod gewiß!« entfuhr es Mort.

»Meinetwegen«, sagte Keli. »Dann zeige ich der Scheibenwelt, wie eine Königin stirbt.« Sie gab sich so stolz, wie es ihr rosarotes und mit Blümchen gemustertes Nachthemd zuließ.

Mort nahm auf dem Fußende des Bettes Platz und schlug die Hände vors Gesicht.

»Ich *weiß,* wie Königinnen sterben«, murmelte er. »Wie alle anderen Menschen auch. Warum bist du so versessen auf den Tod? Ich kenne einige Leute, denen es weitaus lieber wäre, wenn du am Leben bleibst.«

»Entschuldigt bitte, ich würde mir gern die Armbrust ansehen«, sagte Schneidgut im Plauderton und trat ans Nachtschränkchen heran. »Achtet überhaupt nicht auf mich.«

»Ich bin bereit, mich meinem Schicksal mit der gebührenden Würde zu stellen«, sagte Keli, doch in ihrer Stimme zitterte eine Spur von Unsicherheit.

»Nein, da irrst du dich. Ich weiß, wovon ich rede. Glaub mir. Der Tod ist nicht würdevoll. Man stirbt einfach, und damit hat es sich.«

»Es kommt eben auf das Wie an. Ich werde vornehm sterben, so wie Königin Ezeriel.«

Mort runzelte die Stirn. Die Geschichte der Scheibenwelt war ihm ein Buch mit sieben Siegeln.

»Königin Ezeriel?«

»Sie lebte in Klatsch, hatte viele Liebhaber und setzte sich auf eine Schlange«, sagte Schneidgut, während er die Sehne der Armbrust spannte.

»Mit voller Absicht! Sie litt an Liebeskummer!«

»Ich weiß nur, daß sie großen Gefallen daran fand, in Eselsmilch zu baden«, erwiderte der Zauberer. »Tja, die Geschichte ist schon komisch. Man wird Königin, regiert dreißig Jahre lang, erläßt Gesetze, erklärt anderen Staaten den Krieg ... Und schließlich erinnern sich die Leute nur daran, daß man nach Joghurt roch und von einer Schlange in den ...«

»Ezeriel gehört zu meinen Vorfahren«, unterbrach ihn Keli scharf. »Ich bestehe darauf, daß ihr Andenken in Ehren gehalten wird.«

»Wärt ihr bitte endlich still und würdet mir zuhören?« rief Mort verzweifelt.

Die Prinzessin und der Zauberer schwiegen.

Schneidgut seufzte leise, richtete die Armbrust auf Morts Rücken und betätigte den Auslöser.

Die Nacht marschierte heran, verlangte ihre ersten Opfer und setzte den Weg fort. Selbst die wildesten Feten endeten, und vom Lachen und Trinken erschöpfte Gäste torkelten nach Hause, um zu schlafen. Manche fanden nicht ins eigene Bett, sondern erwachten später unter fremden Decken. Jene müden Wanderer waren nur Strandgut eines anderen Zeitstroms, und während sie schnarchend in ihr angestammtes Territorium zurückkehrten (den Tag), begannen die wahren Überlebenden der Nacht mit den ernsten Geschäften der Finsternis.

Sie ähnelten denen, die der Stadt Ankh-Morpork während des hellen Sonnenscheins eine für sie typische Vitalität verliehen. Es gab nur zwei eher triviale Unterschiede: Man versteckte die Messer nicht mehr, und kaum jemand lächelte.

In den Schatten herrschte Stille — abgesehen von den Pfeifsignalen der Diebe und dem leisen Stöhnen von Leuten, die einen sehr persönlichen und ziemlich endgültigen Konkurs anmeldeten.

In der Schinkengasse begann gerade das berühmt-berüchtigte Würfelspiel des Rheumatischen Wa. Mehrere Dutzend in Kapuzenmäntel gehüllte Gestalten hockten im Kreis und beobachteten, wie Was drei achtseitige Würfel über den festgetretenen Boden tanzten und irreführende Lektion in statistischer Wahrscheinlichkeit erteilten.

»Drei!«

»Tuphals Augen, bei Io!«

»Der Bursche zeigt's dir, M'guk! Er weiß, wie man mit den Dingern umgeht!«

EIN KLACKS.

Der Bucklige M'guk — ein kleiner plattgesichtiger Mann, der einem mittwärtigen Stamm angehörte und dessen Geschick mit den Würfeln überall dort gerühmt wurde, wo sich zwei Männer einfanden, um einen dritten zu schröpfen — griff nach den drei kleinen Objekten und starrte auf sie hinab. Er fluchte stumm und begriff, daß Wa mit den Würfeln kaum weniger gut umzugehen verstand — eine bittere Erkenntnis, die ihn bereits mehrere Münzen gekostet hatte. Doch sein Zorn galt in erster Linie dem namenlosen Spieler, der ihm direkt gegenüber saß. Er wünschte ihm einen vorzeitigen und möglichst schmerzvollen Tod.

M'guk versuchte es mit einem neuen Wurf.

»Dreimal sieben macht einundzwanzig, Freundchen!« verkündete er triumphierend.

Wa griff nach den Würfeln, reicht sie dem Fremden, wandte sich anschließend an den Buckligen und zwinkerte kurz, M'guk schnaufte leise und beeindruckt. Er hatte aufmerksam nach einem Trick Ausschau gehalten, und doch wäre ihm die flüchtige Bewegung fast entgangen. Was täuschend krumme Finger konnten sehr flink sein.

Ein seltsames Klappern ertönte, als der Fremde die Hand schüttelte und sie ruckartig öffnete. Drei Würfel sausten in einem weiten Bogen durch die Luft, fielen auf den Boden und zeigten vierundzwanzig Punkte.

Einige der erfahreneren Spieler wichen von dem Unbekannten fort. Wer beim Würfelspiel des Rheumatischen Wa zuviel Glück hatte, bekam später häufig Anlaß, es zu bedauern.

Wa blickte auf die Würfel, und in seinen Augen glänzten die Klingen imaginärer Dolche.

»Drei Achten«, hauchte er. »Ein derartiges Glück ist geradezu unheimlich.«

Die übrigen Leute verstanden die Warnung und ließen sich von der Nacht verschlucken. Zurück blieben nur einige stämmige, muskulöse und recht finster dreinblickende Männer. In einer Einkommensteuererklärung hätte Wa ihr Gehalt vermutlich unter dem Punkt ›Werkschutz‹ abgesetzt.

»Aber vielleicht ist es gar kein Glück«, fügte er hinzu. »Vielleicht steckt Zauber dahinter.«

DIESE BEMERKUNG IST NICHT SEHR NETT.

»An unserem Spiel nahm einmal ein Zauberer teil, der sich schnelles Geld erhoffte«, sagte Wa. »Tja, ich kann mich nicht mehr genau daran erinnern, was aus ihm wurde. Wißt ihr es noch, Jungs?«

»Er bekam eine Abreibung ...«

»Wir ließen ihn in der Schweinestraße zurück ...«

»... und im Honigweg ...«

»... und an einigen anderen Orten.«

Der Fremde stand auf. Die anderen Männer folgten seinem Beispiel und näherten sich ihm.

EIN SOLCHES VERHALTEN IST UNGERECHTFERTIGT. ICH BIN NUR HIER, UM ZU LERNEN. WARUM HABEN MENSCHEN SOLCHE FREUDE DARAN, DAS GESETZ DES ZUFALLS HERAUSZUFORDERN?

»Zufall hat damit nichts zu tun. Knöpft ihn euch vor, Jungs!«

An die folgenden Ereignisse entsann sich später keine lebende Seele — abgesehen von der einer streunenden Katze. Sie war auf dem Weg zu einer Verabredung, kam zufällig vorbei und sah interessiert zu.

Was Schurken holten mit ihren Messern aus, doch plötzlich erstarrten sie. Grelles purpurnes Licht flakkerte ihnen entgegen. Der Fremde schob die Kapuze zurück, griff nach den Würfeln und drückte sie dem Rheumatischen Wa in die Hand, der verwirrt den Mund öffnete und ihn dann wieder zuklappte. Der Spieler zwinkerte mehrmals und versuchte vergeblich, das zu übersehen, was sich viel zu deutlich seinen Blicken darbot. Und grinste.

WIRF!

Es gelang Wa, den Kopf zu senken und auf die Hand hinabzustarren.

»Worin besteht der Einsatz?« flüsterte er.

WENN DU GEWINNST, NIMMST DU DEINE LÄCHERLICHEN BEHAUPTUNGEN ZURÜCK, DAS LEBEN DER

MENSCHEN SEI ZUM GRÖSSTEN TEIL VOM ZUFALL BESTIMMT.

»Ja. Ja. Und wenn ich — verliere?«

DANN WIRST DU DIR WÜNSCHEN, GEWONNEN ZU HABEN.

Wa wollte schlucken, aber die Kehle war ihm knochentrocken. »Ich weiß, daß ich viele Leute umgebracht habe, aber ...«

DREIUNDZWANZIG, UM GENAU ZU SEIN.

»Ist es zu spät, um Bedauern und Reue zum Ausdruck zu bringen?«

DA BIST DU BEI MIR AN DER FALSCHEN ADRESSE. WIRF JETZT.

Wa dachte nicht einmal daran, richtig auszuholen: Er kniff die Augen zu, ließ die Würfel einfach zu Boden fallen und hielt die Lider gesenkt.

DREI ACHTEN. NA BITTE. WAR DOCH GAR NICHT SO SCHWER, ODER?

Wa fiel in Ohnmacht.

Tod hob die knöchernen Schultern, ging fort und blieb nur kurz stehen, um die Katze hinter den Ohren zu kraulen. Er summte leise vor sich hin. Zwar wußte er nicht so recht, was mit ihm geschah, aber er fand Gefallen daran.

»Du konntest unmöglich sicher sein, ob es klappt!«

Schneidgut breitete beschwichtigend die Arme aus.

»Nein, das nicht«, gestand er. »Aber ich dachte: Was haben wir schon zu verlieren?« Er wich zurück.

»Du meinst, was hattest *du* schon zu verlieren!« rief Mort.

Verärgert trat er vor und zog den Armbrustbolzen aus dem Bettpfosten.

»Willst du etwa behaupten, dieses Ding sei einfach durch mich hindurchgeflogen?« fragte er scharf.

»Ich habe alles genau beobachtet«, stellte der Zauberer fest.

»Ich hab's ebenfalls gesehen«, warf Keli ein. »Es war schrecklich. Der Bolzen kam genau dort zum Vorschein, wo eigentlich dein Herz sein sollte.«

»Du bist durch eine marmorne Säule gegangen«, sagte Schneidgut.

»Und durch das Fenster dort geritten«, fügte Keli hinzu.

»Ja, aber das alles geschah, während ich im *Dienst* war«, erwiderte Mort und ruderte mit den Armen. »Während ich die PFLICHT wahrnahm. Das ist ganz etwas anderes. Und außerdem ...«

Er zögerte. »Eure Blicke«, sagte er. »Genauso haben mich heute abend die Leute in der Schenke angesehen. Stimmt was nicht?«

»Mit dem einen Arm hast du gerade *durch* den Bettpfosten gewinkt«, sagte Keli leise.

Mort betrachtete seine Hand und klopfte ans Holz.

»Na? Völlig fest. Ein ganz normaler Pfosten. Ziemlich stabil.«

»Du hast eben einige Leute in einer Schenke erwähnt«, brummte Schneidgut. »Was geschah dort? Bist du durch die Wand gegangen?«

»Nein! Ich habe nur etwas getrunken, eine Spezialität, die man Knieweich nennt ...«

»Knieweich?«

»Ja. Schmeckt nach faulen Äpfeln. Und die Leute starrten mich an, als hätte ich Gift geschluckt.«

»Wieviel hast du getrunken?« fragte Schneidgut.

»Einen Krug, nehme ich an. Ich habe kaum darauf geachtet ...«

»Wußtest du, daß Knieweich das stärkste alkoholische Getränk zwischen hier und den Spitzhornbergen ist?« Der Zauberer schnitt eine Grimasse.

»Nein.« Mort schüttelte den Kopf. »Davon hat mir niemand etwas gesagt. Was spielt das für eine Rolle?«

»Du hattest wirklich keine Ahnung, nicht wahr?« Schneidgut nickte langsam. »Nun, vielleicht gibt uns das einen Hinweis.«

»Hat es irgend etwas mit Kelis Rettung zu tun?«

»Wahrscheinlich nicht. Trotzdem würde ich gern einen Blick in meine Bücher werfen.«

»Dann ist es unwichtig«, sagte Mort fest.

Er wandte sich an die Prinzessin, in deren Augen nun ein Hauch von Bewunderung glomm.

»Ich glaube, ich kann dir helfen«, verkündete er. »Ich glaube, ich kann uns mächtige Magie verschaffen. Mit Zauberei wäre es doch möglich, die Grenzfläche aufzuhalten, Schneidgut, oder?«

»Mit meiner nicht. Es müßte wirklich starke Thaumaturgie sein, und selbst dann wäre gesunde Skepsis angebracht. Die Realität ist recht hartnäckig ...«

»Ich mache mich sofort auf den Weg«, verkündete Mort. »Bis morgen. Lebt wohl!«

»Es ist bereits morgen«, entgegnete Keli.

Mort seufzte.

»Na schön.« Er fühlte sich ein wenig aus dem Konzept gebracht. »Ich hebe mich jetzt von dannen!«

»Du hebst dich was?«

»So reden Helden«, erklärte Schneidgut, deutete auf Mort und tippte sich kurz an die Stirn.

Tods Lehrling schnitt eine finstere Miene, bedachte Keli mit einem aufmunternden Lächeln und verließ das Zimmer.

»Er hätte wenigstens die Tür öffnen können«, maulte die Prinzessin.

»Ich glaube, er war viel zu verlegen, um daran zu denken«, überlegte Schneidgut laut. »Irgendwann erlebt jeder so etwas.«

»Du meinst, irgendwann gehen wir alle durch geschlossene Türen?«

»Im übertragenen Sinn. Meistens begnügen wir uns damit, in ein Fettnäpfchen zu treten.«

»Ich werde jetzt schlafen«, stellte Keli fest. »Selbst Tote brauchen Ruhe. Hör endlich auf, an der Armbrust herumzufummeln, Schneidgut! Ich bezweifle, ob es sich für einen Zauberer gehört, allein in einem Damenzimmer zu sein.«

»Hmm? Ich bin doch gar nicht allein, oder? Du bist ebenfalls hier, stimmt's?«

»Eben«, bestätigte Keli. »Genau darum geht es, nicht wahr?«

»Oh. Ja. Ich verstehe. Äh. Also bis morgen.«

»Gute Nacht, Schneidgut. Schließ bitte die Tür hinter dir!«

Die Sonne kletterte über den Horizont, gab sich einen Ruck und kroch am Firmament empor.

Es würde jedoch noch eine Weile dauern, bis das langsame, träge Licht über die Scheibenwelt glitt und die Nacht vertrieb. Die Herrschaft der Schatten über Ankh-Morpork blieb zunächst ungebrochen.

Derzeit drängten sich die Schemen in der Filigranstraße zusammen, genauer gesagt: im Bereich der *Geflickten Trommel,* die zu den bekanntesten Schenken der Stadt gehörte. Ihr Ruf gründete sich nicht etwa auf das Bier, das wie Spülwasser aussah und wie Batteriesäure schmeckte, sondern basierte auf der besonderen Kundschaft. Wenn man lange genug in der *Trommel* sitzt, so heißt es, wird früher oder später jeder wichtige Held der Scheibenwelt versuchen, einem das Pferd zu stehlen.

Nach wie vor erklangen laute Stimmen in der Taverne, und Rauch bildete dichte Wolken. Der Wirt hielt den Zeitpunkt für gekommen, Feierabend zu machen, und er versuchte, den Anwesenden mit einem demonstrativen Gebaren sein Ruhebedürfnis zu verdeutlichen: Er löschte einige Lampen, zog die große Standuhr auf, bedeckte die Zapfhähne mit einem Tuch und vergewisserte sich, daß die Keule mit den Nägeln griffbereit unter der Theke lag. Die Männer an den Tischen schenkten ihm natürlich nicht die geringste Beachtung. Für die meisten Gäste in der *Geflickten Trommel* wäre selbst der dicke Knüppel kaum mehr gewesen als nur ein zarter Hinweis.

Dennoch waren sie aufmerksam genug, um vages Unbehagen angesichts der hochgewachsenen und recht finsteren Gestalt zu empfinden, die am Tresen lehnte und sich langsam durch den ganzen Barbestand trank.

Einsame, hingebungsvolle Trinker erzeugen im allgemeinen ein mentales Kraftfeld, das ihnen eine ungestörte Privatsphäre gewährleistet. Doch dieser spezielle Kunde strahlte eine fatalistische Düsternis aus, die allmählich für Leere und Stille sorgte.

Was den Wirt keineswegs betrübte: Der Fremde vor der Theke führte ein teures Experiment durch.

Man findet sie in jeder einigermaßen gut ausgestatteten Taverne im Multiversum: Regale mit seltsam geformten staubigen Flaschen, die exotische Spezialitäten enthalten, meistens blaue oder grüne Flüssigkeiten — aber auch andere eher seltsame Dinge, die normale Flaschen nie in sich aufnähmen. Zum Beispiel irgendwelche Früchte, kleine Zweige oder — in extremen Fällen — ertrunkene Eidechsen. Niemand weiß, warum Wirte so großen Wert auf derartige Getränke legen, denn in der Mehrzahl schmecken sie wie eine Mischung aus Sirup und Terpentin. Vielleicht hoffen sie darauf, daß eines Tages ein Fremder das Lokal betritt und Pfirsichmarinade Mit Einem Schuß Pfefferminz bestellt — ein Ereignis, das die betreffende Schenke über Nacht zu einer Sehenswürdigkeit machen würde.

Der ersehnte Fremde stand an der Theke und arbeitete sich durch ein Regal.

WAS IST MIT DER GRÜNEN FLASCHE?

Der Wirt blickte aufs Etikett.

»Angeblich Melonencognac«, sagte er skeptisch. »Hier steht, der Brandy sei von Mönchen nach einem uralten Rezept hergestellt«, fügte er hinzu.

ICH PROBIERE IHN.

Der Wirt beobachtete die leeren Gläser auf dem Tresen. Einige von ihnen enthielten Reste von Fruchtsalat, aufgespießte Kirschen und kleine Sonnenschirme aus Papier.

»Hast du wirklich noch nicht genug?« fragte er und hielt vergeblich Ausschau nach dem Gesicht des Unbekannten.

Das Glas — die Flüssigkeit darin kristallisierte an den Rändern — verschwand unter der Kapuze und kam einige Sekunden später wieder zum Vorschein. Leer.

NEIN. UND NUN DIE GELBE FLASCHE MIT DEN WESPEN.

»Frühlingsfrische. Ein Schluck gefällig?«

JA. ANSCHLIESSEND DIE BLAUE FLASCHE MIT DEN GOLDENEN FLECKEN.

»Äh, Haumichum?«

JA. UND DANN DAS ZWEITE REGAL.

»Welche Flasche hast du im Sinn?«

ALLE.

Der Fremde stand völlig gerade, leerte die Gläser mit ihrem Inhalt aus Sirup und verschiedenen Obstteilen wie im Akkord.

Das ist Stil, dachte der Wirt begeistert. Wenn's so weitergeht, lege ich mir eine rote Jacke zu und stelle kleine Schalen mit Erdnüssen und Essiggurken auf die Theke. Vielleicht hänge ich sogar ein paar Spiegel auf und ersetze das Sägemehl. Er griff nach einem biernassen Lappen und begann gutgelaunt damit, den Tresen zu polieren. Unglücklicherweise verwischte er einige Tropfen Frühlingsfrische, die einen bunten

Striemen auf dem Holz bildeten und sich sofort durch den Lack fraßen. Der letzte Stammkunde setzte seinen Hut auf, brummte etwas Unverständliches und ging.

ICH VERSTEHE DAS NICHT, sagte der Fremde.

»Bitte?«

IRGEND ETWAS MÜSSTE DOCH GESCHEHEN, ODER?

»Wie viele Gläser hast du getrunken?«

SIEBENUNDVIERZIG.

»Nun, dann kann praktisch alles passieren«, sagte der Wirt. Er kannte seinen Job und wußte, was von ihm erwartet wurde, wenn jemand allein und spät in der Nacht — beziehungsweise früh am Morgen — trank. Er hob seine Schürze, säuberte damit ein Glas und fragte: »Deine bessere Hälfte hat dich rausgeworfen, stimmt's?«

WIE MEINST DU DAS?

»Du ertränkst deinen Kummer, nicht wahr?«

ICH HABE KEINEN KUMMER.

»Nein, natürlich nicht. Vergiß meine letzten Worte einfach.« Nachdenklich rieb er das Glas. »Weißt du, manchmal hilft es, mit jemandem zu reden.«

Der Fremde schwieg einige Sekunden lang und dachte nach. Schließlich erwiderte er: DU MÖCHTEST MIT MIR SPRECHEN?

»Ja, natürlich. Ich bin ein guter Zuhörer.«

NOCH NIE HAT JEMAND DEN WUNSCH GEÄUSSERT, SICH MIT MIR ZU UNTERHALTEN.

»Wie schade.«

MAN LÄDT MICH AUCH NIE ZU PARTIES EIN.

»Ts, ts.«

ALLE HASSEN MICH. ALLE. ICH HABE KEINEN EINZIGEN FREUND.

»Jeder braucht einen Freund«, sagte der Wirt weise.

ICH GLAUBE …

»Ja?«

ICH GLAUBE, ICH KÖNNTE MICH MIT DER GRÜNEN FLASCHE ANFREUNDEN.

Der Wirt schob die achteckige Flasche über den Tresen. Tod griff danach und hielt sie über sein Glas. Ölige Flüssigkeit zischte leise.

DU BETRUNKEN SEI ICH GLAUBST, NICHT WAHR?

»Ich bediene jeden, der noch auf beiden Beinen stehen kann«, erwiderte der Wirt.

UND DASCH ISCHT AUCH VÖLLIG RICHTIG. ABER ICH ...

Der Fremde zögerte, während ein rhetorischer Zeigefinger zur Decke deutete.

WORÜBER SPRACHEN WIR GERADE?

»Du glaubst, ich nähme an, du seiest betrunken.«

AH. JA. ABER ICH *KANN* JEDERZEIT NÜCHTERN WERDEN. DIES ISCHT EIN EXPERIMENT. ICH WÜRDE JETZT GERN NOCH EINMAL MIT DER ORANGEFARBENEN FLASCHE EKSCHPERIMENTIEREN.

Der Wirt seufzte und sah auf die Uhr. Zweifellos verdiente er eine Menge Geld, zumal der Fremde nicht geneigt zu sein schien, um die Zeche zu feilschen oder das Wechselgeld zu zählen. Andererseits: Es wurde allmählich spät — so spät, daß es früh wurde. Hinzu kam eine seltsame Aura des Unbekannten, die Besorgnis in ihm weckte. Viele seiner Gäste tranken so, als gäbe es kein Morgen, aber jetzt hielt er es zum erstenmal für möglich, daß sie recht hatten.

ICH MEINE, WASCH HÄLT DIE ZUKUNFT SCHON FÜR MICH BEREIT? HAT SCHIE IRGENDEINE BEDEUTUNG FÜR MICH? WO ISCHT DER SINN DESCH GANZEN?

»Keine Ahnung, Kumpel. Ich schlage vor, du schläfst ein paar Stunden. Dann fühlst du dich bestimmt besser.«

ICH SCHOLL SCHLAFEN? OH, ICH SCHLAFE NICHT. ICH KOMME NIE ZUR RUHE. MUSCH DAUERND DIE SCHENSCHE SCHWINGEN.

»Jeder braucht seinen Schlaf. Selbst ich«, betonte der Wirt.

ALLE HASSEN MICH, WEISCHT DU.

»Ja, das hast du schon erwähnt. Übrigens: Es ist schon fast drei.«

Der Fremde drehte sich um, wankte und starrte durch den leeren Schankraum.

DIE ANDEREN LEUTE SCHIND GEGANGEN, stellte er fest. WIR BEIDE SCHIND DIE LETZTEN.

Der Wirt hob die Klappe der Theke und trat an den Unbekannten heran.

ICH HABE KEINEN EINZIGEN FREUND. SELBST KATZEN HALTEN MICH NUR FÜR AMÜSANT.

Ruckartig streckte er die Hand aus und griff nach einer Flasche mit Wulstlingschnaps. Er nahm einen Schluck, während ihn der Wirt in Richtung Tür dirigierte und sich fragte, wie ein so dünner Mann derart schwer sein konnte.

WIE ICH EBEN SCHON SAGTE: ICH KANN JEDERZEIT NÜCHTERN WERDEN. WARUM SIND MENSCHEN GERN BETRUNKEN? MACHT ESCH IHNEN SPASS?

»Es hilft ihnen, das Auf und Ab des Lebens zu vergessen, alter Knabe. Insbesondere das Ab. Nun, lehn dich einfach an die Wand. Ich öffne nur rasch die Tür.«

SCHIE WOLLEN IHR LEBEN VERGESSEN? HA. HA.

»Du bist mir jederzeit willkommen, hörst du?«

DU WÜRDESCHT DICH WIRKLICH FREUEN, WENN ICH DICH NOCH EINMAL BESCHUCHE?

Der Wirt betrachtete den Münzstapel auf der Theke — seiner Ansicht nach war eine solche Zeche durchaus die eine oder andere Überstunde wert. Außerdem schien der Fremde recht harmlos gutmütig zu sein.

»Selbstverständlich«, erwiderte er, führte die hochgewachsene Gestalt nach draußen und nahm ihr mit einer geübten Bewegung die Flasche ab. »An meiner Theke ist immer ein Platz für dich frei.«

DAS SIND DIE NETTESTEN WORTE, DIE ICH JEMALS …

Die Tür fiel ins Schloß und verschluckte den Rest des Satzes.

Ysabell setzte sich in ihrem Bett auf.

Erneut das Klopfen, leise und drängend. Sie zog die Decke bis zum Kinn hoch.

»Wer ist da?« flüsterte sie.

»Ich bin's, Mort«, antwortete eine gedämpfte Stimme. »Mach auf, bitte!«

»Warte!«

Ysabell beugte sich rasch zum Nachtschränkchen vor, tastete nach den Streichhölzern, kippte dabei ein Fläschchen Duftwasser um und stieß eine Schachtel Schokoladenplätzchen beiseite, die nur noch leeres Papier enthielt. Einige Sekunden später rückte sie die angezündete Kerze etwas näher heran und zupfte den Ausschnitt ihres Nachthemds zurecht, um eine möglichst große Wirkung zu erzielen. »Es ist nicht abgeschlossen.«

Mort wankte ins Zimmer, roch nach Pferd, Rauhreif und Knieweich.

»Ich hoffe, daß du nicht hier eindringst, um meine Hilflosigkeit auszunutzen«, sagte das Mädchen schelmisch.

Mort sah sich erstaunt um. Ganz offensichtlich hatte Ysabell eine Vorliebe für Rüschen. Selbst die Frisierkommode erweckte den Eindruck, einen Unterrock zu tragen. Die Kammer war nicht sosehr eingerichtet, sondern eher bekleidet.

»Für solchen Unsinn habe ich keine Zeit« sagte Mort. »Nimm die Kerze! Begleite mich in die Bibliothek! Und zieh dir um Himmels willen etwas anderes an! Du platzt ja aus allen Nähten.«

Ysabell sah an sich hinab und hob ruckartig den Kopf.

»Unerhört!«

Mort stand bereits wieder im Flur. »Es geht um Leben und Tod«, verkündete er bedeutungsvoll und trat zur Seite.

Ysabell beobachtete, wie die Tür hinter ihm zuschwang. An der Rückseite hing ein blauer, mit Troddeln verzierter Morgenmantel, den ihr Tod am vergangenen Jahreswechsel geschenkt hatte. Sie verabscheute das Ding: Es war eine Nummer zu klein, und außerdem zeigte sich an der einen Tasche die Rüschendarstellung eines Kaninchens. Trotzdem brachte sie nicht den Mut auf, den Umhang einfach wegzuwerfen — selbst Tod verdiente es, daß man auf seine Gefühle Rücksicht nahm.

Das Mädchen dachte eine Zeitlang nach, seufzte, stand auf und streifte das gräßliche Kleidungsstück über. Dann schlenderte es in den Korridor. Mort wartete ungeduldig.

»Mein Vater könnte uns hören«, sagte Ysabell.

»Er ist noch nicht zurück. Komm!«

»Woher willst du das wissen?«

»Wenn er sich hier aufhält, herrscht im Haus eine andere Atmosphäre. Es ist wie — wie der Unterschied zwischen einem Mantel, der getragen wird oder am Haken hängt. Hast du das noch nie bemerkt?«

»Welche wichtige Aufgabe erwartet uns?«

Mort schob die Pforte der Bibliothek auf. Warme, trockene Luft wehte ihm entgegen, und die Angeln stimmten ein protestierendes Quietschen an.

»Wir müssen jemandem das Leben retten« , antwortete er. »Einer Prinzessin, wenn du's genau wissen willst.«

Ysabell war sofort fasziniert.

»Geht es um eine *richtige* Prinzessin? Ich meine, kann sie eine Erbse durch zwölf Matratzen spüren?«

»Ob sie ...«, begann Mort. Erinnerte Verwirrung wich plötzlichem Verstehen. »Oh. Ja. Ich *wußte* doch, daß Albert irgend etwas durcheinandergebracht hat.«

»Liebst du sie?«

Mort blieb jäh zwischen den Regalen stehen und lauschte dem emsigen Kratzen zwischen den einzelnen Buchrücken.

»In diesem Zusammenhang fällt es mir sehr schwer, sicher zu sein«, entgegnete er vorsichtig. »Sehe ich so aus?«

»Du wirkst ein wenig nervös. Welche Gefühle bringt sie dir entgegen?«

»Keine Ahnung.«

»Ah«, sagte Ysabell im wissenden Tonfall einer Expertin. »Unerwiderte Liebe ist besonders schlimm. Aber wahrscheinlich wäre es keine gute Idee, Gift zu nehmen oder dich auf eine andere Art und Weise umzubringen«, fügte sie nachdenklich hinzu. »Übrigens: Was tun wir denn hier? Möchtest du im Buch der Prinzessin nachsehen, um festzustellen, ob sie dich heiratet?«

»Ich habe es bereits gelesen«, sagte Mort. »Sie ist tot. Rein historisch gesehen. Ich meine, sie ist nicht wirklich gestorben.«

»Gut. Andernfalls müßtest du es mit Nekromantie versuchen. Wonach suchen wir?«

»Nach Alberts Biographie.«

»Weshalb? Ich glaube, er hat gar keine.«

»Es gibt für jeden Menschen eine.«

»Nun, er mag keine Leute, die persönliche Fragen stellen. Ich habe einmal nach seinem Buch Ausschau gehalten, konnte es jedoch nirgends entdecken. Außerdem: Albert hat nicht viel los. Warum sollte er so interessant sein?« Ysabell griff nach zwei weiteren Kerzen und zündete sie an. Der flackernde Schein glitt über lange Regale, und Schatten ergriffen hastig die Flucht.

»Ich brauche einen mächtigen Zauberer, und ich glaube, er ist einer.«

»Wer? Albert?«

»Ja. Allerdings suchen wir nach einer Biographie mit dem Titel Alberto Malich. Vermutlich ist er mehr als zweitausend Jahre alt.«

»Wer? Albert?«

»Ja. Albert.«

»Ich habe ihn noch nie mit einem Zauberhut gesehen«, wandte Ysabell skeptisch ein.

»Er hat ihn verloren. Es spielt auch keine Rolle: Zauberhüte sind nicht verbindlich. Nun, wo sollen wir beginnen?«

»Tja, wenn du recht hast ... Im Archiv, nehme ich an. Dort bewahrt mein Vater alle Biographien auf, die älter als fünfhundert Jahre sind. Hier entlang!«

Ysabell ging voraus, vorbei an den wispernden und raunenden Regalen, wanderte durch eine Sackgasse, die an einer geschlossenen Tür endete. Sie ließ sich nur mit Mühe öffnen, und das Knarren der Angeln hallte laut durch die ganze Bibliothek. Mort stellte sich vor, wie die vielen Bücher eine kurze Pause einlegten, um zu lauschen.

Schmale Stufen führten in eine konturlose Finsternis hinab. Staubige Spinnweben hingen an den Wänden, und die Luft roch, als sei sie mindestens tausend Jahre lang in einer Pyramide eingeschlossen gewesen.

»Es verirrt sich nur selten jemand hierher«, sagte Ysabell. »Ich zeige dir den Weg.«

Mort hielt ein Kompliment für angebracht.

»Ich muß sagen, du bist wirklich mit allen Wassern gewaschen.«

»Soll das eine Anspielung auf meine Morgentoilette sein?« erwiderte Ysabell. »Oh, du verstehst dich wirklich auf den Umgang mit Mädchen, mein Junge.«

»Mort«, sagte Mort automatisch.

Im Archiv war es so dunkel und still wie in einer

unterirdischen Höhle. Die Regale standen gerade weit genug auseinander, um einer Person Durchlaß zu gewähren, und oben erstreckten sie sich übers Kerzenlicht hinaus in die Finsternis. Sie wirkten besonders gespenstisch, weil nicht das leiseste Kratzen ertönte. Hier gab es keine Leben mehr, die geschrieben werden mußten — die Bücher schliefen. Aber Mort konnte sich kaum des Eindrucks erwehren, daß sie wie Katzen ruhten — mit einem offenen Auge. Sie waren sich ständig ihrer Umgebung bewußt.

»Ich habe diesen Ort schon einmal aufgesucht«, flüsterte Ysabell. »Wenn man weit genug geht, weichen die Biographien Tontafeln, Steinplatten und Tierhäuten, und dann heißen alle Leute Ug und Zog.«

Die Stille erschien fast greifbar. Während sie durch die trockenen, warmen und stillen Gänge schritten, fühlte sich Mort von den Büchern beobachtet. In diesem Gewölbe waren die Lebenserinnerungen aller Menschen verstaut, die jemals auf der Scheibenwelt wandelten. Die Aufzeichnungen reichten bis zu den Leuten zurück, die durch göttlichen Schalk aus Lehm oder irgendeinem anderen Material entstanden. Die dicken Bände begegneten Mort nicht etwa mit Ablehnung; sie fragten sich nur, was ihn herführte.

»Bist du an den Ugs und Zogs vorbeigegangen?« erkundigte er sich neugierig. »Was befindet sich vor ihnen? Mit einer Antwort darauf könntest du ganze Generationen von Philosophen und Theologen beglükken.«

»Ich bekam es mit der Angst zu tun. Weißt du, es ist ein ziemlich langer Weg, und ich hatte nicht genug Kerzen dabei.«

»Wie schade.«

Ysabell blieb so plötzlich stehen, daß Mort gegen sie stieß.

»Dies müßte der richtige Bereich sein«, sagte das Mädchen. »Was nun?«

Mort las die verblaßten Namen auf den Buchrücken.

»Von alphabetischer Ordnung kann überhaupt keine Rede sein!« stöhnte er.

Sie blickten hoch. Sie wanderten durch mehrere Seitengänge. Sie zogen einige Bände aus den untersten Regalen. Staubwolken wallten.

»Völlig aussichtslos«, brummte Mort schließlich. »Hier sind Millionen von Biographien verstaut. Die Chance, allein durch Zufall die richtige zu finden ...«

Ysabell preßte ihm die Hand auf den Mund.

»Horch!«

Mort murmelte etwas Unverständliches durch ihre Finger und schwieg, als er begriff, was sie meinte. Er spitzte die Ohren und versuchte, etwas anderes zu hören als nur das dumpfe Zischen absoluter Stille.

Dann vernahm er es: ein leises beständiges Kratzen. Weit, weit über ihnen, irgendwo in der undurchdringlichen Dunkelheit eines hohen Gebirges aus Büchern, wurde noch immer ein Leben geschrieben.

Die beiden jungen Leute rissen die Augen auf und sahen sich an. Nach einigen Sekunden sagte Ysabell: »Auf dem Weg hierher sind wir an einer Leiter mit kleinen Rädern vorbeigekommen.«

Winzige Rollen quietschten, als Mort die Leiter heranschob. Das obere Ende bewegte sich ebenfalls, schwang an ächzenden Metallgelenken hin und her.

»In Ordnung«, sagte er. »Gib mir die Kerze, damit ich ...«

»Ich bin fest entschlossen, die Kerze nach oben zu begleiten«, verkündete Ysabell. »Bleib du hier unten und rück die Leiter zurecht, wenn ich es dir sage. Und keine Widerrede.«

»Dort oben könnte es gefährlich werden«, erwiderte Mort galant.

»Es mag auch gefährlich sein, hier unten zu bleiben«, entgegnete Ysabell. »Und deshalb steige ich mit der Kerze die Leiter hoch, klar?«

Sie setzte den Fuß auf die erste Sprosse, und schon nach kurzer Zeit war sie kaum mehr als ein rüschiger Schemen, umhüllt von flackerndem Kerzenschein, der allmählich verblaßte.

Mort hielt die Leiter fest und versuchte, nicht an die vielen Leben zu denken, deren Gegenwart einen zunehmenden Druck auf ihn ausübte. Gelegentlich fiel ein Meteor aus heißem Wachs auf den Boden und bildete einen kleinen Krater im Staub. Ysabell verwandelte sich in einen matten Fleck weit oben, und wenn sie sich bewegte, erzitterte die ganze Leiter.

Nach einer Weile hielt sie inne. Stunden schienen zu verstreichen.

Dann klang ihre Stimme zu Mort herab, gedämpft vom Filter der Stille.

»Ich habe die Biographie gefunden, Mort.«

»Gut. Bring sie herunter.«

»Du hattest recht, Mort.«

»Freut mich. Kehr nun mit dem Buch zurück!«

»Es fragt sich nur, mit welchem, Mort.«

»Verlier keine Zeit. Die Kerze hält nicht ewig.«

»Mort!«

»Ja?«

»Alberts Leben beansprucht ein ganzes Regal, Mort!«

Der Morgen begann, jener Teil des Tages, der niemandem gehörte — abgesehen den Möwen, die über den Docks von Morpork segelten, der Flut, die langsam stromaufwärts rollte, und einem warmen drehwärtigen Wind, der den vielfältigen Geruchsmustern der Stadt eine Prise Frühlingsduft hinzufügte.

Tod saß auf einem Poller und blickte in Richtung Meer. Er beschloß, nicht mehr betrunken zu sein — die Kopfschmerzen störten ihn.

Er hatte es mit Angeln, Tanzen, Spielen (mit Würfeln) und Trinken versucht, angeblich den vier größten Freuden des Lebens, aber er verstand noch immer nicht ganz, warum Menschen solchen Gefallen daran fanden. Mit dem Essen war soweit alles in Ordnung — Tod wußte eine gute Mahlzeit zu schätzen. Andere Vergnügen des Fleisches fielen ihm nicht ein. Genauer gesagt: Seine Vorstellungskraft unterlag in dieser Hinsicht keinen Beschränkungen, aber die einzelnen Punkte auf der entsprechenden Liste erforderten eine, nun, *fleischliche* Präsenz, die in seinem Fall gewisse körperliche Umstrukturierungen verlangte. Und er brachte nicht die Bereitschaft mit, solche Zugeständnisse zu erwägen. Außerdem ließen Menschen von solchen Dingen ab, wenn sie älter wurden, woraus er den Schluß zog, daß sie nicht besonders attraktiv und erstrebenswert sein konnten.

Tod gewann allmählich den Eindruck, daß ihm die menschliche Natur zeit seines Lebens ein Rätsel bleiben mußte.

Das Kopfsteinpflaster dampfte im hellen Sonnenschein, und Tod spürte jenes besondere Frühlingsprikkeln, das in einem Wald tausend Tonnen Saft durch zwanzig Meter Holz schicken kann.

Die Möwen krächzten und drehten fröhliche Kreise. Eine einäugige Katze — sie hatte gerade ihr achtes Leben begonnen und nur ein Ohr behalten — kroch unter einigen leeren Fischkisten hervor, gähnte hingebungsvoll und rieb sich an den Beinen des Knochenmanns. Der sanfte Wind wehte den berühmt-berüchtigten Gestank von Ankh-Morpork fort, trug die Aromen von Gewürzen und frischgebackenem Brot herbei.

Tod trachtete ebenso verwirrt wie vergeblich danach, ein sonderbares Gefühl zu unterdrücken. Er war wirklich froh, am Leben zu sein, und die Rolle als Tod gefiel ihm immer weniger.

OFFENBAR VERMISSE ICH ETWAS, dachte er.

Mort kletterte die Leiter hoch und gesellte sich an Ysabells Seite. Das Gerüst vibrierte und schwankte, schien jedoch geneigt zu sein, ihr gemeinsames Gewicht zu tragen. Die Höhe machte dem Jungen glücklicherweise nichts aus — unten herrschte nur pechschwarze Finsternis.

Einige von Alberts frühen Bänden fielen langsam auseinander. Er griff nach einem davon und spürte, wie die Leiter heftig dabei erbebte. Hastig klammerte er sich fest und schlug das Buch irgendwo in der Mitte auf.

»Halt die Kerze etwas näher heran!« bat er.

»Kannst du was entziffern?«

»Ich gebe mir Mühe ...«

»... rang är mit där Händen, verährgert darüber, dass alle Mänschen früher oder spähter dem Tode außgeliehfert seiet. Woraufhin är schwohr, däm Schikksal ainen Schtrich durche Rächnung su machen und Unstärblichkeit su fihnden. ›Auf diesige Waise‹, so wantte er sich an där jungen Zaubara, ›tragen wir baldig där Götter Manntel.‹ Am nächstigen Tage — äs rehgnete — ging Alberto ...«

»Es ist auf Alt geschrieben«, sagte Mort. »Bevor man Grammatik und Orthographie erfand. Schlagen wir mal in den späteren Büchern nach.«

Es bestand kein Zweifel daran, daß es sich um Alberts Biographie handelte. Der Hinweis auf gebratenes Brot war eindeutig.

»Mal sehen, was er gerade tut«, sagte Ysabell.

»Das gehört sich doch nicht. Ich meine, es ist sein Leben. Es geht uns nichts an. Es ...«

»Na und? Hast du etwa Angst?«

Mort seufzte.

Er suchte die leeren Seiten des letzten Bandes und blätterte zurück, bis er Alberts Geschichte fand. Sie schrieb sich mit überraschendem Eifer, wenn man die späte Stunde berücksichtigte. Die meisten Biographien wissen nicht viel über den Schlaf zu berichten — es sei denn, die betreffenden Menschen träumen besonders intensiv.

»Sei vorsichtig mit der Kerze. Ich möchte vermeiden, daß Talg auf Alberts Leben kleckert.«

»Wieso denn? Er mag Fett und Talg. Sieh dir nur mal seine Pfanne an!«

»Hör endlich auf zu kichern«, sagte Mort. »Oder willst du riskieren, daß wir beide von der Leiter fallen? Nun, an dieser Stelle heißt es ...«

»... Er schlich durch die staubige Dunkelheit des Archiv«, — las Ysabell —, »den Blick auf den matten Kerzenschimmer weit oben gerichtet. Die kleinen Teufel schnüffeln schon wieder herum, dachte er, stecken die Nasen in Dinge, die sie nichts angehen ...«

»Mort, er ...«

»Sei still. Ich lese.«

»... entschlossen dazu, dem ein Ende zu bereiten. Auf leisen Sohlen näherte sich Albert der Leiter, spuckte in die Hände und machte sich bereit, dem Gerüst einen ordentlichen Stoß zu geben. Tod würde gewiß nichts davon erfahren. Seit einigen Tagen verhielt er sich recht seltsam, was einzig und allein die Schuld des Jungen war ...«

Mort hob den Kopf und sah in Ysabells entsetzt blickende Augen.

Das Mädchen griff nach dem Buch und starrte weiterhin seinen Begleiter an, als es den Arm ausstreckte und den dicken Band fallen ließ.

Mort beobachtete, wie sich Ysabells Lippen bewegten, stellte fest, daß er ebenfalls stumm zählte.

Drei, vier ...

Tief unten pochte es leise. Ein gedämpfter Schrei erklang, gefolgt von neuerlicher Stille.

»Vielleicht hast du ihn umgebracht«, sagte Mort nach einer Weile.

»Was, *hier*? Außerdem: Ich kann mich nicht daran

entsinnen, von dir einen besseren Vorschlag gehört zu haben.«

»Nein, aber ... Er ist ein alter Mann.«

»Nein, das ist er nicht«, erwiderte Ysabell scharf und begann mit dem Abstieg.

»Sind zweitausend Jahre für dich ein Klacks?«

»Siebenundsechzig, keinen Tag mehr.«

»In den Büchern steht ...«

»Ich habe dir doch gesagt, daß die Zeit, die *echte* Zeit, hier keine Rolle spielt. Hörst du denn nie zu, Junge?«

»Mort«, sagte Mort.

»Und tritt mir nicht dauernd auf die Finger. Ich beeile mich, aber schneller geht's eben nicht.«

»Entschuldige.«

»Und sei kein solcher Waschlappen. Hast du eine Ahnung, wie langweilig es sein kann, hier zu leben?«

»Wahrscheinlich nicht«, erwiderte Mort und fügte mit aufrichtiger Sehnsucht hinzu: »Ich kenne das Phänomen der Langeweile nur vom Hörensagen und würde es gern einmal aus erster Hand erleben.«

»Langeweile ist schrecklich.«

»Nun, auch auf die Gefahr hin, dich zu enttäuschen: Ständige Aufregung kann einem ganz schön auf die Nerven gehen.«

»Ich hätte nichts gegen ein bißchen Abwechslung einzuwenden.«

Weiter unten stöhnte jemand und ließ sich zu einigen deftigen Ausdrücken hinreißen.

Ysabell spähte in die Dunkelheit.

»Mit seinen Fluchmuskeln ist offenbar alles in Ordnung«, stellte sie fest. »Ich glaube, solchen Worten sollte ich nicht lauschen. Sie könnten Charakter und Moral schaden.«

Albert hockte im Staub, lehnte sich mit dem Rücken an die Regale und hielt sich den Arm.

»Es ist wohl kaum nötig, einen solchen Wirbel zu

machen«, sagte Ysabell energisch. »Du hast keine Verletzungen erlitten. So etwas erlaubt mein Vater einfach nicht.«

»Warum habt ihr mir das angetan?« stöhnte Albert. »Ich wollte doch nur herausfinden, was ihr hier treibt.«

»Du wolltest uns von der Leiter stoßen«, sagte Mort. »Ich hab's im Buch gelesen. Es wundert mich nur, daß du keine Magie verwendet hast.«

Albert musterte ihn finster.

»Du weißt also Bescheid, nicht wahr?« entgegnete er leise. »Nun, ich hoffe, jetzt bist du zufrieden. Du hast kein Recht, in meinem Leben herumzuschnüffeln.«

Er stemmte sich in die Höhe, stieß Morts hilfreich zugreifende Hand beiseite und taumelte an den schweigenden Regalen entlang.

»Halt, warte!« rief Mort. »Ich brauche deine Hilfe.«

»Oh, natürlich«, erwiderte Albert über die Schulter hinweg. »Das ist doch ganz logisch, oder? Du dachtest schlicht und einfach: Ich spioniere ein bißchen in Alberts Privatleben, lasse es auf ihn hinabfallen und bitte ihn anschließend um Hilfe.«

»Ich wollte nur feststellen, wer du wirklich bist«, antwortete Mort und folgte dem alten Mann.

»Ich bin ich. Was ist daran so rätselhaft?«

»Wenn du mir nicht hilfst, wird etwas Schreckliches geschehen! Es gibt da eine Prinzessin, und sie ...«

»Es geschehen dauernd irgendwelche schrecklichen Dinge, Junge ...«

»... Mort ...«

»... und für gewöhnlich verlangt niemand von mir, etwas dagegen zu unternehmen.«

»Aber du warst ein mächtiger Zauberer!«

Albert blieb kurz stehen, drehte sich jedoch nicht um.

»Ja, genau. Ich *war* ein mächtiger Zauberer. Die Betonung liegt auf *war.* Und versuch bloß nicht, mir Honig um den Mund zu schmieren. Ich mag keinen Honig.«

»Man hat dir Denkmäler gesetzt und so«, beharrte Mort und unterdrückte ein Gähnen.

»Wie nett. Dummheit ist eben unausrottbar.« Albert erreichte die Treppe, die zur eigentlichen Bibliothek emporführte. Mit entschlossenen Schritten trat er die Stufen hoch und verharrte in der offenen Tür. Seine Gestalt zeichnete sich deutlich vor dem Licht ab.

»Soll das heißen, du willst gar nicht helfen?« fragte Mort. »Nicht einmal dann, wenn du dazu in der Lage wärst?«

»Du hast es erfaßt«, knurrte Albert. »Und glaub bloß nicht, du könntest an mein weiches Herz unter der harten Schale appellieren«, fügte er hinzu. »Es ist längst versteinert.«

Mort hörte, wie der alte Mann so zornig über die Fliesen der Bibliothek stapfte, als hege er einen persönlichen Groll gegen sie. Hinter ihm fiel die Tür ins Schloß.

»Nun ...«, begann Tods Lehrling unsicher.

»Was hast du erwartet?« schnappte Ysabell. »Bis auf meinen Vater ist ihm alles gleich.«

»Ich dachte, jemand wie Albert könnte helfen, wenn ich ihm alles richtig erklärte«, erwiderte Mort niedergeschlagen und ließ die Schultern hängen. Die brodelnde Energie, die ihn seit Stunden antrieb, verflüchtigte sich und hinterließ bleiernen Dunst in seinem Bewußtsein. »Weißt du, daß er ein berühmter Zauberer war?«

»Und wenn schon — Zauberer müssen nicht notwendigerweise nett und hilfsbereit sein. Misch dich nicht in die Angelegenheiten von Magiern, denn eine Zurückweisung weckt häufig Verärgerung,das habe ich irgendwo gelesen.« Ysabell trat näher an Mort heran und musterte ihn besorgt. »Du siehst aus wie etwas, das man auf dem Teller zurückläßt«, stellte sie fest.

»Ich 'n in Ordnung«, knurrte Mort, stapfte die Treppe hoch und taumelte durch die kratzenden Schatten der Bibliothek.

»Das bist du nicht. Du könntest einige Stunden Schlaf gebrauchen, mein Junge.«

»M't«, murmelte Mort.

Er spürte, wie ihm Ysabell den Arm um die Schultern schlang. Die Wände glitten langsam an ihm vorbei, und der Klang der eigenen Stimme kam wie aus weiter Ferne. Benommen stellte er sich vor, wie angenehm es sein mochte, sich auf einer gemütlichen Steinplatte auszustrecken und hundert Jahre lang zu schlafen.

Tod kehrt bald zurück, dachte er, während Ysabell seinen gehorsamen Körper durch den Flur dirigierte. Es blieb ihm überhaupt keine andere Wahl: Er mußte seinem Lehrmeister alles erzählen. Eigentlich war Tod gar nicht so übel. Vielleicht zeigte er Verständnis. Vielleicht half er. Es kam nur darauf an, alles richtig zu erklären. Anschließend konnte er sich endlich von seinen Sorgen befreien und schla ...

»Und wo warst du vorher beschäftigt?«

WIE BITTE?

»Womit hast du dir deinen Lebensunterhalt verdient?« fragte der junge Mann hinter dem Schreibtisch.

Die Gestalt ihm gegenüber rutschte unruhig auf dem Stuhl hin und her.

ICH HABE SEELEN INS JENSEITS GELEITET. ICH WAR DAS ENDE ALLER HOFFNUNGEN. ICH WAR DIE EXTREME REALITÄT. ICH WAR DER MÖRDER, DER SICH VON KEINER NOCH SO FEST VERSCHLOSSENEN TÜR AUFHALTEN LIESS.

»Ja, ich verstehe. Aber beherrschst du irgendwelche besonderen Fertigkeiten?«

Tod überlegte.

WIE WÄR'S MIT ERFAHRUNGEN IM UMGANG MIT GEWISSEN LANDWIRTSCHAFTLICHEN WERKZEUGEN? erwiderte er schließlich. Der junge Mann schüttelte den Kopf.

NEIN?

»Dies ist eine Stadt, Herr...« Er senkte den Blick und spürte erneut ein diffuses Unbehagen, das er nicht zu ergründen vermochte. »Herr... Herr... Herr...« Er gab es auf. »Hier bei uns gibt es nicht viele Felder und Äcker.«

Er legte den Schreibstift beiseite und zeigte ein einstudiertes Lächeln. Es wirkte pergamentartig und schien aus einem Buch zu stammen.

In Ankh-Morpork war der Fortschritt noch nicht weit genug fortgeschritten, um ein Arbeitsamt zu erfordern. Wer einer geregelten Arbeit nachging, trat die Nachfolge seines Vaters an. Es gab auch Leute, die natürliche Begabungen aufwiesen, sich durch eine besondere Tüchtigkeit auszeichneten und durch Mund-zu-Mund-Propaganda eine Anstellung fanden. Andererseits herrschte ein wachsender Bedarf an Bediensteten und Lakaien, und angesichts eines beginnenden Konjunkturaufschwungs in den Geschäftsbereichen der Stadt hatte Liona Keeble (so hieß der junge Mann hinter dem Schreibtisch) den Beruf des Arbeitsvermittlers erfunden. Derzeit sah er sich in diesem Zusammenhang mit einigen Problemen konfrontiert.

»Mein lieber Herr...« Keeble warf einen kurzen Blick auf seine Unterlagen. »Herr... Äh, es kommen viele Leute aus der Provinz hierher, die meisten in der irrigen Annahme, in Ankh-Morpork sei das Leben leichter und angenehmer. Bitte erlaube mir, ganz offen zu sein: Du scheinst mir ein Ehrenmann zu sein, der in der letzten Zeit ein wenig, äh, Pech hatte. Es wundert mich, daß du dir eine eher, nun, banale Tätigkeit wünschst.« Erneut sah er auf die Schriftstücke. »Hier steht, du möchtest irgendeine nette Beschäftigung, bei der du ›lieben Katzen und duftenden Blumen‹ Gesellschaft leisten kannst.«

TUT MIR LEID. ICH DACHTE, ES SEI ZEIT FÜR EINE ABWECHSLUNG.

»Kannst du ein Musikinstrument spielen?«

NEIN.

»Wie ist es mit dem Tischlern?«

KEINE AHNUNG. ICH HAB NOCH KEINEN HOBEL IN DER HAND GEHALTEN. Tod starrte zu Boden. Vage Verlegenheit regte sich in ihm.

Keeble schob die Unterlagen beiseite und seufzte.

ICH KANN DURCH WÄNDE GEHEN, sagte Tod, als er spürte, daß die Unterhaltung in einer verbalen Sackgasse zu enden drohte.

Keeble strahlte. »Das würde ich gern sehen«, erwiderte er. »Es wäre eine durchaus interessante Qualifikation.«

IN ORDNUNG.

Tod stand auf, schob den Stuhl zurück und näherte sich zuversichtlich der nächsten Wand.

AUTSCH.

Keeble beobachtete ihn erwartungsvoll. »Nun?« fragte er.

HM. DIES IST EINE GANZ GEWÖHNLICHE MAUER?

»Ich glaube schon. Allerdings bin ich kein Experte auf diesem Gebiet.«

SIE SCHEINT SICH MIR ZU WIDERSETZEN.

»Den Eindruck habe ich auch.«

WIE NENNT MAN DAS GEFÜHL, WENN MAN SICH GANZ KLEIN VORKOMMT UND GLÜHT?

Keeble drehte seinen Schreibstift hin und her.

»Meinst du einen zornigen Pygmäen?«

DAS WORT HAT IRGEND ETWAS MIT FALLEN ZU TUN.

»Bestürzt?«

JA, sagte Tod und fügte sofort hinzu. JA. ICH BIN BESTÜRZT. UND AUCH BESCHÄMT.

Keeble räusperte sich. »Mir scheint, du hast weder besondere Fähigkeiten noch irgendwelche speziellen Talente. Vielleicht solltest du dich als Lehrer versuchen.«

Tods Gesicht war eine Fratze des Entsetzens. Nun, diese Beschreibung traf eigentlich immer zu, aber diesmal steckte Absicht dahinter.

»Weißt du«, fuhr Keeble freundlich fort, legte den Stift neben die Schriftstücke und preßte die Fingerspitzen aneinander, »viele Leute besuchen mich und hoffen, daß ich ihnen zu einer neuen beruflichen Laufbahn verhelfen kann. Doch es kommt nur selten jemand, der von sich behauptete, eine ...« Er suchte nach den richtigen Worten.

ANTHROPOMORPHE PERSONIFIZIERUNG?

Der Vermittler nickte. »... zu sein. Ja. Was bedeutet der Ausdruck?«

Tod hatte genug.

DIES, sagte er.

Für einen Sekundenbruchteil, nur für den Hauch eines Augenblicks, sah Keeble die Gestalt ganz deutlich. Sein Gesicht wurde ebenso blaß wie das des Knochenmanns. Die Hände zitterten. Das Herz schlug einen Purzelbaum. Der Puls legte einen Sprint ein.

Tod beobachtete ihn mit gelindem Interesse, griff unter seinen schwarzen Umhang und holte eine Lebensuhr hervor. Er hielt sie ins Licht und prüfte den Inhalt des gläsernen Behälters.

BERUHIGE DICH WIEDER, bat er. DER SAND REICHT NOCH FÜR EINIGE JAHRE.

»Abbbbb ...«

MÖCHTEST DU GENAU WISSEN, WIEVIEL ZEIT DIR NOCH BLEIBT?

Keeble schnappte nach Luft, keuchte hingebungsvoll und schüttelte den Kopf.

»nnN … nnN …«, antwortete er.

Die Ladenglocke läutete, und der Vermittler rollte mit den Augen. Tod glaubte, daß der Mann zumindest ein wenig Dankbarkeit verdiente. Er durfte nicht zulassen, daß Keeble einen Kunden verlor — allem Anschein nach legten Menschen großen Wert auf florierende Geschäfte. Sie verehrten einen exotischen Gott namens Profit, und sie fürchteten die Dämonen Pleite, Gerichtsvollzieher und Steuernachzahlung.

Tod strich den Perlenschnur-Vorhang beiseite, betrat den Hauptraum und sah eine dicke Frau, die wie ein in der Mitte angeschwollenes Weißbrot aussah und mit einem Schellfisch auf den Tresen schlug.

»Es geht um den Job als Köchin in der Unsichtbaren Universität«, begann sie. »Du hast behauptet, es sei eine gute Stellung, aber das stimmt nicht, verdammich. Die Studenten spielen einem dauernd irgendwelche Streiche, und ich verlange … Ich will … Ich bin nicht bereit …«

Sie brach ab.

»Äh«, fügte sie nach einer Weile hinzu, »du bist nicht Keeble, oder?« Ihr Temperament hatte erhebliches Bewegungsmoment eingebüßt.

Tod musterte sie. Noch nie zuvor war er einem unzufriedenen Kunden begegnet. Er wußte nicht so recht, wie er sich verhalten sollte. Schließlich rang er sich zu einer Entscheidung durch.

HINFORT MIT DIR, ZÄNKISCHES WEIB. MÖGE DICH DIE SCHWARZE MITTERNACHT VERSCHLUCKEN.

In den Augen der Köchin funkelte es.

»Ich wäre verdammt froh, wenn die Mitternacht ein Maul hätte«, keifte sie. »Dann könnte ich das hier hineinstopfen.« Erneut hieb sie mit der Schuppenmasse auf den Tresen. »Sieh dir das an! Gestern abend war's 'ne Wärmflasche — und heute morgen ein Fisch. Ist es denn zu fassen?«

VERLASS UNVERZÜGLICH DEN LADEN. SONST RU-

FE ICH ALLE TEUFEL DER HÖLLE, DAMIT SIE DEINE UNSTERBLICHE SEELE IN EWIGES FEUER BADEN. Tod wartete gespannt.

»Mit Höllen und Teufeln kenne ich mich nicht aus. Ich weiß nur, daß meine Wärmflasche keine Wärmflasche mehr ist. Eine anständige Frau hat in der Unsichtbaren Universität nichts zu suchen. Die Zauberer ...«

ICH GEBE DIR GELD, WENN DU SO FREUNDLICH WÄRST, JETZT NACH HAUSE ZU GEHEN, sagte Tod verzweifelt.

Die Köchin zeigte eine Reaktionsschnelligkeit, die zuschnappende Klapperschlangen verblüfft und selbst den flinksten Blitzen die Schamesröte ins flackernde Antlitz getrieben hätte.

»Wieviel?« fragte sie sofort.

Tod holte seinen Beutel hervor und legte einige dunkle und grün angelaufene Münzen auf den Tresen. Die Frau betrachtete sie argwöhnisch.

VERSCHWINDE JETZT, brummte Tod und fügte hinzu: BEVOR DIE HEISSEN WINDE DER VERDAMMNIS DEINE NICHTSWÜRDIGE LEICHE VERBRENNEN.

»Mein Mann wird davon erfahren«, erklärte die Köchin, als sie den Laden verließ. Noch nie zuvor hatte Tod eine unheilvollere Drohung vernommen.

Er kehrte ins Nebenzimmer zurück. Keeble saß noch immer hinter seinem Schreibtisch und röchelte, als er den Knochenmann sah.

»Es stimmt also!« brachte er hervor. »Und ich hoffte, es sei nur ein Alptraum gewesen!«

WILLST DU MICH BELEIDIGEN? fragte Tod.

»Bist du wirklich der Tod?« entfuhr es dem Arbeitsvermittler fassungslos.

JA.

»Warum hast du das nicht gleich gesagt?«

UM KOMPLIKATIONEN ZU VERMEIDEN. DIE MEISTEN LEUTE EMPFANGEN MICH NICHT GERN. SIE ZIE-

HEN PERSONEN AUS FLEISCH UND BLUT VOR. KNOCHEN VERWIRREN SIE.

Keeble griff nach dem Stift, schrieb und kicherte hysterisch vor sich hin.

»Du möchtest also umsatteln?« fragte er. »Zum Waldschrat? Sandmann? Nikolaus? Der rote Mantel dürfte kein Problem darstellen.«

SEI NICHT ALBERN. ICH BRAUCHE NUR EINE — ABWECHSELUNG.

Keeble schob nervös einige Akten, Schnellhefter und Kladden beiseite, fand schließlich ein bestimmtes Blatt und reichte es der finsteren Gestalt.

Tod las einige gekritzelte Sätze.

DAS IST EINE ARBEIT? MAN WIRD DAFÜR BEZAHLT?

»Ja, ja. Mach dich sofort auf den Weg. Keine Sorge, du bist genau richtig für den Job! Aber verrat bloß nicht, daß ich dich schicke.«

Binky galoppierte durch die Nacht, und tief unter den Hufen rollte die Scheibenwelt dahin. Mort stellte fest, daß sein Schwert weiter reichte, als er bisher angenommen hatte, bis hin zu den Sternen. Er schwang es durch die Tiefen des Raums, bohrte es in einen gelben Zwergstern, der daraufhin als Nova zerplatzte. Ein hübscher Funkenregen aus kollabierendem Plasma entstand. Mort richtete sich im Sattel auf, holte noch einmal mit der langen, *langen* Klinge aus und lachte, als die blaue Flamme übers Firmament sengte. Das Brennen und Flackern ließ nur grauschwarze Asche zurück.

Und das Feuer loderte weiter. Mort rang mit dem Schwert, das den Horizont zerschnitt, an hohen Bergrücken entlangschabte, Meere verdampfen ließ und weite grüne Wälder verbrannte. Hinter ihm erklangen Stimmen. Er hörte die Schreie von Freunden und Verwandten, drehte sich verzweifelt um. Heftige Stürme trieben Sand und Staub über ausgedörrten Boden, und Mort versuchte, die Hand vom Heft zu lösen. Aber das Schwert klebte ihm mit eisiger Kälte an den Fingern fest, zwang ihn zu einem unseligen Tanz, der erst enden konnte, wenn nichts mehr lebte.

Als es soweit war, als die Welt starb, trat Mort Tod gegenüber, und der Knochenmann sagte: »Gut gemacht, Junge.«

Und Mort antwortete: MORT.

»Mort! Mort! Wach auf!«

Vage Gedanken und Erinnerungsfragmente zitterten, wie ein rheumatischer Fisch, der sich nach Trokkenheit und einer warmen Decke sehnte — und gleichzeitig wußte, daß ihm eine ziemlich bittere Überraschung bevorstand, wenn sein Wunsch in Erfüllung ging. Morts Selbst kämpfte gegen das Zerren der Realität an, klammerte sich an Benommenheit und den Schrecken des Traums fest, doch irgend jemand zog an seinem Ohr.

»Mmmpf?« fragte er.

»Mort!«

»Wsst?«

»Mort, es geht um meinen Vater!«

Er schlug die Augen auf und starrte verwirrt in Ysabells Gesicht. Dann fielen ihm die Ereignisse der vergangenen Nacht ein. Das Gedächtnis holte aus und versetzte ihm eine schallende Ohrfeige.

Mort schwang die Beine über den Bettrand, noch immer von Resten des Traums umhüllt.

»Na schön«, brummte er. »Ich gehe sofort zu ihm und erkläre alles.«

»Er ist nicht hier! Und Albert steht kurz vor einem Nervenzusammenbruch!« Ysabell stand am Bett und hielt ein Taschentuch in zitternden Händen. »Glaubst du, meinem Vater könnte etwas zugestoßen sein?«

Mort blinzelte. »Sei doch nicht dumm!« erwiderte er.

»Er ist der Tod.« Der Junge kratzte sich. Er fühlte sich heiß, wie ausgedörrt, und überall juckte es.

»Aber er war noch nie so lange fort! Nicht einmal damals, als in Pseudopolis eine Seuche ausbrach! Ich meine, er muß am Morgen hier sein, um das Hauptbuch auf den neuesten Stand zu bringen und die Knoten auszuarbeiten und ...«

Mort griff nach dem Arm des Mädchens. »Schon gut, schon gut«, sagte er möglichst besänftigend. »Ich bin sicher, es ist alles in Ordnung. Beruhige dich jetzt. Ich gehe los und sehe nach dem Rechten ... Warum kneifst du die Augen zu?«

»Zieh dir bitte etwas an, Mort«, sagte Ysabell. Es klang ein wenig gepreßt.

Mort sah an sich hinab.

»Entschuldige«, murmelte er. »Ich wußte nicht ... Wer hat mich zu Bett gebracht?«

»Ich«, erwiderte Ysabell. »Aber ich habe weggesehen.«

Mort sprang in die Hose, streifte sich hastig das Hemd über und eilte zu Tods Büro, dichtauf gefolgt von Ysabell. Albert wartete dort, und hüpfte von einem Bein aufs andere, tanzte wie auf glühenden Kohlen. Als Mort eintrat, brachte das Gesicht des alten Mannes fast so etwas wie Dankbarkeit zum Ausdruck.

Und in seinen Augen glänzten Tränen.

Mort starrte Albert verblüfft an.

»Er hat nicht auf seinem Stuhl gesessen«, klagte der ehemalige Zauberer.

»Warum ist das so wichtig?« fragte Mort. »Mein Großvater kam tagelang nicht nach Hause, wenn er auf dem Markt gute Geschäfte abschließen konnte.«

»Er ist immer hier gewesen«, sagte Albert. »Seit ich ihn kenne, sitzt er jeden Morgen an seinem Schreibtisch und berechnet die Knoten. Das ist seine Pflicht. Und Tod nahm sie immer mit großem Verantwortungsbewußtsein wahr.«

»Ich schätze, die Knoten kommen ein oder zwei Tage lang allein zurecht«, vermutete Mort.

Ein stimmungsmäßiger Temperatursturz teilte ihm mit, daß er sich irrte. Er musterte Ysabell und Albert.

»Nein?« fragte er.

Der alte Mann und das Mädchen schüttelten den Kopf.

»Wenn die Knoten nicht richtig bestimmt werden, gerät das kosmische Gleichgewicht in Gefahr«, sagte Ysabell. »Dann könnte praktisch alles passieren.«

»Hat er dir das nicht erklärt?« warf Albert ein.

»Leider nicht«, erwiderte Mort. »Tod machte mich nur mit der praktischen Seite vertraut. Die theoretischen Aspekte wollte er mir später erläutern.«

Ysabell schluchzte laut.

Albert berührte Mort am Arm, hob und senkte mehrmals die Brauen — was bei ihm besonders dramatisch wirkte — und verdeutlichte ihm damit, daß er ein Gespräch unter vier Augen für angebracht hielt. Mort folgte ihm widerstrebend in eine Ecke des Zimmers.

Der alte Mann suchte in seinen Taschen und holte schließlich eine kleine zerknitterte Papiertüte hervor.

»Pfefferminz gefällig?« fragte er.

»Nein, danke.«

»Tod hat dir nie von den Knoten erzählt?« erkundigte sich Albert.

»Bisher nicht.«

Albert saugte an einem Pfefferminzbonbon — es klang so, als ziehe jemand den Stöpsel einer göttlichen Badewanne.

»Wie alt bist du, Junge?«

»Mort. Ich bin sechzehn.«

»Bevor er sechzehn wird, sollte ein Junge gewisse Dinge erfahren«, sagte Albert, sah verstohlen über die Schulter und beobachtete Ysabell, die auf Tods Stuhl Platz genommen hatte und bemerkenswert leise weinte.

»Oh, *darüber* weiß ich Bescheid. Mein Vater sprach

mehrmals davon, als er die Tharga-Kühe zu den Stieren brachte. Wenn ein Mann und eine Frau ...«

»Nein, ich meine das Universum im allgemeinen«, sagte Albert hastig. »Ich meine, hast du jemals darüber nachgedacht?«

»Nun ...«, brummte Mort. »Wenn ich mich recht entsinne, wird die Scheibenwelt von vier Elefanten getragen, die auf dem Rücken der Schildkröte Groß-A'Tuin stehen.«

»Das ist noch längst nicht alles. Ich meine das ganze Universum mit Raum und Zeit und Leben und Tod und Tag und Nacht und dem ganzen Rest.«

»Ich fürchte, bisher habe ich nicht allzu viele Gedanken daran verschwendet«, gab Mort zu.

»Schade. Es wäre durchaus angebracht gewesen. Ich will auf folgendes hinaus: Die Knoten sind ein wichtiger Teil des Kosmos. Sie verhindern, daß der Tod außer Kontrolle gerät. Natürlich nicht der Tod, den wir alle kennen und der jetzt dort am Schreibtisch sitzen sollte, sondern der Tod an sich, das normale Sterben. Ich meine ...« Albert rang sichtlich mit seinem Vokabular. »Um dir ein Beispiel zu nennen: Der Tod sollte genau am Ende des Lebens erfolgen, nicht vorher oder nachher. Und die Knoten müssen so berechnet werden, damit die Schlüsselfiguren ... Du kannst mir nicht folgen, oder?«

»Tut mir leid.«

»Nun, die Knoten müssen mit der gebotenen Exaktheit bestimmt werden, damit man anschließend die richtigen Personen — die richtigen Lebensuhren — auswählen kann. Die eigentliche PFLICHT ist dagegen nicht weiter schwer.«

»Bist du in der Lage, die Berechnung vorzunehmen?«

»Nein. Du?«

»Nein!«

Albert lutschte nachdenklich an dem Pfefferminzbonbon. »Dann sitzt die ganze Welt in der Tinte«, kommentierte er.

»Ich begreife gar nicht, warum du dir solche Sorgen machst«, sagte Mort. »Wahrscheinlich ist Tod nur irgendwo aufgehalten worden.« Es gelang ihm nicht einmal, sich selbst zu überzeugen. Tod gehörte nicht gerade zu den Leuten, denen man gern eine Geschichte erzählte. Niemand klopfte ihm auf den Rücken und sagte: ›He, Kumpel, warum so eilig? Wie wär's mit einem Bier in der Eckkneipe?‹ Man bat ihn nicht darum, an einer Kegelpartie teilzunehmen, und kaum jemand käme wohl auf den Gedanken, ihn zum Essen in ein Restaurant einzuladen ... Mort empfand fast schmerzliches Mitleid, als er daran dachte, daß sein Lehrmeister das einsamste Geschöpf im ganzen Universum war. Bei der Großen Kosmischen Party blieb Tod in die Küche verbannt.

»In den letzten Tagen hat sich unser Herr sehr verändert«, sagte Albert kummervoll. »Gib den Stuhl frei, Mädchen! Sehen wir uns mal die Knoten an.«

Sie öffneten das Hauptbuch.

Sie starrten eine Zeitlang darauf hinab.

Schließlich fragte Mort: »Was bedeuten die ganzen Symbole?«

»Ichus non sapiens«, raunte Albert.

»Wie bitte?«

»Ich meine: Mich soll der Schlag treffen, wenn ich wüßte, was es mit diesen komischen Zeichen auf sich hat.«

»Das eben waren magische Worte, nicht wahr?« fragte Mort. »Wie sie ein Zauberer verwendet, stimmt's?«

»Zauberei und Magie! Hast du nichts anderes im Sinn? Ich weiß nichts von solchen Dingen. Und was dich betrifft ... Konzentriere Intelligenz, Einfallsreichtum und Interpretationskraft auf das hier.«

Mort betrachtete das komplizierte Linienmuster. Es sah aus, als habe eine trunkene Spinne versucht, das Blatt mit einem besonders raffinierten Netz zu schmücken — und offenbar hatte sie häufig eine Pause eingelegt, um hier und dort einige zierende Hieroglyphen hinzuzufügen. Mort wartete auf das helle Licht der Inspiration, doch hinter seiner Stirn blieb alles dunkel.

»Erkennst du irgend etwas?«

»Für mich ist das alles reinstes Klatschianisch«, erwiderte Mort. »Ich weiß nicht einmal, ob es von links nach rechts, diagonal oder von unten nach oben gelesen wird.«

»Man beginnt in der Mitte und folgt den Spiralbahnen«, sagte Ysabell und schnaufte abfällig. Sie saß in einer Ecke.

Morts Schläfe stieß an Alberts Nase, als sie sich beide vorbeugten, um die mittleren Bereiche der Seite zu betrachten. Sie runzelten die Stirn und sahen das Mädchen an. Ysabell hob die Schultern.

»Ich habe hier oft genäht und dabei gelernt, wie man die Knotenkarte entziffert«, erklärte sie. »Vater las häufig laut aus ihr vor.«

»Du kannst helfen?« vergewisserte sich Mort.

»Nein«, widersprach Ysabell und putzte sich die Nase.

»Was soll das heißen, ›nein‹?« knurrte Albert. »Diese Angelegenheit ist zu wichtig, um sich irgendwelche Scherze ...«

»Ich meine folgendes«, sagte Ysabell rasiermesserscharf. »*Ich* werde die Knoten berechnen, und *ihr* könnt mir dabei helfen.«

Die Händlergilde von Ankh-Morpork hat es sich zur Angewohnheit gemacht, große Gruppen gewisser Männer in ihre Dienste zu nehmen. Die Betreffenden haben Ohren in den Ausmaßen von Fäusten und Fäuste, so groß wie mit Walnüssen gefüllte Beutel. Ihre

Aufgabe besteht darin, alle jene Leute freundschaftlich eines Besseren zu belehren, die es sich in aller Öffentlichkeit erdreisten, die vielen Vorzüge der Stadt zu übersehen. Um nur ein Beispiel zu nennen: Der bekannte Philosoph Katzenröster schwamm mit dem Gesicht nach unten flußabwärts, nachdem er folgende berühmt gewordene Worte ausgesprochen hatte: »Wenn ein Mann Ankh-Morpork nicht mehr ausstehen kann, so hat er es satt, immerzu knöcheltief im Schlamm zu stehen.«

Es erscheint daher angeraten, einen (unter vielen, wohlgemerkt) positiven Aspekt zu erwähnen, der Ankh-Morpork im Vergleich mit allen anderen großen Städten des Multiversums eine herausragende Stellung verleiht.

Gemeint ist das Essen.

Die Handelsrouten der halben Scheibenwelt führen entweder direkt durch die Metropole oder am breiten trägen Fluß entlang. Mehr als die Hälfte aller Stämme und Völker haben geruchsunempfindliche Repräsentanten geschickt, die sich irgendwo in dem verwirrenden Stadtlabyrinth niederließen, und dadurch wurde Ankh-Morpork zu einer Art kulinarischem Schmelztiegel. Auf den Speisekarten stehen: mehr als tausend Gemüsesorten, fünfzehnhundert Käsespezialitäten, zweitausend Gewürze, dreihundert Fleisch-, zweihundert Geflügel- und fünfhundert Fischarten; hinzu kommen hundert leckere Nudelvariationen, siebzig verschiedene Vertreter der gastronomischen Gattung Ei, fünfzig unterschiedliche Insektenspezies, zwanzig Schlangen und andere Reptilien — und etwas Hellbraunes und Warziges, das als wandernder klatschianischer Sumpftrüffel bekannt ist.

Das Spektrum der Restaurants, Imbißstuben und Mampfhöhlen reicht vom Opulenten — kleine Portionen auf großen Tellern aus massivem Silber — bis hin zum Diskreten. Die Etablissements der zuletzt genannten Kategorie werden von exotischeren Gästen besucht, von denen es heißt, sie verschlängen alles, was sich irgendwie hinunterwürgen läßt.

Hargas Rippenhaus an den Docks gehört wahrscheinlich nicht zu den erlesensten Eßlokalen der Stadt, denn die Kundschaft besteht aus recht kräftig gebauten Leuten, die in erster Linie Wert auf Quantität legen und das Mobiliar zertrümmern, wenn man ihre Wünsche unberücksichtigt läßt. Ihnen steht nicht der Sinn nach dem Ausgefallenen und Speziellen. Sie ziehen konventionellere Speisen vor, wie zum Beispiel flugunfähige Vogelembryonen, zerhacktes Fleisch in Darmhäuten, einzelne Scheiben gewisser Muskelteile von Schweinen und aus dem Boden gegrabene Pflanzenknollen, die man in tierisches Fett taucht. In der Sprache des gemeinen Volkes ausgedrückt handelt es sich um folgende Dinge: Eier, Würstchen, Schinken und Bratkartoffeln.

In diesem besonderen Lokal gab es keine Speisekarte. Sie war auch gar nicht nötig: Man brauchte nur einen Blick auf Hargas Schürze zu werfen.

Der neue Koch schien außerordentlich tüchtig zu sein. Harga — eine lebende Werbung für seine an Kohlehydraten reiche Ware — strahlte übers ganze Gesicht: Es herrschte Hochbetrieb, und alle Kunden waren vollauf zufrieden. Was er nicht zuletzt seinem neuen Angestellten verdankte. Ja, ein wirklich fleißiger Koch. Und er arbeitete fast beunruhigend schnell!

Er klopfte an die Klappe.

»Zwei Spiegeleier, Pommes frites, Bohnen und einen Trollburger ohne Zwiebel«, sagte er.

IN ORDNUNG.

Einige Sekunden später öffnete sich die Durchreiche, und zwei Teller wurden auf den Tresen geschoben. In dankbarem Erstaunen schüttelte Harga den Kopf.

So ging es schon den ganzen Abend. Die Eier

glänzten gelb und weiß, die Bohnen sahen aus wie glitzernde Rubine, und die Pommes frites waren so goldbraun wie an exklusiven Stränden in der Sonne brutzelnde Urlauberkörper. Hargas letzter Koch hatte Kartoffel gebraten, die wie kleine Papiertüten voller Eiter wirkten.

Der Inhaber ließ einmal mehr den Blick durch den Raum schweifen und stellte fest, daß ihm niemand Beachtung schenkte. Er wollte der Sache auf den Grund gehen. Einmal mehr pochte er an die Durchreiche.

»Ein Alligatorbrötchen«, sagte er. »Das Fleisch knus …«

Die Klappe schwang auf. Harga zögerte, nahm seinen ganzen Mut zusammen und öffnete das Brötchen vorsichtig. Er sah gebratenes Fleisch, daran konnte überhaupt kein Zweifel bestehen. Es schien knusprig zu sein. Ob es von einem Alligator stammte oder nicht, ließ sich kaum feststellen.

Der Wirt holte tief Luft und klopfte.

»Na schön«, brummte er. »Ich beschwere mich nicht. Ich möchte nur wissen, wieso du so unglaublich schnell bist.«

DIE ZEIT SPIELT KEINE ROLLE.

»Tatsächlich nicht?«

NEIN.

Harga beschloß, sich damit zufriedenzugeben.

»Nun, du machst da drin wirklich verdammt gute Arbeit, Junge«, sagte er.

WIE NENNT MAN ES, WENN MAN WARME ZUFRIEDENHEIT EMPFINDET UND SICH WÜNSCHT, DIE DINGE SOLLTEN SO BLEIBEN, WIE SIE SIND?

»Ich vermute, in einem solchen Fall kann man von Glück sprechen«, erwiderte Harga.

Tod eilte durch die kleine enge Küche, an deren Wänden sich eine jahrzehntealte Patina aus schmierigem Fett gebildet hatte. Er tänzelte fröhlich und summte vor sich hin, während er schnitt und kochte, briet und röstete. Ausgelassen schwang er die große Pfanne hin und her.

Kurze Zeit später öffnete er die Tür, ließ die Nacht und einige Katzen aus der Nachbarschaft herein. Angelockt wurden sie von einigen Schüsseln, die sowohl frische Milch als auch besonders zartes Fleisch enthielten und an strategischen Stellen auf dem Boden standen. Gelegentlich legte Tod eine kurze Pause ein und kraulte eins der Tiere hinter den Ohren.

»Glück«, sagte er und wunderte sich über den sonderbaren Klang seiner Stimme.

Der Zauberer und Königliche Wiedererkenner Schneidgut kletterte die letzten Stufen der Turmtreppe empor, lehnte sich schnaufend an die Wand und fürchtete, das Herz könne ihm die Brust zersprengen. Allmählich ließ das rasende Pochen nach.

Eigentlich handelte es sich um einen ganz normalen Turm, der nur nach den Maßstäben von Sto Lat recht hoch war. Er erweckte den Anschein, als diene er dazu, hilflose Prinzessinnen einzukerkern, aber hauptsächlich wurde er für die Lagerung alter Möbel benutzt.

Er wies jedoch einen großen Vorteil auf — von oben hatte man einen ausgezeichneten Blick über die Stadt und das weite Land. Mit anderen Worten: Man konnte jede Menge Kohl beobachten.

Schneidgut näherte sich behutsam den bröckeligen Zinnen und starrte durch den Morgendunst, der etwas dunstiger als sonst zu sein schien. Wenn er sich wirklich anstrengte, glaubte er, ein seltsames Flackern am Himmel zu erkennen. Und von den Feldern her vernahm er ein dumpfes Zischen, als briete jemand Heuschrecken. Er schauderte.

Bei solchen Gelegenheiten tasteten seine Hände aus

reiner Angewohnheit in die Taschen und fanden: einen angebissenen Apfel und eine Tüte mit klebrigen Gummibärchen, die ihm nur wenig Trost spendeten.

Schneidgut verspürte den Wunsch, den jeder Zauberer unter solchen Umständen empfindet: Er wollte rauchen. Er hätte jemanden für eine Zigarre umbringen können, und für eine halbwegs brauchbare Zigarettenkippe wäre er immerhin noch bereit gewesen, eine oberflächliche Fleischwunde in Erwägung zu ziehen. Er seufzte und riß sich zusammen. Entschlossenheit stärkt den Charakter, so hieß es. Das Problem bestand nur darin, daß eben jener Charakter die Opfer bedauerte, die man für ihn darbrachte. Jeder Zauberer, der etwas auf sich hielt, sollte unter dauernder Anspannung stehen. Nun, Schneidgut erfüllte diese Voraussetzungen — man hätte ihn als Bogensehne verwenden können.

Er wandte sich von der eintönigen Kohlkopflandschaft ab und kehrte über die Treppe in die zentralen Bereiche des Schlosses zurück.

Glücklicherweise schienen seine Vorbereitungen den angestrebten Erfolg zu erzielen. Die Bevölkerung nahm es hin, daß eine Krönung anstand — obgleich sie nicht genau wußte, wem der Thron gebührte. In den Straßen und Gassen sollten bunte Fähnchen und Wimpel wehen, und außerdem plante Schneidgut, im Stadtbrunnen aus Kohl gebrautes Bier sprudeln zu lassen (Wein war zu teuer). Auf dem Programm standen muntere Volkstänze (die Palastsoldaten würden nötigenfalls mit gezückten Schwertern für angemessene Feststimmung sorgen). Hinzu kamen Wettläufe und Sackhüpfen für Kinder. Der Zauberer stellte sich einen am Spieß röstenden Ochsen vor und leckte sich aus reiner Vorfreude die Lippen. Er dachte an die mit neuem Blattgold versehene königliche Kutsche: Bestimmt konnten die Bürger der Stadt dazu veranlaßt werden, von ihr Kenntnis zu nehmen.

In bezug auf den Hohepriester im Tempel des Blinden Io mußte man jedoch mit gewissen Schwierigkeiten rechnen. Schneidgut sah in ihm einen gutmütigen alten Mann, der mit dem Messer so schlecht umzugehen verstand, daß viele rituelle Opfer die Geduld verloren und fortgingen. Als er zum letztenmal versucht hatte, eine Ziege zu opfern, blieb ihr genug Zeit, Zwillinge zur Welt zu bringen, einen ausgeprägten Mutterinstinkt zu entwickeln und die ganze Priesterschaft aus dem Tempel zu jagen. Der Kerl brauchte einfach zu lange, um die Konturen seiner Umgebung zu entwirren.

Die Chance, daß es ihm tatsächlich gelang, der richtigen Person die Krone aufs Haupt zu setzen, waren selbst unter normalen Umständen nur durchschnittlich. Schneidgut wußte, daß ihm wahrscheinlich nichts anderes übrigblieb, als neben dem alten Priester zu stehen und mit diskretem Takt seine zitternden Hände zu führen.

Aber es gab noch ein anderes Problem, das ihm weitaus kritischer erschien. Gewissermaßen das Problem der Probleme. Voller Unbehagen entsann er sich an das morgendliche Gespräch mit dem Kanzler.

»Ein Feuerwerk?« wiederholte Schneidgut.

»Das ist doch die spezielle Spezialität von Zauberern, nicht wahr?« fragte der Kanzler. Seine Stimme klang so, als breche jemand einen zwei Wochen alten Brotlaib. »Blitze und Geballer und was weiß ich. Als kleiner Junge habe ich einmal einen Magier gesehen, der ...«

»Ich fürchte, ich muß dich enttäuschen«, erwiderte Schneidgut. »Was Feuerwerke betrifft, sind meine thaumaturgischen Kenntnisse recht begrenzt.« Sein Tonfall machte deutlich, daß er diese Art von Unwissenheit keineswegs bedauerte.

»Jede Menge Raketen«, erinnerte ihn der Kanzler fröhlich. »Ankhianische Kerzen. Donnerblitze. Und irgendwelche Dinger, die man in der Hand halten kann. Eine Krönung ohne Feuerwerk ist wie — wie eine Suppe mit zuviel Salz drin.«

Schneidgut ahnte, daß bei diesem Vergleich irgend etwas nicht stimmte, erhob jedoch keine Einwände dagegen. Zucker war ihm ohnehin lieber.

»Ja, sicher, aber ...«

»Guter Mann«, unterbrach ihn der Kanzler und rieb sich glücklich die Hände. »Ich wußte doch, daß man sich auf dich verlassen kann. Um es noch einmal zu betonen: Raketen, je mehr, desto besser. Und als krönender Abschluß — ha-ha — etwas ganz Besonderes, etwas, das an Großartigkeit kaum mehr zu überbieten ist. Etwas wahrhaft Atemberaubendes, zum Beispiel ein Bild von ... von ...« Der Kanzler runzelte verwirrt die Stirn, und seine Augen trübten sich auf eine Weise, die der Zauberer nur zu gut kannte.

»Von Prinzessin Keli«, sagte er und seufzte.

»Ah ja«, bestätigte der Kanzler. »Ein Porträt von — von ihr — in Form eines Feuerwerks. Nun, für euch Zauberer sind derartige Sachen sicher ein Kinderspiel, aber die Leute mögen so etwas eben. Ein ordentliches Geknalle, auf daß die Balkons erzittern — um die Loyalitätsmuskeln in Topform zu halten. Ach, was tut man nicht alles für sein Volk ... Kümmer dich darum. Raketen. Mit Runen drauf.«

Kurz nach dem Gespräch blätterte Schneidgut in einem magischen Buch mit dem Titel *Ungeheurer Spaß und seine Geheimnisse.* Er sah im Stichwortverzeichnis nach, sammelte vorsichtig einige ganz gewöhnliche Ingredienzien, wie man sie in jedem Haushalt fand — und hielt ein brennendes Streichholz an die Masse.

Mit den Brauen ist das schon eine komische Sache, dachte er. Man bemerkt sie erst, wenn sie fehlen.

Schneidgut roch ein wenig nach Rauch und rieb sich die geröteten Augen, als er in Richtung der königlichen Gemächer durch die langen Korridore des Palastes wanderte. Unterwegs kam er an einigen Dienstmädchen vorbei, die mit typischen Dienstmädchenangelegenheiten beschäftigt waren. Der Zauberer wußte nicht genau, worum es sich dabei handelte, aber die geheimnisvollen Aufgaben schienen immer mindestens drei junge Frauen und häufiges Gekicher zu erfordern. Wenn sie ihn sahen, schwiegen sie plötzlich, eilten mit gesenktem Kopf weiter und setzten in einer sicheren Distanz von mehreren Metern ihr pflichtbewußtes Lachen fort. Ihr Verhalten ärgerte ihn. Er sah nicht etwa einen persönlichen Affront darin (wie er sich hastig versicherte), vertrat schlicht die Ansicht, daß Zauberer mehr Respekt verdienten. Hinzu kam: Einige Zofen sahen ihn auf eine Art und Weise an, die unmagische Gedanken in ihm weckte.

Die Philosophen haben recht, fuhr es ihm durch den Sinn. Der Pfad der Erleuchtung ist streckenweise voller Glassplitter.

Er klopfte an Kelis Tür, und eine Bedienstete öffnete.

»Ist deine Herrin zugegen?« fragte er in einem möglichst gebieterischen Tonfall.

Die junge Frau hielt sich die Hand vor den Mund. Ihre Schultern bebten, und in den Augen funkelte es. Ein leises Glucksen filterte durch die Finger.

Ich kann nichts dagegen unternehmen, dachte Schneidgut. Immer wieder habe ich diese erstaunliche Wirkung auf das weibliche Geschlecht.

»Ist es ein Mann?« erklang Kelis Stimme. Der Blick des Dienstmädchens trübte sich, und es neigte verwirrt den Kopf zur Seite.

»Ich bin's, Schneidgut«, sagte Schneidgut.

»Oh, na gut. Komm herein!«

Der Zauberer schob sich an der Bediensteten vorbei und versuchte ein leises Kichern zu überhören, als die Zofe durch den Flur davoneilte. Es war natürlich allgemein bekannt, daß ein Magier keine Anstandsdame benötigte, doch das gleichgültige ›Oh, na gut‹ der Prinzessin betrübte ihn.

Keli saß an ihrer Frisierkommode und kämmte sich das Haar. Nur sehr wenige Männer auf der Scheibenwelt erfahren, was eine Prinzessin unter ihren Kleidern trägt, und Schneidgut gesellte sich dieser auserwählten Gruppe mit großem Widerstreben und gleichzeitig bemerkenswerter Selbstbeherrschung hinzu. Nur das nervöse Tanzen seines Adamsapfels verriet ihn. Kein Zweifel: Die Zauberei blieb ihm auf *Tage* hinaus verwehrt.

Keli drehte sich um, und eine dünne Wolke aus Körperpuder wehte Schneidgut entgegen. Nein, verbesserte er sich in Gedanken. Es wird *Wochen* dauern, bis ich wieder zu thaumaturgischer Muße finde.

»Wieso sind deine Wangen so rot?« fragte die Prinzessin. »Ist dir heiß? Fühlst du dich nicht gut?«

»Aargh.«

»Bitte?«

Der Zauberer schüttelte sich. Konzentrier dich auf die Bürste, dachte er. Einzig und allein auf die Bürste. »Die Folgen eines magischen Experiments«, brachte er hervor. »Nur einige leichte Verbrennungen.«

»Kommt *es* noch immer näher?«

»Ich fürchte, ja.«

Keli starrte in den Spiegel und schnitt eine Miene, die trotzig-energische Entschlossenheit zum Ausdruck brachte.

»Bleibt uns Zeit genug?«

Diese Frage erfüllte Schneidgut mit vagem Entsetzen. An seinen Vorbereitungen gab es nichts auszusetzen. Er hatte dem Königlichen Astrologen lange genug seinen Wein entzogen, um ihn zu der Auskunft zu bewegen, daß die Krönungszeremonie nur am nächsten Tag stattfinden konnte — nach dieser rituellen Botschaft setzte Schneidgut den Beginn der Feierlichkeiten auf genau eine Sekunde nach Mitternacht fest. Aber damit noch nicht genug. Er reduzierte das traditionelle Fanfarenkonzert auf einen kurzen Trompetenstoß. Er verkürzte den obligatorischen Auftritt des Hohepriesters und redigierte auch den Text, mit dem er göttlichen Segen beschwor — vermutlich kam es zu einem ziemlichen

Krach, wenn die Götter davon erfuhren. Die langwierige Salbung mit geweihten Ölen sollte sich auf einen kurzen Tupfer hinter die Ohren beschränken. Skateboards gehörten zu den noch unerfundenen Erfindungen auf der Scheibenwelt; andernfalls wäre Kelis Wanderung durch den Mittelgang ungewöhnlich schnell gewesen.

»Vielleicht nicht«, erwiderte der Zauberer zerknirscht. »Es könnte knapp werden.«

Keli musterte sein Abbild im Spiegel.

»Wie knapp?«

»Äh, sehr.«

»Soll das heißen, das Etwas könne uns erreichen, wenn die Zeremonie beginnt?«

»Nun, äh, möglicherweise schon vorher«, erwiderte Schneidgut kummervoll.

Keli trommelte mit den Fingern auf den Tischrand — ansonsten blieb alles still. Der Zauberer rechnete damit, daß sie in Tränen ausbrach oder den Spiegel zerschmetterte. Statt dessen fragte sie:

»Woher willst du das wissen?«

Schneidgut überlegte, ob er einfach erwidern sollte: Wir Zauberer wissen über solche Dinge Bescheid. Er entschied sich schließlich dagegen. Bei seiner letzten so lautenden Antwort hatte ihn Keli mit einer Axt bedroht.

»Ich habe einen der Wächter nach der Schenke gefragt, die Mort erwähnte«, sagte er. »Aufgrund seiner Angaben berechnete ich die Strecke, die *es* zurücklegen muß. Mort erzählte, es bewege sich mit der Geschwindigkeit eines Spaziergängers. Nun, ich nehme an, daß Tods Lehrling bei diesem Vergleich an sich selbst dachte, und daher versuchte ich einzuschätzen, mit welchem Tempo er ...«

»So einfach ist das? Du hast überhaupt keine Magie verwendet?«

»Nein, nur gesunden Menschenverstand. Auf lange Sicht gesehen halte ich ihn für zuverlässiger.«

Keli beugte sich vor und klopfte ihm auf die Hand.

»Armer alter Schneidgut!« murmelte sie.

»Ich bin erst zwanzig, Euer Hoheit.«

Keli stand auf und betrat das Ankleidezimmer. Eine Prinzessin lernt schon recht früh, älter zu sein als alle, die einen geringeren Rang einnehmen.

»Ja, ich schätze, es muß auch junge Zauberer geben«, sagte sie über die Schulter hinweg. »Man stellt sie sich nur immer alt vor. Warum eigentlich?«

»Die Greisenhaftigkeit gehört zu unserem Berufsstand, verehrtes »Fräulein«, entgegnete Schneidgut, rollte mit den Augen und hörte das leise Knistern von Seide.

»Aus welchem Grund hast du beschlossen, Zauberer zu werden?« Kelis Stimme klang gedämpft — offenbar zog sie sich gerade etwas über den Kopf.

»Nun, man kann zu Hause arbeiten und braucht sich nicht übermäßig anzustrengen«, erwiderte Schneidgut. »Außerdem wollte ich mir über den Sinn des Lebens klarwerden.«

»Ist dir das gelungen?«

»Nein.« Schneidguts Konversationstalente ließen zu wünschen übrig. Sonst wäre er sicher nicht so gedankenlos gewesen, folgende Worte zu formulieren: »Und warum hast du beschlossen, Prinzessin zu werden?«

»Um ganz ehrlich zu sein«, antwortete Keli nach einem nachdenklichen Schweigen, das einige Sekunden dauerte, »diese Entscheidung wurde mir abgenommen.«

»Bitte entschuldige. Ich ...«

»Es ist eine Tradition meiner Familie, königlich zu sein. Wahrscheinlich trifft das auch auf Magier zu. Dein Vater war bestimmt ein Zauberer, oder?«

Schneidgut knirschte mit den Zähnen. »Äh, nein«, sagte er. »Mit Magie hatte er nur wenig zu tun. Überhaupt nichts, wenn du's genau wissen willst.«

Er ahnte die nächste Frage der Prinzessin, und da kam sie auch schon, mit der Pünktlichkeit des Sonnenuntergangs, begleitet von einer Mischung aus Heiterkeit und Faszination.

»Ach? Stimmt es, daß es Zauberern verboten ist, sich mit F ...«

»Nun, wenn das alles ist ...«, warf Schneidgut hastig ein. »Ich sollte jetzt besser gehen. Falls mich jemand sprechen möchte: Das Knallen der Explosionen weist den Weg. Ich ... *Gnnnh!*«

Keli kehrte aus dem Ankleideraum zurück.

Nun, Damenkleider spielten in Schneidguts Vorstellungswelt eine nur untergeordnete Rolle — wenn er an Frauen dachte, malte sein Phantasie meistens Bilder, die völlig auf Produkte der Textilindustrie verzichteten —, doch der Anblick, der sich ihm nun darbot, war im wahrsten Sinne des Wortes atemberaubend. Ganz gleich, welcher Modeschöpfer für dieses Gewand die Verantwortung trug: Offenbar hatte der Betreffende einem kreativen Wahn nachgegeben, ohne den Tarifurlaub der Schneiderinnen zu berücksichtigen. Eine bereits recht umfangreiche Seidenbasis wurde um zahllose Spitzen erweitert, denen man Ungeziefer und mehrere Dutzend blasse Perlen hinzufügte. Anschließend stärkte man die Ärmel und stattete sie mit Borten, Troddeln, silbrigen Filigranarbeiten und anderen Verzierungen aus, bevor man erneut nach Seide griff und noch einmal von vorn begann.

Schneidgut empfand es als höchst erstaunlich, was man mit mehreren Unzen Schwermetall, einigen verärgerten Mollusken, sieben oder acht toten Nagetieren und um Insektenpanzer gewickelten Zwirn anstellen konnte. Das Gewand wurde nicht in dem Sinne getragen, sondern eher bewohnt. Und da die weit herabreichenden Volants und Rüschen nicht auf Rädern ruhten, mußte der Zauberer annehmen, daß sich in Kelis Leib weitaus mehr Muskeln verbargen, als er bisher vermutet hatte.

»Na, wie sehe ich aus?« fragte die Prinzessin und

drehte sich langsam. »Dieses Kleid wurde von meiner Mutter getragen. Und meiner Großmutter. Und meiner Urgroßmutter.«

»Was, von allen gleichzeitig?« erwiderte Schneidgut. Er war durchaus bereit, so etwas für möglich zu halten. Wie ist sie hineingelangt? überlegte er. Vielleicht gibt es hinten eine Tür ...

»Ein Erbstück der Familie. Das Mieder ist mit echten Diamanten besetzt.«

»Das Mieder?«

»Hier.«

»Oh.« Schneidgut schauderte. »Sehr beeindruckend«, kommentierte er, als er die Sprache wiederfand. »Hältst du das Gewand nicht für ein wenig ... *gereift?*«

»Es ist königlich.«

»Ja, aber sicher kannst du dich darin nicht besonders schnell bewegen, oder?«

»Es liegt mir fern, irgendeinen Wettlauf zu beginnen. Eine Königin muß Würde ausstrahlen.« Einmal mehr schob sie das Kinn vor, und Kelis Züge gewannen wieder bemerkenswerte Ähnlichkeit mit denen ihres kriegerischen Vorfahren — der zeit seines Lebens großen Wert auf flinke Schnelligkeit gelegt und Würde mit der Klinge seines Schwertes verwechselt hatte.

Schneidgut breitete die Arme aus.

»Na schön«, sagte er. »In Ordnung. Wir geben uns alle Mühe. Ich hoffe nur, daß Mort irgend etwas einfällt.«

»Es ist schwer, einem Geist zu vertrauen«, murmelte Keli. »Er geht durch Wände!«

»Ich habe darüber nachgedacht«, verkündete der Zauberer. »Eine rätselhafte Sache, nicht wahr? Mort geht nur dann durch irgendwelche Dinge, wenn er nicht daran denkt. Ich glaube, es ist eine Berufskrankheit.«

»Eine was?«

»Gestern abend war ich mir fast sicher. Er wird allmählich wirklich.«

»Wir alle sind wirklich! Ich meine, du bist es ganz bestimmt. Bei mir sind Schicksal und Geschichte etwas anderer Ansicht.«

»Aber Mort wird *sehr* wirklich. Geradezu extrem wirklich. So wirklich wie Tod. Und wirklicher kann man nicht werden. Nein, ganz und gar nicht.«

»Bist du sicher?« fragte Albert argwöhnisch.

»Natürlich«, erwiderte Ysabell: »Rechne nach, wenn du unbedingt willst.«

Albert starrte auf das große Buch, und Unsicherheit vertrieb ihm alle anderen mimischen Aspekte aus dem Gesicht.

»Nun, vielleicht hast du recht«, sagte er unbeholfen und notierte die beiden Namen auf einem Zettel. »Wie dem auch sei: Es gibt eine Möglichkeit, Gewißheit zu erlangen.«

Er zog die oberste Schublade des Schreibtischs auf und holte einen großen eisernen Ring hervor. Nur ein Schlüssel baumelte daran.

WAS GESCHIEHT JETZT? fragte Mort.

»Wir müssen die Lebensuhren holen«, erklärte Albert. »Komm.«

»Mort!« entfuhr es Ysabell.

»Ja?«

»Was du eben gesagt hast ...« Sie unterbrach sich und fügte nach einigen Sekunden hinzu: »Ach, nichts. Es klang irgendwie — seltsam.«

»Ich habe nur gefragt, was jetzt geschieht«, entgegnete Mort.

»Ja, aber ... Schon gut.«

Albert schob sich an ihnen vorbei, stakte wie eine zweibeinige Spinne durch den Flur und blieb vor der Tür stehen, die immer verriegelt blieb. Der Schlüssel paßte genau ins Schloß. Kurze Zeit später schwang die Pforte auf, ohne daß die Angeln quietschten. Es ließ sich nur das ätherische Zischen stillerer Stille vernehmen.

Dem das schier ohrenbetäubende Donnern unablässig rieselnden Sands folgte.

Mort und Ysabell blieben wie erstarrt auf der Schwelle stehen, während Albert an langen Wänden aus Glas entlangstapfte. Das allgemeine Rauschen erreichte den Körper nicht nur durch die Ohren. Es glitt auch durch Beine und Schädelknochen, füllte das Gehirn, bis es nur noch an jenes allgegenwärtige Geräusch denken konnte, verursacht von Millionen gelebter Leben, die alle ihrer letztendlichen Bestimmung entgegeneilten.

Mort und das Mädchen an seiner Seite blickten wie gebannt an den langen Gestellen mit den zahllosen Sanduhren entlang, jede von ihnen einzigartig, jede mit einem Namen versehen. Fackeln brannten an den Wänden, und ihr Schein spiegelte sich auf den kleinen kristallenen Behältern wider, wodurch der Eindruck entstand, als funkelten winzige Sterne auf Myriaden Gläsern. Das gegenüberliegende Ende des Zimmers verlor sich in einem endlosen Labyrinth aus hellem Schimmern.

Mort spürte, wie sich Ysabells Hand fest um seinen Arm schloß. Als sie sprach, klang ihre Stimme gepreßt.

»Einige Lebensuhren sind so *klein*, Mort.«

ICH WEISS.

Ganz langsam lockerte sie den Griff, wie jemand, der das letzte As auf ein hohes Kartenhaus legt und vorsichtig die Hand zurückzieht, um das Gebäude nicht zum Einsturz zu bringen.

»Wiederhol das bitte!« hauchte sie.

»Ich sagte: Ich weiß. Leider kann ich nichts daran ändern. Bist du noch nie hier drin gewesen?«

»Nein.« Ysabell trat einen Schritt beiseite und bedachte ihn mit einem starren Blick.

»Diese Kammer ist nicht schlimmer als die Bibliothek«, fügte Mort hinzu, und es wäre ihm beinah gelungen, selbst daran zu glauben. In der Bibliothek las man nur über die verschiedenen Leben, doch in diesem Raum konnte man direkt beobachten, wie sie verstrichen.

»Warum siehst du mich so an?« fragte er.

»Ich versuche nur, mich an deine Augenfarbe zu erinnern«, erwiderte sie. »Die Pupillen haben sich nämlich ver ...«

»Ich störe euch beide nur ungern!« rief Albert, um das Tosen des Sands zu übertönen. »Aber wir müssen eine wichtige Aufgabe wahrnehmen. Hier entlang!«

»Braun«, wandte sich Mort an Ysabell. »Meine Augen sind braun. Warum?«

»Beeilt euch!«

»Du solltest Albert besser helfen«, sagte Ysabell. »Er scheint ziemlich nervös zu sein.«

Mort setzte einen Fuß vor den anderen und versuchte, das wachsende Unbehagen aus sich zu verbannen. Wie benommen ging er über die Fliesen und näherte sich Albert, der ungeduldig auf ihn wartete und mit dem Fuß klopfte.

»Was soll ich tun?« fragte er.

»Folg mir einfach!«

Die Wände des Zimmers wichen zurück, und mehrere Gänge führten an hohen, mit Lebensuhren gefüllten Gestellen vorbei. Hier und dort wurden die Regale von steinern Säulen mit rechteckigen Markierungen unterteilt. Dann und wann warf Albert einen kurzen Blick auf die Schilder, aber die meiste Zeit über marschierte er so zielsicher, als kenne er jeden Winkel des Raums.

»Gibt es hier für jeden lebenden Menschen ein Glas, Albert?«

»Ja.«

»Die Kammer scheint nicht groß genug zu sein.«

»Hast du schon mal was von m-dimensionaler Topographie gehört?«

»Äh, nein.«

Der alte Mann blieb vor einem Gerüst stehen, sah auf den Zettel, suchte in den Regalen und holte eine Lebensuhr hervor, deren obere Hälfte nur noch wenig Sand enthielt.

»Halt es!« sagte er. »Wenn die Knoten-Berechnungen stimmen, müßte das andere ganz in der Nähe sein. Ah, hier ist es ja.«

Mort betrachtete die beiden Gläser und drehte sie langsam hin und her. Das eine wies die Verzierungen eines wichtigen Lebens auf, während das zweite eher schlicht wirkte.

Er las die Namen. Der erste bezog sich offenbar auf einen Adligen irgendwo im Achatenen Reich, während der zweite aus einigen Piktogrammen bestand — eine Schrift, die Mort als Drehwärtiges Klatschianisch erkannte.

»Jetzt bist du dran«, sagte Albert. »Je eher du mit der Arbeit beginnst, desto schneller bist du fertig. Ich bringe Binky zur Vordertür.«

»Was hältst du von meinen Augen?« fragte Mort.

»Soweit ich erkennen kann, ist alles in Ordnung mit ihnen«, erwiderte der alte Mann. »Das Weiße ein bißchen gerötet, die Pupillen blauer als sonst. Sonst fällt mir nichts auf.«

Ein nachdenklicher Mort folgte ihm zur Tür. Ysabell sah, daß er nach Tods Schwert griff und die Klinge prüfte, indem er wie sein Lehrmeister damit ausholte. Mort lächelte finster, als Donner grollte.

Als er sich wieder in Bewegung setzte, schnappte Ysabell unwillkürlich nach Luft. Sie kannte diese Gangart. Mort *stolzierte.*

»Mort?« flüsterte sie.

JA?

»Irgend etwas geschieht mit dir.«

ICH WEISS, sagte Mort. »Aber ich glaube, ich kann es kontrollieren.«

Draußen pochten Hufe, und kurz darauf öffnete Albert die Tür. Er trat ins Haus und rieb sich die Hände.

»Alles klar, Junge, verlier jetzt keine Zeit mehr ...«

Mort schwang das Schwert in Brusthöhe. Irgend etwas knisterte, so als risse feine Seide, und die Klinge bohrte sich dicht neben Alberts Ohr in den Türpfosten.

AUF DIE KNIE, ALBERTO MALICH.

Alberts Kinnlade klappte herunter, und die Augen rollten zur Seite, um auf das blaue Schimmern zu starren, von dem ihn nur wenige Zentimeter trennten. Dann senkten sich die Lider und bildeten zwei schmale Schlitze.

»Das wagst du bestimmt nicht, Junge«, sagte er.

MORT. Die eine Silbe knallte wie ein Peitschenschlag, und die Drohung darin war unüberhörbar.

»Es gibt einen Pakt«, sagte Albert, und ein erster Zahn des Zweifels nagte an der Selbstsicherheit in seiner Stimme. »Es gibt eine Vereinbarung.«

»Sie wurde nicht mit mir geschlossen.«

»Trotzdem ist es eine Vereinbarung! Wohin kämen wir, wenn wir keine Vereinbarungen mehr achten?«

»Ich weiß nicht, wohin ich käme«, erwiderte Mort ruhig. ABER MIR IST DURCHAUS KLAR, WAS AUS DIR WÜRDE.

»Das ist nicht gerecht!« wimmerte Albert.

ES GIBT KEINE GERECHTIGKEIT. ES GIBT NUR MICH.

»Hör auf damit!« warf Ysabell ein. »Sei doch nicht dumm, Mort. Hier kannst du niemanden töten. Außerdem willst du Albert gar nicht umbringen, oder?«

»Zumindest nicht an diesem Ort. Aber ich könnte ihn in die Welt der Sterblichen zurückschicken.«

Albert erbleichte.

»Dazu bist du nicht fähig!«

»Wirklich nicht? Ich wäre imstande, dich in die reale Welt zu bringen und dort zurückzulassen. Ich glaube, du hast dort nicht mehr viel Zeit, oder?« ODER?

»Sprich nicht auf diese Weise!« jammerte Albert und mied Morts Blick. »Wenn du auf diese Weise sprichst, klingst du wie unser Herr.«

»Ich kann weitaus strenger sein als unser Herr«, sagte Mort gelassen. »Ysabell, sei so gut und hol Alberts Buch ...«

»Mort, du solltest jetzt wirklich ...«

ICH WIEDERHOLE MICH NICHT GERN.

Ysabell floh blaß aus dem Zimmer.

Albert schielte an der Schwertklinge entlang, sah Mort an und rang sich ein gezwungenes, schiefes Lächeln ab.

»Du kannst dich der Veränderung nicht auf Dauer widersetzen«, behauptete er.

»Das will ich auch gar nicht. Ich möchte sie nur lange genug unter Kontrolle halten.«

»Es wird immer schlimmer, begreifst du das denn nicht? Je länger unser Herr abwesend ist, desto mehr wirst du wie er. Aber in deinem Fall wäre das besonders fatal, denn du weißt die ganze Zeit über, daß du einmal als Mensch gelebt hast ...«

»Und du?« fragte Mort scharf. »Hast du dir irgendwelche Erinnerungen an dein Leben in der anderen Welt bewahrt? Wenn du zurückkehrst ... Wieviel Zeit bleibt dir dann noch?«

»Insgesamt einundneunzig Tage, drei Stunden und fünf Minuten«, antwortete Albert sofort. »Ich wußte, daß mir der Tod dicht auf den Fersen war. Aber hier bin ich sicher, und außerdem ist er gar kein übler Herr. Manchmal glaube ich sogar, daß er ohne mich überhaupt nicht mehr zurechtkommt.«

»Du hast recht«, gab Mort zurück. »Niemand stirbt in Tods privatem Reich. Bist du damit zufrieden?«

»Oh, ich bin mehr als zweitausend Jahre alt. Ich habe länger gelebt als irgendein anderer Mensch.«

Mort schüttelte den Kopf.

»Da irrst du dich«, widersprach er. »Du hast die Dinge nur ein wenig gestreckt, sie gewissermaßen in die Länge gezogen. Hier kann niemand *richtig* leben. Die Zeit an diesem Ort ist nicht echt, nur ... simuliert. Nichts verändert sich. Ich würde lieber sterben und abwarten, was dann passiert, anstatt hier eine Ewigkeit zu verbringen.«

Albert rieb sich nachdenklich das Kinn. »Nun, das mag bei dir der Fall sein«, erwiderte er. »Aber ich war Zauberer, weißt du. Und ein mächtiger noch dazu. Man hat mir sogar ein Denkmal gesetzt. Andererseits: Man führt kein langes Leben als Zauberer, wenn man sich nicht einige Feinde macht, und ... Nun, ich fürchte, sie erwarten mich auf der Anderen Seite.«

Albert schniefte leise. »Nicht alle von ihnen gehen auf zwei Beinen. Manche haben überhaupt keine. Manchen fehlt sogar ein Gesicht. Ich fürchte nicht etwa den Tod, sondern das, was danach kommt.«

»Dann hilf mir!«

»Was hätte ich davon?«

»Eines Tages brauchst du vielleicht einen Freund auf der Anderen Seite«, sagte Mort. Er dachte kurz nach und fügte hinzu: »Es könnte gewiß nicht schaden, wenn du deine Seele ein wenig aufpolierst. Die Burschen, die im Jenseits auf dich warten ... Vielleicht stößt sie der Geschmack einer guten Tat ab.«

Albert schauderte und schloß die Augen.

»Du hast keine Ahnung, wovon redest du«, brummte er mit mehr Gefühl als Grammatik. »Sonst würdest du so etwas nicht sagen. Worum geht es?«

Mort erklärte es ihm.

Albert lachte schallend.

»Nichts weiter als das? Ich soll nur die Realität für dich ändern? Himmel, das ist unmöglich! Es gibt keine

Magie mehr, die stark genug wäre. Nur mit den Großen Zauberformeln ließe sich so etwas bewerkstelligen. Nein, Mort, es ist aussichtlos. Vergiß die Sache. Ganz gleich, was du auch immer versuchst: Du kannst den Geleisen der Geschichte keine neue Richtung aufzwingen.«

Auf der Scheibenwelt gab es keine Eisenbahn. Andernfalls hätte Mort vielleicht schlagfertig geantwortet: ›Aber es ist möglich, in irgendeinem Bahnhof umzusteigen.‹

Ysabell kehrte ein wenig außer Atem zurück und trug das letzte Buch von Alberts Leben. Der alte Mann schniefte erneut. Der winzige Tropfen an seiner Nasenspitze faszinierte Mort. Ständig erweckte er den Eindruck, als könne er herunterfallen, doch brachte er nie den Mut dazu auf. In dieser Hinsicht ähnelte er dem ehemaligen Zauberer.

»Mit dem Buch kannst du mir nichts anhaben«, sagte Albert mißtrauisch.

»Oh, es soll dir keineswegs noch einmal auf den Kopf fallen«, erwiderte Mort. »Weißt du, ich vermute nur, daß man kein mächtiger Magier wird, indem man immer die Wahrheit sagt. Lies vor, Ysabell!«

»›Albert sah ihn unsicher an ...‹«, begann das Mädchen.

»Du kannst unmöglich alles glauben, was dort geschrieben steht ...«

»›... platzte es aus ihm heraus, obgleich er tief in seinem steinernen Herzen wußte, daß die Biographien aus Tods Bibliothek nie logen‹«, las Ysabell.

»Sei endlich still!«

»›... rief er und kämpfte gegen die Erkenntnis an, daß sich die Realität zwar nicht aufhalten, aber zumindest ein wenig verlangsamen ließ.‹«

WIE?

»›... fragte Mort im bleiernen Tonfall Gevatter Tods‹«, begann Ysabell pflichtbewußt.

»Ja, ja, schon gut«, sagte Mort verärgert. »Verlier keine Zeit mit meinen Stellen.«

»Oh, entschuldige bitte. Ich bin nur eine einfache Sterbliche. Verschon mein armseliges Leben.«

KEIN LEBENDER WIRD VERSCHONT. JEDER KOMMT EINMAL AN DIE REIHE.

»Und sprich nicht so mit mir!« fügte Ysabell hinzu. »*Mir* jagst du damit keinen Schrecken ein.« Sie blickte wieder aufs Buch und stellte fest, daß die übers Papier kriechenden Worte etwas anderes behaupteten.

»Sag mir wie, Zauberer!« knurrte Mort.

»Aber mir ist doch nur meine Magie geblieben!« jammerte Albert.

»Du brauchst sie jetzt nicht mehr, du alter Geizkragen.«

»Ich fürchte mich nicht vor dir, Junge ...«

SIEH MICH AN UND WIEDERHOL DAS.

Mort schnippte herrisch mit den Fingern, und Ysabell beugte sich einmal mehr übers Buch.

»›Albert blickte in den blauen Glanz der Augen, und sein Widerstandswille schmolz wie Schnee in der Sonne‹«, las sie. »›Er sah nicht nur den Tod, sondern einen Tod, der die Suppe seines Wesens mit menschlichen Gewürzen wie Rache, Grausamkeit, Abscheu und Wut kochte. Albert begriff mit einer alle Zweifel ausschließenden Gewißheit, daß dies seine letzte Chance war. Mort würde ihn in die Wirkliche Zeit zurückschicken, ihn jagen und dafür sorgen, daß er in den Kerkerdimensionen endete, wo die Geschöpfe des Grauens seine Seele Punkt Punkt Punkt.‹« Ysabell sah auf. »Auf der nächsten halben Seite stehen nur Punkte.«

»Weil nicht einmal das Buch wagt, solche Dinge zu erwähnen«, hauchte Albert. Er versuchte, die Augen zuzukneifen, aber die Dunkelheit hinter den Lidern erschien ihm so gespenstisch, daß er sie rasch wieder öffnete. Selbst der Anblick Morts war ihm lieber.

»Na schön«, sagte er. »Es gibt eine Zauberformel, mit der man in einem begrenzten Bereich die Zeit verlangsamen kann. Ich schreibe sie auf. Aber du mußt einen Magier finden, der sie laut ausspricht.«

»Das dürfte nicht weiter schwer sein.«

Albert befeuchtete sich die spröden und trockenen Lippen mit schwammiger Zunge.

»Ich stelle allerdings eine Bedingung. Zuerst mußt du die PFLICHT wahrnehmen.«

»Ysabell?« fragte Mort. Das Mädchen starrte erneut auf den dicken Band hinab.

»Er meint es ernst«, bestätigte es. »Du mußt Tod vertreten. Wenn nicht, läuft alles quer, und in dem Fall bliebe Albert ohnehin nichts anderes übrig, als in die Wirkliche Zeit zurückzukehren.«

Bei den letzten Worten drehten sie sich alle um und richteten ihre Blicke auf die große Standur im Flur. Ihr langes Pendel sägte langsam durch die Luft und zerschnitt eine unechte Zeit in kleine Stücke.

Mort stöhnte.

»Es ist schon zu spät!« ächzte er. »Vielleicht kann ich mich um eine der beiden Personen kümmern, die heute nacht sterben sollen. Aber die andere ...«

»Unser Herr hätte die PFLICHT problemlos erfüllt«, bemerkte Albert.

Mort zerrte die Klinge aus dem Türpfosten und schwang sie ungelenk hin und her. Der alte Mann zuckte unwillkürlich zusammen.

»Schreib die Zauberformel auf!« rief Tods Lehrling. »Und zwar schnell!«

Er wirbelte um die eigene Achse und kehrte in das Büro seines Lehrmeisters zurück. In der einen Ecke stand eine Nachbildung der Scheibenwelt, die auf vier silbernen Elefanten stand, unter denen sich der bronzene Panzer einer anderthalb Meter langen Groß-A'Tuin erstreckte. Jade-Adern symbolisierten breite Ströme; Diamantenstaub stellte weite Wüsten dar, und Edelsteine versinnbildlichten die wichtigsten Städte. Ankh-Morpork war zum Beispiel ein Karfunkel.

Mort stellte die beiden Lebensuhren dort ab, wo die betreffenden Menschen lebten, nahm hinter dem Schreibtisch Platz, beobachtete die beiden Gläser und versuchte, den Abstand zwischen ihnen mit reiner Willenskraft zu verringern. Der Stuhl knarrte leise, als sich Mort von einer Seite zur anderen neigte und auf die Miniaturscheibenwelt starrte.

Nach einer Weile kam Ysabell auf leisen Sohlen herein.

»Albert hat die Formel notiert«, sagte sie kleinlaut. »Ich habe im Buch nachgesehen. Es ist kein Trick. Nun, jetzt hockt er in seinem Zimmer, schmollt und ...«

»Sieh dir die beiden Sanduhren an! Ich meine, siehst du sie?«

»Ich glaube, du solltest dich ein wenig beruhigen, Mort.«

»Wie kann ich mich beruhigen, wenn dies Glas hier — sieh nur! — am Großen Nef steht und das andere in Bes Pelargic? Anschließend muß ich wieder nach Sto Lat zurück. Es ist eine mindestens zehntausend Meilen lange Rundreise, ganz gleich aus welcher Perspektive man die Sache betrachtet. Und sie dauert ganz eindeutig *zu lange!*«

»Bestimmt findest du trotzdem eine Möglichkeit, die PFLICHT wahrzunehmen.« Ysabell brachte es nur fertig, die ersten drei Buchstaben groß auszusprechen. »Ich helfe dir.«

»Du? Wie willst du mir schon helfen?«

»Binky ist imstande, uns beide zu tragen«, entgegnete das Mädchen mit einer Spur von Verlegenheit und hob unsicher eine große Papiertüte. »Ich habe uns etwas zu essen eingepackt und könnte — Türen für dich aufhalten und so.«

Mort lachte freudlos. DAS IST SICHER NICHT NÖTIG.

»Wenn du doch endlich aufhören würdest, so zu sprechen!«

»Ich kann dich nicht mitnehmen. Du wärst nur eine Behinderung für mich.«

Ysabell seufzte. »Ich schlage folgendes vor: Gehen wir einfach davon aus, daß wir den Streit bereits hatten und ich mich durchsetzen konnte — auf diese Weise ersparen wir uns viel Mühe. Außerdem bekämst du vielleicht einige Schwierigkeiten mit Binky, wenn ich nicht dabei bin. In den vergangenen Jahren habe ich ihm viele Zuckerstücke gegeben. Nun, brechen wir jetzt auf?«

Albert saß auf seinem schmalen Bett und starrte an die Wand. Draußen erklang dumpfer Hufschlag, dem jähe Stille folgte, als Binky aufstieg. Der alte Mann brummte etwas Unverständliches.

Zwanzig Minuten verstrichen. Verschiedene Ausdrücke huschten über Alberts Gesicht wie Schatten über einen Hügelhang. Gelegentlich flüsterte er vage Bemerkungen wie »Ich hab's ihnen gesacht« oder »Is doch alles Wahnsinn« und »Unser Herr sollte davon erfahr'n«.

Schließlich schien er eine Übereinkunft mit sich selbst zu treffen, sank langsam auf die Knie und zog einen zerkratzten Koffer unter der Liege hervor. Es dauerte eine Weile, bis es ihm gelang, den Deckel zu öffnen, und als er einen staubigen grauen Umhang entfaltete, fielen Mottenkugeln und stumpf gewordene Pailletten zu Boden. Er streifte das Gewand über, versuchte mit nur mäßigem Erfolg, die vielen Falten glattzustreichen, und kroch noch einmal unters Bett. Das Klirren von Porzellan untermalte halblaute Flüche, und eine knappe Minute später kam Albert wieder zum Vorschein — mit einem Stab, der ihn um ein ganzes Stück überragte.

Er war auch dicker als ein normaler Stab, was hauptsächlich an den Schnitzmustern lag, die vom einen Ende bis zum anderen reichten. Die seltsamen Darstellungen wirkten eher undeutlich, erweckten jedoch den Eindruck, daß es ein unbedarfter Beobachter bedauert hätte, sie genau zu betrachten.

Albert straffte seine Gestalt und musterte sich im Spiegel über dem Waschbecken.

»Hut«, sagte er plötzlich. »Kein Hut. Man muß einen Hut haben, wenn man zaubern will. Verdammter Mist.«

Er stapfte in den Flur und kehrte nach einer geschäftigen Viertelstunde zurück. Während dieser Zeit geschah folgendes: Der Teppich in Morts Schlafzimmer erlitt ein rundes Loch; der Spiegel in Ysabells Kammer büßte sein silbernes Papier ein; der kleine Kasten unter der Küchenspüle verlor eine Nadel und viel Zwirn; und die Kleidertruhe in der Abstellkammer mußte sich von einigen Pailletten trennen. Das Ergebnis von Alberts Bemühungen war nicht ganz so ehrfurchtgebietend, wie es sich der alte Mann wünschte — zumal es ständig dazu neigte, ihm tief in die Stirn zu rutschen —, doch es glänzte in mattem Schwarz, besaß Sterne und Monde und wies mit der notwendigen Deutlichkeit darauf hin, daß es sich bei dem Träger um einen Zauberer handelte — wenn auch vielleicht einen verzweifelten.

Zum erstenmal seit zweitausend Jahren hatte Albert das Gefühl, angemessen gekleidet zu sein. Dieses Empfinden beunruhigte ihn aus irgendeinem Grund, und er zögerte, bevor er den Läufer vorm Bett beiseite schob und mit seinem Stab einen Kreis auf den Boden malte.

Wo der Stab die Dielen berührte, entstand ein oktarines Schimmern: die achte Farbe des Spektrums, die Farbe der Magie, das Pigment der Imagination.

Albert fügte dem Kreis acht Zacken hinzu, verband

sie miteinander und schuf damit ein Oktagramm. Ein leises Brummen wehte durchs Zimmer.

Alberto Malich trat in die Mitte der Darstellung und hob seinen Zauberstab hoch über den Kopf. Er spürte, wie der thaumaturgische Gegenstand unter seinem Griff langsam erwachte, nahm das Prickeln einer noch schlafenden Kraft wahr, die sich zögernd entfaltete und wie ein Tiger streckte. Längst vergessen geglaubte Erinnerungen an Macht und Magie gähnten in ihm, und im staubigen Dachboden seines Bewußtseins herrschte plötzlich wieder rege Betriebsamkeit. Seit Jahrhunderten hatte er sich nicht mehr so lebendig gefühlt.

Er leckte sich die Lippen. Das Brummen verklang, hinterließ eine sonderbare wartende Stille.

Malich neigte den Kopf zurück und rief eine einzelne Silbe.

Blaugrünes Feuer loderte von beiden Enden des Stabes. Oktarine Flammen leckten aus den acht Zacken des Oktagramms und umhüllten den Zauberer. Eigentlich waren diese spektakulären Begleiterscheinungen überhaupt nicht notwendig, um die gewünschte magische Wirkung zu erzielen, aber Zauberer legen eben großen Wert auf einen angemessen beeindruckenden Auftritt …

Was auch auf ihren Bühnenabgang zutrifft. Alberto Malich verschwand.

Stratohemisphärische Winde zerrten an Morts Mantel.

»Wohin reiten wir zuerst?« rief ihm Ysabell ins Ohr.

»Nach Bes Pelargic!« erwiderte Mort. Die Böen trugen die Worte fort.

»Wo ist das?«

»Im Achatenen Reich! Auf dem Gegengewicht-Kontinent!«

Er deutete nach unten.

Mort wußte, wie viele Meilen es noch zurückzulegen galt, und deshalb drängte er Binky nicht zur Eile. Der große weiße Hengst flog derzeit in leichtem Galopp und überquerte gerade den Ozean. Ysabell starrte auf die hohen grünen Wellen mit ihren Schaumkronen — und klammerte sich an Mort fest.

Tods Lehrling beobachtete einige Wolken, die in der Ferne über dem Kontinent schwebten, und er widerstand der Versuchung, das Pferd mit der flachen Seite seines Schwerts anzutreiben. Er hatte es noch nie geschlagen und wußte nicht so recht, was passieren mochte, wenn er sich nun dazu hinreißen ließ. Es blieb ihm nichts anderes übrig, als zu warten und sich in Geduld zu fassen.

Eine Hand schob sich unter seinem Arm hinweg und hielt ein Brötchen.

»Du kannst zwischen Schinken, Käse und Nougatcreme wählen«, sagte Ysabell. »Vertreib dir ruhig die Zeit, indem du etwas ißt.«

Mort betrachtete die ein wenig zerdrückt wirkende Masse und versuchte sich daran zu erinnern, wann er zum letztenmal etwas gegessen hatte. Seine innere Uhr breitete hilflos die Arme aus und meinte, er solle einen Kalender konsultieren. Er seufzte und griff nach dem Brötchen.

»Danke«, sagte er widerstrebend freundlich.

Die kleine Sonne glitt dem Horizont entgegen und zog träges Tageslicht hinter sich her. Die Wolken weiter vorn verdichteten sich, und ihre Ränder glühten in einem rosaroten und orangefarbenen Schein. Nach einer Weile sah Mort die dunkleren Konturen der Landmasse, einen gestaltlosen Schemen, auf dem hier und dort die Lichter von Städten schimmerten.

Eine halbe Stunde später glaubte er, einzelne Gebäude zu erkennen. Die achatene Architektur hatte eine Vorliebe für gedrungene Pyramiden.

Binky sank tiefer, bis sich seine Hufe nur noch einen knappen Meter über dem Meer befanden. Mort warf erneut einen prüfenden Blick auf die Lebensuhr, zog vorsichtig an den Zügeln, änderte den Kurs und lenkte das Roß randwärts.

Mehrere Schiffe lagen vor Anker, kleine Küstenkutter mit nur einem Segel. Das Reich riet seinen Bürgern ab, sich zu weit zu entfernen, wies häufig darauf hin, sie könnten beunruhigende Dinge sehen. Aus dem gleichen Grund war an den Grenzen eine hohe Mauer errichtet worden, auf der die Ordentliche Garde patrouillierte. Ihre Aufgabe bestand in erster Linie darin, allen jenen Leuten ordentlich auf die Finger zu treten, die mit dem Gedanken spielten, für ein paar Minuten nach draußen zu gehen und ein wenig frische Luft zu schnappen.

Das geschah natürlich nicht sehr oft, denn die meisten Untertanen des Sonnenkaisers gaben sich durchaus damit zufrieden, auf ihrer Seite der Mauer zu leben. Philosophen haben zweifelsfrei festgestellt, daß praktisch jeder auf der einen oder anderen Seite irgendeiner Mauer wohnt, und sie geben folgenden Rat: Entweder findet man sich damit ab, oder man muß sich widerstandsfähigere und schmerzunempfindlichere Finger wachsen lassen.

»Wer schmeißt hier den Laden?« fragte Ysabell, als sie den Hafen überquerten.

»Ein junger Kaiser, kaum mehr als ein Kind«, erwiderte Mort. »Aber ich glaube, um die eigentlichen Regierungsgeschäfte kümmert sich der Großwesir.«

»Trau nie einem Großwesir!« murmelte Ysabell düster.

Der Sonnenkaiser hatte diese Weisheit längst verinnerlicht. Sein Großwesir (er hieß Neun Drehende Spiegel) vertrat einen ziemlich klaren Standpunkt, wenn es darum ging, wer über das Reich herrschen sollte — in solchen Fällen zeigte er immer auf sich selbst —, und der Junge wurde allmählich groß genug, um Fragen zu stellen wie: »Glaubst du nicht, mit einigen Toren wäre die Mauer weitaus hübscher?« und »Ja, aber wie sieht es auf der anderen Seite aus?« Der Wesir fühlte schon bald Mitleid mit dem Kaiser und beschloß, ihn von der schrecklich schweren Bürde seiner Neugier zu befreien: mit Gift und einem Grab in gelöschtem Kalk.

Binky landete auf sorgfältig geharktem Kies vor dem großen, niedrigen Palast, und seine Hufe brachten erhebliche Unordnung in die allgemeine Harmonie des Universums.* Mort stieg ab und half Ysabell vom Rükken des Hengstes.

»Versprich mir, daß du mich nicht behinderst!« bat er sie ernst. »Und stell auch keine Fragen.«

Er eilte einige lackierte Stufen hoch, lief durch stille Zimmer und blieb gelegentlich stehen, um sich anhand der Lebensuhr zu orientieren. Am Ende eines langen Flurs bemerkte er ein verziertes Gitter und blickte in den Saal, in dem der Hof gerade das Abendessen einnahm.

Der junge Sonnenkaiser saß im Schneidersitz am oberen Ende der Matte, und hinter ihm lag der Majestätenmantel aus Ungeziefer und Federn. Er schien ihm langsam zu klein zu werden. Die Plätze der anderen Regierungsangehörigen berücksichtigten eine recht kom-

---

* Der Steingarten des Universellen Friedens und der Kosmischen Schlichtheit wurde auf Anweisung des alten Kaisers Ein Sonnenspiegel** angelegt und nutzte die Interaktionen von Kieselformen und Schatten, um die elementare Einheit von Seele und Materie einerseits und die Harmonie allen Seins andererseits zu symbolisieren. Es heißt, die Geheimnisse im Herzen der Realität verbargen sich in der genauen Anordnung der Steine.

** Er ging nicht nur aufgrund des Steingartens in die achatene Geschichte ein. Historiker weisen darauf hin, daß er folgende Angewohnheit hatte: Er schnitt seinen Feinden Lippen und Beine ab und versprach, sie freizulassen, wenn es ihnen gelänge, durch die Stadt zu laufen und auf einer Trompete zu spielen.

plizierte Rangfolge im Schloß. Der Großwesir fiel sofort auf: Mit unübersehbarem Mißtrauen stocherte er in seiner Schüssel, die *Mus* und gekochte Algen enthielt. Niemand schien zu sterben.

Mort setzte den Weg fort, ging um eine Ecke und stieß fast gegen einige Soldaten der Ordentlichen Garde. Sie standen vor einem Guckloch in der Papierwand und reichten mit verstohlenem Gebaren eine Zigarette von Hand zu Hand.

Auf Zehenspitzen kehrte Mort zum Gitter zurück und hörte folgendes Gespräch:

»Ich bin der Unglücklichste aller Sterblichen, o Immanente Präsenz, daß ich ein solches Etwas in meinem ansonsten sehr schmackhaften *Mus* finden muß«, klagte der Wesir und hob die Stäbchen.

Die Anwesenden reckten die Hälse, und Mort folgte ihrem Beispiel, Er war geneigt, den Ausführungen des Großwesirs zuzustimmen, denn das *Etwas* sah aus wie ein blaugrüner Klumpen, aus dem einige gummiartige Schläuche heraushingen.

»Dafür werde ich den Kaiserlichen Zubereiter zur Rechenschaft ziehen, Ehrwürdiger Gelehrter und Fanal der Wissenschaft«, erwiderte der Kaiser. »Wer hat die Rippchen stibitzt?«

»Nein, o Scharfsinniger und Einfühlsamer Vater Eures Volkes«, widersprach der Wesir. »Ich wollte mich nicht etwa beklagen, sondern darauf hinweisen, daß dies hier die Milzblase eines Puffaals aus den Tiefen des Meeres zu sein scheint. Es heißt, es sei die köstlichste aller Köstlichkeiten, und sie gebührt allein jenen, die das besondere Wohlwollen der Götter genießen. Ja, so steht es geschrieben. Selbstverständlich maße ich mir eine solche Ehre nicht an. Ganz im Gegenteil: Ich verneige mein elendes Selbst vor Eurer strahlenden Größe. Möge Euch der leckere Happen schmecken.«

Der Wesir winkelte den Arm an, und das Ding flog durch die Luft, landete in der Schüssel des Kaisers, wakkelte einige Male und blieb still liegen. Der Junge starrte eine Zeitlang darauf hinab und spießte es mit einem Stäbchen auf.

»Ach«, machte er, »aber hat der erhabene Philosoph Ly Schwatzmaul nicht verkündet, Gelehrte stünden über Prinzen? Wenn ich mich recht entsinne, habt Ihr mir einmal ein entsprechendes Zitat vorgelesen, o Treuer und Gewissenhafter Sucher nach der Wahrheit.«

Das Etwas sauste erneut über die Matte hinweg und landete mit einem entschuldigenden *Ploff* in der Schüssel des Wesirs. Er griff rasch danach, bereitete sich auf den nächsten Wurf vor und kniff die Augen zusammen.

»In gewöhnlichen Fällen mag das durchaus stimmen, o Jadener Fluß der Weisheit, aber was mich betrifft: Ich kann unmöglich über dem Kaiser stehen, den ich wie meinen eigenen Sohn liebe und seit dem bedauerlichen Tod seines Vaters von ganzem Herzen verehre. Daher lege ich Euch diese unbedeutende Gabe zu Füßen.«

Die Blicke der Versammelten folgten dem blaugrünen Klumpen, als er einmal mehr über sie hinwegflog. Der Kaiser reagierte mit erstaunlichem Geschick, hob seinen Fächer und schlug das Ding wie einen Tennisball zurück. Es landete mit solcher Wucht in der Schüssel des Großwesirs, daß Algenfetzen spritzten.

»*Irgend jemand* soll es essen, verdammt!« rief Mort, den natürlich niemand hören konnte. »Ich hab's eilig!«

»Ihr seid tatsächlich der rücksichtsvollste und aufmerksamste aller Diener, o Loyaler und Wahrhaft Einziger Begleiter Meiner Vaters und Meines Großvaters, Als Sie Das Zeitliche Segneten. Und deshalb verordne ich hiermit, daß du mit dieser erlesenen und führwahr exquisiten Delikatesse belohnt werden sollst.«

Der Wesir betrachtete das Ding unsicher, hob den Kopf und sah das Lächeln des Kaisers. Es war ein strahlendes, gräßliches Lächeln. Er räusperte sich und suchte nach den richtigen Worten.

»Leider ist mein Magen schon gut gefüllt ...«, begann

er, doch der Kaiser unterbrach ihn mit einer jähen Geste.

»Vielleicht kann ich Abhilfe schaffen«, sprach er und klatschte in die Hände. Die Wand hinter ihm zerriß von oben bis unten, und vier Ordentliche Wächter betraten den Saal. Drei von ihnen zückten lange Säbel, und der vierte versuchte hastig, einen glühenden Zigarettenstummel zu verschlucken.

Der Wesir ließ seine Schüssel fallen.

»Der treueste meiner Diener glaubt, er habe für diesen letzten Bissen keinen Platz mehr in seinem Bauch«, erklärte der Kaiser. »Zweifellos könntet ihr nachsehen und feststellen, ob das stimmt. Warum quillt dem Mann Rauch aus den Ohren?«

»Er brennt vor Tatendrang, o Himmlische Eminenz«, erwiderte der Anführer hastig. »Ich fürchte er kann es gar nicht abwarten, Gebrauch von seinem Säbel zu machen.«

»Dann soll er ihn benutzen und ... Oh, der Wesir scheint seinen Appetit wiedergefunden zu haben. Ausgezeichnet!«

Völlige Stille herrschte, als sich der Großwesir die blaugrüne Masse in den Mund schob. Er kaute rhythmisch und schluckte.

»Welch herrlicher Geschmack!« behauptete er kühn. »Vorzüglich. Die Speise der Götter, fürwahr. Wenn Ihr mich jetzt bitte entschuldigen würdet ...« Er machte Anstalten, sich in die Höhe zu stemmen. Kleine Schweißperlen glänzten ihm auf der Stirn.

»Ihr möchtet schon gehen?« fragte der Kaiser und hob die Brauen.

»Dringende Staatsangelegenheiten rufen mich, o Weitsichtiger und ...«

»Man riskiert Verdauungsstörungen, wenn man so kurz nach dem Essen aufsteht«, tadelte der Kaiser, und die Wächter nickten. »Setz dich! Ich nehme an, mit ›dringenden Staatsangelegenheiten‹ meinst du den Inhalt der kleinen roten Flasche, die in dem schwarzlakkierten Schrank deines Zimmers steht und die Aufschrift *Gegenmittel* trägt, o Lampe des Mitternachtsöls.«

In den Ohren des Wesirs rauschte es, und auf den Wangen bildeten sich blaue Flecken.

»Siehst du?« fuhr der Kaiser fort. »Verfrühte Aktivität mit vollem Magen zieht Unwohlsein nach sich. Möge diese Botschaft selbst in den fernsten Regionen meines Reiches verkündet werden. Alle Untertanen sollen von deinem beklagenswerten Zustand erfahren und sich ihn eine Lehre sein lassen.«

»Ich — gratuliere Euch — zu dieser — weisen — Maßnahme ...«, stammelte der Wesir und fiel nach vorn auf ein Tablett mit gebackenen Krabben.

»Ich hatte einen *sehr* guten Lehrmeister«, erwiderte der Kaiser.

WURDE AUCH ZEIT, brummte Mort und schwang das Schwert.

Eine Sekunde später stand die Seele des Wesirs auf und musterte Mort von Kopf bis Fuß.

»Wer bist du, Barbar?« fragte er scharf.

ICH BIN DER TOD.

»Aber nicht mein Tod«, entgegnete der Wesir energisch. »Wo ist der Schwarze Feuerspeiende Himmelsdrache?«

ER WAR VERHINDERT, erklärte Mort. Hinter der Seele des Großwesirs formten sich schattenhafte Gestalten. Einige trugen kaiserliche Prachtgewänder, aber es gab auch noch viele andere mit gewöhnlicher Kleidung. Sie alle schienen versessen darauf zu sein, den Neuankömmling im Jenseits zu begrüßen.

»Ich glaube, du wirst bereits erwartet«, fügte Mort hinzu und eilte fort. Als er den Flur erreichte, begann die Seele des Wesirs zu schreien ...

Ysabell stand geduldig neben Binky, der sich gerade einen Imbiß genehmigte und an einem fünfhundert Jahre alten Bonsai knabberte.

»Ein Job erledigt«, seufzte Mort und schwang sich in den Sattel. »Komm! Was den zweiten angeht, habe ich ein ungutes Gefühl, und uns bleibt nur wenig Zeit.«

Albert materialisierte mitten in der Unsichtbaren Universität, am gleichen Ort, von dem aus er die Welt der Sterblichen verlassen hatte. Vor rund zwanzig Jahrhunderten.

Er brummte zufrieden und strich Staub von seinem Umhang.

Kurz darauf merkte er, daß ihn jemand beobachtete. Er hob den Kopf und stellte fest, daß sein eigener, marmorner Blick auf ihm ruhte: Er stand direkt vor dem Denkmal, das man ihm gesetzt hatte.

Er rückte sich die Brille zurecht, starrte mißmutig auf die bronzene Tafel am Sockel der Statue und entzifferte die Schrift:

»Alberto Malich, Gründer Dieser Universität. Anno Mundi 1222—1289. ›Einen solchen Mann sehen wir nie wieder.‹«

Soviel zur Prophetie, dachte Albert. Warum hatten die magischen Professoren und thaumaturgischen Studenten keinen fähigeren Bildhauer engagiert, wenn sie soviel von ihm hielten? Die Nase ähnelte einem Zinken. Und das sollte ein Bein sein? Irgendwelche Leute waren so dreist gewesen, ihre Namen hineinzukratzen. Mit einem solchen Hut wollte Albert nicht einmal zu Grabe getragen werden. Nun, wenn es allein nach ihm ging, kam ein längerer Friedhofurlaub ohnehin nicht in Frage.

Er zielte mit einem oktarinen Blitz auf das abscheuliche Ding und lächelte grimmig, als die Statue krachend zerplatzte.

»Na schön«, wandte er sich an die Scheibenwelt im allgemeinen. »Ich bin zurück.« Das Prickeln der Magie kroch ihm durch den Leib und formte einen warmen Glanz hinter der Stirn. Wie sehr habe ich dieses Gefühl vermißt! fuhr es ihm durch den Sinn.

Einige Zauberer hatten die Explosion gehört, eilten durch die breite Doppeltür, rissen die Augen auf und gelangten zu einem ebenso offensichtlichen wie falschen Schluß.

Dort stand der Sockel. Leer. Dort wallte eine Wolke aus Marmorstaub. Und ein leise murmelnder Albert trat daraus hervor.

Die Zauberer weiter hinten drehten sich sofort um und schlichen auf leisen Sohlen fort. Jeder von ihnen hatte einmal in jugendlichem Übermut ein nützliches Schlafzimmerutensil genommen und es auf den Kopf der Statue gesetzt. Oder Bier über den Sockel gegossen. Oder seinen Namen in gewisse Teile der steinernen Anatomie geritzt. Schlimmer noch. Während der Feierwoche in jedem Semester, wenn Wein und Bier in Strömen flossen und der Weg zum Abort viel zu lang schien, war es zu weitaus beschämenderen Zwischenfällen gekommen. Damals erschien den Studenten ein solches Gebaren überaus lustig, doch jetzt vertraten die ausgebildeten Magier plötzlich eine andere Ansicht.

Nur zwei Gestalten blieben stehen und begegneten dem Zorn des lebendig gewordenen Denkmals. Die eine verharrte, weil sich ihr Mantelsaum an der Tür verheddert hatte, und die andere — war ein Affe, der menschlichen Angelegenheiten mit sorglosem Gleichmut begegnete.

Albert packte den Zauberer, der mit wachsender Verzweiflung versuchte, durch die Wand zu gehen. Der Mann quiekte.

»Schon gut, schon gut, ich geb's ja zu! Ich war betrunken, glaub mir. Ich wollte überhaupt nicht ... Ich meine ... Es tut mir leid! Oh, es tut mir so schrecklich leid ...«

»Was faselst du da?« fragte Albert verwirrt.

»... so leid, wenn ich dir klarmachen könnte, wie leid es mir tut, wäre ich ... Würdest du ...«

»Hör endlich mit dem Quatsch auf!« Albert sah auf den kleinen Affen hinab, der seinen Blick mit einem freundlichen Lächeln erwiderte. »Wie heißt du, Mann?«

»Ja, Herr, ich höre sofort auf, Herr, unverzüglich, Herr, kein Quatsch mehr, Herr ... Rincewind, Herr. Stellvertretender Bibliothekar, wenn du erlaubst, Herr.«

Albert musterte ihn eingehend. Der Bursche sah aus wie ein schmutziges, vergessenes Wäschestück, das ordentlich geschrubbt, mehrmals durch die Mangel gedreht und anschließend sorgfältig gebügelt werden mußte. Wenn Rincewind ein Musterbeispiel dafür darstellte, was aus der Zauberei geworden war, so hielt Alberto Malich einige einschneidende Veränderungen für erforderlich.

»Welcher Bibliothekar ließe sich von dir vertreten?« fragte er verärgert.

»Ugh.«

Irgend etwas tastete nach seinen Fingern, fühlte sich an wie ein warmer weicher Lederhandschuh.

»Ein Affe! In *meiner* Universität!«

»Ein Orang-Utan, Herr. Früher ist er ein ganz normaler Zauberer gewesen, Herr, aber er brachte die Magie durcheinander, Herr, und jetzt will er sich nicht mehr zurückverwandeln lassen, Herr, außerdem weiß nur er, wo die Bücher stehen, Herr«, entgegnete Rincewind diensteifrig. »Ich kümmere mich um seine Bananen«, fügte er hinzu, als er glaubte, es sei eine zusätzliche Erklärung angebracht.

Albert bedachte ihn mit einem finsteren Blick. »Sei still!«

»Sehr wohl, Herr. Ich bin still, Herr.«

»Und sag mir, wo Tod ist.«

»Tod, Herr?« erwiderte Rincewind und wich an die Wand zurück.

»Hochgewachsen, recht knöchern, blaues Glühen in den leeren Augenhöhlen, stolziert dauernd, SPRICHT SO ... Tod. Hast du ihn kürzlich gesehen?«

Rincewind schluckte. »Nein, Herr. Kürzlich nicht, Herr.«

»Nun, ich suche ihn. Dieser Unsinn muß sofort aufhören. Von *jetzt* an werden andere Saiten aufgezogen, klar? Ich möchte, daß die acht ältesten Zauberer *hierher* kommen. Ich erwarte sie in einer halben Stunde, mit allen notwendigen Dingen, um den Ritus von AshkEnte zu vollziehen, verstanden? Und daß es niemand von euch wagt zu schlampen, ihr Schlampen! Was seid ihr doch für ein verlotterter Haufen! Hör endlich auf, nach meiner Hand zu greifen!«

»Ugh.«

»Auf meinem Programm steht jetzt ein Kneipenbesuch«, fauchte Albert. »Wird heutzutage noch irgendwo anständiges Bier ausgeschenkt?«

»In der *Trommel,* Herr«, sagte Rincewind.

»Die *Geflickte Trommel?* In der Filigranstraße? Es gibt sie noch immer?«

»Nun, es wurde mehrmals der Name geändert, und es kam auch zu einigen Um- und Wiederaufbauten, aber die Taverne steht noch immer dort, wo sie, äh, steht. Du sitzt wohl ziemlich auf dem trockenen, wie?« Rincewind zwinkerte und grinste viel zu breit.

»Was weißt du denn schon davon?« schnappte darauf Albert.

»Überhaupt nichts, Herr«, versicherte Rincewind prompt.

»Na schön, ich statte der *Trommel* einen Besuch ab. Aber in einer halben Stunde bin ich zurück. Und wenn die Zauberer dann nicht hier sind, werde ich ...« Albert überlegte kurz. »Nun, sie sollten mich besser nicht warten lassen!«

Er stürmte in den Korridor, und ein Schleier aus Marmorstaub folgte ihm.

»Hast du den Hut gesehen?« fragte Rincewind mit zittriger Stimme.

»Ugh?«

»Wer einen solchen Hut trägt, ist zu allem fähig.«

Während Albert vor dem Tresen in der *Geflickten Trommel* stand und sich mit dem Wirt stritt, der ihm eine vergilbte Rechnung vorlegte (es handelte sich um ein sorgfältig aufbewahrtes Erbstück, das einen Königsmord, drei Bürgerkriege, einundsechzig Feuersbrünste, vierhundertneunzig Überfälle und mehr als fünfzehntausend Kneipenschlägereien überstanden hatte) und ihn daran erinnerte, daß ein gewisser Alberto Malich seit rund zweitausend Jahren mit drei Kupfermünzen und den entsprechenden Zinsen in der Kreide stand, während er rechnete und versuchte, zumindest eine grobe Vorstellung von dem Betrag zu bekommen, während er einen finanziellen Schwindelanfall erlitt und ahnte, daß nicht einmal die größte Tresorkammer auf der ganzen Scheibenwelt ausreichte, um das ganze Geld aufzunehmen, während er zu dem kummervollen Schluß gelangte, daß es ankhianische Händler problemlos mit dem sprichwörtlich guten Gedächtnis von Elefanten aufnahmen, während schuldbewußte Verlegenheit nach und nach magischem Zorn wich ... Nun, während dies geschah, hinterließ Binky über dem großen und geheimnisvollen Kontinent Klatsch einen langen Kondensstreifen.

Tief unten pochten Trommeln in aromatisch duftenden, finsteren Dschungeln. Wallende Dampfsäulen stiegen von verborgenen Flüssen auf, in deren schlammigen Fluten ungeheuerliche Ungeheuer darauf warteten, daß ihr Abendessen vorbeimarschierte.

»Die Brötchen mit dem Käse sind alle«, sagte Ysabell. »Es ist nur noch Schinken da. Was schimmert dort unten?«

»Die Lichtdämme«, erwiderte Mort. »Wir nähern uns dem Ziel.« Er holte die Lebensuhr hervor, um nachzusehen, wieviel Sand die obere Hälfte enthielt.

»Aber wir nähern uns nicht schnell genug, verdammt!«

Die Lichtdämme glänzten ein wenig mittwärts von ihrem derzeitigen Kurs und sahen aus wie kleine Teiche aus Licht — ein Eindruck, der keineswegs täuschte. Einige besonders gewitzte Stämme errichteten Spiegelwälle in den Wüstenbergen, um den langsamen und trägen Sonnenschein der Scheibenwelt einzufangen. Er wurde anschließend in kleine Stücke geschnitten und als Zahlungsmittel verwendet.

Binky glitt über einige Lagerfeuer der Nomaden und die stummen Sümpfe des Tsortstroms. Weiter vorn enthüllte das perlmuttene Glühen des Mondes vertraute Konturen.

»Die Pyramiden von Tsort im Mondschein«, hauchte Ysabell. »Wie romantisch!«

ERRICHTET MIT DEM BLUT VIELER TAUSEND SKLAVEN, bemerkte Mort.

»Bitte sag so etwas nicht!«

»Entschuldige, aber es ist nun einmal eine unleugbare Tatsache, daß ...«

»Ja, schon gut, ich weiß«, brummte Ysabell desillusioniert und verärgert.

»In diesem Land macht man sich viel Mühe, wenn es darum geht, einen verstorbenen König zu bestatten«, erklärte Mort, als sie über einer der kleineren Pyramiden kreisten. »Man füllt die Leichen mit irgendwelchen Konservierungsstoffen, damit sie den Tod überleben.«

»Funktioniert es?«

»Nicht besonders gut.« Mort beugte sich über Binkys Hals. »Ich sehe Fackeln. Hier sind wir genau richtig.«

Eine Prozession wand sich schlangenartig durch breite, von spitz zulaufenden Bauwerken gesäumte Straßen. Angeführt wurde sie von einer riesigen Statue des Krokodilgottes Offler, die auf den Schultern von hundert schwitzenden Sklaven ruhte. Binky trabte hinab, ohne daß irgend jemand Kenntnis von ihm nahm, und landete schließlich auf festgetretenem Sand vor dem Pyramideneingang.

»Es ist schon wieder ein König eingelegt worden«, sagte Mort und hob die Lebensuhr ins Licht des Mondes. Es handelte sich um ein schlichtes Glas; nirgends zeigte sich königliche Zierde.

»*Er* kann es wohl kaum sein«, murmelte Ysabell. »Die Herrscher werden doch wohl nicht bei lebendigem Leib, äh, eingelegt, oder?«

»Das glaube ich kaum. Ich habe davon gelesen. Bevor das eigentliche Konservierungsverfahren beginnt, werden die Leichen erst, äh, aufgeschnitten, um die ...«

»Ich will nichts davon hören!«

»... Weichteile zu entfernen«, fügte Mort kleinlaut hinzu. »Vermutlich ist es ganz gut, daß die Sache mit dem Einlegen nicht klappt. Stell dir nur mal vor, man wacht auf und muß feststellen, daß einem — gewisse Dinge fehlen.«

»Deine Aufgabe besteht also nicht darin, den König ins Jenseits zu geleiten«, sagte Ysabell laut. »Wen dann?«

Mort wandte sich dem dunklen Eingang zu. Er sollte erst verschlossen werden, wenn die Sonne aufging — um der Seele des toten Königs Gelegenheit zu geben, die Grabstätte zu verlassen. Die Finsternis jenseits des Tors wirkte besonders finster und deutete auf eine weitaus unheilvollere Zweckbestimmung hin als zum Beispiel das Schärfen eines Rasiermessers.

»Um das herauszufinden, müssen wir die Pyramide betreten«, sagte Mort.

»Achtung! Er kehrt zurück!«

Die acht ältesten Zauberer der Unsichtbaren Universität bezogen hastig Aufstellung, strichen sich die Bärte glatt und versuchten angestrengt, so etwas wie Würde auszustrahlen. Es fiel ihnen nicht leicht. Man hatte sie aus ihren magischen Werkstätten geholt, beim vierten Verdauungscognac vor einem angenehm warmen Kaminfeuer gestört und ihr stummes Philosophieren unterbrochen, jenes konzentrierte Nachdenken, das einen möglichst bequemen Lehnstuhl und ein weiches Taschentuch auf dem Gesicht erfordert. Ihre abendliche Muße wich jäher Unruhe und einer gehörigen Portion Verwirrung. Immer wieder glitten besorgte Blicke zum leeren Sockel.

Nur ein Geschöpf wäre in der Lage gewesen, zum Ausdruck zu bringen, was sich nun in den Gesichtern der Zauberer zeigte. Gemeint ist eine Taube, die erstaunt beobachtet, wie sich sein Lieblingsdenkmal in Bewegung setzt, einen Waffenladen betritt und es nach einigen Minuten mit einer großkalibrigen Jagdflinte verläßt.

»Er kommt durch den Flur!« rief Rincewind und ging hinter einer Säule in Deckung.

Die versammelten Zauberer starrten auf die breite Doppeltür, so, als könne sie jeden Augenblick explodieren. Ihre Erwartungen wurden nicht enttäuscht: Das dicke, massive Holz platzte tatsächlich auseinander. Streichholzgroße Eichensplitter regneten auf sie herab, und oktarines Licht fiel auf eine kleine, hagere Gestalt. In der einen Hand hielt sie einen dampfenden Stab, in der anderen eine gelbe Kröte.

»Rincewind!« donnerte Albert.

»Herr!«

»Nimm dieses Ding und bring es fort.«

Rincewind nahm die Kröte entgegen. Das Tier blickte auf und bat ihn stumm um Verzeihung.

»Der blöde Wirt wird es bestimmt nicht noch einmal

wagen, Zauberern gegenüber eine dicke Lippe zu riskieren«, knurrte Albert mit grimmiger Zufriedenheit. »Wirklich kaum zu fassen: Kaum bin ich ein paar hundert Jahre lang fort, schon glauben die Leute in der Stadt, sie könnten einem Magier Widerworte geben!«

Einer der alten Thaumaturgen brummte etwas.

»Was hast du gesagt? Sprich lauter, Mann!«

»Als Quästor dieser Universität möchte ich darauf hinweisen, daß wir immer großen Wert darauf gelegt haben, gute Beziehungen zur Nachbarschaft zu unterhalten, aus Respekt dem Gemeinwesen gegenüber«, murmelte der Zauberer und trachtete danach, Alberts durchdringendem Blick auszuweichen.

Alberto Malich starrte ihn verblüfft an. »Warum?« fragte er verwundert.

»Nun, äh, wir hielten es für unsere Bürgerpflicht, ein möglichst gutes Beispiel zu ge ... arrrgh!«

Der Zauberer schlug hastig die Flammen aus, die ihm durch den langen Bart knisterten. Albert ließ seinen Stab sinken und musterte die anderen Magier nacheinander. Sie duckten sich unter seinem finsteren Blick wie Gras während eines Sturms.

»Möchte sonst noch jemand auf die Bedeutung von Bürgerpflichten hinweisen?« fragte er. »Gute Beziehungen zur Nachbarschaft, wie?« Er richtete sich zu voller Größe auf. »Habt ihr denn überhaupt keinen Mumm mehr in euren gebrechlichen Knochen? Glaubt ihr etwa, ich habe diese Universität gegründet, damit ihr den verdammten Rasenmäher ausleihen könnt? Welchen Sinn hat Macht, wenn man sie nicht anwendet? Wenn ein Wirt keinen Respekt zeigt, laßt ihr von seiner blöden Kneipe nicht genug übrig, um Kastanien darauf zu rösten, klar?«

Die alten Zauberer seufzten synchron und starrten traurig auf die Kröte in Rincewinds Hand. Die meisten von ihnen erlernten während ihrer Jugend die hehre Kunst, in der *Trommel* bis zur Bewußtlosigkeit zu trinken. Nun, inzwischen waren sie über solche Dinge hinaus, aber am nächsten Abend hätte im Festsaal der *Geflickten Trommel* das jährliche, von der Händlergilde veranstaltete Messer-und-Gabel-Essen stattfinden sollen, und die Zauberer der Achten Stufe bekamen immer Freikarten. Ihre wehmütigen Gedanken kreisten um gebratenen Schwan, zwei verschiedene Trüffelsorten und Dutzende von Trinksprüchen in der Art von ›Auf unsere geschätzen, nein, äh, auf unsere ehrenwerten Gäste!‹ Für gewöhnlich dauerte das Gelage bis spät in die Nacht hinein und endete erst, wenn der Wirt die Bediensteten der Universität benachrichtigte und sie bat, mit den Schubkarren zu kommen.

Albert schritt an der Reihe entlang und klopfte mit seinem Stab auf den einen oder anderen Bauch. Seine Seele tanzte und sang. Die Welt der Sterblichen verlassen? Ins Haus am Rande der Ewigkeit zurückkehren? Niemals! Dies war Macht und Leben! Er beschloß, Tod die Stirn zu bieten und ihm ins grinsende Knochengesicht zu spucken.

»Beim Rauchenden Spiegel von Grism, von jetzt an wird hier einiges anders!«

Einige der anwesenden Zauberer hatten sich Geschichtskenntnisse angeeignet und wußten daher, was ihnen bevorstand. Sie nickten voller Unbehagen und stellten sich vor: keine bequemen Lehnstühle mehr, die Betten schmal und hart, unter der kratzigen Decke hervorkriechen und aufstehen, wenn es noch dunkel war, Verbot aller alkoholischer Getränke. Wahrscheinlich mußten sie sich sogar die wahren Namen aller Dinge einprägen, bis die Last des Wissens das Gehirn zerquetschte.

»Was tut der Mann da?«

Ein Zauberer hatte geistesabwesend seinen Tabaksbeutel hervorgeholt, und als er Alberts scharfe Stimme hörte, ließ er erschrocken eine halb gedrehte Zigarette fallen. Sie prallte vom Boden ab. Die Blicke der übrigen

Zauberer folgten ihr sehnsüchtig — bis Alberto Malich sie mit einem freudlosen Lächeln zertrat.

Brüsk drehte sich der Universitätsgründer um. Rincewind war ihm als eine Art inoffizieller Adjutant gefolgt und stieß fast gegen ihn.

»Du! Rinceblind oder so! Rauchst du?«

»Nein, Herr. Rauchen ist eine üble Angewohnheit, Herr. Schadet der Gesundheit, Herr.« Rincewind vermied es, seine Vorgesetzten anzusehen. Er wurde sich plötzlich darüber klar, daß er sich wahrscheinlich erbitterte Feinde geschaffen hatte, und die beschränkte Lebenserwartung der Betreffenden linderte kaum seine Sorge.

»Recht so! Halt meinen Stab! Nun, ihr armseligen Witzfiguren und Verräter der magischen Tradition — ich werde euch Beine machen, kapiert? Und zwar im wahrsten Sinne des Wortes. Morgen früh, noch vor der Morgendämmerung, macht ihr drei Runden um den Innenhof, und anschließend beginnen hier drin die eigentlichen körperlichen Übungen! Ausgewogene Mahlzeiten! Intensives Studium! Bewegung für Körper und Geist! Und der verdammte Affe wird so schnell wie möglich dem nächsten Zirkus übergeben!«

»Ugh?«

Einige der alten Zauberer schlossen die Augen.

»Zuerst aber«, fügte Albert hinzu und senkte die Stimme, »werdet ihr mir dabei helfen, den Ritus von AshkEnte zu vollziehen. Ich muß da noch etwas erledigen ...«

Mort schritt durch die rabenschwarzen Tunnel in der Pyramide, und Ysabell versuchte, den Anschluß nicht zu verlieren. Das matte Glühen des Schwerts fiel auf unangenehme Dinge. Der Krokodilgott Offler war wie eine Kosmetikwerbung, wenn man ihn mit einigen anderen Ungeheuerlichkeiten verglich, die in Tsort verehrt wurden. In Dutzenden von Wandnischen standen Nachbildungen von Wesen, die *Er* offenbar aus den Resten seines Schöpfungswerks geformt hatte.

»Warum wurden hier all jene Statuen aufgestellt?« flüsterte Ysabell.

»Die tsortanischen Priester sind davon überzeugt, daß die Ungeheuer nach dem Schließen der Pyramide lebendig werden, um die Leiche des Königs vor Grabräubern zu schützen«, erwiderte Mort.

»Welch gräßlicher Aberglaube!«

»Oh, von Aberglaube kann überhaupt keine Rede sein«, entgegnete Mort zerstreut.

»Sie werden *wirklich* lebendig?«

»Ich möchte nur soviel sagen: Tsortaner verstehen ihr Handwerk, wenn sie einen Ort verfluchen.«

Mort bog um eine Ecke, und Ysabell verlor ihn einige entsetzliche Sekunden lang aus den Augen. Sie hastete durch die Finsternis und stieß gegen ihn, stellte fest, daß er gerade einen hundeköpfigen Vogel betrachtete.

»Grgh.« Das Mädchen schauderte. »Läuft es dir bei dem Anblick nicht kalt über den Rücken?«

»Nein«, gab Mort schlicht zurück.

»Warum nicht?«

WEIL ICH MORT BIN. Er drehte sich um, und Ysabell schnappte unwillkürlich nach Luft: Seine Augen glühten in einem kobaltfarbenen Ton.

»Hör auf damit!«

ICH — KANN NICHT.

Sie versuchte vergeblich, laut zu lachen. »Du bist nicht der Tod«, sagte sie. »Du vertrittst ihn nur.«

WER TODS PFLICHTEN ERFÜLLT, IST DER TOD.

Ysabell schwieg schockiert — und vernahm ein leises Stöhnen irgendwo in der Dunkelheit vor ihnen. Mort hörte es ebenfalls, wirbelte ruckartig herum und eilte in die entsprechende Richtung.

Er hat recht, dachte Ysabell. Er bewegte sich sogar wie mein Vater...

Der bläuliche Glanz wich zurück, und angesichts der gierig herankriechenden Dunkelheit gab sich das Mädchen einen Ruck. Es kämpfte gegen sein Unbehagen an, folgte Mort um eine weitere Ecke und sah einen großen Raum, eine seltsame Kreuzung zwischen Schatzkammer und vollgestopftem Dachboden. Trübes, von der Schwertklinge ausgehendes Licht tropfte über die Wände.

»Was ist das für ein Raum?« raunte Ysabell. »Noch nie zuvor habe ich so viele Sachen an einem Ort gesehen.«

DER KÖNIG NIMMT SIE IN DIE NÄCHSTE WELT MIT, sagte Mort.

»Offenbar hält er nichts davon, mit leichtem Gepäck zu reisen. Sieh nur das Boot dort! Und in der Ecke steht eine goldene Badewanne.«

WAHRSCHEINLICH MÖCHTE ER SICH GRÜNDLICH WASCHEN, WENN ER SEIN ZIEL ERREICHT.

»Und die vielen Statuen!«

LEIDER MUSS ICH DICH DARAUF HINWEISEN, DASS ES KEINE STATUEN SIND, SONDERN MENSCHEN WAREN. DIENER DES KÖNIGS, UM GANZ GENAU ZU SEIN.

Ysabells Züge verhärteten sich.

DIE PRIESTER HABEN SIE VERGIFTET.

Das Stöhnen wiederholte sich, kam von der anderen Seite des Raums. Mort ging weiter, vorbei an zusammengerollten Teppichen, dicken Dattelbündeln, Geschirrkisten und edelsteingefüllten Truhen. Offenbar hatte der König nicht so recht entscheiden können, was er bei seiner letzten Reise zurücklassen sollte; aus diesem Grund ging er auf Nummer Sicher und nahm einfach alles mit.

ABER DAS GIFT WIRKT NICHT IMMER SCHNELL GENUG, fügte Mort düster hinzu.

Ysabell kletterte ihm tapfer nach, blickte über ein Kanu und sah eine junge Frau, die auf mehreren Läufern lag. Sie trug eine Gazehose, eine Weste, bei deren Herstellung der Schneider mit dem Stoff gespart hatte, und genug Armreife und Fußringe, um ein mittelgroßes Schiff zu vertäuen. An ihrem Mund zeigte sich ein grüner Fleck.

»Hat sie Schmerzen?« fragte Ysabell leise.

NEIN. SIE UND DIE ANDEREN LAKAIEN GLAUBEN, AUF DIESE WEISE INS PARADIES GELANGEN ZU KÖNNEN.

»Und stimmt das? »

VIELLEICHT. WER WEISS? Mort holte die Lebensuhr aus der Innentasche seines Umhangs und betrachtete sie im Glühen des Schwertes. Seine Lippen bewegten sich lautlos, und eine Zeitlang schien er stumm zu zählen. Dann warf er das Glas plötzlich über die Schulter, hob die andere Hand und holte mit der Klinge aus.

Die Seele der jungen Frau stand auf und streckte sich, während ihr Phantomschmuck klirrte. Als sie Mort sah, neigte sie den Kopf.

»Zu Diensten, Herr!«

ICH BIN NICHT DEIN HERR. ICH BIN NUR MORT. GEH JETZT, WOHIN DU MÖCHTEST. DU KANNST DEINE BESTIMMUNG FREI WÄHLEN.

Ich werde eine Konkubine am himmlischen Hof des Königs Zetesphut sein, der für immer und ewig zwischen den Sternen regiert«, sagte die Seele entschlossen.

»Niemand zwingt dich dazu«, erwiderte Ysabell scharf. Die junge Frau drehte sich um und sah sie aus großen Augen an.

»Oh, mir bleibt gar nichts anderes übrig. Ich habe mich sehr gründlich darauf vorbereitet.« Ihre Gestalt verblaßte. »Bisher konnte ich es nur zur Magd bringen.«

Sie verschwand. Ysabell starrte mißbilligend auf die Stelle, an der sie eben noch gestanden hatte.

»Nun«, sagte sie, »hast du gesehen, wie sie gekleidet war?«

ICH SCHLAGE VOR, WIR VERLASSEN DIE PYRAMIDE JETZT.

»Aber es kann doch gar nicht stimmen, daß der König Soundso zwischen den Sternen regiert«, brummte Ysabell, während sie erneut das Zimmer durchquerten und den Tunnel erreichten. »Dort oben ist alles leer.«

ES LÄSST SICH NUR SCHWER ERKLÄREN, entgegnete Mort. ER WOHNT TATSÄCHLICH ZWISCHEN DEN STERNEN, ZUMINDEST IN SEINER VORSTELLUNG.

»Mit Sklaven?«

WENN SIE SICH DAFÜR HALTEN.

»Das ist nicht gerecht.«

ES GIBT KEINE GERECHTIGKEIT, sagte Mort. ES GIBT NUR UNS.

Sie eilten durch die von wartenden Ungeheuern gesäumten Korridore und liefen fast, als sie in die kühle Nacht zurückkehrten. Ysabell lehnte sich an rauhen Stein und schnappte nach Luft.

Mort war überhaupt nicht außer Atem.

Er atmete nicht einmal.

ICH BRINGE DICH AN EINEN BELIEBIGEN VON DIR GEWÜNSCHTEN ORT, sagte er. ANSCHLIESSEND MUSS ICH DICH VERLASSEN.

»Aber ich dachte, du wolltest die Prinzessin retten!«

Mort schüttelte den Kopf.

ICH HABE KEINE WAHL. ES GIBT KEINE WAHL.

Ysabell stürmte auf ihn zu und hielt ihn am Arm fest, als er sich Binky zuwandte. Er strich ihre Hand sanft beiseite.

MEINE LEHRE GEHT JETZT ZU ENDE.

»Es ist nur deine Vorstellung!« rief Ysabell: »Du bist das, was du zu sein glaubst!«

Sie unterbrach sich und blickte nach unten. Der

Sand zu Morts Füßen begann zu brodeln und wirbelte, als werde er von plötzlichen Sturmböen erfaßt.

Die Luft knisterte und fühlte sich schmierig an. Mort verzog das Gesicht.

JEMAND VOLLZIEHT DEN RITUS VON ASHK ...

Es schlug wie ein himmlischer Hammer zu, der vom Firmament herabsauste und einen Krater im Boden schuf. Irgend etwas sirrte und summte, und es roch nach heißem Blech.

Mort hob den Kopf im wehenden Sand, drehte sich wie in Trance, allein im ruhigen Zentrum des Orkans. Blitze flackerten in der dunklen Wolke. Tief im Innern versuchte er sich von dem Bann zu befreien, doch er spürte, wie sich der sonderbare Griff noch fester um ihn schloß. Er konnte ihm ebensowenig widerstehen wie eine Kompaßnadel dem Drang, mittwärts zu zeigen.

Schließlich fand er, was er suchte; einen Torbogen aus oktarinem Licht, der in einen kurzen Tunnel führte. Am anderen Ende standen einige Gestalten und winkten.

ICH KOMME, sagte er — und wandte den Kopf, als er ein Geräusch hörte. Siebzig Kilo weibliches Fleisch prallten ihm gegen die Brust und raubten ihm das Gleichgewicht.

Mort fiel, und Ysabell schwang sich sofort auf ihn, hielt ihm mit grimmiger Entschlossenheit die Arme fest.

LASS MICH GEHEN, intonierte er. MAN HAT MICH GERUFEN.

»Nicht dich, du Idiot!«

Das Mädchen sah in die blaustrahlenden pupillenlosen Augen. Es war, als starre man in einen hypnotischen Strudel aus hellem wogenden Licht.

Mort krümmte den Rücken und brüllte einen so alten und bösartigen Fluch, daß er in dem starken magischen Feld tatsächlich Gestalt annahm, mit ledrigen

Schwingen schlug und davonschlich. Ein ganz persönliches Gewitter krachte über den Sanddünen.

Er versuchte, Ysabells Blick einzufangen. Sie hatte das Gefühl, als falle ihr Geist wie ein Stein in einen tiefen Schacht aus blauem Glanz. Hastig drehte sie den Kopf.

GEHORCHE MIR. Morts Stimme wäre in der Lage gewesen, besonders harten Granit zu zerschneiden.

»Mit diesem Tonfall versucht es Vater mir gegenüber schon seit Jahren«, erwiderte Ysabell ruhig. »Meistens dann, wenn er möchte, daß ich mein Zimmer aufräume. Es hat noch nie geklappt.«

Mort rief einen zweiten Fluch, der einige Sekunden lang umherflatterte und dann versuchte, sich im Sand zu verstecken.

DER SCHMERZ ...

»Du bildest dir alles nur ein«, sagte Ysabell und stemmte sich der Kraft entgegen, die sie beide in Richtung Torbogen zerrte. »Du bist nicht Tod. Du bist nur Mort. Du bist das, was du zu sein glaubst.«

Mitten im konturlosen Blau der Augen bildeten sich zwei winzige braune Punkte und wuchsen rasch.

Der Sturm um sie herum klagte mit zischenden Böen. Mort schrie.

Der Ritus von AshkEnte dient schlicht und einfach dazu, Tod zu beschwören und zu binden. Studenten des Okkulten wissen, daß man ihn vergleichsweise einfach vollziehen kann. Nötig sind nur: eine magische Formel, drei kleine Holzstücke und vier Kubikzentimeter Mäuseblut. Doch kein Zauberer, der seinen spitz zulaufenden Hut wert ist, würde etwas derart Unbeeindruckendes erwägen. Tief in ihren Herzen wissen sie, daß eine magische Zeremonie nur dann thaumaturgischer Würde gerecht wird, wenn sie von großen gelben Kerzen Gebrauch macht, nicht auf jede Menge Weihrauch und andere erlesene Kräuter verzichtet, mit acht verschiedene Kreidefarben auf den Boden gemalte Kreise benutzt und darüber hinaus auch einige große Kessel verwendet.

Die acht Zauberer standen an den Spitzen des großen Oktagramms, wankten von einer Seite zur anderen und sangen. Sie hielten die Arme ausgestreckt, so daß sich ihre Fingerspitzen berührten.

Aber irgend etwas ging nicht mit rechten Dingen zu. Oh, sicher, im Zentrum des ausgesprochen lebendig wirkenden Oktagramms hatte sich eine Dunstwolke gebildet, aber sie wallte und wogte, weigerte sich hartnäckig, Gestalt anzunehmen.

»Mehr Energie!« rief Albert. »Wir brauchen mehr magische Energie. Volldampf voraus!«

Kurz darauf formten sich Konturen im Nebel: ein schwarzer Umhang, ein glühendes Schwert. Albert fluchte, als er das bleiche Gesicht unter der Kapuze sah. Es war nicht bleich genug.

»Nein!« rief er, sprang ins Oktagramm und versuchte, das noch substanzlose Etwas zu verscheuchen. »Nicht du, nicht du ...«

Und im fernen Tsort vergaß Ysabell ihre damenhafte Zurückhaltung. Sie ballte die Faust, kniff die Augen zusammen und schlug Mort ans Kinn. Die Welt um sie herum explodierte ...

In der Küche von *Hargas Rippenhaus* fiel die Bratpfanne zu Boden, und einige Katzen ergriffen die Flucht ...

Im großen Saal der Unsichtbaren Universität geschah alles gleichzeitig.*

---

* Das ist nicht ganz richtig. Die meisten Philosophen vertreten folgende Ansicht: Die kürzeste Zeitspanne, in der praktisch alles geschehen kann, umfaßt tausend Milliarden Jahre.

Die Zauberer richteten eine gewaltige thaumaturgische Kraft auf die Schattensphäre, und plötzlich bekam sie einen Fokus. Wie ein widerstrebender Korken, der sich mit einem jähen *Plopp* aus dem Flaschenhals löst, wie ein dicker Tropfen aus der umgedrehten Ketchupflasche der Ewigkeit — materialisierte Tod im Oktagramm und fluchte.

Albert begriff zu spät, daß er sich innerhalb des magischen Rings befand und versuchte hastig, ihn zu verlassen. Skelettene Finger hielten ihn am Saum seines Mantels fest.

Die übrigen Zauberer — diejenigen von ihnen, die noch immer auf den Beinen standen und bei Bewußtsein waren stellten verblüfft fest, daß Tod eine Schürze trug und ein Kätzchen in der Hand hielt.

»Warum mußtest du ALLES RUINIEREN?

»Alles ruinieren?« wiederholte Albert und trachtete noch immer danach, den Rand des Oktagramms zu erreichen. »Weißt du denn nicht, was der Junge angestellt hat?«

Tod hob den Kopf und schnupperte.

Das Geräusch überlagerte alle anderen Laute im Saal und brachte sie zum Schweigen.

Es war ein Geräusch, das man am dunklen Rand von Träumen hört, das einen schweißgebadet und voller Entsetzen aus dem Schlaf reißt. Es war wie das leise Kratzen an der Tür des Grauens. Es war wie das Schnaufen jener besonderen Igelspezies, die Bäume zertrampelt und Lastwagen unter sich zerquetscht. Es war ein Geräusch, das man nicht zweimal hören will, Es gibt kaum jemanden, der es nur *einmal* hören möchte.

Tod richtete sich langsam auf.

IST DAS SEIN DANK FÜR MEINE FREUNDLICHKEIT? INDEM ER MEINE TOCHTER ENTFÜHRT, MEINE BEDIENSTETEN BELEIDIGT UND AUS EINER LAUNE HERAUS DIE STRUKTUR DER REALITÄT IN GEFAHR

BRINGT? OH, WIE DUMM VON MIR! ICH WAR VIEL ZU LANGE EIN NARR!

»Herr, wenn du die Güte hättest, meinen Mantel loszulassen ...«, begann Albert und hörte in seiner Stimme einen seltsam bittenden Unterton.

Tod schenkte ihm keine Beachtung. Er schnippte mit den Fingern — es klang wie das Klappern einer Kastagnette —, und die Schürze löste sich funkenstiebend auf. Das Kätzchen setzte er ganz behutsam ab und schob es mit dem Fuß beiseite.

HABE ICH IHM NICHT DIE GRÖSSTE ALLER GELEGENHEITEN GEBOTEN?

»In der Tat, Herr. Daran kann überhaupt kein Zweifel bestehen, Herr. Wenn du mich nun bitte ...«

ER KONNTE SICH NEUE FERTIGKEITEN ANEIGNEN. ICH GAB IHM EINEN BERUF MIT ZUKUNFT, EINEN JOB FÜRS GANZE LEBEN.

»Da hast du völlig recht, Herr. Bitte laß mich jetzt los ...«

Alberts Stimme veränderte sich weiter, und aus gebieterischen Trompeten wurden wehklagende Pikkoloflöten. Er klang flehentlich und entsetzt, doch es gelang ihm, Rincewinds Blick einzufangen.

»Mein Stab!« zischte er. »Wirf mir meinen Stab zu! Tod ist nicht unbesiegbar, während er im Kreis steht! Mit meinem Stab kann ich mich befreien!«

»Wie?« fragte Rincewind.

OH, WIE SEHR BEDAURE ICH ES NUN, ETWAS NACHGEGEBEN ZU HABEN, DAS ICH IN ERMANGELUNG EINES BESSEREN AUSDRUCKS ALS SCHWÄCHEN DES FLEISCHES BEZEICHNEN WILL!

»Mein Zauberstab, du Idiot!« kreischte Albert. »Mein Stab!«

»Ich verstehe nicht ganz ...«

ES WAR RICHTIG VON DIR, MICH WIEDER ZUR VERNUNFT ZU BRINGEN, DIENER, sagte Tod. LASS UNS KEINE ZEIT VERLIEREN.

»Mein Sta ...!«

Es kam zu einer Implosion, und ein Windstoß fauchte durch den Saal. Die Flammen der gelben Kerzen tanzten zur Seite und wuchsen in die Länge, bevor sie erloschen.

Einige Sekunden verstrichen in völliger Lautlosigkeit.

Dann ertönte die Stimme des Quästors in Bodenhöhe. »Es war sehr unfreundlich von dir, den Zauberstab einfach so zu verlieren, Rincewind. Erinnere mich daran, dich irgendwann streng zu bestrafen. Hat jemand Streichhölzer dabei?«

»Ich weiß überhaupt nicht, was mit dem Stab passiert ist! Ich habe ihn nur an die Säule hier gelehnt, und jetzt ...«

»Ugh.«

»Oh«, machte Rincewind.

»Eine zusätzliche Bananenration für den Affen«, sagte der Quästor ruhig. Licht flackerte, und irgend jemandem gelang es, eine Kerze anzuzünden. Die Zauberer standen langsam auf.

»Nun, das soll uns allen eine Lehre sein«, erklärte der Quästor und strich Staub und Wachs von seinem Umhang. Er blickte auf und rechnete damit, daß die Statue von Alberto Malich wieder auf ihrem Sockel stand.

»Ganz offensichtlich können auch die Gefühle von Denkmälern verletzt werden«, sagte er. »Wenn ich mich recht entsinne, habe ich als Student im ersten magischen Semester meinen Namen in ... Nun, spielt keine Rolle. Äh, ich schlage hier und jetzt vor, wir ersetzen die Skulptur.«

Die anderen Zauberer schwiegen.

»Und sie soll, äh, nicht aus Marmor bestehen, sondern aus Gold«, fuhr er fröhlich fort. »Mit kostbaren Edelsteinen geschmückt, so wie es dem ehrenwerten Gründer unserer Universität gebührt.«

Der Quästor überlegte kurz. »Und um sicherzustellen, daß kein Student Gelegenheit bekommt, die neue Statue auf irgendeine Weise zu entwürdigen … Wir stellen sie im tiefsten aller Keller auf.«

»Und verriegeln anschließend die Tür«, fügte er hinzu. Einige Zauberer begannen zu lächeln.

»Und werfen den Schlüssel weg?« fragte Rincewind.

»Wir *verschweißen* die Tür«, sagte der Quästor. Er erinnerte sich an die *Geflickte Trommel* — und daran, wieviel Alberto Malich von körperlicher Ertüchtigung gehalten hatte.

»Und vermauern den Zugang«, sagte er. Die Magier applaudierten.

»Und werfen dann den Maurer weg!« jubelte Rincewind, der allmählich Spaß an der Sache fand.

Der Quästor bedachte ihn mit einem tadelnden Blick. »Wir wollen doch nicht übertreiben«, sagte er.

In der Stille bewegte sich eine Düne, die etwas größer war als die anderen. Sie wölbte sich empor, und Sand rieselte beiseite. Zum Vorschein kam ein schnaubender, die lange Mähne schüttelnder Binky.

Mort schlug die Augen auf.

Leider gibt es kein geeignetes Wort, um die kurze Zeitspanne nach dem Erwachen zu beschreiben, während der das Bewußtsein nur warmes rosarotes Nichts enthält. Man liegt in völliger Gedankenlosigkeit und spürt nur den vagen, langsam stärker werdenden Verdacht, daß sich all jene Erinnerungen heranschleichen, auf die man getrost verzichten kann. Sie sind wie eine mit feuchtem Sand gefüllte Socke, die von entschlossener Hand herumgeschwungen wird und genau auf die Stirn zielt. Mit ihnen einher geht die kummervolle Erkenntnis, daß der einzige tröstende Aspekt einer wahrhaft entsetzlichen Zukunft in ihrer Kürze besteht.

Mort setzte sich auf und preßte die Hände an den Kopf, um zu verhindern, daß er sich ganz abschraubte.

Neben ihm wölbte sich der Sand, und Ysabell kroch darunter hervor. Das Haar war zerzaust, und Pyramidenstaub bedeckte ihre Wangen. Einige Strähnen schienen an den Enden versengt zu sein.

Das Mädchen musterte Mort gleichgültig.

»Hast du mich geschlagen?« fragte er und betastete den Unterkiefer.

»Ja.«

»Oh.«

Mort starrte zum Himmel hinauf, als könne ihn das Firmament an etwas erinnern. Er glaubte sich daran zu entsinnen, daß er bald irgendwo erwartet wurde. Kurz darauf fiel ihm etwas anderes ein.

»Danke«, sagte er.

»Gern geschehen — und das meine ich ernst«, erwiderte Ysabell. Sie stand auf und versuchte, sich Schmutz und Spinnwebenreste vom Kleid zu streichen. »Sollen wir jetzt los, um deine Prinzessin zu retten?« fragte sie zaghaft.

Morts ganz persönliche Realität holte ihn ein. Mit einem Satz sprang er auf die Beine, stieß einen erstickten Schrei aus und beobachtete blaue Funken, die ihm vor den Augen tanzten. Er schwankte kurz und sank wieder zu Boden. Ysabell hielt ihn fest und half ihm wieder in die Höhe.

»Laß uns zum Fluß gehen«, sagte sie. »Wir könnten jetzt wohl einen Schluck Wasser vertragen.«

»Was ist mit mir geschehen?«

Ysabell stützte ihren Begleiter, und trotzdem gelang es ihr, die Schultern zu heben.

»Jemand hat den Ritus von AshkEnte vollzogen. Vater haßt ihn. Er meint, man beschwöre ihn immer bei den unpassendsten Gelegenheiten. Der Teil von dir, der sich — nun, mit Tod identifizierte, folgte dem Ruf, und du bliebst hier zurück. Glaube ich. Wenigstens sprichst du jetzt wieder mit deiner alten Stimme.«

»Wie spät ist es?«

»Kommt ganz darauf an, wann die Pyramide von den Priestern geschlossen wird.«

Mort zwinkerte, starrte durch einen brennenden Tränenschleier und beobachtete die große Grabstätte des Königs. Tatsächlich. Heller Fackelschein glühte, und einige Gestalten versiegelten den Zugang. Wenn die Legenden auch nur ein Körnchen Wahrheit enthielten, würden bald die monströsen Wächter erwachen und mit ihrer ewigen Patrouille beginnen.

Tods Lehrling *wußte*, daß es sich nicht nur um eine Sage handelte. Er erinnerte sich an das Wissen darum. Er erinnerte sich an eine eigene Bewußtseinssphäre, die so kalt und endlos war wie der nächtliche Himmel. Er erinnerte sich, in eine widerstrebende Existenz gerufen worden zu sein, als das erste lebende Geschöpf entstand. Er erinnerte sich an die sichere, über jeden Zweifel erhabene Erkenntnis, die letzten Lebewesen im Universum zu ihrer endgültigen Bestimmung zu begleiten. Anschließend bestand seine Pflicht darin, im übertragenen Sinne die Stühle auf die Tische zu stellen und das Licht zu löschen.

Er erinnerte sich an das Gefühl der Einsamkeit.

»Verlaß mich nicht!« brachte er hervor.

»Ich bin hier«, antwortete Ysabell. »Und ich bleibe, solange du mich brauchst.«

»Es ist Mitternacht«, raunte Mort niedergeschlagen, ließ sich am Ufer des Tsort nieder und tauchte den schmerzenden Kopf in leise gluckerndes Naß. Neben ihm erklang ein Geräusch, als ließe jemand das Wasser aus einer Badewanne: Binky trank.

»Bedeutet das, wir sind zu spät dran?«

»Ja.«

»Tut mir leid. Ich wollte, ich könnte dir helfen.«

»Das kannst du nicht.«

»Zumindest hast du dein Versprechen Albert gegenüber gehalten.«

»Ja«, murmelte Mort bitter, »wenigstens das.«

Fast von einer Seite der Scheibenwelt zur anderen ...

Es gibt keinen geeigneten Ausdruck für den mikroskopisch kleinen Hoffnungsschimmer, auf den man sich nicht zu konzentrieren wagt, weil man fürchtet, ihn dadurch zu vertreiben — ebensogut könnte man versuchen, ein Photon zu betrachten. Man kann sich nur vorsichtig heranschleichen, daran vorbeisehen, daran vorbei*gehen* und darauf warten, daß jenes Licht hell genug wird, um die Schatten des Zweifels zu vertreiben.

Wasser tropfte von Morts Stirn, als er den Kopf hob, zum Sonnuntergangshorizont blickte und danach trachtete, sich das Modell der Scheibenwelt in Tods Arbeitszimmer ins Gedächtnis zurückzurufen, ohne daß der Kosmos Verdacht schöpfte.

Bei solchen Gelegenheiten gewinnt man manchmal den Eindruck, als sei das universelle Möglichkeitspotential so fein ausbalanciert, daß man alles zu ruinieren droht, wenn man nur zu laut denkt.

Mort orientierte sich anhand der Mittlichter, die zwischen den Sternen funkelten, vermutete möglichst unauffällig, daß sich Sto Lat etwa — dort drüben befand ...

»Mitternacht«, sagte er laut.

»Inzwischen schon nach Mitternacht«, verbesserte Ysabell.

Mort stand auf und gab sich alle Mühe, seinen Triumph zu verbergen, der wie ein emotionales Fanal strahlte. Möglichst ruhig griff er nach Binkys Zügeln.

»Komm«, sagte er. »Uns bleibt nicht mehr viel Zeit.«

»Was meinst du damit?«

Mort schwang sich in den Sattel und half dem Mädchen beim Aufsteigen. Eine freundliche, gut gemeinte Geste — doch fast wäre er dadurch vom Rücken des

Hengstes gerutscht. Ysabell schob seine Hand sanft beiseite und nahm ganz allein hinter ihm Platz. Binky tänzelte ein wenig, spürte Morts Aufregung, schnaubte und scharrte mit den Hufen.

»Ich sagte: Was meinst du damit?«

Mort drehte das Pferd zum fernen Glühen des Sonnenuntergangs herum.

»Die Geschwindigkeit der Nacht«, erwiderte er.

Schneidgut blickte über die Schloßzinnen und stöhnte. Die Grenzfläche war nur noch eine Straße entfernt und im oktarinen Spektrum ganz deutlich zu erkennen. Er brauchte nicht einmal seine Phantasie zu bemühen, um sich das brutzelnde Zischen vorzustellen. Er hörte es: ein scheußliches sägendes Summen — so als träfen hier und dort Partikel einer eigenwilligen Wirklichkeit auf die Wand der echten, realen Realität und gäben ihre Energie in Form von Geräuschen ab. Die perlmuttene Wand kroch mit unaufhaltsamer Zielstrebigkeit übers Kopfsteinpflaster, verschlang dabei bunte Wimpel und Fähnchen, Fackeln und wartende Zuschauer. Zurück blieben nur dunkle Gassen. Irgendwo dort draußen, dachte der Zauberer, ist überhaupt nichts passiert. Irgendwo dort draußen liege ich friedlich in meinem Bett und schlafe. Ach, wie ich mich beneide.

Er drehte sich um, kehrte über die Treppe nach unten zurück, hastete zum großen Saal und hatte dabei Mühe, nicht über den Saum seines Umhangs zu stolpern. Leise schlüpfte er durch die kleine Klappe in der großen Tür und befahl den Wächtern, die Pforte zu verriegeln. Dann hob er den widerspenstigen Mantel ein wenig und lief durch einen Seitengang, um nicht von den Gästen gesehen zu werden.

Tausende von Kerzen flackerten im Saal, und Dutzende von Würdenträgern aus der Sto-Ebene warteten darauf, daß die Zeremonie begann. Die meisten von ihnen wirkten irgendwie verunsichert und schienen nicht so recht zu wissen, warum sie sich an diesem Ort befanden.

Hinzu kam der Elefant.

Der Anblick jenes Elefanten überzeugte Schneidgut davon, daß er endgültig übergeschnappt war. Vor einigen Stunden hatte er jenes Tier für eine ausgezeichnete Idee gehalten, als ihn das eher begrenzte Sehvermögen des Hohepriesters an den Rand der Verzweiflung brachte und er sich dann an die Sägemühle am Rande der Stadt erinnerte. Dort wurde besagtes Geschöpf eingesetzt, um Baumstämme und andere schwere Lasten zu transportieren. Nun, es handelte sich um einen schon älteren, recht arthritischen Elefanten mit unberechenbarem Temperament, aber er eignete sich prächtig als Opfer: Der Hohepriester sollte in der Lage sein, ihn zu sehen.

Mehrere Soldaten versuchten behutsam, das Tier zu beruhigen. In seinem nur langsam arbeitenden Hirn dämmerte allmählich die Erkenntnis, daß es sich eigentlich im Stall befinden sollte, wo es nicht an Heu und Wasser mangelte und es voller Wehmut von den heißen Tagen in den weiten, khakifarbenen Ebenen der Klatsch-Wüsten träumen konnte. Die Verwirrung des Elefanten verwandelte sich nach und nach in Nervosität.

Es dürfte bald klarwerden, daß es für seine wachsende Rastlosigkeit auch noch einen anderen Grund gibt, der hier nicht unerwähnt bleiben soll. Während des allgemeinen Durcheinanders bei den Vorbereitungen fand sein Rüssel durch Zufall den zeremoniellen Kelch, der fünf Liter besonders starken Wein enthielt. Nun, inzwischen hat sich der Mageninhalt des Elefanten um die entsprechende Flüssigkeitsmenge erweitert. Seltsam heiße Vorstellungsbilder tanzen ihm vor den trüben Augen. Er denkt an entwurzelte Affenbrotbäume, an Paarungskämpfe mit anderen Bullen, an fröhliche Märsche durch Eingeborenendörfer, bei denen man sich nicht die Mühe zu machen braucht, den Hütten auszuweichen. Die Erinnerungen sind recht vage, aber sie erfüllen ihn dennoch mit einem gewissen Wohlbehagen. Sicher wird es nicht mehr lange dauern, bis er die anwesenden Menschen durch einen herrlich roten Schleier sieht.

Glücklicherweise ahnte Schneidgut nichts davon, als er den Blick des hohenpriesterlichen Assistenten einfing. Der betreffende Mann war nicht nur tüchtig und zuverlässig, sondern besaß auch eine gehörige Portion Weitblick: Klugerweise hatte er sich sowohl mit hohen Stiefeln als auch einer langen Gummischürze ausgestattet.

Der Zauberer gab ihm das Zeichen für den Beginn der Zeremonie, eilte in den Ankleideraum der Priester und streifte sich hastig das von der Schloßnäherin gerade noch rechtzeitig für ihn fertiggestellte Gewand über. Es bestand aus einer wirren Ansammlung von Spitzen, Tressen, Litzen, Pailletten und goldenem Zwirn, stellte eine so unverschämte Geschmacklosigkeit dar, daß sich selbst der Erzkanzler der Unsichtbaren Universität geschämt hatte, ein solches Kleidungsstück zu tragen. Einige Sekunden lang bewunderte sich Schneidgut im Spiegel, setzte dann den spitzen Hut auf und stürmte zur Tür zurück. Dicht davor hielt er inne, um den Weg gemächlichen, würdevollen Schrittes fortzusetzen, wie es jemandem von seinem Stand gebührte.

Er erreichte den Hohenpriester, als Keli mit ihrer Wanderung durch den Mittelgang begann, begleitet von einigen Zofen, die sie so geschäftig umringten wie Schleppkähne ein einlaufendes Passagierschiff.

Das Erbkleid gereichte ihr zwar nicht gerade zum Vorteil, aber Schneidgut hielt sie trotzdem für wunderschön. Irgendein Aspekt ihres Erscheinungsbildes ließ ihn innerlich erzittern und ...

Er biß die Zähne zusammen, konzentrierte sich auf die Sicherheitsmaßnahmen. Er hatte mehrere Wächter im Saal postiert — falls der Herzog von Sto Helit noch im letzten Augenblick versuchen sollte, die Thronfolge in Frage zu stellen —, und beschloß, den Onkel der Prinzessin aufmerksam im Auge zu behalten. Er saß in der ersten Reihe und lächelte sonderbar zufrieden. Als er Schneidguts Blick begegnete, sah der Zauberer voller Unbehagen zur Seite.

Der Hohepriester hob die Hände, und daraufhin wurde es still. Schneidgut trat etwas näher, als sich der alte Mann mittwärts wandte und mit krächzender Stimme den göttlichen Segen zu erflehen begann.

Neben dem Greis verharrte er und beobachtete den Herzog.

»Hört mich, mhm, o Götter ...«

Warum starrte der Intrigant und Verschwörer von Sto Helit zu den Fledermäusen im Dachgebälk hinauf?

Hör mich, o Blinder Io der Hundert Augen; hör mich, o Großer Offler mit Deinem Von Vögeln Umschwirrten Rachen; hör mich, o Gnädiges Schicksal; hör mich, o Kühle, mhm, Bestimmung; hör mich, so Siebenhändiger Sek; hör mich, o Hoki Aus Den Wäldern; hör mich, o ...«

Mit dumpfem Entsetzen begriff Schneidgut, daß sich der dumme alte Narr nicht an die Anweisungen hielt und die ganze lange Liste herunterleiern wollte. Auf der Scheibenwelt gab es mehr als neunhundert bekannte Gottheiten, und theologische Forscher entdeckten ständig weitere. Es konnte Stunden dauern, alle ihre Namen zu nennen. Die versammelte Gemeinde wurde bereits unruhig.

Keli stand vor dem Altar, und in ihren Augen funkelte Zorn. Schneidgut stieß den Hohepriester in die Rippen, ohne einen sichtbaren Effekt zu erzielen. Schließlich sah er den jungen Meßdiener an, hob und senkte mehrmals die Brauen.

»Er soll damit aufhören!« zischte er. »Wir haben nicht genug Zeit!«

»Das würde den Unwillen der Götter erregen ...«

»*Mein* Unwillen ist schon erregt, und ich bin *hier.*«

Der Meßdiener musterte Schneidgut einige Sekunden lang und hielt es für angebracht, später eine Erklärung an die Götter zu richten. Er klopfte dem Hohenpriester auf die Schulter und raunte ihm etwas ins Ohr.

»... o Steikhegel, Gott Entlegener, mhm, Kuhställe; hör mich, o ... Wie? Was?«

Geflüster. Geflüster.

»Das ist, mhm, sehr ungewöhnlich. Nun gut, kommen wir direkt zur, mhm, Deklaration der Abstammungslinie.«

Geflüster. Geflüster.

Der Hohepriester bedachte Schneidgut mit einem finsteren Blick. Zumindest sah er in die entsprechende Richtung.

»Mhm, na schön. Mhm, bereitet den Weihrauch und die Duftkräuter für die Absolution Des Viergeteilten Pfades vor.«

Geflüster. Geflüster.

Das Gesicht des Hohenpriesters verdunkelte sich.

»Ich nehme an, mhm, es kommt nicht einmal ein kurzes Gebet in Frage, oder?« fragte er eisig.

»Wenn wir uns nicht endlich sputen, ergeben sich einige Probleme«, warf Keli ruhig ein.

Geflüster.

»Oh, ich weiß, selbstverständlich, natürlich«, brummte der Hohepriester. »Warum die Gemeinde mit einer religiösen, mhm, Zeremonie langweilen, nicht wahr? Also holt den blöden Elefanten.«

Der Meßdiener warf Schneidgut einen verzweifelten Blick zu und gab den Wächtern ein Zeichen. Als sie ihr schwankendes Mündel mit lauten Rufen und spitzen Stöcken antrieben, schob sich der junge Geistliche an den Zauberer heran und drückte ihm etwas in die Hand.

Schneidgut betrachtete den Gegenstand. Es handelte sich um einen wasserdichten Hut.

»Hältst du das für nötig?«

»Der Hohepriester ist sehr fromm und nimmt seine Aufgabe ernst«, erwiderte der Meßdiener. »Vielleicht brauchen wir sogar Schnorchel.«

Der Elefant erreichte den Altar, und die Soldaten zwangen ihn ohne große Mühe dazu, auf die Knie zu sinken. Das Tier rülpste und machte »Hick!«

»Nun, wo ist das Opfer?« fragte der Hohepriester scharf. »Bringen wir diese, mhm, *Farce* hinter uns!«

Der Meßdiener trat erneut auf ihn zu und flüsterte. Der alte Mann lauschte eine Zeitlang, nickte ernst, schloß beide Hände um den weißen Griff des Opfermessers und hob es hoch über den Kopf. Das Publikum wartete angespannt, wartete noch etwas länger — und ließ langsam den angehaltenen Atem entweichen.

»*Wo* vor mir?«

Geflüster.

»Deine Hilfe habe ich gewiß nicht nötig, Bursche. Schon seit siebzig Jahren opfere ich Männer und Jungen — auch, mhm, Frauen und Tiere —, und wenn ich nicht mehr mit dem Messer, mhm, umgehen kann, darfst du mich mit einer Grabschaufel zu Bett bringen.«

Der Hohepriester holte in einem weiten Bogen aus und stieß entschlossen zu. Nur rein zufällig gelang es ihm, dem Elefanten eine leichte Fleischwunde am Rüssel zuzufügen.

Das große Tier erwachte aus seiner angenehmen, nachdenklichen Benommenheit und trompetete. Der Meßdiener drehte sich entsetzt um und starrte in zwei blutunterlaufene Augen, die am verletzten Rüssel entlangschielten. Mit einem weiten Satz brachte er eine sichere Distanz zwischen sich und den Altar.

Der Elefant war wütend. Undeutliche, verwirrende Erinnerungsbilder trieben ihm durch den schmerzenden Schädel, zeigten ihm lodernde Flammen und schreiende

Menschen mit Netzen, Käfigen und Speeren. Dumpf entsann er sich daran, viel zu lange schwere Baumstämme geschleppt zu haben. Er hob den Rüssel und schmetterte ihn auf den Altar, beobachtete zu seiner eigenen Überraschung, wie der feste Marmor auseinanderbrach. Mit den Stoßzähnen hob er die beiden Teile an, versuchte ohne großen Erfolg eine steinerne Säule zu entwurzeln, spürte plötzlich das Bedürfnis nach frischer Luft und lief rheumatisch durch den Mittelgang.

Er machte sich nicht die Mühe, vor der geschlossenen Tür anzuhalten — der in seinem Blut brodelnde und vom Wein verstärkte Herdenruf war viel zu stark. Er rannte einfach weiter, stieß die Pforte aus den Angeln, stürmte über den Hof, zerschmetterte die Tore, rülpste noch einmal, donnerte durch die schlafende Stadt und beschleunigte noch immer, als er in der Nachtbrise den Geruch des fernen dunklen Kontinents Klatsch witterte. Er hob den zitternden Schwanz, eilte weiter und begann mit der langen Heimreise.

Unterdessen herrschte im Saal eine Mischung aus wallendem Staub, erschrockenen Schreien und allgemeinem Durcheinander. Schneidgut rückte den Hut aus der Stirn und stemmte sich langsam in die Höhe.

»Danke«, sagte Keli, die unter ihm gelegen hatte. »Warum bist du auf mich gesprungen?«

»Ich habe instinktiv gehandelt, um Euch zu schützen, Euer Majestät.«

»Ja, der Instinkt mag in diesem Zusammenhang eine nicht unbeträchtliche Rolle spielen, aber ...« Sie wollte hinzufügen, der Elefant hätte vielleicht weniger gewogen, überlegte es sich jedoch anders, als sie das breite, ernste und recht gerötete Gesicht des Zauberers bemerkte.

»Wir sprechen später darüber«, entschied sie, setzte sich auf und klopfte Staub von ihrem massigen Gewand. »In der Zwischenzeit ... Vielleicht sollten wir bei der Zeremonie auf ein Opfer verzichten. Ich bin noch keine Majestät, nur eine Hoheit. Wenn bitte jemand so nett wäre und die Krone holen könnte ...«

Hinter ihnen klickte es leise, als ein Sicherungsbügel zurückschnappte.

»Der Zauberer wird jetzt die Hände heben, so daß ich sie deutlich sehen kann«, sagte der Herzog.

Schneidgut stand wie in Zeitlupe auf und drehte sich um. Sechs Männer leisteten dem Verschwörer von Sto Helit sowohl Gesellschaft als auch moralische Unterstützung — Männer, deren einzige Lebensaufgabe darin zu bestehen scheint, hinter Leuten wie dem Herzog zu stehen. In ihren breiten Händen hielten sie entsicherte Armbrüste, die den unangenehmen Eindruck erweckten, als könnten sie jeden Augenblick häßlich spitze Bolzen davonschleudern.

Die Prinzessin erhob sich und machte Anstalten, sich auf ihren Onkel zu stürzen. Schneidgut hielt sie gerade noch fest.

»Nein«, sagte er leise. »Dieser Kerl gehört nicht zu den Leuten, die dich in einem tiefen Keller fesseln und den Mäusen gerade genug Zeit geben würden, die Strikke zu zernagen, bevor die Flut kommt. Er ist vielmehr ein Exemplar jener Gattung Mensch, die konsequentes Handeln vorzieht. Mit anderen Worten: Er wäre sicher bereit, dich auf der Stelle zu töten.«

Der Herzog verneigte sich.

»Aus deinem Mund sprechen wahrhaft die Götter«, erwiderte er. »Die Sache liegt auf der Hand, nicht wahr? Die arme Prinzessin wurde von dem wildgewordenen Elefanten zu Tode getrampelt. Wirklich bedauerlich. Das Volk wird dich beweinen. Was hältst du davon, wenn ich als neuer König eine offizielle Trauerwoche anordne?«

»Das ist doch absurd!« platzte es aus Keli heraus. Tränen quollen ihr in die Augen. »Die Geladenen haben alles gesehen!«

Schneidgut schüttelte den Kopf und beobachtete, wie

sich die Soldaten einen Weg durch die verwirrte, verblüffte Menge bahnten.

»Nein«, widersprach er. »Du wärst erstaunt, wenn du wüßtest, was sie alles *über*sehen haben. Insbesondere dann, wenn sie erfahren, daß man auch im eigenen Bett auf tragische Weise von einem Elefanten zertrampelt werden, daß so etwas ansteckend wirken kann.«

Der Herzog lachte leise vor sich hin.

»Für einen Zauberer bist du bemerkenswert intelligent«, entgegnete er. »Nun, ich schlage nur eine Verbannung vor ...«

»Damit kommst du nicht durch«, sagte Schneidgut. Er dachte kurz nach und fügte hinzu: »Das heißt, wahrscheinlich *kommst* du damit durch, aber anschließend hast du bestimmt ein schlechtes Gewissen, und wenn du im Sterben liegst, wirst du dir wünschen ...«

Er unterbrach sich und riß die Augen auf.

Der Herzog drehte den Kopf einige Zentimeter weit, um seinem Blick zu folgen.

»Was ist los, Zauberer? Was hast du gesehen?«

»Ich habe mich geirrt«, entfuhr es Schneidgut fast schrill. »Du kommst *nicht* damit durch. Du wirst nicht einmal *hier* sein. Gleich ist dies alles überhaupt nicht geschehen ...«

»Achtet auf seine Hände!« brummte der Herzog. »Schießt sofort, wenn er auch nur den kleinen Finger rührt.«

Verwundert wandte er sich um. Es schien kein Trick zu sein: Der Zauberer hatte aufrichtig geklungen. Es hieß auch, Magier könnten Dinge sehen, die für die Augen von gewöhnlichen Menschen verborgen blieben ...

»Es spielt überhaupt keine Rolle, ob du mich umbringst oder nicht«, stieß Schneidgut hervor. »Morgen wache ich nämlich in meinem Bett auf, und dann ist alles nur ein übler Traum gewesen. Vielleicht nicht einmal das. Es kommt direkt durch die Wand!«

Nächtliche Dunkelheit rollte über die Scheibenwelt. Die Finsternis war natürlich immer gegenwärtig, lauerte in Ritzen und Spalten, in Höhlen und Kellern und tiefen Gewölben. Doch wenn das träge Licht der Sonne folgte, schwollen die Teiche und Seen der Nacht an und vereinten sich miteinander.

Das Licht der Scheibenwelt wird von einem starken magischen Feld gebremst. Das Licht der Scheibenwelt hat nichts mit normalem Licht gemein. Es ist gewissermaßen in die Jahre gekommen, hat eine Menge gesehen und neigt nicht mehr dazu, irgend etwas zu überstürzen. Es weiß: Ganz gleich, wie sehr ich mich auch beeile — die Dunkelheit ist immer zuerst da. Deshalb läßt es alles ruhig angehen.

Mitternachtsschwärze glitt wie eine samtene Fledermaus über die Landschaft. Binky war schneller als sie und folgte ihr als ein winziger Funken inmitten undurchdringlicher Schatten. Funken stoben von den Hufen, bildeten kleine Flammen. Unter dem schweißfeuchtem, glänzenden Fell vibrierten dicke schlangenartige Muskelstränge.

Die beiden Gestalten auf dem Rücken des Hengstes schwiegen die meiste Zeit über. Ysabell löste den einen Arm von Morts Taille und beobachtete, wie ihre Finger in allen acht Farben des Regenbogens glühten. Dünne Strahlbahnen wanden sich an den Ellenbogen hin und her, reichten von ihren Haarspitzen herab.

Mort lenkte das Pferd tiefer und hinterließ eine wallende, viele Meilen lange Wolke.

»Jetzt kann kein Zweifel mehr daran bestehen, daß ich verrückt bin«, sagte er.

»Wieso?«

»Ich habe da unten gerade einen Elefanten gesehen«, ächzte Mort. »He, dort vorn glühen die Lichter von Sto Lat!«

Ysabell blickte ihm über die Schulter und bemerkte ein mattes Schimmern am Horizont.

»Wieviel Zeit bleibt uns noch?« fragte sie nervös.

»Keine Ahnung. Vielleicht nur ein paar Minuten.«

»Mort, ich habe dich noch nicht gefragt, was ...«

»Ja?«

»Was willst du *tun*, wenn wir den Palast erreichen?«

»Ich weiß es nicht«, erwiderte Mort. »Ich hatte gehofft, bis dahin fiele mir etwas ein.«

»Und hat sich deine Hoffnung erfüllt?«

»Nein. Aber noch ist es nicht soweit. Vielleicht hilft uns Alberts Zauberformel. Und ich ...«

Mort brach entsetzt ab, als er die Kuppel der Realität sah, die sich wie eine langsam schrumpfende Qualle über dem Schloß wölbte. Nach einer Weile erklang Ysabells Stimme.

»Nun, ich glaube, es ist fast soweit. Was hast du jetzt vor?«

»Halt dich fest!«

Binky segelte durch die zerschmetterten Tore des Hofes und zog einen Funkenschweif hinter sich her, als er über das Kopfsteinpflaster flog. Einige Sekunden später landete er und setzte mit einem weiten Sprung durch die aufgebrochene Tür des großen Saals. Hinter der Pforte ragte die perlmuttene Wand der Grenzfläche auf, und die beiden Reiter spürten ein kaltes Prickeln, als sie das trübe Glühen durchdrangen.

Mort gewann einen schemenhaften Eindruck von Keli, Schneidgut und einigen hochgewachsenen, recht kräftigen Männern, die hastig zur Seite wichen. Er erkannte den Herzog, zog sein Schwert und schwang sich aus dem Sattel, als Binky schnaufend stehenblieb.

»Rühr die Prinzessin nicht an!« rief er. »Es würde dich den Kopf kosten!«

»Ein beeindruckender Auftritt«, bemerkte der Herzog und nahm die eigene Klinge zur Hand. »Und auch sehr närrisch. Ich ...«

Er brach ab. Seine Augen trübten sich. Er taumelte nach vorn. Schneidgut ließ einen schweren silbernen

Kerzenhalter sinken und begegnete Mort mit einem entschuldigenden Lächeln.

Mort wandte sich den übrigen Männern zu, und das blaue Feuer von Tods Schwert knisterte drohend.

»Wer möchte sich mir entgegenstellen?« knurrte er. Die Komplizen des Herzogs wichen zurück, wandten sich eilends um, flohen — und verschwanden, als sie die Grenzfläche passierten. Jenseits davon gab es auch keine Würdenträger. In der realen Realität war der große Saale dunkel und leer.

Keli, Schneidgut und die beiden Neuankömmlinge standen unter einer Kuppel, die rasch kleiner wurde.

Mort trat auf den Magier zu.

»Irgendwelche Vorschläge?« fragte er. »Ich habe eine Zauberformel mitgebracht, die ...«

»Kommt überhaupt nicht in Frage. Wenn ich es hier drin mit einer magischen Beschwörung versuche, fegt sie uns das Gehirn aus dem Schädel. Diese Wirklichkeit ist zu klein, um derartigen Belastungen standzuhalten.«

Mort ließ sich auf die Überbleibsel des Altars sinken, fühlte sich leer und ausgehöhlt. Einige Sekunden lang beobachtete er, wie die zischende Grenzfläche weiterhin näher kam. Ich überlebe sie wahrscheinlich, dachte er. Und ebenso Ysabell. Der Schneidgut, wie wir ihn hier sehen, wird den Wechsel in die andere Realität nicht überstehen, aber jener andere Zauberer, der in der Mauergasse wohnt, hat nichts zu befürchten. Was Keli betrifft ...

»Setzt mir nun jemand die Krone aufs Haupt oder nicht?« fragte sie scharf. »Ich will als Königin sterben. Es wäre schrecklich, als Bürgerliche tot zu sein!«

Mort musterte sie verwirrt und versuchte sich daran zu erinnern, was sie meinte. Ysabell kramte im Schutt hinter dem Altar und hob schließlich einen verbeulten goldenen Reif hoch, an dem Diamanten glänzten.

»Ist sie das hier?« erkundigte sie sich.

»Die Krone, ja«, bestätigte Keli, den Tränen nahe. »Aber wir brauchen einen Priester.«

Mort seufzte schwer.

»Schneidgut, wenn dies unsere eigene Realität ist, so können wir sie doch unseren Wünschen anpassen, oder?«

»Was hast du vor?«

»Du bist jetzt ein Priester. Such dir einen Gott aus, dem du dienen möchtest.«

Der Zauberer verbeugte sich und nahm die Krone von Ysabell entgegen.

»Ihr macht euch lustig über mich«, schnappte Keli.

»Tut mir leid.« Mort unterdrückte ein Gähnen. »Es war ein ziemlich langer und anstrengender Tag.«

»Ich hoffe, ich kriege das richtig hin«, sagte Schneidgut würdevoll. »Ich habe noch nie jemanden gekrönt.«

»Und ich bin noch nie gekrönt worden!«

»Gut.« Schneidgut wirkte erleichtert. »Lernen wir also gemeinsam.« In einer fremden Sprache murmelte er einige feierlich klingende Worte. Eigentlich handelte es sich um einen Zauberspruch, der dazu diente, alte Kleidung von Flöhen zu befreien, aber er dachte: Was soll's? Und dann fügte er in Gedanken hinzu: He, Mann, in dieser Realität bin ich der mächtigste Zauberer aller Zeiten. Davon kann ich noch meinen Enkeln er... Er knirschte mit den Zähnen. Eins stand fest — in der gegenwärtigen Wirklichkeit mußten einige bestimmte Traditionen über den Haufen geworfen werden.

Ysabell nahm neben Mort Platz und griff nach seiner Hand.

»Nun?« fragte sie leise. »Der entscheidende Augenblick ist gekommen. Hast du irgendeine Idee?«

»Nein.«

Die Grenzfläche hatte die Hälfte des Saals durchquert und wurde ein wenig langsamer, als der Widerstand einer ebenso kleinen wie individuellen Realität zunahm.

Mort spürte etwas Warmes und Feuchtes am Ohr. Als er die Hand hob, berührte er Binkys Schnauze.

»Liebes, treues Pferd«, sagte er. »Wie schade, daß mir die Zuckerstücke ausgegangen sind. Du wirst ganz allein nach Hause zurückfinden müssen ...«

Er erstarrte plötzlich.

»Wir können *alle* nach Hause zurück«, fügte er hinzu.

»Ich schätze, das gefiele meinem Vater nicht sehr«, erwiderte Ysabell. Mort schenkte ihr keine Beachtung.

»Schneidgut!«

»Ja?«

»Wir brechen auf. Kommst du mit? Es gibt dich noch immer, wenn diese Realität verschwindet.«

»Zumindest existiert dann noch ein Teil von mir«, murmelte der Zauberer.

»Genau das meinte ich.« Mort schwang sich wieder in den Sattel.

»Aber der andere Teil, der einfach zu verschwinden droht, möchte euch gern begleiten«, fügte Schneidgut hastig hinein.

»Ich bin nach wie vor entschlossen, hier in meinem Königreich zu sterben«, verkündete Keli.

»Wozu du entschlossen bist oder nicht, ist mir völlig schnuppe«, entgegnete Mort. »Ich habe die ganze Scheibenwelt überquert, um dich zu retten, und deshalb wirst du dich gefälligst retten lassen!«

»Aber ich bin die Königin.« In Kelis Stimme ließ sich ein Hauch von Unsicherheit vernehmen. Sie drehte sich zu dem Magier um, der schuldbewußt den Kerzenhalter sinken ließ. »Ich habe gehört, wie du mich geweiht hast! Ich bin doch Königin, oder?«

»O ja«, bestätigte Schneidgut sofort. Und da das Wort eines Zauberers angeblich härter sein soll als geschmiedetes Eisen, fügte er tugendhaft hinzu: »Und außerdem bist du jetzt völlig frei von Ungeziefer.«

»Schneidgut!« rief Mort. Der junge Magier nickte, schlang die Arme um Kelis Taille und hob sie auf Binkys

Rücken. Dann raffte er seinen weiten Umhang zusammen, stieg ebenfalls auf und half auch Ysabell in die Höhe. Der Hengst schwankte und taumelte ein wenig, beklagte sich mit einem empörten Schnaufen über die schwere Last, die er tragen mußte. Mort achtete nicht darauf, zwang es in Richtung Tür herum und trieb es an.

Die Grenzfläche folgte ihnen, als sie durch den Saal auf den Hof ritten. Nach einigen Sekunden verklang das Klappern der Hufe, und der Hengst gewann allmählich an Höhe. Das perlmuttene Schimmern versuchte sie einzuholen, streckte graue Fransenfinger nach ihnen aus.

»Entschuldige bitte«, sagte Schneidgut zu Ysabell und zog seinen Hut. »Ignazius Eruptus Schneidgut, Zauberer des ersten Grades, Absolvent der Unsichtbaren Universität, früherer Königlicher Wiedererkenner und vermutlich bald Kandidat für den Galgen. Würdest du mir bitte erklären, wohin wir unterwegs sind?«

»Zum Anwesen meines Vaters!« rief Ysabell, um das Rauschen des Windes zu übertönen.

»Kenne ich ihn? »

»Das bezweifle ich. Eine Begegnung mit ihm hättest du bestimmt nicht vergessen.«

Die obersten Palastzinnen glitten dicht unter Binkys Hufen hinweg. Der Hengst spannte die Muskeln an und flog den Wolken entgegen. Schneidgut lehnte sich wieder zurück und hielt den Hut fest.

»Wer ist der ehrenwerte Herr, von dem wir sprechen?« fragte er.

»Der Tod«, antwortete Ysabell. »Doch nicht etwa ...«

»Genau der.«

»Oh.« Schneidgut starrte nach unten, beobachtete die fernen Dächer und lächelte schief. »Vielleicht sollte ich ein wenig Zeit sparen und einfach abspringen.«

»Mein Vater ist recht nett, wenn man ihn besser kennenlernt«, behauptete Ysabell.

»Tatsächlich? Glaubst du wirklich, er gibt uns die Gelegenheit, freundlich mit ihm zu plaudern?«

»Haltet euch fest!« rief Mort. »Jetzt überfliegen wir gleich ...«

Etwas Schwarzes raste vom Himmel herab und verschluckte sie.

Die Grenzfläche erzitterte unsicher, jetzt so leer wie das Bankkonto eines Bettlers. Eine Zeitlang zögerte die Kuppel, bevor sie die metaphorischen Achseln zuckte und weiterhin schrumpfte.

Die vordere Tür schwang auf, und Ysabell sah nach draußen.

»Es ist niemand da«, sagte sie. »Ihr könnt jetzt reinkommen.«

Ihre drei Begleiter betraten den Flur. Schneidgut blieb kurz auf der Fußmatte stehen und streifte gewissenhaft den Schmutz von den Schuhen ab.

»Kein besonders geräumiges Haus«, stellte Keli kritisch fest.

»Innen ist es weitaus größer«, erwiderte Mort und wandte sich an Ysabell. »Hast du überall nachgesehen?«

»Ich kann nicht einmal Albert finden«, sagte sie. »Und bisher hat er das Anwesen noch *nie* verlassen.«

Sie hüstelte und erinnerte sich an ihre Pflichten als Gastgeberin.

»Möchte jemand etwas zu trinken?« fragte sie. Keli überhörte ihre Worte.

»Ich habe wenigstens ein Schloß erwartet«, murmelte sie. »Gewaltig und schwarz, mit hohen dunklen Türmen. Ohne einen — Schirmständer.«

»Es steht immerhin eine Sense drin«, stellte Schneidgut fest.

»Ich schlage vor, wir gehen ins Arbeitszimmer und

verschnaufen ein wenig«, warf Ysabell rasch ein und öffnete die schwarze Friestür.

Schneidgut und Keli traten über die Schwelle und stritten sich leise. Ysabell griff nach Morts Arm.

»Was tun wir jetzt?« flüsterte sie ihm zu. »Mein Vater wird ziemlich erbost sein, wenn er sie hier findet.«

»Mir fällt schon etwas ein«, gab Mort zurück. »Ich schreibe die Biographien neu oder so was in der Art.« Er lächelte schief. »Sei unbesorgt! Ich überlege mir etwas.«

Hinter ihnen fiel die Tür ins Schloß. Mort wandte sich um und sah in das grinsende Gesicht Alberts.

Der große Ledersessel auf der anderen Seite des Schreibtischs drehte sich langsam, und Tod musterte Mort, hob die knöchernen Hände und preßte die Fingerspitzen aneinander. Als er ganz sicher sein konnte, daß er die ungeteilte, entsetzte Aufmerksamkeit der vier jungen Leute genoß, sagte er:

DU SOLLTEST GLEICH DAMIT ANFANGEN, DIR ETWAS ZU ÜBERLEGEN.

Die finstere Gestalt stand auf und schien zu wachsen, während es im Zimmer dunkler wurde.

VERSUCH GAR NICHT ERST, DICH ZU ENTSCHULDIGEN, fügte Tod hinzu.

Keli verbarg das Gesicht an Schneidguts massiger Brust. ICH BIN ZURÜCK. UND ICH BIN ERZÜRNT.

»Herr, ich …«, begann Mort.

SCHWEIG, donnerte Tod und richtete den weißen Zeigefinger auf Keli. Sie drehte sich zu ihm um, weil ihr Körper keinen Ungehorsam wagte.

Tod streckte die Hand aus und berührte ihr Kinn. Mort tastete nach seinem Schwert.

IST DIES DAS GESICHT, DAS TAUSEND SCHIFFE IN SEE STECHEN LIESS UND DIE DACHLOSEN TÜRME VON PSEUDOPOLIS VERBRANNTE? fragte der Knochenmann. Keli starrte wie gebannt auf zwei karmesinrote Flecken, die viele Meilen tief in den leeren Augenhöhlen funkelten.

»Äh, entschuldige bitte«, warf Schneidgut ein und nahm respektvoll den Hut ab.

JA? fragte Tod zerstreut.

»Ich bin sicher, du meinst ein anderes Gesicht, Herr.«

WIE HEISST DU?

»Schneidgut, Herr. Ich bin Zauberer, Herr.«

ICH BIN ZAUBERER, HERR, wiederholte Tod spöttisch und zischte abfällig. HALT DIE KLAPPE, ZAUBERER.

»Sehr wohl, Herr.« Schneidgut trat zurück.

Tod drehte sich zu Ysabell um.

ICH ERWARTE EINE ERKLÄRUNG, TOCHTER. WARUM HAST DU DEM NARREN DORT GEHOLFEN?

Ysabell machte einen nervösen Knicks.

»Ich — ich liebe ihn, Vater. Glaube ich wenigstens.«

»Im Ernst?« fragte Mort verblüfft. »Davon hast du mir nie etwas erzählt!«

»Nun, die ganze Zeit über blieb uns nur wenig Zeit, und es ergab sich keine geeignete Gelegenheit«, erwiderte Ysabell. »Vater, er wollte nicht ...«

SEI STILL.

Ysabell senkte den Kopf. »Ja, Vater.«

Tod schritt um den Schreibtisch herum und blieb direkt vor Mort stehen. Eine Zeitlang starrte er ihn stumm an.

Dann schlug er ganz plötzlich zu und traf seinen Lehrling mitten im Gesicht. Mort verlor das Gleichgewicht und fiel zu Boden.

ICH BRINGE DICH IN MEINEM HEIM UNTER, sagte er. ICH BILDE DICH AUS. ICH GEBE DIR ESSEN, KLEIDUNG UND EINE GELEGENHEIT, VON DER DU NICHT EINMAL ZU TRÄUMEN GEWAGT HÄTTEST. UND DAS IST NUN DER DANK. DU ENTFERNST MEINE TOCHTER VON MIR. DU VERNACHLÄSSIGST DEINE PFLICHT. DU HINTERLÄSST WUNDEN IN DER REALITÄT, DIE WAHRSCHEINLICH ERST IN HUNDERT JAHREN HEILEN. MIT

DEINEM UNÜBERLEGTEN, VERANTWORTUNGSLOSEN HANDELN NIMMST DU DEINEN GEFÄHRTEN JEDE CHANCE. DIE GÖTTER VERLANGEN SICHER, DASS SIE AUS DEM UNIVERSUM GETILGT WERDEN.

MIT ANDEREN WORTEN, JUNGE: DU HAST DEINEN ERSTEN JOB GRÜNDLICH VERPATZT.

Mort setzte sich auf und betastete die rechte Wange. Sie brannte kalt, wie Kometeneis.

»Mort«, sagte er.

ACH, DER JUNGE SPRICHT! UND WAS SAGT ER?

»Laß die anderen gehen«, fuhr Mort fort. »Sie wurden nur in die Dinge verwickelt. Sie trifft keine Schuld. Du könntest bestimmt dafür sorgen, daß ihnen nichts geschieht ...«

WARUM SOLLTE ICH SIE VERSCHONEN? SIE GEHÖREN JETZT MIR.

»Ich bin bereit, für sie zu kämpfen«, sagte Mort.

WIE TAPFER UND GROSSMÜTIG VON DIR. DAUERND VERSUCHEN IRGENDWELCHE STERBLICHE, GEGEN MICH ZU KÄMPFEN. NOCH NIE HATTE EINER VON IHNEN ERFOLG. GEH JETZT.

Mort stand auf und erinnerte sich an das Gefühl, der Tod gewesen zu sein. Er konzentrierte sich auf jenes Empfinden, hieß es willkommen ...

NEIN, erwiderte er.

OH, DU FORDERST MICH HERAUS? ZU EINEM DUELL ZWISCHEN EBENBÜRTIGEN GEGNERN?

Mort schluckte und dachte: Wenigstens liegt der Fall jetzt klar; es sind keine Mißverständnisse mehr möglich. Nun, wenn man über den Rand einer steilen Klippenwand hinaustritt, nimmt das Leben eine ebenso entscheidende wie eindeutige Wende ...

»Falls es sich nicht vermeiden läßt«, bestätigte er. »Und wenn ich gewinne ...«

WENN DU GEWINNST, KANNST DU FREI WÄHLEN UND ENTSCHEIDEN, sagte Tod. FOLGE MIR.

Er stolzierte an Mort vorbei in den Flur.

»Weißt du wirklich genau, worauf du dich einläßt?« fragte Schneidgut.

»Nein.«

»Du kannst den Herrn nicht besiegen«, sagte Albert und seufzte. »Glaub mir, ich weiß Bescheid.«

»Was passiert, wenn du verlierst?« erkundigte sich Keli.

»Ich werde nicht verlieren«, brummte Mort. »Genau darin besteht das Problem.«

»Mein Vater will, daß er gewinnt«, sagte Ysabell bitter.

»Du meinst, er wird ihn gewinnen lassen?« warf Schneidgut verwirrt ein.

»O nein! Er hat keineswegs die Absicht, ihm den Sieg einfach so zu schenken, aber er *möchte* verlieren.«

Mort nickte. Als sie der düsteren Gestalt durch den Korridor folgten, fragte er sich: Wie mag es sein, eine wahrhaft endlose Zukunft zu haben, außerhalb der Zeit zu leben (wenn man in diesem Zusammenhang überhaupt von ›leben‹ sprechen kann) und dem eher mysteriösen Willen des Schöpfers gerecht zu werden? Eigentlich verständlich, daß Tod mit dem allen Schluß machen wollte. Tod hatte ihm mitgeteilt, die Knochen seien nicht unbedingt erforderlich, aber vielleicht spielte das keine Rolle. Fühlte sich die Ewigkeit wirklich wie eine lange Zeit an, oder waren alle Lebensspannen etwa gleich lang, wenn man einen rein persönlichen Maßstab anlegte?

Hallo! meldete sich eine Stimme in Morts Kopf. Erinnerst du dich an mich? Ich bin du. Ich habe dich in diese Lage gebracht.

»Danke«, murmelte er. Seine Begleiter musterten ihn skeptisch.

Du könntest das Duell durchaus mit heiler Haut überstehen, sagte die Stimme. Du hast einen großen Vorteil. Du bist er gewesen, aber er war nie du.

Tod marschierte durch den Flur und ins Lange Zimmer. Die Kerzen entzündeten sich gehorsam, als er eintrat.

ALBERT.

»Herr?«

HOL DIE GLÄSER.

»Ja, Herr.«

Schneidgut hielt den alten Mann am Ärmel fest.

»Du bist ein Zauberer«, zischte er. »Du brauchst dich nicht an seine Anweisungen zu halten!«

»Wie alt bist du, Junge?« fragte Albert freundlich.

»Zwanzig.«

»Wenn du in meinem Alter bist, siehst du die Dinge aus einer anderen Perspektive.« Er wandte sich an Mort. »Tut mir leid.«

Mort zog sein Schwert, und im Kerzenlicht war die Klinge fast unsichtbar. Tod drehte sich um und sah ihn an, eine schmale Silhouette vor den hoch aufragenden Regalen mit den Lebensuhren.

Er streckte die Arme aus. Es donnerte dumpf, als zwischen seinen Händen die Sense materialisierte.

Albert kam durch einen der Zwischengänge zurück, trug zwei kleine kristallene Behälter und setzte sie wortlos auf einem Säulensims ab.

Die eine Uhr war um ein Vielfaches größer als die gewöhnlichen Gläser; dunkel, schmal und mit einem komplizierten Motiv geschmückt, das aus einem Totenschädel mit mehreren Knochen bestand.

Aber damit noch nicht genug.

Mort stöhnte innerlich. Er konnte deutlich sehen, daß die Lebensuhr überhaupt keinen Sand enthielt.

Der zweite Behälter wirkte schlicht und verzichtete auf Verzierungen. Mort griff danach.

»Darf ich?« fragte er.

NUR ZU.

Mort las seinen Namen, der in die obere Hälfte graviert war. Er hielt das Glas ins Licht und stellte ohne große Überraschung fest, daß nur noch wenig Sand blieb. Als er es ans Ohr hielt, konnte er das Geräusch seines verstreichenden Lebens hören, obwohl sich um ihn herum das Rieseln der Myriaden Körner zu einem dumpfen Tosen vereinte.

Er setzte den kleinen Behälter ganz vorsichtig ab.

Tod wandte sich an Schneidgut.

HE, ZAUBERER. SEI SO GUT UND ZÄHL FÜR UNS BIS DREI.

Schneidgut nickte kummervoll.

»Könntet ihr euer Problem nicht aus der Welt schaffen, indem ihr euch an einen Tisch setzt und in aller Ruhe ...«, begann er.

NEIN.

»Nein.«

Mort und Tod traten langsam über die schwarzweißen Fliesen und beobachteten sich aufmerksam. Ihre winzigen Spiegelbilder glitten über Tausende von Lebensuhren.

»Eins«, sagte Schneidgut.

Tod hob drohend seine Sense.

»Zwei.«

Die beiden Klingen trafen aufeinander, und es klang so, als strichen Katzenkrallen über eine Glasscheibe.

»Sie haben beide gemogelt!« entfuhr es Keli.

»Natürlich«, bestätigte Ysabell und nickte.

Mort sprang zurück, holte viel zu langsam mit seinem Schwert aus und schlug zu. Es fiel Tod nicht weiter schwer, den Hieb zu parieren, und einen Sekundenbruchteil später ging er zu einem weitaus geschickteren Gegenangriff über. Mort rettete sich, indem er zur Seite hechtete.

Die Sense gehört zwar nicht zu den wichtigsten und bedeutsamsten Kampfwaffen, aber wer sich auf der falschen Seite einer Bauernrevolte befindet (um nur ein Beispiel zu nennen), macht rasch die Erfahrung, daß sie in geübten Händen eine Menge Unheil anrichten kann. Sobald sie umherschwingt , weiß nicht einmal mehr ihr Eigentümer, wo sich die Schneide befindet.

Tod kam näher und grinste. Mort duckte sich, wich einem Hieb in Kopfhöhe aus und sauste nach rechts. Hinter ihm klirrte es, als die Sense eine Lebensuhr im Regal traf ...

... In einer dunklen Gasse von Ankh-Morpork preßte sich ein nächtlicher Leichensammler beide Hände auf die Brust und fiel vom Kutschbock ...

Mort richtete sich wieder auf, schloß beide Hände ums Schwertheft und schlug zu. Eine sonderbare Erregung erfaßte ihn, als er beobachtete, wie Tod zurücksprang. Die in einem bläulichen Ton glühende Klinge traf ein Regal und durchschnitt es. Als die darauf stehenden Lebensuhren zu rutschen begannen und sich dem Boden entgegenneigten, hastete Ysabell an Mort vorbei, um die kristallenen Behälter nacheinander aufzufangen ...

... In verschiedenen Regionen der Scheibenwelt stürzten insgesamt vier Menschen, aber wie durch ein Wunder kamen sie mit dem Leben davon ...

... Mort stürmte los, um seinen Vorteil auszunutzen. Tods Hände bewegten sich so schnell, daß die Konturen verwischten, als er das mehrmals zustoßende Schwert abwehrte. Schließlich drehte er die Sense ein wenig, und ihre gewölbte Schneide beschrieb einen weiten Bogen, dem Mort unbeholfen auswich. Das Schwertheft stieß dabei gegen ein Glas und stieß es vom schmalen Sockel ...

... Ein Tharga-Hirte in den Spitzhornbergen wanderte über eine hohe Weide und suchte im blassen Schein seiner Lampe nach einer verschwundenen Kuh. In der pechschwarzen Finsternis stolperte er über einen Stein und stürzte in eine dreihundert Meter tiefe Schlucht ...

... Schneidgut gab sich selbst einen Stoß, griff mit verzweifelt ausgestreckter Hand nach der fallenden

Lebensuhr, prallte auf den Boden und glitt bäuchlings an den Regalen entlang …

… Eine breite, aus der Klippenwand ragende Wurzel fing den Sturz des schreienden Hirten ab und bewahrte ihn vor einigen schwierigen Problemen: Tod, das Urteil der Götter, die Ungewißheit, ob ihn im Jenseits wirklich das Paradies erwartete oder vielleicht die seelischen Schmelztiegel der Hölle. Er strich diese Punkte von der langen Liste seiner Sorgen, und es blieb nur ein Eintrag, der ihm vergleichsweise wenig Kummer bereitete: Er brauchte nur dreißig Meter an einer steilen und völlig glatten Felswand emporzuklettern, umhüllt von undurchdringlicher Schwärze.

Es kam zu einer kurzen Unterbrechung des Kampfes, als die beiden Gegner voneinander fortwichen, sich auf die nächste Runde vorbereiteten und dem jeweiligen Kontrahenten keine Blöße zu geben versuchten.

»Können wir denn überhaupt nichts tun?« fragte Keli.

»Mort verliert so oder so«, sagte Ysabell und schüttelte den Kopf. Schneidgut zog den silbernen Kerzenhalter aus dem weiten Ärmel und wechselte ihn nachdenklich von einer Hand in die andere.

Tod hob erneut die Sense, zerschmetterte unabsichtlich eine nahe Lebensuhr …

… In Bes Pelargic taumelte der Foltermeister des Königs und fiel in sein eigenes Säurebecken …

… und schlug so plötzlich zu, daß Mort der Schneide nur durch Zufall auswich.

Natürlich durfte er nicht ständig auf einen Verbündeten namens Glück zählen. Hinzu kamen heißer Schmerz in den Muskeln und eine betäubende Erschöpfungsgräue, die sich inmitten seiner Gedanken ausbreitete — zwei Nachteile, von denen Tod nicht belastet wurde.

Der Knochenmann musterte seinen Gegner und begriff, wie es um ihn stand.

GIB AUF, sagte er. VIELLEICHT LASSE ICH GNADE WALTEN.

Um seinen Worten Nachdruck zu verleihen, riß er die Sense herum, und Mort hob gerade noch rechtzeitig genug das Schwert, um die gewölbte Klinge zu blockieren, Sie prallte ab und stieß gegen ein weiteres Glas, das sofort zersplitterte ...

... Der Herzog von Sto Helit tastete sich krampfhaft nach dem Herzen, spürte stechenden Schmerz, öffnete den Mund zu einem lautlosen Schrei und fiel vom Pferd ...

Mort wankte zurück, bis er die feste Kühle einer steinernen Säule am Nacken fühlte. Tods entmutigend leere Lebensuhr stand nur wenige Zentimeter von seinem Kopf entfernt.

Der Knochenmann achtete nicht auf ihn, starrte nachdenklich auf die kristallenen Reste, die an das Lebens des Herzogs erinnerten.

Mort brüllte und holte mit dem Schwert aus, hörte wie aus weiter Ferne die anfeuernden Rufe der Zuschauer, die schon seit geraumer Weile eine solche Reaktion von ihm erwartet hatten. Selbst Albert hob die faltigen Hände und klatschte.

Vergeblich erwartete Mort das Klirren von Glas.

Er drehte sich um und versuchte es erneut. Die blaue Klinge durchdrang den mit Knochendarstellungen geschmückten Behälter, ohne auch nur einen Kratzer zu hinterlassen.

Ein feines, nur für ihn wahrnehmbares Knistern in der Luft veranlaßte ihn dazu, das Schwert nach hinten zu neigen und einen entschlossenen Hieb seines Gegners zu parieren. Tod sprang flink beiseite, um einem langsamen, ungelenken Stoß auszuweichen.

DAS WÄR'S DANN WOHL, JUNGE.

»Mort«, sagte Mort. Er sah auf.

»Mort«, wiederholte er und schlug so wuchtig zu, daß die Sense zerbrach. Zorn brodelte in ihm. Wenn er schon sterben mußte, so wenigstens mit seinem Namen.

»Ich heiße Mort, du verdammter Mistkerl!« rief er und näherte sich Tod, während das Schwert ein gespenstisches Eigenleben zu entwickeln schien und immer wieder durch die Luft sauste. Der Knochenmann taumelte zurück, lachte und duckte sich unter den wütenden Hieben, die den Griff der Sense zerstückelten.

Mort hielt nicht inne, schwang die Klinge von rechts nach links, von oben nach unten. Durch den roten Dunst der Raserei vor seinen Augen beobachtete er, daß Tod den Rest seiner Sense wie ein Schwert hielt und jeden einzelnen Schlag mit unerschütterlichem Geschick abwehrte. Er ließ sich nicht in die Enge treiben, und die Energie der Wut mußte irgendwann zur Neige gehen. Du kannst ihn nicht besiegen, dachte Mort. Ich bin höchstens imstande, mich noch eine Zeitlang zu verteidigen. Vermutlich ist es sogar besser, bei diesem Duell zu verlieren. Was sollte ich schon mit der Ewigkeit anfangen?

Im Nebel der Erschöpfung zeichnete sich vage die Gestalt des Todes ab: Er richtete sich auf, holte wie in Zeitlupe mit seinem improvisierten Schwert aus, so langsam, als striche die Klinge durch zähen Sirup.

»Vater!« stieß Ysabell hervor.

Tod drehte den Kopf.

Morts Seele mochte sich durchaus mit der Vorstellung anfreunden, bald ein neues Leben im Jenseits zu beginnen, doch der Körper war keineswegs zu irgendwelchen Kompromissen bereit. Er hing an der Welt, die er kannte. Und er handelte, um transzendentalen Experimenten vorzubeugen. Der rechte Arm hob das Schwert, schlug Tods Klinge beiseite und drängte den Knochenmann an die nächste Säule.

In der plötzlichen (und angesichts der vielen Lebensuhren eher relativen) Stille bemerkte Mort, daß ein ganz bestimmtes Geräusch verklungen war, das ihn während der letzten zehn Minuten begleitet hatte. Er blickte zur Seite.

Die obere Hälfte seines Glases enthielt kaum noch Sand.

STOSS ZU.

Mort hob das Schwert und starrte in glühende Augenhöhlen.

Er ließ die Waffe wieder sinken.

»Nein.«

Tods Fuß trat so blitzartig in Leistenhöhe zu, daß selbst Schneidgut zusammenzuckte.

Mort krümmte sich stumm zusammen und rollte über den Boden. Tränen quollen ihm in die Augen und verschleierten Tod, der sich ihm näherte, in der einen Hand die Sensenklinge, in der anderen die Lebensuhr seines Lehrlings. Keli und Ysabell wurden verächtlich beiseite gestoßen, als sie danach trachteten, den Knochenmann am schwarzen Umhang festzuhalten. Schneidgut bekam einen Stoß in die Rippen, und der silberne Kerzenhalter fiel auf die Fliesen.

Nach einigen Schritten blieb Tod stehen. Die Spitze des Sensenschwerts verharrte kurz vor Morts Augen und neigte sich dann nach oben.

»Du hast recht«, erklang Ysabells Stimme. »Es gibt keine Gerechtigkeit. Es gibt nur dich.«

Tod zögerte und ließ den Rest der Sense langsam sinken. Er drehte sich um und sah Ysabell an. Seine Adoptivtochter zitterte vor Wut.

WIE MEINST DU DAS?

Das Mädchen starrte zum knöchernen Gesicht hinauf, hob die rechte Hand schwang sie zurück, schwang sie zur Seite, schwang sie nach vorn und versetzte dem Knochenmann eine Ohrfeige. Es hörte sich an, als schüttele sie einen Becher mit Würfeln.

Es folgte eine entsetzlich laute Stille.

Keli schloß die Augen. Schneidgut wandte sich um und hob schützend die Arme über den Kopf.

Tod betastete vorsichtig die beinerne Wange.

Ysabells Brust hob und senkte sich auf eine Weise, für die Schneidgut seine Magie geopfert hätte.

Tods Stimme klang ein wenig dumpfer und hohler, als er fragte: WARUM?

»Du hast einmal gesagt, man brächte die ganze Welt in Gefahr, wenn man mit dem Schicksal einer Person herumpfuscht«, erwiderte Ysabell.

JA?

»Du hast sein Leben manipuliert. Und auch meins.« Mit einem zitternden Zeigefinger deutete sie auf die Glasscherben am Boden. »Hinzu kommen jene Menschen.«

NUN?

»Was verlangen die Götter *dafür?*«

VON MIR?

»Ja!«

Tod wirkte überrascht. VON *MIR* KÖNNEN SIE NICHTS VERLANGEN. IRGENDWANN MÜSSEN SELBST DIE GÖTTER MEINEM RUF FOLGEN.

»Das scheint wohl kaum besonders fair zu sein, oder?« entgegnete Ysabell scharf. »Sind die Götter nicht für Gerechtigkeit und Gnade zuständig?« Sie hatte das Schwert aufgehoben, ohne daß jemand Kenntnis davon nahm.

Tod lächelte. DEINE BEMÜHUNGEN SIND ANERKENNENSWERT, sagte er. ABER SIE NÜTZEN NICHTS. TRITT BEISEITE.

»Nein.«

DIR SOLLTE KLAR SEIN, DASS SELBST LIEBE KEINEN SCHUTZ VOR MIR GEWÄHRT. ES TUT MIR LEID.

Ysabell hob das Schwert. »Es tut *dir* leid?«

AUS DEM WEG.

»Nein. Du willst dich nur rächen. Und das ist nicht fair.«

Tod neigte kurz den Kopf, und als er wieder aufsah, irrlichterte es in seinen Augenhöhlen.

DU WIRST GEHORCHEN.

»Von wegen!«

DU MACHST DIESE SACHE RECHT SCHWIERIG.

»Freut mich.«

Tods Fingerspitzen trommelten ungeduldig auf der Sensenklinge, und es hörte sich an, als tanzten mehrere Mäuse auf einer Blechdose. Er schien nachzudenken. Er musterte Ysabell, die an Mort herantrat. Er beobachtete Schneidgut und Keli, die an einem hohen Regal kauerten.

NEIN, sagte er schließlich. NEIN. ICH DARF KEINEN MENSCHLICHEN APPELLEN NACHGEBEN. ICH KANN ZU NICHTS GEZWUNGEN WERDEN. ICH TREFFE NUR DIE ENTSCHEIDUNGEN, DIE ICH FÜR RICHTIG HALTE.

Er winkte, und eine unsichtbare Hand entriß Ysabell das Schwert. Der Knochenmann vollführte eine zweite etwas kompliziertere Geste, und daraufhin wurde das Mädchen angehoben und mit sanftem Nachdruck an die nächste Säule gepreßt.

Mort sah, wie sich ihm die finstere Gestalt näherte und mit dem Sensenrest zum letzten Hieb ausholte. Tod blickte auf ihn herab.

DU AHNST NICHT, WIE SEHR ICH DAS BEDAUERE, sagte er.

Mort stemmte sich auf die Ellbogen.

»Vielleicht doch«, erwiderte er.

Einige Sekunden lang starrte ihn Tod verblüfft an, und dann begann er zu lachen. Das Geräusch donnerte durchs Zimmer und hallte von den langen Regalen wider. Der Knochenmann lachte noch immer wie ein Erdbeben auf einem Friedhof, als er nach Morts Lebensuhr griff und sie ihm vor die Augen hielt.

Mort versuchte, sich darauf zu konzentrieren. Das letzte Sandkorn rutschte über die glatte Fläche, zögerte am Rand und fiel in die untere Hälfte. Kerzenlicht spiegelte sich auf den Siliziumfacetten wider, als es sich langsam drehte, lautlos landete und einen winzigen Krater schuf.

Das Glühen in Tods Augenhöhlen wurde immer heller, bis es Morts Blickfeld ganz ausfüllte. Das dumpfe Lachen erschütterte die Grundfeste des Universums.

Und dann drehte Tod das Glas um.

⁂

Erneut flackerte heller Kerzenschein im großen Saal des Schlosses von Sto Lat, und laute Musik erklang.

Die geladenen Gäste traten nacheinander die Stufen herunter und näherten sich dem kalten Büfett. Dem Zeremonienmeister blieb kaum Zeit genug, um Luft zu holen: Ständig nannte er die Namen derjenigen, die zu spät kamen — entweder aus reiner Gedankenlosigkeit oder um auf die Bedeutung der eigenen Person hinzuweisen. Er verkündete gerade:

»Der Königliche Wiedererkenner, Hüter Des Privaten Schlafzimmers der Königin, Seine Magische Durchlaucht Ignazius Eruptus Schneidgut, Zauberer des Ersten Grades und Absolvent der Unsichtbaren Universität.«

Schneidgut gesellte sich dem jungen Paar hinzu und grinste von einem Ohr bis zum anderen. In der rechten Hand hielt er eine dicke Zigarre.

»Darf ich die Braut küssen?« fragte er.

»Für Zauberer ist das erlaubt«, erwiderte Ysabell und bot ihm die Wange dar.

»Das Feuerwerk war einfach herrlich«, sagte Mort. »Und ich vermute, es wird nicht allzulange dauern, den explodierten Außenwall durch einen neuen zu ersetzen. Nun, sicher findest du allein zu den Speisen.«

»Es scheint ihm recht gut zu gehen«, stellte Ysabell

fest, als Schneidgut in der Menge verschwand. Ein starres Lächeln umspielte ihre Lippen.

»Kein Wunder«, murmelte Mort und nickte einem Adligen zu. »Er ist weit und breit der einzige, der es sich erlauben kann, der Königin *nicht* zu gehorchen.«

»Es heißt, er sei die wahre Macht hinter dem Thron«, fügte Ysabell hinzu. »Man bezeichnet ihn als Eminenz oder so.«

»Wahrscheinlich als Eminenz Dickwanst«, antwortete Mort zerstreut. »Ist dir schon aufgefallen, daß er seit einigen Tagen überhaupt keine Magie mehr beschwört?«

»Seistilldakommtsie.«

»Ihre Erhabene Majestät Königin Kelirehenna I., Herrin von Sto Lat, Protektorin der Acht Protektorate und Kaiserin des Langen Umstrittenen Streifens Mittwärts Von Sto Kerrig.«

Ysabell machte einen Knicks, und Mort verneigte sich. Keli bedachte sie beide mit einem strahlenden Lächeln. Allem Anschein nach war sie unter einen recht guten Einfluß geraten: Sie trug jetzt Kleidung, die zumindest zum Teil ihrer Figur gerecht wurde, und die Frisur erweckte nicht mehr den Eindruck, als handele es sich um eine Kreuzung zwischen Ananas und Zuckerwatte.

Keli hauchte Ysabell einen Kuß auf die Wange, trat dann einen Schritt zurück und musterte Mort von Kopf bis Fuß.

»Wie steht's mit Sto Helit?« fragte sie.

»Oh, soweit ganz gut«, sagte Mort. »Abgesehen von den Kellern, die umgebaut werden sollten. Euer verstorbener Onkel hatte einige ungewöhnliche — Hobbies und ...«

»Sie meint dich«, flüsterte Ysabell. »So lautet jetzt dein offizieller Name.«

»Mort ist mir lieber«, sagte Mort.

»Du hast ein interessantes Wappen gewählt«, fuhr

die Königin fort. »Gekreuzte Sicheln vor einer Sanduhr auf schwarzem Grund. Die Buchführer im Königlichen Heroldsamt klagten tagelang über Kopfschmerzen.«

»Ich habe eigentlich gar nichts dagegen, ein Herzog zu sein«, brummte Mort. »Mit fällt nur die Erkenntnis schwer, mit einer Herzogin verheiratet zu sein.«

»Du wirst dich daran gewöhnen.«

»Ich hoffe nicht.«

»Und nun, Ysabell ...«, sagte Keli und schob das Kinn vor. »Wenn du zur königlichen Gesellschaft gehören willst, mußt du unbedingt einige Leute kennenlernen ...«

Ysabell warf Mort einen verzweifelten Blick zu, als sie von der Königin ins allgemeine Gedränge geführt wurde.

Mort strich mit einem Finger an der Innenseite des Kragens entlang, sah nach rechts und links — und verbarg sich hinter einer hohen Topfpflanze, die unweit des Büfettisches stand. Er hoffte darauf, wenigstens einige Minuten ungestört zu bleiben.

Weiter vorn räusperte sich der Zeremonienmeister. Seine Augen trübten sich, und er starrte in die Ferne.

»Der Seelenräuber«, sagte er mit einer monotonen Stimme, die nur den Mund betrifft und von den Ohren nicht wahrgenommen wird. »Unterwerfer von Imperien, Verschlinger von Ozeanen, Herrscher der Schattenwelt, Jahresdieb, Ultimate Realität, Ernter der Menschheit ...«

SCHON GUT. ICH GLAUBE, DAS GENÜGT.

Mort erstarrte mit einem Truthahnschenkel im Mund. Die Stimme erklang direkt hinter ihm, und er brauchte gar nicht den Kopf zu drehen, um festzustellen, von wem sie stammte. Man hörte sie nicht in dem Sinne, sondern spürte sie eher. Kühle und Dunkelheit wehten heran, und die Musik im Festsaal wurde leise, flüsterte aus einer anderen Welt.

»Wir haben nicht damit gerechnet, daß du kommst«, wandte sich Mort an die Topfpflanze.

IMMERHIN GEHT ES UM DIE HOCHZEIT MEINER EIGENEN TOCHTER. UND AUSSERDEM HABE ICH ZUM ERSTENMAL EINE OFFIZIELLE EINLADUNGSKARTE MIT GOLDENEM RAND UND ALLEM DRUM UND DRAN BEKOMMEN.

»Ja, aber als du bei der Trauung gefehlt hast ...«

ICH HIELT MEINE GEGENWART BEI JENER ZEREMONIE NICHT UNBEDINGT FÜR ANGEMESSEN.

»Nun, ja, mag sein ...«

EIGENTLICH BIN ICH EIN WENIG ÜBERRASCHT. ICH DACHTE, DU WOLLTEST DIE PRINZESSIN HEIRATEN.

Mort errötete. »Wir haben darüber gesprochen«, sagte er: »Und gelangten zu folgendem Schluß: Man sollte nichts überstürzen, nur weil man zufälligerweise eine Prinzessin gerettet hat.«

SEHR WEISE. ZU VIELE JUNGE FRAUEN FALLEN IN DIE ARME DES ERSTEN JUNGEN MANNES, DEN SIE NACH EINEM HUNDERTJÄHRIGEN SCHLAF SEHEN. UM NUR EIN BEISPIEL ZU NENNEN.

»Ja. Und dann dachte ich, ich meine, nun, nachdem ich Ysabell besser kennengelernt habe ...«

JA, ICH VERSTEHE. EINE *AUSGEZEICHNETE* ENTSCHEIDUNG. WIE DEM AUCH SEI: ICH HABE BESCHLOSSEN, MEIN INTERESSE FÜR MENSCHLICHE ANGELEGENHEITEN AUFZUGEBEN.

»Tatsächlich?«

WOVON MEINE BERUFLICHEN VERPFLICHTUNGEN NATÜRLICH NICHT BETROFFEN SIND. DU WEISST JA: SIE VERLANGEN IN ERSTER LINIE OBJEKTIVITÄT, KEINE ANTEILNAHME.

Am Rande von Morts Blickfeld erschien eine skelettene Hand, und der Zeigefinger spießte geschickt ein gekochtes Ei auf. Mort drehte sich ruckartig um.

»Was ist geschehen?« fragte er. »Ich muß endlich Bescheid wissen! In der einen Sekunde standen wir im

Langen Zimmer, und in der nächsten befanden wir uns auf einem Feld außerhalb der Stadt. Und wir waren wirklich wir! Ich meine, die Realität wurde geändert, um für uns Platz zu schaffen! Wer ist dafür verantwortlich?«

ICH HABE MIT DEN GÖTTERN GESPROCHEN. Tod wirkte verlegen.

»Oh.« Mort überlegte. »Im Ernst?«

JA.

»Wie reagierten sie auf deine Fürsprache? Sicher nicht sehr erfreut, oder?«

DIE GÖTTER SIND GERECHT. UND AUCH SENTIMENTAL. SOLCHE EIGENSCHAFTEN FEHLEN MIR, WIE DIR KLAR SEIN DÜRFTE.

ABER NOCH BIST DU NICHT FREI. DU MUSST DAFÜR SORGEN, DASS DIE GESCHICHTE STATTFINDET.

»Ich weiß«, murmelte Mort. »Es geht darum, die Königreiche zu vereinen und so weiter.«

VIELLEICHT WÜNSCHST DU DIR BALD, BEI MIR GEBLIEBEN ZU SEIN.

»Zumindest habe ich durch dich eine Menge gelernt«, gestand Mort ein. Geistesabwesend hob er die Hand und strich über die vier dünnen weißen Narben auf der Wange. »Doch ich glaube, ich könnte den Erfordernissen deines Jobs nie ganz genügen. Es tut mir sehr leid ...«

ICH HABE EIN GESCHENK FÜR DICH.

Tod stellte seinen Teller mit Appetithäppchen ab und griff in eine der vielen geheimnisvollen Taschen seines Umhangs. Als die knöchernen Finger wieder zum Vorschein kamen, hielten sie eine kleine Kugel.

Sie durchmaß etwa acht Zentimeter. Es hätte die größte Perle auf der Scheibenwelt sein können — wäre nicht das gestaltlose Wallen auf der silbrig schimmernden Oberfläche gewesen. Ständig schien es hier und dort Konturen zu gewinnen, die sich jedoch sofort wieder auflösten und genereller Formlosigkeit wichen.

Tod ließ den Gegenstand auf Morts ausgestreckte Hand fallen. Er fühlte sich überraschend schwer und warm an.

FÜR DICH UND DEINE FRAU. EIN HOCHZEITSGESCHENK. EINE ART MITGIFT.

»Ein wunderschönes Objekt! Wir dachten, der silberne Toastständer sei von dir.«

ER STAMMT VON ALBERT. ICH FÜRCHTE, ER HAT NICHT VIEL PHANTASIE.

Mort drehte die Kugel hin und her. Die in ihrem Innern wogenden Formen reagierten offenbar auf die Berührung und schickten dünne Lichtbahnen aus, die über die Oberfläche glitten und nach seinen Fingern tasteten.

»Ist es eine Perle?« fragte er.

JA. WENN ZUM BEISPIEL EIN SANDKORN IN EINE AUSTER GERÄT UND NICHT ENTFERNT WERDEN KANN, UMHÜLLT DIE ARME MUSCHEL DEN STÖRENFRIED MIT SCHLEIM UND VERWANDELT IHN SO IN EINE PERLE. DIESES EXEMPLAR HIER STELLT ETWAS GANZ BESONDERES DAR. ES HANDELT SICH UM EINE PERLE DER REALITÄT. DER VERÄNDERLICHE GLANZ DARIN IST WARTENDE WIRKLICHKEIT: DU SOLLTEST SIE EIGENTLICH WIEDERERKENNEN — IMMERHIN HAST DU SIE SELBST GESCHAFFEN.

Mort warf die Kugel mehrmals hoch und fing sie abwechselnd mit der rechten und linken Hand auf.

»Wir legen sie zu den Kronjuwelen«, sagte er. »In der entsprechenden Truhe ist noch eine Menge Platz.«

EINES TAGES WIRD SIE ZUM KEIM EINES NEUEN UNIVERSUMS.

Mort zuckte zusammen und hätte den runden Gegenstand fast fallen gelassen.

»Wie bitte?«

DER DRUCK *DIESER* REALITÄT HÄLT DIE PERLE ZUSAMMENGEPRESST. VIELLEICHT KOMMT IRGENDWANN EINMAL DER TAG, AN DEM DAS GEGENWÄRTI-

GE UNIVERSUM STIRBT. WENN DAS GESCHIEHT, DEHNT SICH DIE KUGEL AUS UND … NUN, WER WEISS, IN WAS SIE SICH DANN VERWANDELT? HÜTE SIE GUT. SIE IST NICHT NUR EIN GESCHENK, SONDERN AUCH EINE MÖGLICHE ZUKUNFT.

Tod neigte den Kopf zur Seite. EIN KLEINES, SOGAR UNWICHTIGES DING — VERGLICHEN MIT DER EWIGKEIT, DIE ICH DIR ANBOT.

»Ja, ich weiß«, sagte Mort. »Ich bin dir sehr dankbar.«

Er legte die Kugel vorsichtig auf den Büfettisch, deponierte sie zwischen den Wachteleiern und Würstchen.

DA WÄRE NOCH ETWAS. Tod griff erneut unter seinen schwarzen Umhang und holte ein rechteckiges Präsent hervor. Es war in zerknittertes Geschenkpapier gehüllt und mit einem bunten Faden verschnürt.

Mort öffnete das Paket, und sein Blick fiel auf ein kleines, in Leder gebundenes Buch. Auf dem Rücken stand in glänzenden goldenen Lettern: *Mort*.

Er schlug die leeren Seiten auf und blätterte zurück, bis er die schmale Tintenspur fand, die geduldig übers Papier kroch. Neugierig begann er zu lesen:

Mort klappte das Buch zu, und in der Stille klang das leise Pochen wie ein Schöpfungsknall. Er lächelte voller Unbehagen.

»Es müssen noch viele Seiten gefüllt werden«, sagte er. »Enthält die obere Hälfte meiner Lebensuhr genug Sand? Du hast das Glas einfach nur umgedreht, und nach Ysabells Ansicht müssen wir daraus schließen, daß ich im Alter von …«

DIR BLEIBT AUSREICHEND ZEIT, warf Tod kühl ein. DIE MATHEMATIK IST NICHT ANNÄHERND SO ZUVERLÄSSIG, WIE MAN OFT BEHAUPTET.

»Möchtest du zu den Taufen eingeladen werden?«

LIEBER NICHT. ICH GEBE KEINEN GUTEN VATER AB, UND ZUM OPA EIGNE ICH MICH NOCH WEITAUS WENI-

GER. MEINE KNIE SIND ZU SPITZ, WENN DU VERSTEHST, WAS ICH MEINE.

Tod stellte sein Weinglas ab und nickte Mort zu.

RICHTE DEINER GATTIN MEINE BESTEN GRÜSSE AUS, *sagte er.* ICH MUSS JETZT WIEDER LOS.

»Schon? Ich würde mich freuen, wenn du uns noch ein wenig Gesellschaft leisten könntest.«

DAS IST SEHR NETT VON DIR, ABER DIE PFLICHT RUFT. *Tod seufzte.* DU WEISST JA, WIE DAS IST.

Mort ergriff die dargebotene kalte Hand des Knochenmanns und schüttelte sie.

»Wenn du dir einmal einige Tage freinehmen möchtest ...«, sagte er. »Wenn dir der Sinn nach einem Urlaub steht ...«

VIELEN DANK FÜR DAS ANGEBOT, *entgegnete Tod freundlich.* ICH WERDE ES ERNSTHAFT ERWÄGEN. UND NUN ...

»Leb wohl!« Mort stellte überrascht fest, daß ihm im Hals ein Kloß entstand. »Das klingt gräßlich, nicht wahr?«

IN DER TAT. *Tod grinste, und es wurde bereits mehrfach darauf hingewiesen, daß ihm eigentlich auch gar nichts anderes übrigblieb. Diesmal aber steckte volle Absicht dahinter.*

ICH ZIEHE ›AUF WIEDERSEHEN‹ VOR, *sagte er.*